U0519210

河北大学燕赵文化高等研究院
INSTITUTE FOR ADVANCED STUDY OF YANZHAO CULTURE,HEBEI UNIVERSITY

——成 | 果 | 文 | 库——

陈黎明 ◎ 著

中国当代文学

兴型文本与典型现象的多维透视

知识产权出版社

全国百佳图书出版单位

——北 京——

图书在版编目（CIP）数据

中国当代文学典型文本与典型现象的多维透视 / 陈黎明著. --北京：知识产权出版社，2023.5
ISBN 978-7-5130-8707-0

Ⅰ.①中… Ⅱ.①陈… Ⅲ.①中国文学—当代文学—文学研究 Ⅳ.①I206.7

中国国家版本馆CIP数据核字（2023）第054068号

内容提要

本书为中国当代文学研究专著。作者从典型文本与典型现象入手，以韩少功、陈忠实、莫言等名家与他们的作品为例，考察中国当代文学的历史嬗变，揭示不同历史阶段中国当代文学的基本状貌和特征。一方面，通过典型文本和典型现象的解读来呈现特定时期文学思潮的走向以及文学历史的基本概貌；另一方面，在解读这些典型文本和典型现象时也充分考虑到外在经济、传媒、地理等因素对它们的复杂影响。全书史料扎实，论述客观。

本书适合中国当代文学研究者阅读。

责任编辑：卢媛媛　　　　　　　　责任印制：孙婷婷

中国当代文学典型文本与典型现象的多维透视
ZHONGGUO DANGDAI WENXUE DIANXING WENBEN YU DIANXING XIANXIANG DE
DUOWEI TOUSHI

陈黎明　著

出版发行： 知识产权出版社 有限责任公司	网　　址：http://www.ipph.cn
电　　话：010-82004826	http://www.laichushu.com
社　　址：北京市海淀区气象路50号院	邮　　编：100081
责编电话：010-82000860转8597	责编邮箱：luyuanyuan@cnipr.com
发行电话：010-82000860转8101/8102	发行传真：010-82000893
印　　刷：北京中献拓方科技发展有限公司	经　　销：新华书店、各大网上书店及相关专业书店
开　　本：720mm×1000mm　1/16	印　　张：15.25
版　　次：2023年5月第1版	印　　次：2023年5月第1次印刷
字　　数：264千字	定　　价：76.00元

ISBN 978-7-5130-8707-0

目　录

绪　论

典型文本、典型现象
与中国当代文学的构成

迄今为止，中国当代文学已有 70 余年的历史，对如何理解这一时期纷繁复杂的文本与文学现象，如何描述它们生成、流变的历史进程，学界有不同的方式和路径。本书试图从典型文本与典型现象入手，观察中国当代文学的历史嬗变，揭示不同历史阶段中国当代文学的基本状貌和特征。

通过典型文本、典型现象与文学思潮的互动来透视中国当代文学，其中关涉论及中国现当代文学时经常会触碰对社会史与文学性关系的理解，也与如何重写和重评文学史密切关联。中国现当代文学史的书写至今已有 100 多年（自 1922 年胡适《五十年来中国之文学》始）的历史，这期间尤其是自 20 世纪八九十年代以来对关于中国现当代文学史如何书写乃至重写的问题，曾经产生了很多的争论，从中国现当代文学的起止时间、空间边界分歧，到启蒙范式与革命范式、"民国机制"与"延安道路"的论争，这些均在文学史重写的进程中引起了热烈的反响。相关的争论和分歧依然存在并延续，如《深圳商报》2014 年前后在其《文化广场》栏目里开设了"重写文学史"的讨论，由于有海外、港台及内地众多文学史名家的加入，再一次激活了对文学史如何重写的讨论。

在观察这些有关"重写文学史"的讨论文章时，我们不难发现 20 世纪 80 年代引发的中国现当代文学书写中的社会史与文学性的论争，依然是众多史家在描绘自己文学史地图时无法回避的话题。这个似乎很陈旧的话题，在我看来仍有讨论的必要，而且也是我们理解中国现当代文学及其历史时必须面对的问题。

由于特殊的历史原因，20 世纪 50 年代以来很长一段时间的文学史写作难以摆脱对政治意识形态和社会史框架的依从，一部中国现代文学史或中国当代文学史成为论证中国新民主主义革命合法性及其历史进程的文学史，"阶级""革命""民族解放"等社会史话语也成为中国现当代文学史的核心话语。这导致 20世纪 80 年代中期以后，不少中国现当代文学研究者和文学史书写者将社会史的介入视为造成中国现当代文学史写作困境的主因，认为"只有将社会史从文学史中分离出去，把文学史的写作重心放在语言艺术发展规律的探索上，才能建立一门真正意义上的文学史" ❶。在质疑上述文学史模式的同时，不少研究者试图用现代性或者审美现代性抑或文学性等概念来描述中国现当代文学史的发生、发展与流变。进入 21 世纪以后，随着人们对"现代性"和"纯文学"的认识越来越深刻，这些新的文学研究话语和文学史叙述模式也开始引起人们对那些曾经时髦的概念的反思，体现在文学史的书写中，就是有人开始提醒注意文学史书写要有历史意识或者社会史意识，"文学史研究是对文学历史的研究，所以文学史研究就应该属于历史研究范畴"。"文学史作为历史研究，首先就应该遵从历史研究的规律，就像文学研究不是文学创作一样，文学史也不是文学理论或者文学批评。" ❷就连著名的现代文学史学者陈平原先生，在反思 20 世纪戏剧史研究时，也强调"20 世纪的中国戏剧，单是文学性与演剧性的纠葛还不够，还必须添上政治史、思想史及社会史的现代性视野，方才使得作为学术领域的中国戏剧研究，充满各种变数，孕育无限生机" ❸。

对中国现当代文学研究及文学史书写中如何看待、处理社会史、思想史、文化史和文学性的问题，我们应当注意以下几点。

首先，中国现当代文学研究及文学史的书写强调文学性理所当然，这是文学研究和文学史叙述对象的内在规定性所决定的。因为，无论是文学研究还是文学史的书写，其存在的基础和最终的旨归都是文学，所以对文学本身的关注和研究是它们最为本分的职责。在文学研究和文学史书写中，文学文本是其最基本的构

---

❶ 李鸿祥. 有别于社会史的文学史：对文学史写作可能性的思考 [J]. 华东师范大学学报（哲学社会科学版），2008（2）.

❷ 方铭. 文学史与文学历史的复原——关于文学史写作原则及评价体系的思考 [J]. 中国文化研究，2002（1）.

❸ 陈平原. 中国戏剧研究的三种路向 [J]. 中山大学学报（社会科学版），2010（3）.

成要素，挖掘作家作品的审美创造和文学创新，也应该成为它们的重要内容。就中国现当代文学史而言，20世纪80年代以后由于文学观念的调整——注重文学性和审美现代性，的确对以往僵化的文学史产生了很大的冲击。强调文学的内部规律，重新解释了文艺与政治之间的关系，在此基础上，中国现当代文学的研究内容、路径和模式均发生较大的调整和变化。例如，过去许多曾被误读的历史得以澄清，张爱玲、沈从文、钱钟书、周作人等文学史上的"失踪者"或者"简化者"，在新的历史叙述中再度归来，文学史的许多空白被不断填补。

其次，近些年来有些中国现当代文学研究及其文学史的书写存在两个值得我们反思的问题。其一，过于强调文学性——就如强调社会史（庸俗化的社会史）曾经对众多作家、作品、文学现象屏蔽一样，这种倾向也对文学史中的很多现象和问题构成压抑和消解。例如，20世纪90年代以来有些研究者刻意贬低鲁迅，彻底否决左翼文学和工农兵文学；与此同时，又刻意制造另一些非左翼作家的神话等，就是这一误区的极端体现。其二，一些强调文学性和审美现代性的文学史家，却很难将他们自己的理念付诸实施，去书写一部纯文学的中国现当代文学史。就像有学者在评论洪子诚的《当代文学史》时所言："洪子诚的文学史写作宣称以'审美性'和'文学性'作为标准；然而，实际上却不是审美的把握，其特色主要在于对文学环境、文学规范和文学制度的深刻剖析与把握。"❶其实，这也说明中国现当代文学研究和文学史书写很难或者根本不可能完全抛弃文学性之外的诸多元素，包括社会史、思想史、文化史元素。基于此，我们在中国现当代文学研究和文学史书写中，虽然强调对文学本身的关注，重视文学自身的规律，但并不意味着就要放逐文学的外部因素包括对社会史、思想史、文化史的关注和引入。

最后，中国现当代文学发生、发展的特殊性，也决定了其中文学性和社会性之间存在着复杂的纠葛。客观地说，文学是无法脱离社会而存在，尤其是与我们的民族忧患、国家动荡如此密不可分的中国现当代文学更是如此。中国现当代文学历史的这一特质，提示我们将此时期的作家、作品及文学现象置于具体时代语境来理解比放在当下时代来理解要重要得多。因此，当我们在书写中国现当代文学史或者描述中国现当代文学发生、发展和流变的时候，面对其中特定时期的作家、

---

❶ 旷新年.写在当代文学边上[M].上海：上海教育出版社，2005：182.

作品及文学现象，如果不对当时的社会历史状貌有所了解，我们就无法对它们的意义和价值进行客观认识和评价。尤其是文学史的书写，如果不对这些属于社会史范畴的背景性诸要素进行勾勒，就同样无法令人信服地彰显这些作家、作品和文学现象之所以如此的因由。

当然，我们强调中国现当代文学研究和文学史书写中社会史的重要性，并不是要重回以往的庸俗、狭隘文学社会史的轨道，而是对社会史有更广的理解，甚至可以将其看成一种观念和方法。以往社会史模式给中国现当代文学研究带来的伤害，我认为可以从两个方面来看，一方面是过于强调文学史对社会史的依附，另一方面也跟那一时期社会史的观念本身较为陈旧和狭隘有关。超越了这一点，对社会生活的关注不仅不会限制文学史书写的视野，反而能给文学史的书写带来一定的活力和新意。例如，范伯群的《中国现代通俗文学史（插图本）》、吴福辉先生的《中国现代文学发展史（插图本）》❶及钱理群等人主编的《中国现代文学编年史——以文学广告为中心（1915—1927）》等文学史书写新尝试，就颇具特色。这些著作在强调文学本位的同时，也颇注重回到中国现代文学的历史现场，不仅通过图文互动的形式呈现活态文化语境，而且还征用了大量的社会文化资料，从宏观的经济关系、地理环境、市场因素、社会发展状况，到微观的出版、印刷、稿酬制度、广告、翻译及作家的经济状况等均成为文学史关注对象。另外，一些专门以某一社会的、经济的视角来透视现当代文学的著作，同样很富新意和启发性，如王本朝的《中国当代文学制度研究 1949—1976》、丁帆的《中国现当代文学制度史》、陈明远的《文化人的经济生活》等。论及至此，我们注意到有学者对以这样的方式来呈现文学史，也颇有微词，如王彬彬认为："这些小报副刊当然属于现代文学的一部分，但它仅有'邻猫生子'的价值，绝不该'画猫成虎'，被片面夸大，以至进入了文学史。"❷

---

❶ "文学现场"的认知，以文学为本位，延伸至一般文学史极少涉及的出版、印刷、稿酬制度、翻译及作家的经济状况等，全面地还原了现代文学的"活态文化语境"。"文学现场"的认知，以文学为本位，延伸至一般文学史极少涉及的出版、印刷、稿酬制度、翻译及作家的经济状况等，全面地还原了现代文学的"活态文化语境"，非常重视物质条件（包括经济关系、地理环境、市场因素和社会发展状况等）。

❷ 王彬彬.中国现代文学史料的"伪发掘"［N］.中华读书报，2008-10-22.

尽管迄今为止，对于社会史、思想史、文化史和文学性之于中国现当代文学研究及文学史写作意义的认知依然存在分歧，但走出二元对立的思维模式，应当是化解矛盾的有效路径。具体而言，我们强调中国现当代文学研究及文学史写作必须以文学为核心对象，注重对文学自身发展和规律的呈现和揭示，但是又不应当将包括社会史、思想史、文化史在内的一些元素完全排除在外，因为它们有助于我们对历史中的文学和文学现象有更为客观、深入的认识；同时，我们在注重文学研究及文学史写作时社会史的引入，也要力图规避"史"大于"文"的问题，甚至社会史遮蔽文学的问题，以免文学文本或者文学史仅仅沦为社会史或者别的什么史的一个可有可无的注脚。

正是基于理想的中国现当代文学研究应当是文与史的有机结合的认知，本书在观照中国当代文学时，注重选取能够体现其发生、发展与流变典型个案。一方面，通过典型文本和典型现象的解读来呈现特定时期文学思潮的走向及文学历史的基本概貌；另一方面，在解读这些典型文本和典型现象时也充分考虑到外在经济、传媒、地理等因素对它们的复杂影响。我也希望通过这种文学与思潮、文与史互动的方式，来理解并呈现中国当代文学的特征与嬗变。

另外，本书将选取的文本命名为"典型文本"，也是基于笔者对中国当代文学历史特殊性的认知。我们的文学研究尤其是文学史书写一般而言应当涵纳两类文本：经典文本和典型文本。经典文本就是我们所说的文学经典，它是文学史上的重要作品，因为文学经典起码应当是它所处的那个历史时期的文学创作水平的代表，衡量文学经典标准是其文学艺术质量。典型文本则是文学史上的重要作品，它们并不能和文学经典等同，典型文本除了以后会被文学史确定为文学经典的文本之外，还包括那些虽然艺术水准并不是太高，但却能够典型地体现文学思潮及时代特征的文本。从长远来看，最终能够被人记住或者被文学史记录的，必定是那些经由时间淘筛后的经典文本，但对于中国当代文学而言，由于诸多的文本尚未经由时间的检验，其经典性特质也就难以得到客观地呈现。当代中国文学经典的这种流动性，就需要我们审视这期间的文学时还应当关注那些虽然可能艺术水准并不高，但承载着丰富的文学史信息，彰显文学思潮流变及走向的典型文本。正如英国著名的汉学家杜德桥（Glen Dudbridge）教授所说："我后来逐渐认识到，如果白话／民间文学的伟大作品会带来有趣的成果，研究稍次一些的作品也会有可观的收获。任何看起来一般的历史文件或艺术品对现代人而言都蕴含有重要的内容。"❶本书中的部分典型文本,也许属于杜德桥所谓的"稍次一些的作品",但它们所承载的文学史信息有时比经典文本还要丰富,这正是本书选取典型文本和典型现象来观照和透视中国当代文学的重要因由。

---

❶ 杜德桥:《以历史的眼光看中国传统小说》(在中国社会科学院文学研究所的讲演,1996年12月18日),参见:胡志宏. 西方中国古代史研究导论 [M]. 郑州:大象出版社,2002:354.

第一章
第一次文代会与中国当代文学的发生

    中国当代文学的典型文本并非仅指我们惯常视野中的文学作品，一些文学史文件（文学史料）因为在当代文学发展中具有特殊影响力和位置也会成为典型文本的重要构成，《中华全国文学艺术工作者代表大会纪念文集》（以下简称《文集》）就是一个特殊的典型文本。《文集》由中华全国文学艺术工作者代表大会宣传处编辑，1950 年 3 月由新华书店出版发行。这部厚达 601 页的文集，较为翔实地记录了中华全国文学艺术工作者代表大会（以下称"第一次文代会"）的基本情况，包含"讲话""报告""大会纪要""贺电""专题发言""纪念文录""名单、章程""演出目录"等内容，成为我们了解这次文代会过程与基本情况的重要文件。

    《文集》之所以能够成为典型文本，缘于第一次文代会在中国当代文学史上的特殊地位及其对中国当代文学的深远影响。这主要体现在三个方面：其一，它所记录的第一次文代会目前已成为研究界普遍认同的中国当代文学的开端；其二，这次文代会清晰而明确地规定了中国当代文学的发展方向；其三，会议及其形成的规定对中国当代文学体制的形成有着重要而深刻的影响。因为《文集》是中华全国文学艺术工作者代表大会的记录，所以它的典型性，就具体呈现为第一次文代会在当代中国文学中的特殊地位与意义。

一、第一次文代会与中国当代文学的开端

    从发生学层面考察中国当代文学，具有特殊的文学史意义，因为借助这一视域不仅能够为我们呈现中国当代文学的历史由来，同时也让其在此后发展、演变

进程中的特征变得有迹可循。然而，中国当代文学的开端或起始问题在研究界一直存在分歧与争议，使针对这段文学的发生学解析变得颇为复杂。因此，准确地寻找到具有说服力的当代文学发生的界标，对于这段文学史的合法性乃至其后文学体制建构的理解就显得格外重要。综观学界对中国当代文学发生时间节点的界定，主要观点有以下几种。

第一，将 1942 年延安文艺座谈会的召开视为中国当代文学起始的标志。持此观点的人，主要强调的是中国当代文学与 20 世纪 40 年代文学之间的内在联系，试图从历史化视域寻找中国当代文学发生的内在逻辑。最具代表性的学者是陈晓明，他在《中国当代文学主潮》一书中明确提出"本书把 1942 年看作当代文学起源的时间标记，由此出发，可以抓住贯穿中国当代文学史始终的那种精神实质，及由此而展开的历史内在变异"，并认为"把 1942 年在延安召开的文艺座谈会作为中国当代文学的起点标志，社会主义革命文学的书写将会显得更加合理，其来龙去脉也会更加清晰"❶。孟繁华、程光炜的《中国当代文学发展史》也大体认同这一观点，此书虽然认为"在中国当代文学的历史叙述中，普遍认为它起始于1949 年中华人民共和国的成立"，但却强调"事实并不这样简单，或者说，这里不仅有 20 世纪中叶以来中国社会实践和文化实践作为它必要的语境和规约条件，须在'历史化'的过程中完成必要的资源准备，同时，历史叙事也须在形式中诉诸意识形态的功能"，由此而提出"1942 年，毛泽东《在延安文艺座谈会上的讲话》，奠定了中国新文艺的发展方向"❷。

从历史化逻辑寻找中国当代文学发生和起点理路，这让有些学者不仅将中国当代文学的发生追溯到 1942 年的延安文艺座谈会，甚至还强调中国当代文学与 20 世纪 30 年代左翼文学之间的内在关联。例如，洪子诚在其《中国当代文学史》中对当代文学的起点做了模糊处理，认为"'中国当代文学'首先指的是 1949 年以来的中国文学"。这一时间表述虽未将 1942 年延安文艺座谈会作为中国当代文学的起点，但格外强调其与左翼文学和解放区文学的内在关联，"'当代文学'的另一层含义是，'当代文学'这一文学时间，是五四以后的新文学'一体化'趋向的

---

❶ 陈晓明. 中国当代文学主潮（第 2 版）[M]. 北京：北京大学出版社，2013：5.
❷ 孟繁华，程光炜. 中国当代文学发展史 [M]. 北京：中国人民大学出版社，2009：12.

全面实现，到这种'一体化'解体的文学时期。中国的'左翼文学'（'革命文学'），经由 20 世纪 40 年代解放区文学的'改造'，它的文学形态和相应的文学规范（文学发展的方向、路线，文学创作、出版、阅读的规则等），在 20 世纪 50-70 年代，凭借其时代的影响力，也凭借政治权力控制的力量，成为唯一可以合法存在的形态和规范"❶。洪子诚的这一论述，试图揭示中国当代文学从文学形态到文学规范的形成有其独特的演进轨迹和内在线索，与将 1942 年延安文艺座谈会的召开视为中国当代文学起始标志的学者有着文学史观念的内在一致性。

　　第二，也有不少人认为 1949 年 10 月中华人民共和国成立是中国当代文学的起点。这种以政权更迭作为一个新时代文学开端，与中国古代文学断代史式的分期基本一致，其背后逻辑是将文学的发展变化与社会历史的转折同构对应。1962 年华中师范学院中国语言文学系编著的《中国当代文学史稿》是较早的中国当代文学史教材，该书不言自明地将中华人民共和国的成立作为中国当代文学的起点，"在这部书里，我们试图对十一年来社会主义文学的伟大成就和丰富经验，作一个初步的论述"❷。以中华人民共和国成立为中国当代文学界标的观点，在 20 世纪 90 年代以后的部分文学史书写中得到延续，杨匡汉等、张炯等和高玉主编的文学史是其中代表。在《共和国文学 50 年》中，杨匡汉等将当代文学的时间界定为"通常是指自 1949 年 10 月中华人民共和国成立以降并至今尚在延续的文学"❸。张炯等在其主编的《中华文学通史》第 8 卷当代文学编中，也认为"中国当代文学是指 1949 年中华人民共和国成立以来的我国版图内各民族各地区的文学"❹。高玉主编的《中国现当代文学史（下）》一书也依然认为"1949 年中华人民共和国的成立宣布了一个新的文学时代的到来"❺。以政治转折作为文学转折的标志，虽然简单明了，但其局限性也显而易见，那就是这种分期在忽略了文学发生、演变的自身规律的同时，也遮蔽了影响文学转折的更为复杂的文化力量和制度性因素。

---

❶ 洪子诚. 中国当代文学史 [M]. 北京：北京大学出版社，2007：3-4.
❷ 华中师范学院中国语言文学系. 中国当代文学史稿 [M]. 北京：科学出版社，1962：3.
❸ 杨匡汉，孟繁华. 共和国文学 50 年 [M]. 北京：中国社会科学出版社，1999：3.
❹ 张炯，邓绍基，樊骏. 中华文学通史（第 8 卷当代文学编）[M]. 北京：华艺出版社，1997：1.
❺ 高玉. 中国现当代文学史（下）[M]. 杭州：浙江大学出版社，2017：1.

第三，以第一次文代会的召开作为中国当代文学起始的节点。将此时间节点作为当代文学发生的标志，是目前为止大多数研究者和文学史编纂者普遍认同的观点。例如，林衍主编的《中华人民共和国文学史纲（1949—1984）》虽以"中华人民共和国文学史"命名，但在当代文学的开端上却认为"追究新中国文学史的开端，不始于开国大典，而是在其前。中华全国文学艺术工作者第一次代表大会的召开（1949 年 7 月 2 日至 19 日），标志了中国文学进入一个崭新的历史新阶段" ❶。此外，《中国当代文学史教程》（陈思和主编）、《中国当代文学史新稿》（董健、丁帆、王彬彬主编）、《中国现代文学史 1917—2013（下册）》（朱栋霖、朱晓进、吴义勤主编）、《中国当代文学史教程》（田建民主编）等新时期之后的诸多当代文学史教材，也都采用这一时间节点作为中国当代文学的开端。正如《中国当代文学史新稿》所述，以第一次文代会作为中国当代文学起始的坐标，是基于"1949 年 7 月 2 日至 19 日，第一次文代会在北平正式召开。这次会议实际上奠定了中华人民共和国的文学体制，自此以后，整个国家的文学实践，都受制于这样的体制" ❷。

如上所述，在中国当代文学起始的时间上，虽然有"1942 年延安文艺座谈会说"和"1949 年中华人民共和国成立说"，这两种观点也均有其理据，但至今为止学界和大多数文学史依然坚持以第一次文代会作为中国当代文学的伟大开端。原因不仅在于在这次会议上第一次具体而明确地提出了中国当代文学指导思想和发展路向，规定了当代文学的性质和任务，而且还在于其奠定了中国当代文学的制度基础、队伍构成和权力运作模式。因此，以第一次文代会作为中国当代文学发生的界标，在获得学界普遍认同的同时，也充分彰显了这次会议在整个当代文学发展史中的特殊意义和价值。

二、第一次文代会与中国当代文学的新方向

中华全国文学艺术工作者代表大会是在特殊背景下召开的一次具有重要意义

---

❶ 林衍主编《中华人民共和国文学史纲（1949—1984）》，浙江师范大学中文系编印，1985，第 23 页。
❷ 董健，丁帆，王彬彬．中国当代文学史新稿 [M]．北京：北京师范大学出版社，2011：15．

的文学会议。首先，随着 1949 年 1 月北平的和平解放，全国各地的文艺工作者相继抵达北平，在此背景下，将不同的文艺工作者凝聚和团结在一起，成为中国共产党重要的任务之一。其次，第一次文代会在中华人民共和国成立之前召开，带有明显的为新政权服务的目的性，具有重要意义，正因如此，从筹备到会议的召开都受到格外的重视。会议最早于 1949 年 2 月开始规划❶，至 7 月正式召开，经过了长达 5 个月的筹备，其间召开多次会议，对会议的人选、议程、方针等相关工作进行商讨和决策。

这次会议的重要性不仅体现在浓重庄严的仪式感，而且还体现在其具体目标也相当明确。1949 年解放战争已经取得决定性胜利，随着北平的和平解放，大批文艺工作者奔赴北平，在此背景下，中共中央开始为中华人民共和国的成立做政治、经济、文化的准备。就文艺而言，需要整合国统区和解放区的文艺工作者，为未来新中国文化和社会发展服务。因为与解放区作家相比，来自国统区的作家构成较为复杂，有左翼作家，有民主主义作家，也有自由主义作家等，所以整合这些作家的要务就是要让他们了解并明确新中国文学艺术的"方向"。基于此，第一次文代会的重要目标与诉求，就是要明确未来中国文学艺术的发展方向，确立并重建新的文学秩序。

新文艺方向的确立，在第一次文代会上主要借助会议讲话的明确宣示、代表的遴选与构成及文艺汇演的呈现三种形式得以彰显。

新文艺方向最明确的提出，是借助会议讲话和报告的直接阐发。第一次文代会上的几个重要报告，都对这一文艺新方向进行了或直接或间接的阐释。周扬所作的关于解放区文艺运动的报告《新的人民的文艺》，从正面提出了新的人民的文艺要坚持毛泽东文艺思想并以此作为新中国文学艺术发展的方向和指针。在报告开篇部分，周扬就明确提出毛泽东文艺方向是新中国文学艺术发展的唯一正确的方向，认为"毛主席的'文艺座谈会讲话'规定了新中国的文艺的方向，解放区文艺工作者自觉地、坚决地实践了这个方向，并以自己的全部经验证明了

---

❶　筹备的标志性事件为 1949 年 2 月 15 日中共中央发布《关于召开文协筹备会的通知》。通知的主要任务就是指示华北文协（由晋察冀边区文联和晋冀鲁豫边区文联于 1948 年 8 月 8 日在石家庄市合并成立）与全国文协（该协会最初为 1938 年 3 月 27 日成立于武汉的中华全国文艺界抗敌协会，并于 1945 年 10 月 21 日改名为"中华全国文艺界协会"）联名发起会议，筹备新的全国文协大会。

这个方向的完全正确，深信除此之外再没有第二个方向了，如果有，那就是错误的方向"❶。随后，周扬强调正是由于毛泽东文艺思想的正确指导，解放区文艺才发生新变化，"新的主题，新的人物，新的语言、形式。新的主题、新的人物像潮水一般地涌进了各种各样的文艺创作中"❷，"解放区文艺工作者学习了马列主义、毛泽东思想，参加了各种群众斗争和实际工作，并从斗争和工作中开始熟悉了、体验了中国共产党、中国人民解放军与人民政府的各项政策，这就是解放区文艺所以获得健康成长的最根本的原因"❸。由此，毛泽东文艺思想之于新中国文艺指导思想的地位，以及毛泽东文艺方向成为新中国文艺发展方向的功能，得到了正面具体的阐释。

茅盾代表国统区文艺界所作的报告《在反动派压迫下斗争和发展的革命文艺》，则从另外一个层面肯定毛泽东文艺方向的合法性与正确性。茅盾强调在种种不利条件下，我们打了胜仗的同时，总结了国统区文艺创作方面的各种倾向，并重点指出了其存在的缺点，认为国统区文艺存在"作品不能反映出当时社会中的主要矛盾与主要斗争""一些作家以人道主义的思想情绪来填塞他们的作品""作品也多少流露着感伤的情绪"❹等问题。国统区文艺之所以出现这些缺点，其中一个重要的原因就是"一九四三年公布的毛泽东的'文艺讲话'，本来也该是国统区的文艺理论思想上的指导原则"，"但是国统区的文艺界中，一般说来，对'文艺讲话'的深入研究是不够的，尤其缺乏根据'文艺讲话'中的精神进行具体的反省与检讨"❺。而后来国统区文艺创作有所改观，也正是"因为有了毛泽东的'文艺讲话'，有了解放区的文艺运动的范例，国统区内的文艺思想也就渐渐地有了

---

❶ 周扬. 新的人民的文艺 [C] // 中华全国文学艺术工作者代表大会宣传处. 中华全国文学艺术工作者代表大会纪念文集. 北京：新华书店，1950：70.

❷ 周扬. 新的人民的文艺 [C] // 中华全国文学艺术工作者代表大会宣传处. 中华全国文学艺术工作者代表大会纪念文集. 北京：新华书店，1950：70.

❸ 周扬. 新的人民的文艺 [C] // 中华全国文学艺术工作者代表大会宣传处. 中华全国文学艺术工作者代表大会纪念文集. 北京：新华书店，1950：72.

❹ 茅盾. 在反动派压迫下斗争和发展的革命文艺 [C] // 中华全国文学艺术工作者代表大会宣传处. 中华全国文学艺术工作者代表大会纪念文集. 北京：新华书店，1950：52-54.

❺ 茅盾. 在反动派压迫下斗争和发展的革命文艺 [C] // 中华全国文学艺术工作者代表大会宣传处. 中华全国文学艺术工作者代表大会纪念文集. 北京：新华书店，1950：57-58.

向前进行的正确的轨迹了"❶。通过对国统区文艺创作的检讨，茅盾肯定了毛泽东文艺思想（"文艺讲话"）对新中国文学的指导性意义。

　　郭沫若的总报告《为建设新中国的人民文艺而奋斗》虽然着重强调的是三十年来文艺运动的性质和文艺界的统一战线的问题，但是在总结文艺经验时他也指出"由于在毛泽东思想的直接教育之下，由于许多文学艺术工作者的积极的学习和工作，从一九四二年延安文艺界座谈会以来，在理论上和实践上都解决了五四以来所未曾解决的问题，文学艺术开始做到真正和广大的人民群众结合，开始做到真正首先为工农兵服务，从内容到形式都起了极大的变化"❷。这样的表述是对毛泽东文艺思想在新中国文艺发展中指导地位的肯定。

　　这几个报告都反复强调了要将以《在延安文艺座谈会上的讲话》为代表的毛泽东文艺思想作为新中国文艺的指导方针，由此，将毛泽东文艺方向作为新中国文艺方向也就具有了合法性和正确性。除了以讲话和报告的形式明确宣告外，第一次文代会还通过代表的遴选与构成、文艺汇演的呈现等方式暗示了新中国文学艺术的方向。我们先考察第一次文代会代表的遴选与构成同新文艺方向之间的内在关联。代表的遴选与资格审查，是第一次文代会召开的重要前提和工作，为此文代会筹委会专门设置了代表资格审查委员会，由冯乃超负责，并于 1949 年 3 月 24 日的第一次筹委会会议上确定了会议代表产生办法，5 月初，将《大会代表资格与产生办法》文件公布于《文艺报》和《人民日报》。待到 6 月底正式代表产生时，我们可以看到来自老解放区的文艺工作者占有绝对优势，"决定邀请的代表共有七五三人；计老解放区代表四四五人"，"新解放区与待解放区代表三零八人"❸。在这些代表中间，中共党员又成为中坚力量，有人在回忆第一次文代会时，提到周恩来在报告里曾论及"老国统区的不到 300 位，占 2/5……党员与外面比例，党员有 444 人，这个比例太大了。新政治协会 144 人只有 43 人，毛主席说，要'心中有数'"❹。

　　❶ 茅盾. 在反动派压迫下斗争和发展的革命文艺［C］// 中华全国文学艺术工作者代表大会宣传处. 中华全国文学艺术工作者代表大会纪念文集. 北京：新华书店，1950：58.
　　❷ 郭沫若. 为建设新中国的人民文艺而奋斗［C］// 中华全国文学艺术工作者代表大会宣传处. 中华全国文学艺术工作者代表大会纪念文集. 北京：新华书店，1950：38.
　　❸ 郭沫若. 文代大会开幕前夕郭沫若先生发表谈话说明大会的主要目的与任务［N］. 人民日报，1949-06-28.
　　❹ 徐盈. 徐盈采访第一届全国文代会手记（一）［J］. 档案与史学，2000（1）.

老解放区代表和中共党员人数的优势，并不是单纯数字上的占优，它还暗示了这些代表在此后作家等级序列中的位置，正如周扬后来承认的那样，"第一次、第二次文代会有这种情形，不仅分党内、党外，就是在党内还要区分老区、新区，老区的就正确，新区的就难得正确，这是人为的界限"❶。而萧军、张爱玲、苏青、朱光潜、沈从文、周作人、废名、施蛰存、无名氏等这些重要作家并未受到邀请。

大会在议程的安排上，对解放区文艺给予了更多的重视，如 15 个专题大会发言所涉及的内容，有 12 个是介绍解放区文艺发展经验的，只有 3 个是介绍国统区文艺工作的。此外，会议前后还出版了"中国人民文艺丛书"，主要包含《白毛女》《王秀鸾》《李国瑞》《刘胡兰》等解放区文艺作品 58 种，可谓对解放区文艺工作者及其作品的集中展示。会议代表的这种构成及其显示作家的等级序列，暗示了解放区文艺和党的文艺工作者的正统地位，也昭示了未来新中国文学的方向也要继续坚持毛泽东文艺思想主导的解放区文艺方向。

此外，文艺汇演与新文艺方向建构之间的关系也颇值得关注。此前的第一次文代会研究，往往忽略文艺汇演的特殊意义，王秀涛的《"新的人民的文艺"的示范——第一次文代会招待演出考论》提示我们，"此次文代会招待代表的演出并不是单纯为了娱乐，从剧团的邀请到剧目的排定，都着意于通过示范性的文艺活动，介绍、推广革命文艺经验，宣告新的人民文艺的未来走向"❷。整个演出期间，除了组织 10 场电影放映外，从 1949 年 6 月 30 日至 7 月 28 日先后演出了 40 余个剧目，这些剧目主要有《买卖公平》《上战场》《赵喜来庆功》《红旗歌》《女英雄刘胡兰》《南下列车》《王秀鸾》《夫妻识字》《王大娘赶集》《兄妹开荒》《霸王别姬》等。据统计，"参加演出的团队……十之七八是曾在老解放区工作过多年的。演出节目，无论在内容上和形式上表现了何等的多样性，十之八九是 1942 年发表了毛主席所提的为工农兵服务的文艺方针以后的作品"❸。这样的剧团选择和剧目安排，无疑具有极强的示范性，它不仅向参加文代会的代表也向其他文艺工

---

❶ 周扬. 在中国共产党第二次全国宣传工作会议上的发言 [M] // 周扬. 周扬文集（第 2 卷）. 北京：人民文学出版社，1985：297.

❷ 王秀涛. "新的人民的文艺"的示范——第一次文代会招待演出考论 [J]. 文艺研究，2018（7）.

❸ 刘念渠. 在这次大演出中学习 [J]. 文艺报，1949（9）.

作者暗示，毛泽东文艺思想将成为未来新中国文学的指导思想，以为工农兵服务为宗旨的文艺作品将成为新中国文学的发展方向。

三、第一次文代会与中国当代文学体制的形成

中国当代文学与此前文学相比既是一次文学范式的转换，也是一次文学体制的全面革新，作家队伍身份与生存方式、文学组织与机构、文学出版与传播、文艺领导与批评等层面均发生明显变化。其实，这一转换与革新，在第一次文代会期间就已经开始进行。换言之，第一次文代会在当代文学体制建构过程中也扮演了重要角色。笔者拟从作家队伍构成和文学组织机构两个方面对这一问题进行简要论述。

作家身份及其在整个文学体系中的位置和存在方式是文学制度的重要体现之一。新中国文学范式的转型，也必然要求对作家队伍进行重构，以便让那些文学理念和创作方向与新文学范式相一致的作家在新的文学体制中发挥重要作用。相反，那些与新文学范式难以兼容的作家，自然地就会被边缘化。中国当代作家队伍的重构，在第一次文代会期间就已悄然进行。1949 年 3 月确定了 42 位第一次文代会筹委会筹备委员，他们分别为郭沫若、茅盾、周扬、郑振铎、叶圣陶、田汉、曹靖华、欧阳予倩、柳亚子、俞平伯、徐悲鸿、丁玲、沙可夫、柯仲平、洪深、萧三、阳翰笙、冯乃超、阿英、吕骥、李伯钊、欧阳山、艾青、曹禺、马思聪、史东山、胡风、贺绿汀、程砚秋、叶浅予、赵树理、古元、袁牧之、于伶、荒煤、马彦祥、宋之的、刘白羽、盛家伦、夏衍、张庚、何其芳等，这些委员大部分来自解放区。再如，第一次文代会期间安排了专题发言，发言者分别是丁玲、张庚、袁牧之、吕骥、江丰、艾青、阳翰笙、李凌、叶浅予、戴爱莲、柯仲平、周文、刘芝明、沙可夫、张凌青。一方面这些发言者主要是来自解放区的文艺工作者，另一方面这些来自解放区的文艺工作者的发言主题基本围绕介绍、肯定、推广解放区文艺经验展开。比如，丁玲在《从群众中来，到群众中去》的专题发言中针对国统区作家关于"工农化"的难题，强调"毛主席文艺座谈会讲话，规定了新中国的文艺方向，但要实现这个方向，必须由解放区所有文艺工作者下决心去执行，刻苦努力，坚持不懈。在现实生活中，在与广大群众生活中，在与群众一起战斗中，改造自己，洗刷一切过去属于个人的情绪，而富有群众的生活知

识、斗争知识，和集体精神的群众的感情，并且试图来表现那些已经体验到的东西"❶。在发言中，丁玲提出"因为我们大批人是从旧的小资产阶级过来的，虽然以后的条件是更好了起来，有毛主席共产党的领导，有人民军队人民政府的帮助，有广大群众给我们的帮助……但还有很多旧社会的影响要时时来侵袭我们，我们自己的残余的、或者刚死去的旧意识旧情感都会有发展，有死灰复燃的可能，我们要时时警惕着，兢兢业业，坚持为人民服务的方向，为工农兵的方向"❷。在会议期间接受采访时，丁玲依然以现身说法的方式表达了"要群众了解我们，就要和群众生活打成一片，就得下决心，经历长期的甚至是痛苦的磨炼，和自我斗争。和群众在一块你不要把自己当作一个旁观者，不是单纯来搜集写作材料，更不是来做客人的"❸。采访期间，丁玲"越说越兴奋，那双充满智慧的眼睛闪着喜悦的光"，"因为自己思想上感情上起了变化，做了一番改造，丢掉了小资产阶级的情感，所以工作和生活得很愉快"❹。

来自国统区的作家则表达了对解放区作家的倾慕。曹禺说："向解放区诚恳的敬意，他们的胸襟开朗，没有个人存在（即包袱）。正直，谦虚。在人民中作学生的人又成为人民的老师，我们要有此改造的经验。"❺巴金说，"参加这个大会，我不是来发言的，我是来学习的"，"好些年来我一直是用笔写文章，我常常叹息我的作品软弱无力，我不断地诉苦说，我要放下我的笔"❻。上述事实表明，在新文学体制之下，解放区文学越来越成为未来文学的主流。

第一次文代会在当代文学制度建设方面的另一贡献，就是文学组织机构的设定。文学组织机构尤其是"文联"和"作协"，在中国当代文学发展流变的历史

---

❶ 丁玲. 从群众中来，到群众中去 [C] // 中华全国文学艺术工作者代表大会宣传处. 中华全国文学艺术工作者代表大会纪念文集. 北京：新华书店，1950：175.
❷ 丁玲. 从群众中来，到群众中去 [C] // 中华全国文学艺术工作者代表大会宣传处. 中华全国文学艺术工作者代表大会纪念文集. 北京：新华书店，1950：180.
❸ 傅冬. 丁玲访问记 [C] // 中华全国文学艺术工作者代表大会宣传处. 中华全国文学艺术工作者代表大会纪念文集. 北京：新华书店，1950：526.
❹ 傅冬. 丁玲访问记 [C] // 中华全国文学艺术工作者代表大会宣传处. 中华全国文学艺术工作者代表大会纪念文集. 北京：新华书店，1950：527.
❺ 徐盈. 徐盈采访第一届全国文代会手记（二）[J]. 档案与史学，2000（2）.
❻ 巴金. 我是来学习的 [C] // 中华全国文学艺术工作者代表大会宣传处. 中华全国文学艺术工作者代表大会纪念文集. 北京：新华书店，1950：392.

进程中一直扮演着非常重要的角色，通过这些文学组织机构，国家将作家组织进新的文学体制之中，在思想上、艺术上对文学艺术工作者进行领导，也经由这些文学组织机构，中央的文学政策、文学意图才能够有效地传达和实施，同时这些文学组织机构还成为新中国文艺运动的指挥部。

在第一次文代会期间，周恩来和周扬等人在报告中均特别强调新中国文艺的组织问题。周恩来在报告最后一部分专门谈到了组织问题，认为"因为这次文代大会代表大家都感到要成立组织，也的确需要解决这个问题。不仅我们要成立一个中华全国文学艺术界的联合会，而且我们要像总工会的样子，下面要有各种产业工会，要分部门成立文学、戏剧、电影、音乐、美术、舞蹈等协会。因为只有这样，我们才便于进行工作，便于训练人才，便于推广，便于改造。这一点是大家所赞同的，现在就需要开始，因为我们不可能常开这样的大会。希望在会中或会后，就把各部门的组织成立"❶。周扬的报告也较为充分地论述了文艺组织在新中国文艺中的独特功能和意义，"为有效地推进解放区文艺工作，除了思想领导之外，还必须加强对文艺工作的组织领导，适当地解决文艺工作者在他们的工作中所碰到的许多实际困难和问题。这次大会后将成立全国文学艺术界的统一机构，这对广泛团结全国各方面的文艺工作者共同致力于新中国文艺的建设事业，将起重大的作用。我们相信，这次大会以后，新中国的人民的文艺必将有更大的开展，在中国文学史上将放出万丈光芒来"❷。在这样的历史语境下，新文学机构的创制在第一次文代会前后就格外受到重视。

1949 年 2 月 25 日中共中央致电周扬等人，决定筹备新的全国文协大会，并于 5 月 4 日正式成立中华全国文学艺术工作者协会。7 月 19 日，中华全国文学艺术界联合会（1953 年第二次文代会上更名为"中国文学艺术界联合会"，后简称"文联"）正式成立，成为新中国文艺的重要组织领导机构。7 月 23 日，中国文联全国委员会召开第一次会议，推选郭沫若为主席，茅盾、周扬为副主席。此后，

❶ 周恩来. 在中华全国文学艺术工作者代表大会上的政治报告 [C] // 中华全国文学艺术工作者代表大会宣传处. 中华全国文学艺术工作者代表大会纪念文集. 北京：新华书店，1950：32.

❷ 周扬. 新的人民的文艺 [C] // 中华全国文学艺术工作者代表大会宣传处. 中华全国文学艺术工作者代表大会纪念文集. 北京：新华书店，1950：96-97.

"文联"下属单位也相继成立，它们分别是中华全国文学工作者协会（1953年第二次文代会上更名为"中国作家协会"，后简称"作协"）、中国戏剧家协会、中国音乐家协会、中国美术家协会、中国电影家协会、中国曲艺家协会等。其中，主管文学的"作协"在这些下属机构中角色最为重要，后被定为正部级单位，由茅盾任首届主席，周扬、丁玲、巴金、柯仲平、老舍、冯雪峰、邵荃麟等任副主席。通过"文联"和"作协"，中央将作家组织起来，"效仿苏联的模式，向知识分子支付工资，并为他们的生活和工作条件承担责任。各类专业人员、各种学科，都被组织到各个由党控制的协会里。例如，从事创作的艺术家都被编入中国文学艺术界联合会。在这个联合会内，各个学科又有自己的组织，如中国作家协会、中国戏剧家协会、中国音乐家协会等。中国作家协会在各省和在城市都有分会；分会的主席和文学刊物的编委班子，由设在北京的总会任命"❶。

"文联"和"作协"等文学组织机构的创建，使作家及其创作被纳入组织中，这是此前中国作家尤其是国统区作家未曾经历过的身份属性和存在方式。随着新中国文学运动的深入，这些文学组织机构发挥着日益重要的作用，其在成立之初就让一些作家认识到它是有别于以往的文学制度的。

第一次文代会文学组织机构的设定使新中国文学能够有效地将作家队伍组织起来，最大限度地发挥他们为社会主义政治、经济和文化服务的作用，对新中国文学艺术的"一体化"发展影响深远。

---

❶ 费正清，罗德里克·麦克法夸尔. 剑桥中华人民共和国史（1949－1965）[M]. 王建朗等译，上海：上海人民出版社，1990：235.

附：第一次文代会代表到底是多少人？

在现有的当代文学史研究中，一般都是以第一次文代会召开作为当代文学的起点，可见，第一次文代会在当代文学中的重要性。因为它确立了毛泽东文艺思想的唯一合法性地位，规定了新中国文艺的方向。

代表人数应该是第一次文代会的核心史实。然而，在翻阅部分中国当代文学史教材及与这次文代会相关的研究文献时，我发现对于这个重要会议的代表人数却众说纷纭，很难以一个统一的说法。我们先将这些不同的表述列举如下。

（1）华中师范学院中国语言文学系编著的《中国当代文学史稿》认为"大会于一九四九年七月三日在北平开幕。邀请的代表由七百五十三人增至八百二十四人。分平津、华北、西北、华东、南方等七个代表团。大会由郭沫若、茅盾、周扬、赵树理、柯仲平等九十九人组成主席团，郭沫若为总主席，茅盾、周扬为副总主席"❶。

（2）孟繁华、程光炜主编的《中国当代文学发展史修订版》："1949年7月，来自解放区和国统区的文学艺术工作者，在北平举行了第一次中华全国文学艺术工作者代表大会，753位代表参加了这次大会。"❷

（3）王庆生主编的《中国当代文学·第1卷》："第一次文代会于1949年7月2日至19日举行，参加大会的代表753人（后增至824人）。"❸

（4）董健、丁帆、王彬彬主编的《中国当代文学史新稿》："出席第一次文代会的代表共有753人，分别组成了平津（一、二团）、华北、

---

❶ 华中师范学院中国语言文学系.中国当代文学史稿 [M].北京：科学出版社，1962：46.

❷ 孟繁华，程光炜.中国当代文学发展史（修订版）[M].北京：北京大学出版社，2011：24.

❸ 王庆生.中国当代文学（第1卷）[M].武汉：华中师范大学出版社，1999：24.

西北、华东、东北、华中、部队和南方（一、二团）等十个代表团。代表中，中国共产党党员有444人，占代表总数的58.96%。"❶

（5）李继凯、党秀臣、赵学勇等主编的《中国现当代文学》："与会代表原定753人，实际出席的达824人。"❷

（6）《剑桥中华人民共和国史（1966—1982）》（下册）："第一次全国文学艺术工作者代表大会于1949年7月2日至19日在北平召开，650位代表出席了大会。"❸

（7）陶东风的著作《当代中国文艺学研究1949—2009》："代表共824人，报到人数共650人。"❹

（8）王本朝著的《中国当代文学制度研究1949—1976》："拟邀请代表753人，最后实际出席会议的是824人。"❺

（9）王林在《第一次文代会期间日记》一文中记载，第一次文代会"空前盛大，包罗很广泛，代表人数779人，CP（编者注：CP指共产党，Communist Party 的缩写）443，左146，报告者6个"❻。

（10）斯炎伟在《全国第一次文代会与新中国文学体制的建构》著作中，认为："筹委会原本决定邀请代表共753人，大会开幕后最终增加至824人，这后增的70多人，足显大会对入场代表的宽松。"❼

通过上述列举，我们不难发现已有的中国当代文学史教材或者相关研究文献对第一次文代会代表人数的表述各不相同。其中，除王林《第一次文代会期间日记》认为代表人数为779人外（可以确认不可靠），

---

❶ 董健，丁帆，王彬彬.中国当代文学史新稿[M].北京：北京师范大学出版社，2011：15.
❷ 李继凯，党秀臣，赵学勇.中国现当代文学[M].北京：高等教育出版社，2011：290.
❸ 罗德里克·麦克法夸尔，费正清.剑桥中华人民共和国史（1966—1982）（下册）[M].金光耀等译，上海：上海人民出版社，1992：841.
❹ 陶东风.当代中国文艺学研究（1949—2009）[M].北京：中国社会科学出版，2011：33.
❺ 王本朝.中国当代文学制度研究（1949—1976）[M].北京：新星出版社，2007：37.
❻ 王林.第一次文代会期间日记[J].新文学史料，2011（4）.
❼ 斯炎伟.全国第一次文代会与新中国文学体制的建构[M].北京：人民文学出版社，2008：130.

其他几个经常出现的数字是 753、824、650。那么参会代表到底多少人？上述数据到底哪个可靠？为什么会有这些不同的表述？

经过查阅相关资料，终于弄清楚了上述数字的来源及其所指。753 人是指大会筹委会最初拟邀请的代表，824 人是指大会开幕前后又增加了一些代表所达到的人数，而 650 人则是指真正参会的人数，因战争或其他紧迫工作，有些代表未能到会。此外，在 650 名实际参会代表中，可以统计的是 644 人，6 人因未交表而无法统计。至此，第一次文代会代表人数的准确表述应该是：最初拟邀请 753 人，后增加到 842 人，实际参会代表为 650 人。

附几张第一次文代会相关统计表（表格来源于《中华全国文学艺术工作者代表大会纪念文集》）。

[附表一]　　各代表团人数一览表　　　38 年 7 月 18 日

代表团名稱	人数			業務區分						備考
	已報到	未到	計	文	音	戲	美	舞	未詳	
平津代表一團			135	45	19	52	19			
平津代表二團			55	26	4	11	13		1	
華北代表團			56	14	3	36	3			
西北代表團			45	15	4	21	5			
華東代表團			49	20	5	16	8			
華中代表團			20	13	2	4	1			
東北代表團			95	25	11	46	12		1	
部隊代表團			99	15	12	59	13			
南方代表一團			89	48	5	25	10		1	
南方代表二團			181	83	18	58	22			
總　計			824	304	82	328	106		4	戲曲包括新劇、舊劇、曲藝等

[附表二]　　代表團人數、業務百分比一覽表　　　38 年 7 月 18 日

代表團名稱	人数			業務區分						備考
	已報到	未到	計	文	音	戲	美	舞	未詳	
平津代表一團			16.385	14.80	23.17	15.84	17.925			
平津代表二團			6.66	8.55	4.88	3.36	12.665	25		
華北代表團			6.8	4.61	3.66	10.98	2.83			
西北代表團			5.46	4.935	4.88	6.405	4.72			
華東代表團			5.95	6.58	6.10	4.88	7.55			
華中代表團			2.43	4.28	2.44	1.22	.94			
東北代表團			11.53	8.22	13.41	14.025	11.32	25		
部隊代表團			12.015	4.935	13.41	17.99	12.26	25		
南方代表一團			10.8	15.79	6.10	7.62	9.435	25		
南方代表二團			21.97	27.3	21.95	17.68	20.755			
總　計			100	36.89	9.95	39.81	12.86	0.49		

〔附表三〕 報到代表統計表

項　目	總　　數	共　計
性　別　男	590	644
女	54	
年　齡　20——25	9	644
26——30	120	
31——35	212	
36——40	135	
41——45	88	
46——50	42	
51——55	19	
56——60	10	
61——65	6	
66——70	1	
71——75	1	
89——	1	
學　歷　大學	272	644
中學	216	
留學	83	
自學	35	
小學	34	
不明	4	
業　務　戲劇	267	644
文學	213	
美術	88	
音樂	73	
舞蹈	3	
籍　貫　河北	119	644
江蘇	107	
浙江	66	
山東	56	
廣東	53	
安徽	38	
湖南	36	
四川	32	
山西	27	
河南	23	
東北	23	
湖北	20	
福建	10	
陝西	10	
江西	8	
雲南	6	
廣西	5	
貴州	1	
西康	1	
綏遠	1	
內蒙	1	
朝鮮	1	
未交表無法統計者		6人
報　到　總　人　數		650人
備　考		

第二章
电影《武训传》的命运与中国当代文学一体化建构

1951 年电影《武训传》的上映，在全国范围内引起热议，并最终引发了新中国文学艺术史上第一次全国范围内的批判运动。这场批判运动不仅对新中国文学乃至思想文化的发展均产生了深远影响，而且其批判动机及方式在中国当代文学 / 文化发展进程中均呈现出某种典范性，成为我们认识此后新中国文艺运动的一个标本，具有较为特殊的文学史意义和价值。作为一个艺术文本，电影《武训传》的生产过程体现了中华人民共和国成立后文艺创作与新文艺规范磨合时的矛盾与冲突，而围绕其所进行的论争与批判，则隐含了中国当代文学一体化建构过程中的一些基本策略与范式。要深入理解这次对电影《武训传》的批判运动，我们不仅有必要还原对电影《武训传》批判的历史语境，梳理这一艺术文本产生过程和命运走向，还需要在此基础上论析这次批判运动的基本特征与模式，进而评估它在新中国文学史中的特殊意义和价值。

一、电影《武训传》批判的历史语境

电影《武训传》的拍摄及其引发的批判是在特殊历史语境进行的，其主要体现在以下几个方面。

首先，我们需要了解武训其人及近代以来的形象建构。《武训传》主人公武训在历史上确有其人。武训（1838—1896），山东省堂邑县武家庄（今冠县柳林镇）人，出生于清末一个贫苦的农民家庭。武训，原名武七，家境贫寒，幼年丧父，跟随母亲乞讨为生。武训从小就渴望读书，无奈家贫而求学不得。母亲去世后，武训去给别人家当长工，待到三年后讨要工钱的时候，雇主欺负他是个文盲，通过做假账，谎称工钱已经支付。武训力争，反遭毒打。此事，让武训开始意识到读书识字的重要性。此后，他下定决心要办义学，希望那些跟自己一样出身贫苦家庭的孩子能够读书识字。武训终年走街串巷，一边通过讨饭、表演杂技讨钱，一边出卖力气打短工，历经三十八年，忍辱负重，最终置地三百多亩，创办三所义学。武训博施济众的精神和创办义学的壮举不仅受到当地人的敬仰，而且也得到了朝廷的认可。山东巡抚袁树勋奏准将其事迹"宣付国史馆立传"，清廷授赐以"乐善好施"的匾额，得"创建义学武善士"的称号，并赏穿黄马褂，但武训辞而不受。1896年5月武训病逝。

武训去世后，很长一段时间都受到人们的高度肯定，后人也不断地对其形象进行建构并阐发武训精神的内涵。北洋政府大总统徐世昌曾为武训题匾额，颂其"热心公益"❶；段祺瑞在为武训学校题词中评价武训"丐金以兴学，难于舍身以卫国。是游侠传之雄，而非卑田院之客，亿万斯年，式此民德"❷；1934年，蒋介石曾为《武训九七诞辰纪念册》题词，评价武训"独行空前""艰苦卓绝"❸；冯玉祥谈到武训时，赞其"做出这样的伟大的利他的事业来"❹。

不仅一些政客对武训评价颇高，近代以来的中国文人和知识分子也大多对其人其事较为推崇。比如，蔡元培认为武训这个人"刻苦而诚恳"❺；黄炎培评价武训时，认为他"为避免人们痛苦，不惜自己身受终生痛苦"❻；李公朴也将武训视为"圣人"，说他"从事大众教育工作的人，应该把武训当作当代的圣人看"❼；郭沫若1945年12月在重庆发起的武训诞辰一百零七周年纪念活动中，称武训为"圣人"，认为他真正做到了"博施于民而能济众"❽。这其中，最值得一提的是现代

❶ 瞿旋. 武训大传［M］. 上海：长江文艺出版社，2009：361.
❷ 瞿旋. 武训大传［M］. 上海：长江文艺出版社，2009：361.
❸ 瞿旋. 武训大传［M］. 上海：长江文艺出版社，2009：362.
❹ 冯玉祥. 美游日志（十三）在柏克莱利他哲学浅释［N］. 大公报（天津版），1947-01-12.
❺ 蔡元培. 武训先生提醒我们［C］//张明. 武训研究资料大全. 济南：山东大学出版社，1991：479.
❻ 黄炎培. 从一个"情"字出发：为武训纪念写［N］. 新华日报. 1945-12-06.
❼ 李公朴. 现代的圣人［N］. 新华日报，1945-12-06.
❽ 龚继民. 方仁念. 郭沫若年谱［M］. 天津：天津人民出版社，1992：633.

著名教育家陶行知，他对武训可谓推崇有加，先后写过《普及教育学与学武训》《新武训》《谈武训精神》《武训先生解放出来——为武训先生诞辰一百零七周年纪念而写》等多篇文章，赞颂武训"是一个以兴学为无上快乐的人"❶；是"古今来最难得"的"奇男子"（《武训先生九七诞辰纪念册》），"一有合乎大众需要的宏愿，二有合乎自己能力的方法，三有公私分明的廉洁，四有尽其在我、坚持到底的决心"，"中华民族需要千千万万个武训一样的人，去继续为穷人的教育事业奋斗"❷。陶行知对武训的推崇，直接影响到后来电影《武训传》的导演孙瑜，孙瑜之所以有拍这部电影的冲动，就缘于1944年陶行知送给他一本段绳武主编、孙之俊绘画的《武训先生画传》，陶行知还嘱咐孙瑜"有机会时能够把武训一生艰苦办义学的事迹拍成电影"❸。

　　上述对武训形象及其精神内涵的阐释，基本上都是正面的肯定与颂扬，这种价值立场一直延续到对电影《武训传》进行批判之前。就像电影《武训传》的主题曲那样，人们依然对武训的行乞兴学、至勇至仁的品行给予了高度肯定。歌词如下："大哉武训，至勇至仁。行乞兴学，苦操奇行。一囊一钵，仆仆风尘；一砖一瓦，累积成金。街头卖艺，市上售歌；为牛为马，舍命舍身。世风何薄？大陆日沉。谁启我愚？谁济我贫？大哉武训，至勇至仁。行乞兴学，千古一人！"❹

　　其次，需要了解新中国文学一体化建构的诉求与规约机制。洪子诚先生在描述1950—1970年中国文学的总体性特征时，提出了"一体化"这一概念，认为所谓当代文学的"一体化"，"首先，它指的是文学的演化过程，或一种文学时期特征的生成方式。在20世纪的中国文学过程中，各种文学主张、流派、力量在冲突、渗透、消长的复杂关系中，'左翼文学'（或'革命文学'）到了50年代，成为中国唯一的文学事实"；"其次，'一体化'指的是这一时期文学的生产方式、组织方式。这包括文学机构，文学团体，文学报刊，文学写作、出版、传播、阅读，文学的评价等环节的性质和特征"；"再次，'一体化'所指称的再一方面，

❶ 陶行知. 把武训先生解放出来 [M] // 陶行知文集. 南京：凤凰传媒出版集团，2008：952.
❷ 陶行知. 谈武训精神 [C] // 张明. 武训研究资料大全. 济南：山东大学出版社，1991：557-558.
❸ 孙瑜. 影片《武训传》前前后后 [N]. 文汇报，1986-12-23.
❹ 陈晋. 文人毛泽东 [M]. 上海：上海人民出版社，1997：308.

有关这一时期的文学形态。这涉及作品的题材、主题、艺术风格，文学各文类在艺术方法上的趋同化的倾向"❶。采用"一体化"来概括1950—1970年中国文学的特征与发展趋向，大体上来说具有一定的合理性与有效性，它揭示出了这一时期文学高度体制化、规范化和政治化特征。

第一次文代会提出"为人民大众、为工农兵服务"是新中国文学艺术唯一合法的发展方向，标示着中国当代文学试图将此前"多样化"或者"多元共生"的文学，纳入到人民文艺这一发展轨道上来的努力。因此，对文学的"一体化"建构始终是新中国文学艺术的重要目标，也是这一时期文学艺术政策指定、制度建设的基础与旨归。然而，仅有第一次文代会文艺方向的明示，还远不能够实现新中国文学的"一体化"，新中国文学在追求这一目标的过程中还需要采用其他一些策略，诸如作家队伍的体制化，文学报刊、文学出版与传播的体制化等，其中，对不符合新文艺规范的文学实践进行批判，也是建构新中国文学秩序和文学"一体化"最重要艺术策略之一。对电影《武训传》的批判，就是在新中国文学艺术"一体化"诉求语境下展开的，也是为实现这一目标所做出的第一次重要实践。

最后，中华人民共和国新生政权所面临的国内、国际环境，也影响了这次文艺批判运动的展开。对电影《武训传》的批判主要是针对国内思想文化界存在的资产阶级与小资产阶级思想，这也在另一层面上涉及新政权如何对待资产阶级和小资产阶级的问题。虽然在1948年9月的中共中央政治局会议上，认为"我们的政权的阶级性是这样：无产阶级领导的，以工农联盟为基础，但不是仅仅工农，还有资产阶级民主分子参加的人民民主专政"❷，试图与资产阶级和小资产阶级长期合作，但新中国面临的复杂国内国际情势，使对这一问题的处理变得复杂而矛盾起来。中华人民共和国的成立，完成了从新民主主义革命到社会主义革命的转换，顺次展开的社会主义革命所面临的是颇为复杂的国内与国际环境。第一，国民党反动派虽然退居台湾，但部分留在大陆的残余势力还没有放弃敌视、破坏、颠覆新生政权的图谋；第二，随着新中国与苏联签订友好同盟互助条约，以美国

---

❶ 洪子诚.文学与历史叙述[M].郑州：河南大学出版社，2005：55-56.
❷ 毛泽东.毛泽东选集[M].北京：人民出版社，1991：1475.

为首的帝国主义对中国新生的人民政权采取孤立、扼杀的态度；第三，中华人民共和国成立后进行的"镇反""土改"及抗美援朝战争，新生的政权面临严峻的挑战。在此语境之下，新生政权对资产阶级和小资产阶级持团结多数、孤立少数的策略。对于资产阶级和小资产阶级的这种审慎的态度，也直接影响到了新中国成立初期文学能否书写和怎样书写资产阶级和小资产阶级的问题。

二、电影《武训传》生产与批判历程

电影《武训传》的诞生与批判相关主要时间线，对与此相关主要时间节点的梳理与呈现，有利于我们对这一批判运动的整体把握与理解。

这场批判运动的一些重要时间线大体如下。

在孙瑜拍摄电影《武训传》之前，早在 1944 年上海中华电影联合股份有限公司就以武训为素材，拍摄了电影《义丐》（编剧盛琴仙，导演岳枫，摄影庄国钧），同年 12 月 23 日公映。

孙瑜将武训事迹改编为电影的想法始于 1944 年，此年夏天，教育家陶行知将绳武主编、孙之隽绘画的《武训先生画传》赠予孙瑜，并希望他日后能将武训鞠躬尽瘁、艰苦办学的义举搬上银幕。受此书影响，孙瑜"认为这是一个很好的电影题材，当时就根据'行乞兴学'这一主线，草拟了一个几百字的剧情梗概，夹在笔记簿里，准备慢慢地作合乎情理的艺术加工，构成一部电影的轮廓"❶。

1945 年，远赴美国的孙瑜，打算将武训事迹拍成电影，并初拟了简单的剧情梗概。

1947 年秋，回国途中，孙瑜开始写了一部分分场剧情。

1948 年初，中国电影制片厂筹备并拍摄《武训传》，由孙瑜担任导演，赵丹饰演剧中主角武训。

1948 年 7 月，《武训传》正式开始拍摄，至 11 月，电影的拍摄已经完成三分之一。

---

❶ 孙瑜. 银海泛舟——回忆我的一生 [M]. 上海：上海文艺出版社，1987：172.

1948 年底，受淮海战役的影响，中国电影制片厂经济陷于困顿，电影《武训传》被迫停止拍摄。

1949 年 2 月，上海昆仑影业公司以 150 万金圆券的价格购买了中国电影制片厂拍成的电影《武训传》，孙瑜加入昆仑影业公司继续拍摄此片，但由于昆仑影业公司当时正有其他影片的拍摄任务，电影《武训传》的拍摄被暂时搁置。

1949 年 6 月，孙瑜赴北平参加中华全国文学艺术工作者代表大会，会议期间，孙瑜曾向周恩来汇报了重拍电影《武训传》想法，并征询周恩来对武训意见，周恩来认为："武训年老时一共办成了三个'义学'，但后来这些义学都被地主们拿过去了。"❶另据孙瑜回忆，在 1949 年 7 月 26 日向周恩来请教《武训传》电影题材时，周恩来提出三点意见："①站稳了阶级立场；②武训成名后，统治阶级即加以笼络利用；③武训最后对兴学的怀疑。"❷

1949 年底，孙瑜在听取陈白尘、蔡楚生、郑君里、沈浮、赵丹、蓝马等人的意见后，对剧本进行了修改，剧本的基调由正剧改成了悲剧。关于这次修改，孙瑜在回忆中有所记载："1948 年我在'中制'所拍的《武训传》剧本是一部歌颂武训'行乞兴学'劳苦功高的所谓'正剧'。"在征求了朋友的意见后，他将正剧改成了悲剧——"武训为穷孩子们终身艰苦兴学虽'劳而无功'，但他的那种舍己为人、艰苦奋斗到底的精神，仍然应在电影的主题思想里予以肯定和衷心歌颂。"❸

1950 年电影《武训传》重新开拍，10 月结束拍摄，12 月完成后期制作。影片拍摄期间导演孙瑜听取了各方意见，经过党领导作过修改后审定，将《武训传》主题内涵由原本的"正剧"改为"悲剧"：评述和刻画武训幻想"念书能救穷人"并为之奋斗一生的"悲剧"，歌颂他坚持到底的精神，描写武训发现他兴学失败的悲痛，把希望寄托在周大武装斗争的胜利上。❹

1951 年 2 月 21 日，孙瑜带了重新剪辑为三小时的《武训传》新拷贝到北京，

---

❶ 孙瑜. 影片《武训传》前前后后 [N]. 文汇报，1986-12-23.
❷ 孙瑜. 影片《武训传》前前后后 [N]. 文汇报，1986-12-23.
❸ 孙瑜. 影片《武训传》前前后后 [N]. 文汇报，1986-12-23.
❹ 孙瑜. 银海泛舟——回忆我的一生 [M]. 上海：上海文艺出版社，1987：191.

呈送周恩来，并在中南海审映。周恩来、朱德等诸多中央领导观影后对电影表示认可。孙瑜回忆"我注意到，大厅里反应良好，映完获得不少的掌声。朱德同志微笑着从老远的坐间走过来和我握手，说了一句：'很有教育意义'"；"电影放完后，周总理和胡乔木同志没有在大厅里提多少意见。总理只是在某一处艺术处理上告诉我，武训在庙会广场上'卖打'讨钱时，张举人手下两个狗腿子趁机毒打武训，残暴的画面描写似乎太长了。我即于第二天把踢打武训的镜头剪短了"❶。

1951年2月25日，电影《武训传》在京、津、沪等地上映。

电影《武训传》上映后，在受到观众普遍好评的同时，也出现了批评的声音。如1951年《文艺报》第4卷第1期上发表的署名贾霁的文章《不足为训的武训》和署名江华的短文《建议教育界讨论〈武训传〉》。此外，时任中国新民主主义青年团中央宣传部副部长的徐立群也写了《试谈陶行知先生表扬"武训精神"有无积极作用》一文，用杨耳为笔名在5月10日出刊的《文艺报》第4卷第2期发表。而且杨文不久在5月16日的《人民日报》转载，标题被改为指向更明确的《陶行知先生表扬"武训精神"有积极作用吗？》，此文成为《武训传》批判的一个重要信号。

1951年5月20日，《人民日报》刊登了毛泽东的社论《应当重视电影〈武训传〉的讨论》。社论认为"《武训传》所提出的问题带有根本的性质"，其核心观点如下：其一，认为武训"根本不去触动封建经济基础及其上层建筑的一根毫毛，反而狂热地宣传封建文化，并为了取得自己所没有的宣传封建文化的地位，就对反动的封建统治者竭尽奴颜婢膝的能事，这种丑恶的行为"是不应当歌颂的。其二，批评电影"用革命的农民斗争的失败作为反衬来歌颂"，这是"污蔑农民革命斗争，污蔑中国历史，污蔑中国民族的反动宣传"。其三，文章敏感地提醒人们："电影《武训传》的出现，特别是对于武训和电影《武训传》的歌颂竟至如此之多，说明了我国文化界的思想混乱达到了何等的程度！"其四，文章进一步指出，一些号称学得了马克思主义的共产党员"遇到具体的历史事件，具体的历史人物（如武训），具体的反历史的思想（如像电影《武训传》及其他关于武

---

❶　孙瑜. 影片《武训传》前前后后 [N]. 文汇报，1986-12-23.

训的著作），就丧失了批判的能力"，这说明"资产阶级的反动思想侵入了战斗的共产党"❶。

1951年5月26日，孙瑜在《人民日报》发表文章进行自我批评，称："《武训传》犯了绝大的思想上和艺术上的错误。无论编导者的主观愿望如何，客观的实践却证明了《武训传》对观众起了模糊革命思想的反动作用，是一部于人民有害的电影。除开深自痛心检讨外，我愿真诚地接受和参加今后一切正确和更严厉一些的批评，澄清自己的思想。"❷

1951年7月23日至28日，《武训历史调查记》在《人民日报》上以连载的方式全文登出，结论完全颠覆了武训原有的勤劳勇敢、吃苦耐劳、坚强不屈的形象，而说武训是一个"以'兴义学'为手段，被当时反动政府赋予特权而为整个地主阶级和反动政府服务的大流氓、大债主"❸。

对电影《武训传》批判的余波一直延续到"文化大革命"时期，例如，《评反革命两面派周扬》一文就曾把对电影《武训传》的批判视为1949年后思想战线的第一次大斗争，认为《武训传》"电影一放映，立刻就受到一批党内外资产阶级代表人物的吹捧，号召学习武训和'武训精神'，也就是要无产阶级像武训那样向地主阶级和资产阶级屈膝投降"❹。

三、批判特点与范式建构

对电影《武训传》的批判是中华人民共和国成立后第一次全国范围内的文艺批判运动，这次批判运动的方式、策略为后来的文艺运动建构了一种批判范式。

综观电影《武训传》的批判过程，我们不难发现这场批判运动所呈现的模式具有以下几个特点。

其一，批判运动以自上而下的方式展开。中国当代文艺的批判运动尤其是全

---

❶ 毛泽东. 应当重视电影《武训传》的讨论 [N] . 人民日报，1951-05-20.
❷ 孙瑜. 我对《武训传》所犯错误的初步认识 [N] . 人民日报，1951-05-26.
❸ 武训历史调查团. 武训历史调查记 [N] . 人民日报，1951-07-23.
❹ 姚文元. 评反革命两面派周扬 [J] . 红旗，1967（1）.

国性的文艺批判运动，大多采取自上而下的方式展开，这就使批判的发起往往导源于中央高层甚至最高领导人的谈话、文章和指示，而且这些指示性谈话、文章或者批示也通常会改变此前文学艺术讨论、批判的性质与方向。电影《武训传》的批判可谓是新中国文艺批判这一特征的肇始。

电影《武训传》从开拍到最初的上映，都还处在文艺运行的正常状态，最初公映时虽然好评如潮，但也有一些不同声音。而改变电影《武训传》命运的是两个重要事件。

第一个时间节点是 1951 年 3 月初。据说毛泽东看完影片后对在场的人员说："这个电影是改良主义的，要批判。"[1]主管宣传工作的周扬于 1951 年 4 月 20 日政务院第 81 次政务会议上点名批评《武训传》，"昆仑公司的《武训传》就是一部对历史人物与历史传统作了不正确表现的，在思想上错误的影片"[2]。5 月 12 日，在中央文学研究所的讲演中，周扬批评《武训传》将毛泽东画像与武训画像并置问题，"那样的比拟，就是在原则上错误的"，"历史上任何出色的革命英雄都不能拿来和现代工人阶级的伟大领袖相比拟"[3]。与此同时，一些批评电影《武训传》的文章开始见诸报章，主要有晴锣的《武训不是我们的好传统》（《进步日报》1951 年 3 月 25 日）、江林的《〈武训传〉丑化了劳动人民》（《新民报》1951 年 3 月 31 日）、洪都的《武训的反抗变成了帮忙》（《进步日报》1951 年 4 月 8 日）、书亭的《将〈武训传〉的争论明确起来》（《人物杂志》第 6 期，1951 年 5 月 5 日）等。

第二个时间节点是 1951 年 5 月 20 日，毛泽东发表社论《应当重视电影〈武训传〉的讨论》。在展开对《武训传》大规模批判之前，毛泽东正在石家庄编辑《毛泽东选集》。待到 1951 年 4 月底《毛泽东选集》编选工作结束后，毛泽东对尚无"一篇有系统的科学的批判文字"，"很多人跟不上"及人们对"武训精神""崇拜依旧"，很不满意。[4]在此背景下，对电影《武训传》批判的力度陡然升级。

[1]　袁晞.武训传批判纪事［M］.上海：长江文艺出版社，2000：88-89.
[2]　章开沅，唐文权.平凡的神圣——陶行知［M］.武汉：湖北教育出版社，1992：14.
[3]　周扬.坚决贯彻毛泽东文艺路线［N］.人民日报，1951-06-27.
[4]　袁晞.武训传批判纪事［M］.上海：长江文艺出版社，2000：103.

1951 年 4 月 25 日《文艺报》连续发表贾霁的《不足为训的武训》、鲁迅旧文（化名何干）《难答的问题》、江华的《建议教育界讨论〈武训传〉》三篇批评文章。《人民日报》5 月 16 日也全文转载了杨耳的文章《试谈陶行知先生表扬"武训精神"有无积极作用？》（转载时改名为《陶行知先生表扬"武训精神"有积极作用吗》），并于同期重新发表鲁迅的《难答的问题》、江华的《建议教育界讨论〈武训传〉》。而 5 月 20 日《应当重视电影〈武训传〉的讨论》社论的发表，则直接判定《武训传》是一部"带有根本性质"错误的电影。据统计，从社论《应当重视电影〈武训传〉的讨论》发表到 5 月底的 11 天中，仅报上发表的批判和检讨文章即达 108 篇，6 月份报上批判文章的数量则翻了四番，不算各报编发的文章，仅以个人署名的文章即达 410 多篇，至 1951 年 8 月底，这类文章已达到 850 多篇。❶

其二，批判运动在整体上侧重于艺术之外的思想层面。在整个针对电影《武训传》的批判过程中，所坚持的原则是政治标准第一，艺术标准第二，这也导致后来批判运动展开时对这部艺术作品的思想批判代替了艺术讨论。如上所述，毛泽东在《应当重视电影〈武训传〉的讨论》中对电影的批评，主要聚焦在其思想方向与阶级立场方面的问题，认为电影对武训的叙事是"污蔑农民革命斗争，污蔑中国历史，污蔑中国民族的反动宣传"，批评影片的主题"不是以阶级斗争去推翻应当推翻的反动的封建统治者，而是像武训那样否定被压迫人民的阶级斗争，向反动的封建统治者投降"❷，这显然是基于思想立场分歧的批判。

此后，随着批判运动的扩大和深入，这种思想层面的指向愈加明显。1951 年 5 月 20 日的社论发表后，整个电影评论界对《武训传》普遍持批评态度，影片主人公武训也被戴上了"大地主、大债主、大流氓"三顶帽子。❸范文澜在《武训是个什么人？为什么有人要歌颂他？》一文中公开称武训为"大流氓"，并强调"武训这个人，从头顶到脚底，从皮肤到血管，浸透了封建主义的毒素"❹。有些批判文章离开影片本身，矛头直指影片的导演，如袁水拍在批判文章中指出："编导

---

❶ 张明. 武训研究资料大全 [M]. 济南：山东大学出版社，1991.
❷ 毛泽东. 应当重视电影《武训传》的讨论 [N]. 人民日报，1951-05-20.
❸ 武训历史调查团. 武训历史调查记 [M]. 人民日报，1951-07-23.
❹ 范文澜. 武训是个什么人？为什么有人要歌颂他？ [N]. 人民日报，1951-07-06.

者的动机哪里是要批判什么武训，他的动机是要用武训来批判今天的'世风'和'大陆'！《武训传》的编导者的主观愿望和客观实践并没有任何矛盾，他所种的是瓜，所得的也的确是瓜，他企图歌颂武训，事实上也的确歌颂了武训。"❶因为对电影《武训传》的批评是思想批判而不是基于学理的艺术讨论，也导致很多批判文章在话语方式上呈现出简单、粗暴、直接的特点。作家王蒙在回忆这场批判运动时就指出了其中存在语言暴力现象："批判电影《武训传》。当时，我的一个同事，一个绝非过于幼稚的前程看好的共青团干部看完了全部批判文章后认真地对我说：'我看这部片子的编导应该枪毙。'真是激发了行动的暴力冲动呀！"❷

　　其三，批判的缘起为文艺作品，但指向却是现实社会思想文化领域存在的问题。对《武训传》的批判很显然是由于电影的拍摄和上映引起的，但围绕其展开的批判却并没有停留在对武训这个历史人物本身的臧否，而是触及现实社会中的思想问题。换言之，批判者借影片批评了当时中国知识界和干部队伍中存在的资产阶级思想。正如1951年6月，毛泽东在审阅一篇稿子时所言："我们说，武训自己怎样想是一件事，武训的后人替他宣传又是一件事。"❸此外，毛泽东在武训历史调查团临行前也曾表示，武训本人是不重要的，他已经死了几十年了，武训办的义学也不重要，它已经几经变迁，现在成了人民的学校。重要的是我们共产党人怎么看待这件事——对武训的改良主义道路，是应该歌颂？还是应该反对？❹经由《武训传》电影上映这一事件，毛泽东敏锐地体察到知识界尤其是干部队伍中的非无产阶级思想的严重性。因此，在社论中毛泽东指出："电影《武训传》的出现，特别是对于武训和电影《武训传》的歌颂竟至如此之多，说明了我国文化界的思想混乱达到了何等的程度！"他格外强调："特别值得注意的，是一些号称学得了马克思主义的共产党员。他们学得了社会发展史——历史唯物论，但是一遇到具体的历史事件，具体的历史人物（如武训），具体的反历史的思想（如

❶ 袁水拍. 读孙瑜先生检讨后的一点意见［N］. 人民日报，1951-05-27.
❷ 王蒙. 想起了日丹诺夫［J］. 读书，1995（4）.
❸ 毛泽东. 对杨耳的评武训和关于武训的宣传稿的修改［M］//建国以来毛泽东文稿（第2册）. 北京：中央文献出版社，1988：374.
❹ 钟惦棐. 起博书［M］. 北京：中国电影出版社，1986：14.

像电影《武训传》及其他关于武训的著作），就丧失了批判的能力，有些人则竟至向这种反动思想投降。资产阶级的反动思想侵入了战斗的共产党，这难道不是事实吗？"基于此，毛泽东并不讳言地批判电影《武训传》的目的，"展开关于电影《武训传》及其他有关武训的著作和论文的讨论，求得彻底地澄清在这个问题上的混乱思想"❶。

电影《武训传》的批判对当时及其后来中国文学艺术乃至思想文化均产生了重要影响。

这场批判运动波及范围相当广泛，许多与影片相关联的人物被卷入其中并受到牵连。在电影《武训传》拍摄之前，许多文化界人士都对武训有自己的评价，当批判运动展开之后，他们发现自己的立场与批判方向有距离的时候，就只能检讨自己的错误了。例如，郭沫若在20世纪40年代曾经对武训进行过肯定和赞扬，所以在批判运动展开之后，他很快对以前的错误进行了自我批评。1951年6月7日《人民日报》发表郭沫若的文章《联系着武训批判的自我检讨》，在文章中他不仅否定了此前对武训的赞扬，"在抗战时期的重庆，经过陶行知先生的表彰，才开始知道的，我一直不曾加以研究。但在一九四三年陶先生所主持的一个武训纪念会上应邀讲话，便也曾盲目地称赞过他的"，"我最不应该的是替《武训画传》可以说是电影《武训传》的姊妹，题了书名，还题了辞"，"我诚恳地向读过《武训画传》的朋友们告罪"。而且还对《武训传》进行了批评，"今天武训的本质被阐明了，武训活动当时的与农民革命的史实也昭示了出来，使十足证明武训的落后、反动，甚至反革命了"❷。

参与《武训传》拍摄和审查的人，也都进行了自我检讨。1951年5月26日，导演孙瑜在《人民日报》发表文章，公开进行检讨与自我批评。主管文艺与宣传的周扬，也发文称："我自己很早就看了电影《武训传》，但并没有能够充分地认识和及早地指出它的严重的政治上的反动性。虽然我在三月间举行的第一届全国文化行政会议上对这电影作了批评，但现在看了许多同志的文章和材料之后，感觉着我当时的批评是极其不够的。现在，武训的历史已经完全清楚了；但对

---

❶ 毛泽东. 应当重视电影《武训传》的讨论 [N]. 人民日报, 1951-05-20.
❷ 郭沫若. 联系着武训批判的自我检讨 [N]. 人民日报, 1951-06-07.

于引起这次论争的电影《武训传》本身，却还需要就它的思想和艺术作系统的批判。我的这篇文章就是为这个目的写的。"❶负责上海文艺工作的夏衍，虽然在影片拍摄期间就表示武训其人"不足为训"，但是批判运动开始后还是紧随步伐，检讨自己的工作，认为从电影《武训传》的批判中暴露了上海革命文艺界的思想工作的薄弱，"我们不能坚决地贯彻毛泽东同志的文艺路线，不善于站稳无产阶级的立场，用马克思列宁主义的观点方法，来对一切不利于人民事业、有害于革命的错误思想进行严肃的思想斗争"。他还表态："必须以无产阶级的思想——马列主义、毛泽东思想作为唯一的领导的力量，并且必须不允许任何反对人民民主的思想和倾向进行破坏人民民主的活动。需要用人民民主革命的思想来批评资产阶级改良主义的思想，特别是要对于那些披着马列主义外衣的资产阶级的反动思想要彻底地加以揭露。"❷随着电影《武训传》批判展开的检讨运动，一方面，让文艺界尤其是革命干部队伍意识到自己的思想觉悟和政治觉悟与现实政治要求之间存在矛盾和距离；另一方面，也对那些怀疑和抵触新中国文学艺术一体化方向的人起到了教育作用。

　　对电影《武训传》的批判，对当时的文艺生产也产生了一定的负面影响。就如袁鹰所言，"剧作者不敢写，厂长不敢开拍，文化界形成一种不求有功，但求无过的风气，'拍片找麻烦，不拍保平安'。这还只是电影生产这一个方面，在文化和教育方面影响要大得多"。❸作为电影《武训传》中主演的赵丹则表示，"我怎么会走上公式化、概念化的路上来呢？……影片《武训传》受到全国性的大批判后，我在思想上逐步形成了几个概念。一，'艺术必须为政治服务'。因此艺术本身就没有其他职能，艺术即政治。二，只能歌颂无产阶级的英雄人物，不能歌颂其他阶级的人物，对其他阶级的人物只能是批判性的；而无产阶级的英雄人物，则必定是具有崇高思想境界，高尚的道德品质，不具有缺点与错误。如果稍微写一点缺点错误，就犯了立场、倾向性的原则错误。三，'各种思想无不打上

---

❶ 周扬. 反人民、反历史的思想和反现实主义的艺术——电影《武训传》批判［N］. 人民日报，1951-08-08.

❷ 夏衍. 从《武训传》的批判检查我在上海文化艺求界的工作［N］. 人民日报，1951-08-26.

❸ 袁鹰.《武训传》讨论——建国后第一场大批判［J］. 重庆陶研文史，2006（4）.

阶级的烙印'。因此一招一式、一举一动、一颦一蹙，都有阶级的内容。因之一切人物的内部素质与外部形体都只应该是壁垒分明的表演，否则就混淆了阶级的界线啦，等等。"❶

行文至此，我们基本将电影《武训传》批判的基本状况、模式及其影响进行了梳理和论析。《武训传》批判这种模式，在后来的对俞平伯《红楼梦》研究的批判、对胡风文艺思想的批判等文艺运动中得到延续。

❶ 赵丹. 地狱之门 [J]. 戏剧艺术论丛，1980（4）：60.

第三章
赵树理文学命运解析

1958 年，《火花》第 8 期发表了赵树理的短篇小说《锻炼锻炼》，小说书写了 1957 年秋末"争先农业社"在整风期间发生的年轻干部与落后妇女"小腿疼""吃不饱"之间的矛盾。赵树理意图揭示农业合作化运动中普遍存在的消极怠工、自私懒惰等落后现象，进而批评造成这种现象的社主任王聚海"和事佬"的思想作风。小说发表后虽收到一定好评，但很快也遭到公开的尖锐批评，批评者认为赵树理的小说充斥着对农村妇女和党员干部的"歪曲"和"污蔑"。对《锻炼锻炼》的批评，是赵树理从成为"文学方向"到失去"方向"转折进程中的一个具有标志性意义的时间节点，也成为 20 世纪 50 年代以后赵树理文学命运的真实写照。

作为转折年代最具代表性的作家，赵树理也是理解 20 世纪 50 年代中国文学绝对绕不开的一个人物。

一、与《讲话》不甚一致的模糊认同

正如有论者所言："赵树理一开始就是一个拒绝西方文明的本土作家，他从传统民间文化中吸取了大部分的资源，对于以西方为标准的现代国家的叙事需要全不顾及，这注定了他一开始就是要被抛弃的。"❶这一论断在某种程度上向我们

---

❶ 刘旭．赵树理文学的叙事模式研究［M］．太原：北岳文艺出版社，2015：41.

昭示了赵树理文学命运的历史性。

1947 年前后,赵树理的创作在延安文艺领导者看来是"实践了毛泽东同志文艺方向的结果",并高度肯定其"作品是文学创作上的一个重要收获,是毛泽东文艺思想在创作上实践的一个胜利"❶。然而,事实远比这个简单结论复杂许多。这可以从赵树理成名前后两个不容忽视的文学史实中呈现出来。

其一,赵树理未能在最高领导人那里得到积极的回应与反馈。众所周知,毛泽东是一位格外关注文艺的领导人,这无论是从其对到达陕北保安后的丁玲给予的高规格接待,还是延安文艺座谈会召开前后与文艺界的频繁互动,乃至中华人民共和国成立后在甚为繁忙的工作中,仍能关注像王蒙这样在文坛崭露头角的新人等史实中,均能鲜明地体现出来。可是,在毛泽东与现当代诸多作家交往的史料中,我们却很难发现他对赵树理的直接评价和态度。❷以毛泽东对文艺的敏感和热情,要说他不知道赵树理其人应该不太符合常理。这非常情态背后,定有其他深层次的因由。笔者以为,这可以从《在延安文艺座谈会上的讲话》(以下简称"《讲话》")目的和毛泽东个人审美趣味两个层面来寻找答案。就目的而言,《讲话》虽然鲜明地提出了"文艺为工农兵服务",但是利用旧形式为革命服务,正如有论者所言:"这只是一种'策略'或'功利'的考虑,而在'目的'层面,它绝无任何'复旧'的动机,绝不是回归于'本土'文化传统,相反,恰恰是要从根本上变革中国传统的文化制度,使其并轨于有明显现代特征(当时的用语是'最先进')和国际背景(当时的用语是'全人类的解放事业')的马克思主义模式。"❸厘清了《讲话》所呈示出来的这种"策略"和"目的"之间的差异,就会发现赵树理及其所代表的方向只是在策略层面与毛泽东文艺思想有着现实一致性,它跟《讲话》"目的"之间还有着相当的距离。而从毛泽东个人审美趣味方面来说,也与《讲话》中所倡

---

❶ 周扬.论赵树理的创作 [N].解放日报,1946-08-26.
❷ 现有文献显示,毛泽东与赵树理之间只在 1951 年中共中央召开全国第二次互助合作会议(会议于 9 月 20 日召开,亦称"小白楼"会议)前后有过"互动"。会前,毛泽东要求负责起草工作的陈伯达向赵树理征求意见,并告知"一定要请赵树理同志参加会议。他最深入基层,最了解农民,最能反映农民的愿望"。(一丁、一峰、小蒲、天圣、光亮:《关于赵树理》,新世纪出版社 1996 年版,第 62 页)会后二者有过间接的互动。但这为数甚少的"互动",却与文学无关。
❸ 李洁非,杨劼.解读延安:文学、知识分子和文化 [M].北京:当代中国出版社,2010:145.

扬的文艺策略有着一定的差异。几位跟毛泽东关系较为密切的作家，在后来的回忆中均认为其审美趣味相对比较高雅和精致。例如，丁玲在回忆《讲话》时就认为，毛泽东"自然会比较欣赏那些艺术性较高的作品，他甚至也会欣赏一些艺术性高而没有什么政治性的东西"。"甚至他所提倡的有时也不一定就是他个人最喜欢的。但他必须提倡它"❶。又如，在延安文艺座谈会召开之前，严文井因为知道毛泽东古典诗歌造诣甚高，便问其如何看待李白和杜甫，毛泽东答曰："我喜欢李白，但李白有道士气。杜甫是站在小地方的立场。"❷可见，无论是丁玲所说的毛泽东对艺术性较高文艺作品的偏爱，还是与严文井谈话中其所流露出的扬李抑杜的艺术倾向，均暗示了"毛泽东自己的艺术阅读、欣赏的取舍，并不在墙报、民歌、民间故事、'下里巴人'一边，相反可以肯定，他通常倾向于选择'阳春白雪'"❸。正因如此，在《讲话》发表以后，尽管赵树理对其有着真诚而积极的回应❹，甚至将毛泽东视为自己文学上的知音，但是毛泽东并未对赵及其创作有过直接的肯定。这与之前他对最能体现新文化运动成就的鲁迅所给予的高度评价——认为"鲁迅的方向，就是中华民族新文化的方向"❺，形成了巨大反差。毛泽东和赵树理之间这种微妙关系，从一定程度上也正显示了赵树理与《讲话》之间的不甚一致。

其二，"赵树理方向"建构过程中的特殊性则从另一层面暗示了赵树理与《讲话》之间的模糊认同。赵树理这个由新意识形态与文化形态建构起来的偶像，尽管获得了延安文化的高度认同，却遮蔽不了他"被发现"和"被方向"的事实。诸多文学史资料已经显示，赵树理最终被确立为延安文艺"方向"，并非其主

❶ 丁玲. 延安文艺座谈会的前前后后 [N]. 文学报，1982-04-29.
❷ 肖思科. 延安红色大本营纪实 [M]. 北京：解放军文艺出版社，2002：308.
❸ 李洁非，杨劼. 解读延安：文学、知识分子和文化 [M]. 北京：当代中国出版社，2010：148.
❹ 赵树理后来在回忆其看到《讲话》时，这样说："毛主席的《讲话》传到太行山区之后，我像翻了身的农民一样感到高兴。我那时虽然还没有见过毛主席，可是我觉得毛主席是那么了解我，说出了我心里想说的话。十几年来，我和爱好文艺的熟人们争论的、但始终没有得到人们同意的问题，在《讲话》中成了提倡的、合法的东西。我心里有一种说不出的高兴。"（戴光中. 赵树理传 [M]. 北京：北京十月文艺出版社，1987：174.
❺ 参见《毛泽东选集》（第2卷），人民出版社1997年版，第697-698页。甚至在《讲话》中，毛泽东也强调："一切共产党员，一切革命家，一切革命的文艺工作者，都应该学鲁迅的榜样，做无产阶级和人民大众的'牛'，鞠躬尽瘁，死而后已。"

动向《讲话》靠拢的结果。且不说在成名之前赵树理就已经形成了自己的大众文学观念，就是在 1944 年《讲话》传达到其所在太行山区之时，赵树理实际上已经完成了后来被高度肯定的《小二黑结婚》和《李有才板话》的创作。换句话说，这两部作品从创作上而言与《讲话》并无直接关系，更谈不上受其影响。❶直到1946 年后，由于周扬的《论赵树理的创作》、陈荒煤的《向赵树理方向迈进》等重要评论文章出现，人们才将赵树理的小说与《讲话》联系在一起，进而鲜明地提出了"赵树理方向"。为此，周扬甚至在文章中夸大了《讲话》对赵树理的影响力，认为《小二黑结婚》《李有才板话》等小说的"成功并不是偶然的"，而是"实践了毛泽东同志的文艺方向的结果"❷。这显然是《讲话》发表以后，周扬等人意欲树立能体现其精神的典型，于是作品在根据地已经流行开来的赵树理就这样被发现。基于此，可以说，"赵树理方向"的确立是天时地利人和的结果。孙犁晚年在评价赵树理时也强调了这一点，认为"这一作家的陡然兴起，是应大时代的需要产生的。是应运而生，时势造英雄"❸。赵树理与《讲话》相互认同过程中的特殊性，其实已经决定了二者关系的模糊性。

赵树理与《讲话》之间复杂而微妙的关系不仅体现在上述两个方面，而且其小说创作本身与革命需求之间也同样存在着难以弥合的裂隙。虽然由于赵树理的小说创作与延安时期毛泽东文艺思想之间存在着同构性，其创作被树立为"方向"并获得高度肯定，但它们之间的相互认同则更多地体现在艺术和形式层面，而不是政治和思想层面。《小二黑结婚》出版前，彭德怀在题词中就强调"象（像）这种从群众调查研究中写出来的通俗故事还不多见"❹，该书出版时封面上也特意标示为"通俗故事"。由于赵树理小说创作在大众化这个方向上与《讲话》较为一致，此后在被树立为"方向"的过程中，其作品中那种为老百姓所喜闻乐见的形式也被格外强调和凸显。例如，周扬在肯定赵树理小说反映了"现阶段中国社

❶ 赵树理曾表示发表半年后才读到《讲话》的。1943 年夏天，赵树理在中共中央北方局党校学习时读到了《讲话》。（许怀中. 中国解放区文学史 [M]. 福州：海峡文艺出版社，1994：221.）
❷ 周扬. 论赵树理的创作 [N]. 解放日报，1946-08-26.
❸ 孙犁. 谈赵树理 [N]. 天津日报，1979-01-04.
❹ 杨献珍. 杨献珍文集（第 1 卷）[M]. 石家庄：河北人民出版社，1984：62.

会最大的最深刻的变化，一种由旧中国到新中国的变化"的同时，着重强调和赞赏的却是其小说艺术上的成功，即"人物创造"和"语言创造"❶。仔细考察赵树理此期间的小说创作，我们不难发现，尽管在创作中他也追求"老百姓喜欢看，政治上起作用"❷，但无论是《小二黑结婚》抑或是《李有才板话》，这些作品在政治标准乃至对革命新人的塑造上，均与革命需求有着一定距离。因此，在《李有才板话》发表后不久，就有人敏锐地指出"作者的眼界还有一定的限度，特别是对于新的制度，新的生活，新的人物，还不够熟悉"，"特别是由于对马列主义学习得不够，马列主义观点的生疏，因此表现在作品中的观点还不够敏锐、锋利、深刻，这就不能不削弱了它的政治价值"❸。多年以后，赵树理在检讨自己的创作时也承认"《小二黑结婚》中没有提到一个共产党员"❹。在当时战争语境、文艺为工农兵服务和延安解放区特殊文艺受众知识水平与审美趣味的要求下，赵树理的创作就自然而然地出现形式上被充分肯定，塑造的人物在某种程度上被拔高的现象，这最终有意或者无意地遮蔽了其小说创作与毛泽东文艺思想之间的裂隙。例如，赵树理创作《小二黑结婚》的最重要动机是"讲破除迷信、婚姻自主"，但这部小说在此后周扬等人的阐释里呈现的则是革命压倒了启蒙❺，小二黑、小芹围绕爱情与其家长之间所呈现出的新旧思想之间的矛盾，被巧妙地置换为他们与金旺、兴旺之间的斗争——并将其上升到阶级斗争的高度，由此，其中的反封建启蒙主题亦被忽略和遮蔽。但是，我们也应看到"赵树理方向"与《讲话》的许多要求一样，对于未来无产阶级新文艺而言，均不过是"权宜之计"，随着文化空间的转换，赵树理的创作与新革命需求之间的裂隙就会自然地呈现出来，并不断地放大和凸显。

---

❶　周扬. 论赵树理的创作 [N]. 解放日报，1946-8-26.
❷　黄修己. 赵树理研究资料 [M]. 太原：北岳文艺出版社，1985：200.
❸　李大章. 介绍《李有才板话》[J]. 华北文化，1943（6）.
❹　赵树理. 赵树理全集（第6卷）[M]. 北京：大众文艺出版社，2006：83.
❺　周扬认为，赵树理"是在讴歌自由恋爱的胜利吗？不是的！他是在讴歌新社会的胜利（只有在这种社会里，农民才能享受自由恋爱的正当权利），讴歌农民的胜利（他们开始掌握自己的命运，懂得为更好的命运斗争），讴歌农民中开明、进步的因素对愚昧、落后、迷信等因素的胜利，最后也是最关重要，讴歌农民对封建恶霸势力的胜利"。（周扬. 论赵树理的创作 [N]. 解放日报，1946-08-26.）

二、新文艺方向语境下的变与不变

中华人民共和国成立以后，赵树理的文学命运发生了与此前不同的逆变：由第一次文代会上被肯定，到后来围绕《金锁》展开争论，再到小说《三里湾》《"锻炼锻炼"》的被批评。

新中国的成立，不仅意味着新旧政权的更迭，还标志着新的政治和文化转折。就文化而言，由于革命重心从农村转移到城市，文化所面对的对象与根据地和解放区相比有了很大变化，此后社会主义革命和共产主义革命的愿景，也对新中国文化和文艺提出了新要求。因此，延安时期许多"权宜之计"的文艺策略，在这一语境下就需要有新的阐释或变动。例如，"文艺为人民大众"的口号尽管没有改变，但是人民大众却成为一个流动的概念，随着社会变迁，其内涵也发生了变化。在《讲话》前后，人民大众在毛泽东的阐释里除了包括工人、农民、士兵之外，还包括城市小资产阶级劳动群众和知识分子；然而，进入新中国特色社会主义改造时期，这两个阶层的人被列为"团结、教育、改造"的对象。另外，在延安根据地和解放区，文艺为工农兵服务，其服务的主体对象是农民和士兵，而中华人民共和国成立后满足工人阶级的文化需求显然也变得相当重要。再如，《讲话》所提到的普及与提高之关系，在文艺座谈会前后，基于根据地实际情况，毛泽东强调普及是优先于提高的，对于不识字和无文化的工农兵，文艺工作者第一要务就是"雪中送炭"。而中华人民共和国成立以后，在强调普及的同时，提高变得更为重要，文艺工作者需要的是"锦上添花"。这一系列的变动，潜在地对赵树理提出了新要求。正因如此，1951年在大众文艺创作研究会（下称"大众文艺创研会"）成立一周年纪念会上，时任中宣部文艺处处长的丁玲在讲话时就提出"我们不能以量胜质，我们不能再给人民吃窝窝头了，要给他们面包吃"。（时下里，也有流传说东总布胡同是高雅人士生产面包，西总布胡同是生产窝窝头的工厂。还有"窝头与面包"之争的说法。）❶其实，新的文艺要求，从第

---

❶ 苏春生. 从通俗化研究会到大众文艺创作研究会——兼及东西总布胡同之争［J］. 中国现代文学研究丛刊，2003（2）.

一次文代会开始就通过不同方式表达出来。周扬在第一次文代会报告中虽然高度肯定了赵树理的创作路向，认为"反映农村斗争的最杰出的作品，也是解放区文艺的代表之作，是赵树理的《李有才板话》"，但在谈到对未来文艺要求时，他却强调要"克服过去写积极人物（或称正面人物）总不如写消极人物（或称反面人物）写得好的那种缺点"❶。周恩来的报告也明确提出："我们首先需要熟悉工人。现在各方面的文艺工作者一般地都不熟悉工人，所以反映工人的作品还很少。"❷ 1956年刘少奇在作协第二次理事会扩大会议上发表讲话，提出"只当一个土作家是不行的"，认为："我们许多作家，是革命培养出来的，有丰富的斗争经验，和群众也有联系，就是知识不够，是土作家，只懂得关于老百姓的一点东西，不知道世界知识。"❸周扬、周恩来乃至刘少奇所指出过去文艺存在的问题，虽然不是针对赵树理，但在对照其实际创作之后，我们不难发现这些问题在赵树理的小说中都明显存在。

上述政治情势和文化要求的变化，对于赵树理而言显然是一个严峻挑战，需要他因时而变。然而，面对新的生活空间和文艺要求，赵树理却未能有效地跟上形势，这一方面跟他的性格不大愿意求变有关；另一方面受制于内外环境，有时他想变也难以变得过来。赵树理在性格上有着执着和倔强的特点。有人认为："赵树理身上最根本的东西是什么？这是一个真人。我就给你举一个例子：五九年批判他的时候，大概有半个月通不过。他当时有句话：'按照我的观点来检查，你们通不过。按照你们的要求来检查，我自己又通不过。'有在批判会上这么说话的吗？他就是这么个人。"❹这种性格，导致1949年进城之后的赵树理从生活到文化环境上均出现了"水土不服"。虽然进城成了市民，而且身为文艺界领导干部，赵树理却依然"常常到街头去转。他仍然穿着一身农民服装，连他喝酒的

---

❶ 中华全国文学艺术工作者代表大会宣传处. 中华全国文学艺术工作者代表大会纪念文集［C］. 北京：新华书店，1950：90-91.

❷ 中华全国文学艺术工作者代表大会宣传处. 中华全国文学艺术工作者代表大会纪念文集［C］. 北京：新华书店，1950：27.

❸ 中共中央书记处研究室文化组. 党和国家领导人论文艺［M］. 北京：文化艺术出版社，1982：80.

❹ 陈为人. 插错"搭子"的一张牌：重新解读赵树理［M］. 广州：广东人民出版社，2011：62.

方式，也活像一个华北地区的大车把式"。甚至"跟人力车夫、拣煤渣老汉坐在同一条凳子上，边吃边谈。有时从口袋掏出旱烟袋，吸几口，递给那些人力车夫、拣煤渣老汉"❶。在此期间，赵树理也曾力图改变，但由于城乡生活形态和人际交往模式的差异，他发现与城里工人打交道远没有和农民交心那样顺手。由于无法真正与城市里的工人和市民建立起亲密的友情，这也导致赵树理虽身在城市，却始终是一位与城市格格不入的"局外人"。❷在谈及赵树理进城时，孙犁认为"他被展览在这新解放的，急剧变化的，人物复杂的大城市里"，"就如同从山地和旷野移到城市来的一些花树，它们当年开放的花朵，颜色就有些暗淡了"❸。孙犁这番话道出了赵树理的独特困境，其实也是他自己的体验。"进城以后，人和人的关系，因为地位，或因为别的，发生了在艰难环境中意想不到的变化。我很为这种变化所苦恼。"❹"我最熟悉、最喜爱的是故乡的农民，和后来接触的山区农民。……我不习惯大城市生活，但命里注定在这里生活了几十年，恐怕要一直到我灭亡。在嘈杂骚乱无秩序的环境里，我时时刻刻处在一种厌烦和不安的心情中，很想离开这个地方，但又无家可归。"❺

对于赵树理来说，最为苦恼的还不是生活和人际关系方面的问题，而是在创作上的困顿与两难。由于和农民联系中断，赵树理在创作上"除了三年之中写了两个小东西（《传家宝》和《登记》）以外，所存的原料再也写不成个能给人以新感觉的东西"❻。此外，一心只想做"文摊文学家"，而不想做"文坛文学家"的赵树理，自然也不会轻易放弃自己的文学理念。1951年为了帮助赵树理适应新

---

❶ 董大中. 赵树理评传 [M]. 天津：百花文艺出版社，1986：221.

❷ 对此，有人已做过详细描述："由于《大众日报》归属全国总工会，领导上曾要他把创作的题材由农村转移到工厂来。他当然服从需要，进京不久就跑到一家生产喷雾器的小厂去体验生活，搜集素材。他满以为工厂也和农村一样，大家同吃同住同劳动，可以在日常生活中细细地静观默察，慢慢地了然于心。谁知这老一套根本行不通。工人们白天上班，无暇闲谈，晚上回家，各奔东西，他简直找不到一个聊天的机会，要想介入都不容易，深入更是无从谈起。他这才觉悟到，作家的创作范围有其大致固定的领域，不能听凭行政命令随意改换。"（戴光中. 赵树理评传 [M]. 南京：南京大学出版社，2013：249.）

❸ 孙犁. 孙犁全集（第5卷）[M]. 南京：人民文学出版社，2004：111.

❹ 孙犁. 孙犁全集（第5卷）[M]. 北京：人民文学出版社，2004：108.

❺ 孙犁. 孙犁文论集 [M]. 北京：人民文学出版社，1983：556.

❻ 赵树理. 赵树理全集（第4卷）[M]. 北京：大众文艺出版社，2006：121.

文艺要求，胡乔木曾亲自为他选定了苏联及其他国家的作品五六本，并要求他解除一切工作尽心来读，原因是胡乔木认为赵树理"写的东西不大（没有接触重大题材）不深，写不出振奋人心的作品来"❶。可是赵树理私下里，对于这种文学改造并不以为然。这可从当时与他对门而居的严文井的回忆中显现出来，当时他们几乎天天辩论中外文学的优劣，在严文井看来，赵树理不但不想改造自己的知识结构，而且想说服别人也不必去钻研外国名著。❷赵树理甚至认为"翻译的东西读惯了，受了影响，说话写东西也移植过来，就成了问题，这会限制读者的圈子，限制在知识分子中，工农分子读不了"❸。还有一个例证，也能够显现出赵树理文艺观念与主流文艺要求之间的矛盾和冲突。在写出《三里湾》后，陈荒煤曾给赵树理提意见，认为"他的作品，对旧的农民，对老一代农民，落后的人物，了解得深，不费劲，就写得很活；而对新的人物，即小字辈，却写得不太深，也了解，但不如对旧人物刻画得那样深透"。可是赵树理表面上表示"这个意见有道理，确实提出了一个启发人思考的问题。对其他人的意见，他是不怎么接受的"❹。虽然赵树理也曾试图向主流意识形态靠拢和表现重大题材，承认"要求速效"，而且"配合当前政治任务"❺，并为此创作出了《登记》《三里湾》《锻炼锻炼》等作品，但是效果却并不明显，与现实政治和艺术的期待有着不小的距离。

在新中国的政治要求和文艺路向发生了微调和变动之后，赵树理并没有对自己的创作理念和书写方式做出相应的改变和调整，依然葆有"文摊文学家"的理想，坚定地站在农民的立场之上，固守"问题小说"的创作路向。赵树理 1948 年发表的《邪不压正》被《人民日报》文章批评为"善于表现落后的一面，不善于表现前进的一面，在作者所集中要表现的一个问题上，没有结合整个历史的动向来写出合理的解决过程"❻，此后赵树理的一系列文艺实践活动也开始引起公开的争议

❶　赵树理．赵树理全集（第 6 卷）［M］．北京：大众文艺出版社，2006：468．
❷　戴光中．赵树理评传［M］．南京：南京大学出版社，2013：263．
❸　赵树理．赵树理全集（第 5 卷）［M］．北京：大众文艺出版社，2006：42．
❹　李士德．赵树理纪念录［M］．长春：长春出版社，1990：121-122．
❺　赵树理．赵树理全集（第 4 卷）［M］．北京：大众文艺出版社，2006：383-384．
❻　竹可羽．评《邪不压正》和《传家宝》［N］．人民日报，1950-01-15．

和批评。先是他主办的刊物《说说唱唱》因发表了淑池的《金锁》，引发邓友梅的批评和严重抗议，甚至有读者称其"人物不真实，侮辱了劳动人民。结尾矫揉造作。摹（模）仿《阿 Q 正传》"❶，其间甚至还引起了"某些权威的反感"❷。为此，赵树理被迫检讨。

随后，赵树理支持创办的"大众文艺创研会"也招致尖锐的批评和指责，认为"不能更好地与当前的工作重点结合，对北京市的建设配合不够，反映工人的不多，思想性不强，缺乏生活，挖掘不到问题的本质，写不出人物……大多是平铺直叙，变化少，穿插少，艺术的形象少，而故事的拼凑和生硬的说教多"❸。

1955 年发表的长篇小说《三里湾》，是赵树理力图抓住农村社会主义改造这一新的社会命题，真实反映农业合作化运动的一部长篇小说。小说虽然存在"赶任务"的缺陷，但由于赵树理能够站在农民立场上及对于合作化运动复杂性的理解，与后来的《创业史》等同类题材小说相比，并没有刻意将农村中社会主义先进力量和落后力量描写成剑拔弩张的批判和斗争，也没有凸显激烈的阶级矛盾，甚至由于"富农在农村中的坏作用，因为我自己见到的不具体就根本没有提"❹。因此，有读者批评"其中没有敌我矛盾是漏洞"❺，甚至周扬也批评这部小说存在"作品中对矛盾冲突的描写不够尖锐、有力、不能充分反映时代的壮阔波澜和充分激动读者的心灵"的弱点，进而影响了"主题的鲜明性和尖锐性"❻。1958 年《锻炼锻炼》发表后，赵树理面对的是更加尖锐而激烈的批评。这部意在批评中农干部中"和事佬"思想的小说，其中王聚海、杨小四和高秀兰等基层干部形象在读者眼里"成了作风恶劣的蛮汉，至少是严重脱离群众的坏干部"，进而被批评"与其说作者是在歌颂这种类型的社干部，倒不如说是对整个干部的歪

---

❶ 赵树理.赵树理全集（第 3 卷）[M].北京：大众文艺出版社，2006：432.

❷ 戴光中.赵树理评传[M].南京：南京大学出版社，2013：273.

❸ 坪生.北京大众文艺创作研究会半年来工作情况[J].文艺报，1951（2）.

❹ 赵树理.赵树理全集（第 4 卷）[M].北京：大众文艺出版社，2006：384.

❺ 赵树理.赵树理全集（第 5 卷）[M].北京：大众文艺出版社，2006：303-304.

❻ 周扬.建设社会主义文学的任务——在中国作家协会第二次理事会议（扩大）上的报告[J].文艺报，1956：（5-6）.

曲和污蔑"❶。

　　在上述批评中，赵树理小说与现实政治要求和读者期待之间的裂隙，被充分表现出来甚至加以放大。这虽然与现实政治和文艺的不断激进化有密切关联，但许多批评所指涉的问题，于赵树理而言其实是一个老问题。比如，赵树理小说对正面人物和英雄人物的书写，远没有"中间人物"精彩，这在他的成名作《小二黑结婚》中就是如此。在文本中"二诸葛"和"三仙姑"在阅读后给人留下的印象，远比小二黑和小芹生动与深刻很多。另外，这一时期赵树理小说所招致的批评及读者和批评者在阅读中与赵树理创作初衷之间的错位，在多数情况下是源于其中所要揭示的问题与批评者从文本中发现的问题存在着明显的偏差。前述对《锻炼锻炼》的批评，就是读者接受过程与作者创作意图出现错位的典型例证。再者，由于坚持"问题小说"的艺术原则，赵树理小说能够在生活真实中渗透自己的观察和思考，文本主旨也自然有了多重内涵，有些甚至超出作者本人的原初构想，从而使得小说出现了生活真实、艺术真实与政治真实的冲突。正如有论者分析的那样："他没有意识到'工农兵'并不是一个客观的存在，而是一个需要用叙事创造出来的本质；他也没有意识到'生活'与'现实'本身是不确定的概念，任何'生活'与'现实'都是一种叙事。在'社会主义现实主义'理论中，生活真实与艺术真实是不同的概念。因此，当'生活'的意义被改变之后，赵树理的'生活'反倒变成了不真实的生活"❷。这些也均是赵树理创作中的"老问题"，早在《李有才板话》中，赵树理试图表现新政权巩固过程中，党领导群众与地主恶霸之间的斗争，颂扬基层党领导老杨同志，但在具体的叙事过程中小说却基于生活真实的原则，揭示了像章工作员这样的领导干部脱离群众的工作作风及类似小元这样的基层干部出现腐化的问题，从而导致小说表层与深层之间的断裂，产生歌颂与批判之间的冲撞。

❶ 武养．一篇歪曲现实的小说——《锻炼锻炼》读后感［J］．文艺报，1959（7）．
❷ 李杨．抗争宿命之路——"社会主义现实主义"（1942—1976）研究［M］．长春：时代文艺出版社，1993：92．

三、在时代的激流中失去"方向"

1959 年前后，随着"大跃进"如火如荼地展开，赵树理与激进农村政策之间的分歧日益明显和公开化，一面曾经的文坛旗帜彻底失去了"方向"。失去"方向"在赵树理这里呈现出两个不同性质的层面。

首先，赵树理受到的批评开始公开化，并上升到政治层面。1956—1959 年基于对现实农业问题的担忧，赵树理写信给地委书记、省委书记乃至作协党组书记邵荃麟和《红旗》杂志总编陈伯达。这是当时赵树理农村切身体验与现实政策所造成的折腾之间出现分歧的必然结果，也导致随后作协对他的批判，认定他"让公社处于顾问性的协助地位，实际上是改变了公社的性能，否定了公社的必要性和优越性"❶。在 1962 年大连召开的农村题材短篇小说创作座谈会上，由于赵树理被作为"写中间人物"的代表再次获得肯定，会议期间他对农村政策的失误、共产主义思想的认识及个人主义与集体主义之间的矛盾发表了较为大胆直率的看法。但随着毛泽东对文艺问题的"两个批示"之后，"现实主义深化"和"写中间状态的人物"等主张受到批判，很快赵树理被批评"没有能够用饱满的革命热情描画出革命农民的精神面貌"，甚至被扣上政治的帽子，这位曾经被确立为"方向"的作家此后彻底失去了方向。

其次，赵树理 20 世纪 60 年代的创作与当时文艺要求之间的矛盾也愈加明显。比如，在写"中间人物"受到批判的语境下，赵树理依然坚持认为由于现实生活中英雄人物太少了，所以中不溜溜的人物占绝大多数，即使到了"文化大革命"时期，遭受批判之时，他依然坚称："镇压反革命条例上没有规定写了'中间人物'就是反革命呀！作品里既有正面人物，也有中间人物和反面人物，要全写正面人物，那怎么写成作品呢？"❷如果说 20 世纪 60 年代之前的创作，赵树理许多作品的创作目的是从正面配合国家的政治策略和农村工作，如《登记》是为了配合《中华人民共和国婚姻法》的颁行而创作，《三里湾》《锻炼锻炼》也与当时的农业

---

❶ 陈徒手.人有病天知否（修订版）[M].北京：生活·读书·新知三联书店，2013：202.
❷ 申双鱼.徐成巧.铁笔圣手——赵树理[M].郑州：中原农民出版社，1987：266.

合作化运动有着正向的同构性，那么到了创作《套不住的手》（1960年）和《实干家潘永福》（1961年）时，他开始表现出与现实政策相抵牾的主题表达或思想倾向。在《套不住的手》中，赵树理通过对劳动模范陈秉正一双布满茧皮之手的礼赞，不仅是对劳动的热情肯定，也是对踏实苦干品质的张扬。接下来的小说《实干家潘永福》，赵树理则借勤勤恳恳建设社会主义的潘永福这一人物形象，直接表达了对实干和为人民谋"实利"精神的渴求，正如他在小说结尾所表达的那样："其实经营生产最根本的目的就是为了'实'利，最要不得的作风是只摆花样子让人看而不顾'实'利。潘永福同志所着手经营过的与生产有关的事，没有一个关节不是从'实'利出发的，而且凡与'实'利略有抵触，绝不会让他纵容过去。"结合时代语境，我们能够明显地感知到这两部作品与当时社会上已然形成的"浮夸风"及文学上的"高大全"人物形象相去甚远。正因如此，当《实干家潘永福》发表之后，便"很快就有人挥舞大棒，气势汹汹地向编辑部提出抗议"❶。

在最后几篇小说（《张来兴》《互作鉴定》《卖烟叶》）中，赵树理采用有别于以往的艺术方式曲折地表达了自我内心的矛盾和困惑，进而与当时主流文学叙事产生了隐形对抗。与此前专注于塑造农民形象和探究农民文化心理不同，赵树理在这三篇小说中将自己的笔触指向了此前很少触及的人物——《张来兴》的主要人物是一位厨师，《互作鉴定》《卖烟叶》的核心人物则是知识青年。小说中新人物形象的转换对于赵树理的创作而言有着特殊意义：一方面，表明赵树理放弃了他惯常的对全局性农村政治文化问题的关注，将视线转向了农村生活的边缘，更重要的是赵树理通过边缘叙事，实现了其内心深处难言隐衷的表达及对"中心"无言的抗拒。在小说《张来兴》中，作者借对主人公自尊、耿直性格的塑造，寄寓了自己在时空转换的历史进程中对做人原则的坚守。《互作鉴定》的结尾，陈封把王书记对刘正的批评归纳为这样的话："自命不凡，坐卧不安，脚不落地，心想上天"，也能够映现出此时赵树理内心深处的不满。另一方面，这三部小说在艺术方式上也与赵树理以往小说有着很大不同，它们的叙事风格不再是以往的明朗清晰，开始变得复杂甚至暧昧不明。这在小说《张来兴》中表现得最为明显。

---

❶ 戴光中. 赵树理传［M］. 北京：北京十月文艺出版社，1987：370.

主人公张来兴的故事主要是通过他人的转述来呈现，直到结尾他才从幕后走到前台。赵树理采用这种分层叙事的方式不仅导致张来兴行为事迹的真实性变得失真和不稳定，而且由此"小说中张来兴与张维之间的阶级对立就滑向了基于行规和尊严破坏之后的个人恩怨，这明显有悖于 20 世纪 60 年代主流的阶级叙事，从而也与主流意识形态之间产生了明显的裂痕" ❶。赵树理这种失去"方向"的创作实践，从表层来看是放弃了其此前惯常的创作路向和风格，其实在更深层次上是他一贯坚持"问题小说"的必然结果，而且从中我们也能体察到赵树理借由此种"不协调"的变化，曲折地表达出与现实政策的疏离。

赵树理这位"幽灵"似的文坛"闯入者"，其升沉起伏的文学行程，映照了20 世纪 40–70 年代中国文学转折变化的诸种信息，他的文学命运也成为一个镜像，深度地隐含着这一时期中国文学的本质性要求及时代性变动。因此，对中华人民共和国成立后赵树理文学命运的解析，不仅能够深化我们对赵树理现象及其创作的认知，也有助于透视 20 世纪 40–70 年代中国文学转折的复杂性。

---

❶ 陈荒煤. 赵树理研究文集（上卷）[M]. 北京：中国文联出版公司，1998：261–262.

第四章

中国当代作家魔幻叙事的文学历程与民族化转向

中国当代文学在自我建构的进程中，一直面临着如何借鉴、吸纳和转化外来文学资源的问题。基于特殊的历史与政治原因，20 世纪 80 年代之前的中国当代文学对外国文学的借鉴呈现出鲜明的选择性和意识形态性。而对 20 世纪 80 年代以来中国文学的认知和理解，我们很难绕开域外文学的影响，因为它始终是在与域外文学的不断碰撞、对话、磨合中前行的。这其中，拉美魔幻现实主义文学就是影响并制约中国当代文学发展、演变的重要文学思潮之一。作为新时期借鉴西方文学的先行者与亲历者，王蒙就认为加西亚·马尔克斯这位魔幻现实主义文学最重要代表性作家，"这 20 年里，他在中国可以说获得了最大的成功。别的作家在中国也有影响，像卡夫卡、博尔赫斯，还有三岛由纪夫，一直到苏联的艾托玛妥夫，捷克的米兰·昆德拉，都是在中国红得透紫的作家。但是，达到加西亚·马尔克斯这样程度的还是比较少的"❶。作家陈村在回顾魔幻现实主义对中国作家影响时，也认为是爆炸性的，"我想，B-52 投下的炸弹差不多大小吧，但在中国炸得最响最脆的是《百年孤独》。中国作家无人抗议被它炸死炸伤"，"它的叙述是那么迷惑人。仅仅一个开头就迷倒无数中国作家"❷。

魔幻现实主义对中国当代文学的影响巨大而深远，在其启示与引领下，众多中国作家开始了魔幻叙事的创作实践，这一叙事潮流至今余波未息。回顾已延续

❶ 王蒙，郜元宝. 王蒙郜元宝对话录 [M]. 苏州：苏州大学出版社，2003：6.
❷ 陈村. 许多年之后 [J]. 三联生活周刊，2014（17）：59.

了近四十年的魔幻叙事，我们发现中国作家在这一叙事实践中走过了从模仿借鉴到转化创新再到民族化转向的艺术历程。本章节从中国当代作家魔幻叙事的创作实践出发，深入揭示中国当代作家魔幻叙事由文学习语到文学创语嬗变的具体过程，探析 20 世纪 80 年代中国文学在处理外国文学时，如何挪用、借鉴、吸收和改写这些文学资源的问题。

一、中国当代作家魔幻叙事的文化语境

中国当代作家从认同并接受魔幻叙事到在创作中自觉地运用这一艺术手法，是在较为复杂的历史语境和文学语境中完成的。一方面，受外来文学思潮影响；另一方面，则与 20 世纪 80 年代以来中国文学内在的文学诉求和叙事变革密不可分。其主要体现在以下几个层面。

首先，中国当代作家的魔幻叙事与他们"走向世界"的文学诉求和确立自我的艺术冲动内在呼应。改革开放让中国重新与世界建立起了广泛而深刻的联系，再次汇于世界文化潮流的中国知识界希望自己民族的文化和文学能够得到世界认可，于是，"走向世界"顺理成章地成为此时期中国文化界和文学界的重要诉求。正如这一时期出版的"走向世界"丛书所述："今日之中国，已经以新的面貌，屹立在世界的东方。但是，世界的进步越来越快，中国的经济和文化等许多方面还需要不断地发展和提高，这就必须继续打开眼界，走向世界。"尽管"打开眼界以后，还要学会分析，分清好的和坏的。一切好的东西，要拿来为我所用，一切有害的东西，要实行抵制和预防"❶，但事实上，由于"走向"世界的姿态与路径的选择，还是让我们看到此时的知识界在现代化焦虑面前，更多地渴望"拿来"，"走向"也就意味着向中心靠拢并能获得其认同。与整个中国社会文化努力对外开放，试图融入世界现代化洪流一样，中国文学在与欧美文学隔绝数十年后也再次与之相遇，"走向世界"也不可避免地成为其明确目标。1985 年出版的《走向世界文学——中国现代作家与外国文学》（曾小逸主编）一书，就是此时期中国

---

❶ 钟叔河 . 走向世界丛书 [M] . 长沙：岳麓书社，1985：4.

文学界伸张这一诉求的重要体现。在"导言"中，该书强调我们的文学正处在"世界文学的时代"，在"二十世纪的中国，认识世界的文学时代——则意味着现代的文学意识的觉醒"❶。在"走向世界"文学诉求的驱动下，大量西方文化、文学思潮及其作家作品被翻译进来，在哲学和文化方面，形成了蔚为壮观的"弗洛伊德热""萨特热""尼采热"；在文学上，曾经被拒斥的欧美作家作品被大量翻译并模仿，从弗兰兹·卡夫卡、让–保罗·萨特到威廉·福克纳、罗布·格里耶，从胡安·鲁尔福、豪尔赫·路易斯·博尔赫斯到加西亚·马尔克斯、马里奥·巴尔加斯·略萨，全方位的文化开放为魔幻现实主义文学进入中国并对中国作家产生影响提供了一种可能。

域外文化与文学思潮急遽而大量地涌入，使中国知识界和文学界在接受时呈现出一种独特的情状——紧迫感。这种紧迫感，体现了知识界和文学界急于"补课"、渴望追赶的心态。因此，20 世纪 80 年代中国文学对西方文化、文学思潮的接受，一方面，对它们曾一度非常膜拜，导致接受过程中难免囫囵吞枣；另一方面，作为接受主体的中国文学界也很快就在模仿和借鉴过程中产生了主体性焦虑。主体性焦虑体现在文学上，就是作家们在膜拜西方文学过程中产生的确立自我的艺术冲动。这是缘于在对西方文化、文学有了进一步的认知之后，一些中国作家开始意识到，曾经渴求的"走向世界"其实就是走向以欧美为代表的西方文化、文学。因此，西方文化、文学相对于中国文化、文学就成为不言自明的时间与空间的双重优胜者。这样的认知在中国作家操演欧美文学技法之后，使他们逐渐意识到这些看似新鲜炫目的文学实践，放在世界文学视域中并未为世界文学宝库增添更多的新质。这让中国作家陷入了"借用西方的话语，面临着忽视本土文化特征的指责；拒绝西方话语，似乎又没有一套自身的话语来阐释我们的语言"❷的困境。我是谁，如何确立自我的主体性又成为"走向世界"之后中国作家的普遍焦虑。恰逢其时，拉美文学的"爆炸"让中国作家看到了文学路径的另一种可能，也正是在拉美文学尤其是魔幻现实主义文学的启示下，许多中国作家领悟了加西亚·马尔克斯的

---

❶ 曾小逸. 走向世界文学——中国现代作家与外国文学 [M]. 长沙: 湖南人民出版社, 1985: 3.
❷ 张颐武. 后现代性与"后新时期" [J]. 文艺研究, 1993 (1).

那句话："用他人的图表来解释我们的现实，只会使得我们愈来愈不为人知，愈来愈不自由，愈来愈孤独。"❶

其次，中国当代作家魔幻叙事直接导源于拉美魔幻现实主义的启示与影响。之所以将中国当代作家的这种叙事称为"魔幻叙事"，最直接的原因是它与拉美魔幻现实主之间的亲缘关系。虽然拉美魔幻现实主义早在 20 世纪 80 年代之前就已经被译介，"米格尔·安赫尔·阿斯图里亚斯、加西亚·马尔克斯、胡安·鲁尔福和《总统先生》《百年孤独》《佩德罗·帕拉莫》等一批魔幻现实主义的代表性作家、作品开始为人们所了解。魔幻现实主义，作为一个新的术语，也开始被一些研究者介绍和探讨"❷。但是，这一文学思潮真正对中国作家产生影响则缘于加西亚·马尔克斯的获奖效应。1982 年 10 月 21 日，哥伦比亚作家加西亚·马尔克斯因"其长篇小说以结构丰富的想象世界，其中糅混着魔幻与现实，反映出一整个大陆的生命矛盾"❸而获得诺贝尔文学奖，这一爆炸性消息不仅再次将世界各地读者的目光聚焦到拉美文坛，而且也让正渴望走向世界的中国文学界对其刮目相看。从加西亚·马尔克斯获奖中，中国文学界意识到基于拉丁美洲和中国在神秘的现实、悠久的神话与文化传统及被殖民的历史等方面具有类似性，魔幻现实主义文学成功的路径不仅可以被中国文学借鉴，而且是摆脱欧美中心的一条正途。作家甘铁生在阅读了另一位魔幻现实主义代表性作家马尔加斯·卡彭铁尔和他的《人间王国》之后，坦承"我很欣赏他的创作观"，"对他走过的文学道路，他创造的文学观，到他的作品，我都欣赏。因为从中能思考很多我国面临的问题"❹。另一位后来成为"寻根"文学代表性作家的郑万隆，也并不回避魔幻现实主义文学尤其是加西亚·马尔克斯对自己创作的影响："我所作的毫无轰动效应以大小兴安岭为背景的系列小说《异乡异闻》，没有'拉美文学爆炸'，没有我对博尔赫斯、加西亚·马尔克斯作品的偏爱，没有他们的影响和冲激，是绝不会

---

❶ 加西亚·马尔克斯. 两百年的孤独——加西亚·马尔克斯谈创作 [M]. 朱景冬，译. 昆明：云南人民出版社，1997：214.

❷ 陈黎明. 魔幻现实主义与新时期中国小说 [M]. 保定：河北大学出版社，2008：30.

❸ 兰守亭. 诺贝尔文学奖百年概观 [M]. 上海：学林出版社，2006：369.

❹ 甘铁生. 我喜欢马尔加斯·卡彭铁尔和他的《人间王国》[J]. 世界文学，1986（4）.

有现在的情绪和样式，或许也写不出来了。"❶正是在魔幻现实主义的影响之下，扎西达娃、莫言、韩少功、贾平凹、李杭育、阿来等作家先后加入魔幻叙事的行列中来，为新时期以来中国文学奉献了众多高质量的魔幻叙事文本。

最后，中国当代作家的魔幻叙事还受到这一时期中国文学艺术变革与先锋叙事的制约。魔幻叙事能够被中国作家广泛接受和运用，除了是上述文化"寻根"驱动的结果，也与 20 世纪 80 年代前期中国文学寻求艺术变革的诉求密不可分。魔幻现实主义文学之所以在阅读时会产生魔幻的审美效果，在一定程度上是其新颖而陌生的叙事艺术造成的，因此，"怎么写"始终是魔幻现实主义作家格外重视的一个艺术问题。加西亚·马尔克斯在创作中能够实现艺术的蝶变，就缘于他从弗兰兹·卡夫卡那里领悟到了怎么写的重要性："当我十七岁第一次读到《变形记》的时候，我发现自己会成为一个作家。我看到主人公格里高里·萨姆沙一天早晨醒来时变成了一个偌大的甲虫，于是想到：'我以前不知道可以这样写。如果能这样的话，我还是喜欢写作的。'"❷在魔幻现实主义文学进入中国文学界视域的时候，也正是中国文学寻求艺术变革的热情最为高涨的历史节点，文学观念从写什么到怎么写的位移，让这一时期的中国作家对形式格外的敏感和热情。魔幻现实主义文学在叙事和时间上的先锋性暗合了此时期中国作家的这一追求。所以，中国作家最初接触魔幻现实主义文学时，最让他们震惊和痴迷的是其中的独特叙事和时间结构。例如，在加西亚·马尔克斯的长篇小说《百年孤独》中文版新闻发布会上，作家莫言回忆起阅读《百年孤独》的感受时，曾这样说："1984年我第一次读《百年孤独》的感觉是震撼，紧接着就是遗憾，原来小说也可以这样写。"❸"原来文学可以这样写"，不仅是莫言，而且也是余华、苏童、格非等20 世纪 80 年代先锋作家接受魔幻现实主义文学时的审美共鸣。

---

❶ 郑万隆. 走出阴影 [J]. 世界文学, 1988（5）.

❷ 张国培. 加西亚·马尔克斯研究资料 [M]. 天津：南开大学出版社, 1984：135.

❸ 桂杰, 纪绘. 让马尔克斯改变对中国的印象 [N]. 中国青年报, 2011-06-05.

二、文学习语：中国当代作家魔幻叙事的模仿与借鉴

中国当代作家的魔幻叙事受拉美魔幻现实主义文学影响而逐渐兴起，由于影响源能量强大，这一叙事潮流在最初阶段呈现出鲜明的模仿与借鉴色彩。中国当代作家对拉美魔幻现实主义的模仿与借鉴在具体的创作实践中体现为不同层次，这其中既有对拉美文学魔幻策略的因袭，也有寻找文学领地的艺术模仿，同时还有更深层次的文化"寻根"之艺术追求的借鉴。

拉美魔幻现实主义文学进入中国之初，在中国作家的接受视域里，最让他们震惊的是其独特的魔幻叙事与魔幻情境，所以中国作家的魔幻叙事一开始也表现为对这两种魔幻策略的习语。就魔幻叙事而言，中国作家模仿最多的当属加西亚·马尔克斯《百年孤独》的开篇句式，小说首句即创造了一种独特的魔幻叙事，"多年以后，面对行刑队，奥雷里亚诺·布恩迪亚上校将会回想起父亲带他去见识冰块的那个遥远的下午" ❶。这一包含着现在、过去与将来的预叙模式极富创新性，不仅打破了惯常的经典叙事范式，而且使得整部小说从一开始就具有某种"创世纪"的神秘感与神话意味。中国作家在阅读《百年孤独》时，大多都被这种令人震惊的叙事方式所折服，继而对这一句式的模仿在他们的小说创作中迅速蔓延开来，一时间"许多年以后……"几乎成为众多中国作家叙事的"口头禅"，绵延不绝。较早的例证有莫言的《红高粱》，小说开篇就毫不避讳地采用这一叙事套路，"一九三九年古历八月初九，我父亲这个土匪种十四岁多一点。他跟着后来名满天下的传奇英雄余占鳌司令的队伍去胶平公路伏击日本人的汽车队" ❷。其后的典型案例是《此文献给少女柳杨》，余华在小说中多次借用这一叙事技法。例如，开篇不久的"在这个发现之后很久，也就是一九八八年五月八日那一天，一个年轻的女子向我走了过来"，以及其后的"多日之后的下午，我离开了自己的寓所。我决定到外面去走走，因为我的寓所开始让我感到坐立不安" ❸。不仅是莫言、余华，20 世纪 80 年代许多重要的作家诸如扎西达娃、韩少功、贾平凹、张炜等，这

---

❶ 加西亚·马尔克斯. 百年孤独 [M]. 范晔，译. 海口：南海出版社，2011：1.
❷ 莫言. 红高粱家族 [M]. 北京：作家出版社，2012：3.
❸ 余华. 鲜血梅花 [M]. 北京：作家出版社，2008：81.

一时期都纷纷以这样的句式向加西亚·马尔克斯和《百年孤独》致敬。

中国作家从拉美魔幻叙事中学习到的不仅是"许多年以后"这样的叙事技艺，其他的魔幻叙事方式在他们的创作中也有着明显的回响。例如，魔幻叙事一个典型特征就是将魔幻现实化，其中重要的策略是借助客观冷静的叙事方式和叙述语气来实现。在《百年孤独》中，加西亚·马尔克斯书写何塞·阿卡迪奥·布恩地亚的大儿子被人暗杀后，他的鲜血"从门下涌出，穿过客厅，流到街上，沿着起伏不平的便道径直向前，经台阶下行，爬上路栏，绕过土耳其人大街"，"紧贴墙边穿过客厅以免弄脏地毯，经过另一个房间，划出一道大弧线绕开餐桌，沿秋海棠长廊继续前行"，最后"出现在厨房，乌尔苏拉在那里正准备打上三十六个鸡蛋做面包"❶。这种由客观冷静的叙事基调而产生的魔幻效果，对莫言、余华等作家也产生重要影响，此策略在他们的小说中曾多次被模仿。例如，莫言《红高粱》中对日本兵强令孙五给罗汉大叔剥皮的情节冷静书写；余华小说《现实一种》中描写山岗精心策划虐杀山峰，将绑在树上的山峰的脚底涂上炖烂的肉骨头，然后令狗舔他的脚底，直至山峰狂笑而死的冷酷叙述等，这些魔幻叙事都是对拉美魔幻叙事中客观冷静叙事基调的借用。除此之外，扎西达娃小说《西藏，隐秘的岁月》对魔幻现实主义重复叙事的模拟，阎连科"耙耧系列"作品对胡安·鲁尔福小说《佩德罗·巴拉莫》中打通人鬼界限、阴阳分隔的借鉴，韩少功的《爸爸爸》和王安忆的《小鲍庄》对神话叙事挪用等，均体现了中国当代作家魔幻叙事对拉美魔幻现实主义的模仿和借鉴。

另外，中国作家魔幻叙事中存在大量具体魔幻场景的书写，这其中也不乏对拉美魔幻现实主义文学的借鉴。作为中国当代魔幻叙事最具代表性的作家，莫言在其小说中就存在诸多与拉美魔幻现实主义文学相似的魔幻情景。例如，在《球状闪电》中，莫言开篇就为我们呈现了从风雨的网中，神奇地出现了一个似人非人似鸟非鸟的怪物——"鸟翅老人"，这个"鸟翅老人"在文本中既是一个独特的意象，也增添了小说的魔幻色彩。在另一部小说《丰乳肥臀》中，莫言也设计了诸如小孩生着肉翅膀，马洛亚牧师从钟楼跌下恰如一只折断翅膀的大鸟，以及

---

❶　加西亚·马尔克斯. 百年孤独［M］. 范晔，译. 海口：南海出版社，2011：118.

三姐领弟将自己装扮成鸟仙，沿着逐渐倾斜的山坡鸣叫着，扑向悬崖等具有魔幻色彩的情节。上述跟"鸟人"密切相关的魔幻情景，很容易让我们联想到加西亚·马尔克斯《巨翅老人》中那位化作天使坠落小镇，又飞离小镇的"巨翅老人"。另一位颇具魔幻色彩的作家阎连科，在他的《风雅颂》中描写了冥婚仪式上聚拢而来的蝴蝶群，以及在《小镇蝴蝶铁翅膀》中描写了干草堆里乍现的颇具灵性的红蝴蝶，它们富有神性和预言性的特质也隐现着对《百年孤独》中不断出现的与灾祸相伴随的"黄蝴蝶"意象的借用。

在叙事和情境上大量模仿和借鉴的同时，中国当代作家的魔幻叙事还渗透着从魔幻现实主义文学那里体察到的拥有文学领地的重要性。魔幻现实主义文学大都以地域性作为自己辨识度的重要标志，尤其是像加西亚·马尔克斯这样取得非凡成就的作家，更是在文学创作中建构了一个独特的"马孔多"世界，其笔下的马孔多小镇经由反复书写而成为具有地标意义的文学地理空间，在这个地理空间内从人物、场景、意象到语言都散发着浓郁的番石榴气味。中国作家在承受魔幻现实主义影响时，也非常敏感地体察到这一点，因此，他们在进行魔幻叙事的过程中也期望能够建构一个属于自己的"马孔多"世界。莫言后来构筑的高密东北乡就明显地受到魔幻现实主义的影响与启示。莫言第一次在创作中举起"高密东北乡"旗帜始于1984年发表的《白狗秋千架》这部小说，这块被作家视为感情根基的文学地理的创建与加西亚·马尔克斯的启示有一定关联，正如莫言所言："当你构思一个故事，最方便的写法是把故事发生的环境放在你的故乡，孙犁在荷花淀里，老舍在小羊圈胡同里，沈从文在凤凰城里，马尔克斯在马孔多，乔伊斯离不了都柏林，我当然是在高密东北乡。"❶从此开始，莫言重要的作品诸如《红高粱家族》《丰乳肥臀》《檀香刑》《生死疲劳》《蛙》等均没有离开过这一文学空间，高密东北乡最终成为莫言的文学领地。同样是20世纪80年代较早开始魔幻叙事操练的藏族作家扎西达娃，在经历了早期短暂的文学游荡之后，经由魔幻现实主义的启迪也明白了回归自己所熟悉的西藏的重要性。在游历了德国、美国之后，扎西达娃终于"平静地转眼间又回到了西藏。有一天，我梦见了自己来到

---

❶ 张清华. 莫言研究年编 2013 [M]. 北京：生活·读书·新知三联书店，2016：249-250.

南美洲的一个印第安人小镇，梦中提醒我这是真的，绝不是马尔克斯、鲁尔佛、卡彭铁尔、富恩斯特等人小说中的小镇。我对梦说：你别多嘴，我当然知道这是真的。我至今还能看见一个棕色皮肤的老太婆坐在一棵树下嚼着槟榔手搭凉篷似乎在等待她的儿子，我甚至还能闻到从那幢白色房子里散发出的令人窒息的腐烂的玫瑰花和来苏水的气味。南美洲有没有这么一座小镇并不重要。对我来说，重要的是我体验到了一种完全的真实"。这种完全的真实就是作家发现"西藏人，这个居住在地球之巅的民族，是正在被人类神往还是正在被人类遗忘"❶。由此，扎西达娃开始自觉地用文学来对抗遗忘，建构了廓康这一承载藏族神话、信仰、自然与风俗的文学领地。

文学领地的获得对于中国当代作家而言并不只是返回他们曾经熟悉的生活场域和经验世界，而且空间的转换还极大地激活了他们的艺术思维和想象力，因此，中国当代作家创造了属于自己的文学空间之后，他们的创作也开始步入成熟。莫言对"高密东北乡"可谓情有独钟，将其称为自己的"血地"，因为正是在"高密东北乡"文学地理空间内，莫言找寻到了施展艺术才情的领地，进而在文学创作上实现化茧成蝶的蜕变，"从此便开始啸聚山林、打家劫舍的文学生涯，'原本想打家劫舍，谁知道弄假成真'。我成了文学的'高密东北乡'的开天辟地的皇帝，发号施令，颐指气使，要谁死谁就死，要谁活谁就活，饱尝了君临天下的乐趣，什么钢琴啦、面包啦、原子弹啦、臭狗屎啦、摩登女郎、地痞流氓、皇亲国戚、假洋鬼子、真传教士……统统都塞到高粱地里去"❷。扎西达娃在返回西藏之后，也突破了早期小说现实主义的桎梏，创作出了既有浓郁魔幻色彩又贴近藏族精神血脉的《西藏，系在皮绳扣上的魂》《风马之耀》《世纪之邀》《悬岩之光》和《西藏，隐秘岁月》等作品。

三、文学创语：中国当代作家魔幻叙事的转化与创造

文学的跨文化接受通常都有一个渐进过程，在此过程的初期，模仿与借鉴乃

---

❶ 扎西达娃. 聆听西藏 [N]. 文艺报, 1992-10-31.
❷ 张清华. 莫言研究年编 2013 [M]. 北京：生活·读书·新知三联书店, 2016：249.

异质文学被接受时的常态，这也是文学习语的过程，但随着不同文学之间的碰撞、交流与磨合，这种文化习语随着模仿者心态的成熟和认知的深入，就会转折到文学创语阶段。中国当代作家的魔幻叙事也经历了这一艺术过程，如果说 20 世纪 80 年代中期以前，中国当代作家对拉美魔幻现实主义的接受更多地停留在模仿和借鉴层次，那么到了 20 世纪 80 年代后期，这一文学习语则逐渐进入文学创语阶段，即他们开始有意识地对拉美魔幻现实主义进行艺术转化与创造。

拉美魔幻现实主义最初像巨大的磁铁一样，将中国作家牢牢地吸附在自己的身上，然而随着其能量逐渐消耗，这种磁场效应也开始消散，被吸附者的离心力随之产生并不断增强。这种离心力体现在中国作家身上，就是在进行魔幻叙事时不仅产生了日益增强的影响焦虑，也催生了摆脱拉美魔幻现实主义的心态。1982 年加西亚·马尔克斯获得诺贝尔文学奖之后，中国作家迅速掀起了模仿魔幻现实主义的浪潮，短暂的热情之后，他们的焦虑心态也迅速萌生。这其中，深受魔幻现实主义影响的莫言最具典型性。1986 年，莫言曾将加西亚·马尔克斯比喻为影响自己的两座"灼热的高炉"之一（另一座高炉为威廉·福克纳），自己则是冰块，有一种要被蒸发的危机感，因此，"我对自己说，逃离这两个高炉，去开辟自己的世界"，"我想，我如果不能去创造一个、开辟一个属于我自己的地区，我就永远不能具有自己的特色"❶。此后，莫言在谈到加西亚·马尔克斯之于自己创作关系时，一方面承认这种影响的存在，另一方面又经常会对此进行淡化处理。他曾说："有人说我是受马尔克斯影响最大的中国作家"，但是"直到现在，我依然没有把马尔克斯的《百年孤独》读完"，因为"读了大概有十几页"时，就已经获得了足够的启示。❷与莫言一样，20 世纪 80 年代许多作家的魔幻叙事尽管带着肉眼可见的拉美魔幻现实主义影响的痕迹，但是基于影响的焦虑，一些作家不断地回避或者淡化这种影响的存在。例如，"寻根文学"的发起人之一韩少功认为："境外某些汉学家谈'寻根文学'时必谈的加西亚·马尔克斯也没有成为大家的话题，因为他的《百年孤独》似还未被译成中文，他获诺贝尔奖的消息虽然已经见报，但'魔幻现实主义'这一陌生的词还没有什么人能弄明白。在我

---

❶ 莫言. 两座灼热的高炉——加西亚·马尔克斯和福克纳 [J]. 世界文学, 1986（3）.
❷ 莫言. 会唱歌的墙 [M]. 北京：人民日报出版社, 1998：281.

的印象中,当时大家兴趣更浓而且也谈得更多的外国作家是海明威、卡夫卡、萨特、尤奈斯库、贝克特等。"❶"杭州会议"上,韩少功与其他人谈得更多的外国作家是海明威、卡夫卡、萨特、尤奈斯库、贝克特等这一情况我们无法证伪,但他提到的《百年孤独》尚未被译成中文则肯定与文学事实不符,因为,早在1982年12月《世界文学(第六期)》就已经刊登了《百年孤独》六个章节的译文,而且发行量达到30万册。回避这一事实,笔者以为是韩少功在影响的焦虑心态下,有意淡化拉美魔幻现实主义对自己及中国当代文学影响的一种方式。同样受拉美魔幻叙事影响的阿来,也对过分强调魔幻现实主义对自己的影响不以为然,批评"要把中国作家所有的创新努力都算到模仿外国作家的账上",认为"一些具有异质感,有些超常想象与超现实场景的作品,也绝非对一个魔幻现实主义,一个马尔克斯的反复模仿那么简单","所以,我不知道是中国批评家偷懒只读了马尔克斯,还是如此一致地崇拜着马尔克斯"❷。阿来强调中国当代作家所受外国文学影响的多元性是有道理的,但是,试图淡化加西亚·马尔克斯及拉美魔幻现实主义的影响,也难掩其内心对这种影响的焦虑和逃离拉美魔幻叙事模仿的艺术冲动。

　　在影响的焦虑和艺术逃离的诉求下,中国当代作家开始在自己的魔幻叙事中尝试对拉美魔幻现实主义进行艺术转化和创造。一方面,在魔幻情境的营造上融入更多本土性元素。中国当代作家在魔幻叙事中逐渐意识到,拉美魔幻现实主义之所以能够获得西方青睐,重要原因之一就是他们的魔幻叙事充分彰显了本土自然和文化元素。基于此,中国作家在逃离魔幻现实主义影响时,也试图通过彰显在地性来确立自己魔幻叙事的主体性。这样的艺术追求在他们魔幻情景的营构上有着鲜明的体现。比如,陈忠实的《白鹿原》通过对颇富东方神韵又与关中独特信仰密切关联的白鹿的神秘隐现,营造了具有鲜明色彩的魔幻情景。阿来的《尘埃落定》也是一个具有魔幻色彩的文学文本,小说在康巴土司历史兴衰的书写中,

❶　韩少功. 杭州会议前后 [C]// 程光炜,谢尚发. 寻根文学研究资料. 南昌:百花洲文艺出版社,2018:34.

❷　阿来. 世界:不止一副面孔 [C]// 邱华栋. 我与加西亚·马尔克斯:中国作家的私密文本. 北京:华文出版社,2014:47-48.

穿插了大量独异的康巴风情、神秘的宗教启示及傻子土司的传奇人生，这些构成小说魔幻情景基础的因素，也具有明显的在地性。因此，在《尘埃落定》获得茅盾文学奖时，颁奖词格外强调："该小说有丰厚的藏族文化意蕴，轻淡的一层魔幻色彩，增强了艺术表现的开合的力度。"❶同样，阎连科的"耙耧系列"小说将由耙耧山脉独特地理环境造就的自然、天气、人事的极端性情景作为魔幻叙事的重要基础，使小说中的魔幻情景与这块山地密切地关联起来。

另一方面，中国当代作家在尝试对拉美魔幻现实主义进行转化的同时，还在寻求为魔幻叙事注入某种新质，进而创造了一种具有自身艺术调性的魔幻叙事。这一新的艺术创造在几位中国魔幻叙事主将那里，体现为自觉或者不自觉地将某种自己擅长的魔幻叙事策略不断地运用到创作中去，最终使他们的魔幻叙事具有区别于拉美魔幻现实主义的调性。例如，以阎连科、范稳为代表的中国作家试图对自己的魔幻叙事重新赋名，以此显示超越魔幻现实主义的艺术追求。阎连科从"耙耧系列"小说开始就一直致力于魔幻叙事的艺术实践，这期间他借鉴和模仿了包括加西亚·马尔克斯、胡安·鲁尔福等人魔幻叙事技巧。但是，自20世纪90年代以来，他已经不满足于做一个拉美魔幻现实主义的习语者，为了突破和创造，阎连科开始将自己小说的魔幻叙事称之为"神实主义"。在阐释这一概念的内涵时，阎连科对它进行了有别于魔幻现实主义的界定，认为所谓"神实主义"就是"在创作中摒弃固有真实生活的表面逻辑关系，去探求一种'不存在'的真实，看不见的真实，被真实掩盖的真实"，"它与现实的联系不是生活的直接因果，而更多的是仰仗于人的灵魂、精神（现实的精神和实物内部关系与人的联系）和创作者在现实基础上的特殊臆想。有一说一，不是它抵达真实和现实的桥梁。在日常生活与社会现实土壤上的想象、寓言、神话、传说、梦境、幻想、魔变、移植等，都是神实主义通向真实和现实的手法与渠道"，"它在故事上与其他各种写作方式的区别，就在于它寻求内真实，仰仗内因果，以此抵达人、社会和世界的内部去书写真实、创造真实"❷。同样，范稳对外人视自己的小说为魔幻现实主义也并

---

❶ 第五届茅盾文学奖评语 [N]. 人民日报（海外版），2000-11-20.
❷ 阎连科. 发现小说 [M]. 天津：南开大学出版社，2011：181-182.

不完全认同，他强调"与其说那是一种魔幻现实主义，不如说是'神灵现实主义'"，因为"用藏族人的眼光看，这片浸淫藏传佛教文化的山水，都是有神性的。雪山和湖泊，并不仅仅属于自然，还代表着某个神灵。藏族人世代相传的神话与传说，就是他们曾经拥有过的历史，没有一个藏族人认为它们是一种魔幻再现，他们只认定那就是某种真实，某个传统"❶。无论是阎连科的"神实主义"赋名还是范稳的"神灵现实主义"表述，均显示了中国作家在拥有了足够的化用域外文学经验和艺术自信之后，力求超越魔幻现实主义的艺术努力。与阎连科、范稳通过为自己的魔幻叙事重新赋名不同，莫言以一种无言的方式完成了对拉美魔幻现实主义的超越。在逃离加西亚·马尔克斯的过程中，莫言一方面继续采用魔幻现实主义的叙事技巧，另一方面他也摸索到能充分伸张自己艺术想象力的魔幻叙事新路径，这一新路径就是后来学界普遍认同的"感觉的魔幻"。通过这一艺术手法的大量运用，莫言为魔幻现实主义增添了新的魔幻叙事方式，正因如此，在 2011 年获得诺贝尔文学奖时，诺贝尔奖评委会并未将他的创作风格称之为"magical realism"（魔幻现实主义），取而代之的是"hallucinatory realism"（幻觉现实主义）的表述。这种表述的置换，不仅显示了诺贝尔奖评委会对莫言在创作中所形成的独特魔幻风格的高度认可，而且标示着他超越拉美魔幻叙事的"感觉的魔幻"艺术实践的成功。

四、中国当代作家魔幻叙事民族化转向

在摆脱了影响的焦虑及对拉美魔幻现实主义有所创化之后，中国当代作家在魔幻叙事中有了更高的追求，开始在创作中自觉地赋予魔幻叙事以民族品格，这也使 21 世纪以后中国当代作家的魔幻叙事从整体上发生了民族化转向。中国当代作家魔幻叙事对民族性的重视在文学创语阶段就已有所表现，如上文所论及的在魔幻情景营构时对本土自然和文化元素的吸纳，就在一定程度上彰显了民族性特

---

❶ 范稳.在大地上行走和学习［C］//白烨.2004 年中国文坛纪事.武汉：长江文艺出版社，2005：212.

质，但真正将这种民族性提升到艺术自觉的层次则是在 21 世纪以后。21 世纪中国当代作家魔幻叙事的民族化转向主要体现在以下几个方面。

第一，21 世纪中国作家魔幻叙事更加注重对民族神化、民族信仰和民族文化的倡扬。经历了一段时期的魔幻叙事演练之后，中国作家日益深刻地认识到立足于本民族文化才能让魔幻叙事具有坚实的根基，在这种意识的引领下，他们开始自觉地从民族神话、信仰及文化传统中挖掘神秘性因素。阿来在完成《尘埃落定》之后，曾参加"走进西藏"的文化考察活动，这次文明之旅不仅让他对西藏的文化、经济、宗教等诸多方面有了更深入的理解，而且对他后来致力于民族志的书写也有深远影响。在《格萨尔王》这部小说中，阿来依然保持着他既有的魔幻叙事基调，不仅在书写人、神、魔大战时穿插了许多魔幻情节，而且小说中格萨尔说唱艺人晋美也颇具魔幻色彩——这位视力模糊的牧人，在一次偶然的小憩时突获天神的青睐，获得了讲唱格萨尔王故事的能力。虽然整部小说魔幻意味浓郁，但它却与民族历史与神话紧密关联，也跟作者的创作原则有着内在一致性，"我写《格萨尔王》，并没有想解构什么、颠覆什么，相反，我想借助这部书表达一种敬意——一种对于本民族历史的敬意，对于历史中那些英雄的敬意，对于创造这部史诗的那些一代又一代无名的民间说唱艺人的敬意，对于我们民族绵延千年的伟大的口传文学传统的敬意"❶。对民族历史、英雄、说唱艺人及文学传统的敬意，使这部充满魔幻色彩的文本与藏族文化紧密地交织在一起，因此，《格萨尔王》不仅是一个魔幻的文学文本，也是一次成功的民族神话重述，更是藏民族历史与文化记忆的复活。另外，21 世纪以后，莫言在魔幻叙事中也试图复活民族神话与信仰传统，构建魔幻叙事的民族性。在《蛙》中，通过"蛙"这一富有魔幻色彩意象的渲染，借助"蛙"—"娃"—"娲"之间的隐秘喻示，复活了汉民族女娲造人的神话意蕴。其另一部小说《生死疲劳》借助对西门闹一世为驴、一世为牛、一世为猪、一世为狗、一世为猴、一世为人的转世书写，不仅让整部小说在叙事结构上具有魔幻意味，而且东方佛教"六道轮回"的信仰传统在此也得到了文学性表达。

第二，将魔幻叙事融入民族文化的大叙事之中。中国当代作家魔幻叙事民族

---

❶ 阿来. 向本民族文化致敬［N］. 中国新闻出版报，2009-10-19.

化转向过程中，许多作家已经摆脱了为魔幻而魔幻的艺术套路，力图将其融入民族文化的大叙事之中，此种处理方式产生了积极的艺术效果，让他们作品中的魔幻叙事不再游离于整个文本的文化叙事之外，而是与民族文化叙事融为一体。这样的艺术处理方式，在边疆少数民族作家的魔幻叙事中表现得格外突出。因为，一方面，边疆少数民族在现代性进程中均面临着文化的转型，这是书写边疆题材的作家在文学叙事时必须面对和思考的文化问题；另一方面，边疆地理和文化传统特异性赋予这类地理空间丰富的魔幻素材，这使边疆作家在文化叙事时擅于倚重魔幻叙事来进行思想与文化表达。范稳的《水乳大地》是将魔幻叙事融入民族文化叙事的典范性文本。小说在铺展澜沧江大峡谷里佛教、天主教、东巴自然神教三种宗教对峙、互融的百年沧桑变迁中，渗入诸多魔幻叙事，既有会骑鼓在峡谷上空飞行的苯教法师，也有由殉情和盐田纠纷而引发的众神大战及战后绵绵无期的大雨，还有遥远神奇的卡瓦博格雪山、悠远奇异的大峡谷、壮阔无底的澜沧江及神秘难测的教堂和寺庙，这些情节与场景的存在营造了小说浓郁的魔幻氛围。但是，这些魔幻叙事都镶嵌在文本的民族文化书写主链条之中，体现了作者希望不同宗教、不同文化能够在相互理解、相互尊重的基础上和谐共处、水乳交融。小说中的魔幻叙事因为与整体的民族文化思考互相激发，得以在民族的叙事中化为无形。与《水乳大地》类似，维吾尔族作家帕蒂古丽的长篇小说《最后的王》也成功地将魔幻叙事与民族文化书写融为一体。《最后的王》取材于新疆库恰王，库恰王作为历史虽已远去，但库恰王府作为历史遗迹依然存留，作者从斑驳陆离的库恰王府里寻踪到最后一位世袭王爷的人生轨迹。整部小说既是写一个王，也是写一座城，同时还是书写一段历史和一种文化，为此，小说的各种叙事都指向了维吾尔族文化与他族文化之间碰撞、交融的历史过程，应和了作者"我的作品都是一个主题——文化的融合" ❶的创作主旨。同时，在揭示这一文化主旨的过程中，小说并没有沦为理论说教和观念演绎的工具，而是借助大量的魔幻叙事来烘托这种文化反思的表达。小说中库恰王波诡云谲的人生，具有新疆特色的神秘风俗与饮食传统，以及鹦鹉、鸽子、花朵、老鼠、飞蛾等奇异事件的书写，均具有

---

❶　帕蒂古丽. 我的作品都是一个主题：文化的融合［N］. 塔城日报，2015-06-01.

魔幻色彩，它们成为渲染民族风情，助力主题表现的有机成分。

第三，魔幻叙事的民族化转向另一重要体现是对民族现实境况的关注。中国当代作家魔幻叙事的民族化转向并非仅指向悠远的民族历史与文化传统，在一部分作家那里也体现为对现实中国境况的关注。此类魔幻叙事的代表性作品是阎连科的《炸裂志》和余华的《第七天》。这两部小说均借助富有魔幻色彩叙事策略，呈现了现实中国在物欲与权力支配下的混乱、冷漠与荒诞。在阎连科的笔下，《炸裂志》为我们呈现的是一个既魔幻又现实的世界，如铁树在大雪环境里却开出粉红艳烈的泡桐花，鸡竟然可以生鹅的蛋，缺水的文竹因为一纸任命书得以复活⋯⋯这些看似有悖于常理的魔幻情节，侧面反映了社会现实，暗喻了权力的"无所不在"和金钱的"无所不能"。在《第七天》中，余华借助亡灵叙事，不仅打破了生与死、人与鬼的界限，赋予杨飞、李月珍、鼠妹等亡魂形象以魔幻色彩，而且引出了现实社会中的一些负面事件，揭示了现实世界的种种弊端。因此，无论是《炸裂志》还是《第七天》，魔幻只是它们的艺术外衣，其内里是对民族生存的记录，饱含着作家对现实苦难的悲悯和个体生命尊严的维护。这种魔幻与现实的交织，使当代中国作家的魔幻叙事呈现出中国故事的品格，因而，其文本中的魔幻具有民族性，只不过这种民族性是带有国家文学性质的民族性。

中国当代作家的魔幻叙事从对拉美魔幻现实主义的模仿、借鉴到转化、创新再到民族化转向，实现了从文学习语到文学创语的嬗变，这是中国文学与拉美魔幻现实主义在碰撞、互融、创生中不断磨合的结果，也是中国文学日益成熟、从容自信的体现。这一艺术过程，不仅呈现了中国当代作家魔幻叙事成败得失的历史经验，同时也深刻揭示了20世纪西方文化文学思潮与中国文化文学之间互动磨合的基本定律与范式，对于理解全球化语境下中国当代文学与域外文学的磨合与调适问题，处理未来中国文学有效地化用域外文学以及更好地书写中国故事具有重要的启示意义。

第五章

海外译介与文学重构：余华作品在韩国的传播与接受

近年来，随着中、韩两国经贸往来日益频繁和文化互动的深入，两国文学交流也进入一个新阶段，成为两国互动的重要桥梁和纽带。在众多被韩国读者接受的中国当代作家中，余华可以说是最受关注的作家之一。

一方面，他的作品在普通读者中有着较高的认可度和欢迎度。迄今为止，余华大部分小说作品都有韩译版，而且有着很好的销量。针对这一状况，就连余华自己在接受韩国《世界日报》记者采访时都自豪地承认："在韩国拥有很多读者，如果从人口比例来算的话，比在中国的读者还要多"❶。这从一个侧面反映了韩国普通读者对余华的接受热情和认可度。

另一方面，在韩国的中国当代作家批评和研究中，余华及其作品已经成为研究的热点和重要对象。韩国高校中文系但凡讲到中国当代文学，必分析余华的作品，很多韩国学生的硕博论文也多以余华及其作品为研究对象。据研究者统计，"至2012 年初，在韩国专门研究余华的硕士论文有 21 篇，博士论文有 2 篇，其他学术型论文及文章共有 34 篇"❷。这还不包括那些在中国攻读硕士或者博士学位的韩国学者，他们当中也有不少人是以余华作为自己专门或者重要研究对象的。上述接受现象表明，余华及其作品在韩国的接受既带有当代中国文学被接受的普遍性特征，也具有自己的特殊性。在众多中国当代作家中，余华为何能够脱颖而出，

---

❶ 吴越．"许三观"的韩国之旅 [J]．齐鲁周刊，2015（6）.
❷ 李惠兰．韩国对余华作品的译介与研究 [D]．济南：山东大学，2013.

探寻其中的原因，不仅能够拓展我们对余华作品的理解，总结当代中国文学跨文化传播的路径与特征，也有助于通过这一中介深化我们对韩国民族文化及其心理结构的认知。

一、西方接受与大众传媒规约下余华作品的跨文化传播

通过对余华作品在韩国接受状况的梳理，笔者认为在大众传媒和自身民族文化心理结构的制约与引导下，韩国读者对余华及其作品的接受呈现出了如下几个特点。

首先，余华作品在韩国的传播和接受，不仅数量较多，而且重点也比较突出。所谓数量多，一方面是指余华作品在韩国被翻译的数量整体上比较多。据统计，截至 2012 年，仅小说方面，在中国出版的余华作品共有 4 部长篇小说、12 部中篇小说和 32 篇短篇小说，在韩国译介的有 4 部长篇、9 部中篇和 22 篇短篇小说。❶值得说明的是，余华 2013 年的新作《第七天》，也已有韩文出版。另外，余华的散文随笔也有不少被韩国译介。由此可以说，余华的大部分作品已经进入韩国读者的阅读视野中，被翻译的数量和比例之多，在当代中国作家中可谓首屈一指。

另一方面是指余华作品在韩国的发行数量也比较多。文学作品的翻译量与发行量并非一直成正比，翻译数量的多少取决于少数翻译者对译介作家作品的青睐程度，而发行量则更多地反映了读者的阅读需求。从这一点上来说，我们衡量一个作家在另一个国家的受欢迎度和认可度，不仅要看其作品被翻译的数量，也要看他的作品在这个国家的销量。与当代其他中国作家有所区别，余华作品在韩国不仅翻译的数量多，而且重要作品的销量也不容小觑。比如，余华的代表性作品《许三观卖血记》自在韩国译介以来就深受韩国读者喜爱，据"韩国最大的门户网站 NAVER 介绍，余华的《许三观卖血记》是不变的畅销书，截至 2007 年，总计销量为 7 万部以上"；"它被韩国最大的门户网站 NAVER 列为 2006 年 2 月的'今天的书'，NAVER 知识人选定的推荐图书等。'今天的书'的《许三观卖血记》读者评论达到 560 多条，可以看出韩国读者对它的喜爱"❷；而且，他的另外两部

❶ 李惠兰. 韩国对余华作品的译介与研究 [D]. 济南：山东大学，2013.
❷ 李承芝. 余华小说在韩国的接受 [D]. 济南：山东大学，2010.

作品《人生》（中文名为《活着》）和《第七天》"也一直得到韩国读者的持续欢迎。在近 20 年的时间里，余华的小说在韩国国内的中国小说销量排名中占据首位，成为名副其实的畅销书"❶。

　　除了数量多，余华小说在韩国读者群中的传播与接受还呈现出重点突出的特征。如上所述，余华的作品大部分都已被翻译成了韩文，但这其中比较受韩国读者欢迎的只有《许三观卖血记》和《人生》两部。正如有研究者所指出的那样："对于普通读者，余华最受欢迎的是他的两部长篇小说《活着》和《许三观卖血记》，尤其是后者。《许三观卖血记》的销量达到了 10 万册，而且每年都有新的读者"❷。小说《许三观卖血记》曾经在 2000 年入选韩国 "《中央日报》100 部必读书"。这两部作品能够受到韩国读者的格外青睐，不仅因为它们代表着余华小说创作成就，更重要的是它们在思想和精神上契合了韩国民众的文化心理结构和阅读期待，关于这一点，本章在下面有进一步地解析和论述。

　　其次，韩国读者对余华作品的接受选择明显受到西方的影响。与欧美对当代中国文学的译介和接受相比，韩国出版界和民众通常显得有些滞后，许多当代中国作家和作品只有在西方获得大奖或者引起广泛关注之后，才能引起韩国读者和媒体的重视。

　　究其原因，正如韩国学者李旭渊所指出的那样。"我们出版界出版的时候不是自己选择中国作品，而是西方读者认可的作品。"❸这一点，韩国民众对余华的接受也不例外。余华作品的韩文版除了《第七天》之外，几乎都是在有了英、法、德等译本后，才在韩国出现。同样是受制于西方的影响，余华及其作品在韩国的接受还具有某些特殊性。因为，与中国当代其他作家相比较，余华显得比较特殊，这体现在他在国内普通读者和研究者心目中的地位比较高，但却不太容易被主流文学评价系统充分肯定。近年来，余华某些作品由于现实讽喻性和意识形态的越轨性，甚至很难在国内出版——如他的作品《十个词汇里的中国》（此书已经于

---

❶　王乐. 余华小说在韩国的传播与接受 [J]. 世界华文文学论坛，2022（3）.

❷　河贞美. 中国当代小说在韩国的接受情况研究：以戴厚英、余华、曹文轩为中心 [D]. 北京：北京大学，2010.

❸　河贞美. 中国当代小说在韩国的接受情况研究：以戴厚英、余华、曹文轩为中心 [D]. 北京：北京大学，2010.

2012 年被韩国学者金泰成翻译为韩文）就无法在国内出版。因此，尽管余华在当代中国文坛具有举足轻重的地位，但他一直未能获得茅盾文学奖——众所周知，茅盾文学奖对于当代中国作家具有特殊的价值和意义。然而，颇有意味的是，与中国国内主流评价不太一致，余华及其作品在西方却获得了高度认可，他的作品不仅被广泛译成英文、法文、德文、俄文、西班牙文、荷兰文、挪威文、希伯来文、日文等 20 多种文字，而且先后获得了 1998 年意大利格林扎纳·卡佛文学奖、2002 年澳大利亚詹姆斯·乔伊斯基金会颁发的悬念句子文学奖、2004 年法国文学与艺术骑士勋章及 2008 年法国首届 "《国际信使》外国小说奖" 等奖项。

对于比较依赖西方认可的韩国出版界而言，余华及其作品的国际影响力自然会成为他们是否译介余华作品的一个重要标准，也成为韩国民众是否接受余华的重要参照系。因此，我们会看到韩国一些书店在向读者推介余华时，也较为注重强调他在西方的影响力与认可度。比如，韩国一家名为 "YES24" 的网上书店，在介绍余华时就格外强调他好几次获得了权威性的世界文学奖。同样，这也可以解释韩国学者李建雄在介绍中国当代小说在韩国的出版现状时所总结的一个现象，"如果依赖这个排名来看待中国文学和作家的视角，中韩两国读者之间有相当大的差距"❶。李建雄认为，在汉语阅读圈比较有名的作家在韩国都不是特别有名，如中国香港的《亚洲周刊》列出的 21 世纪中国小说一百强中的作家，很多排名靠前的作家，如阿城的《棋王》（排名 20）、陈忠实的《白鹿原》（排名 38）、李锐的《旧址》（排名 45）、贾平凹的《浮躁》（排名 57），在韩国的知名度很低，不为现在的韩国读者所熟悉，也很少作为学者研究题目。莫言的《红高粱》（排名 18）、韩少功的《马桥词典》（排名 22）和王安忆的《长恨歌》（排名 39）虽然在韩国有一定的知名度，也有研究的论文，但李建雄指出，在韩国知名度最高的大陆严肃文学作家、作品，是排名靠后的余华（《许三观卖血记》（排名 96）。❷余华之所以能够后来居上，笔者以为这与他的国际影响力和认可度密不可分。不仅余华，国际影响力同样能够推动其他中国作家在韩国的接受，如莫言在

---

❶ 河贞美. 中国当代小说在韩国的接受情况研究：以戴厚英、余华、曹文轩为中心［D］. 北京：北京大学，2010.

❷ 河贞美. 中国当代小说在韩国的接受情况研究：以戴厚英、余华、曹文轩为中心［D］. 北京：北京大学，2010.

获得诺贝尔文学奖之后，在韩国也掀起了译介和研究的小高潮。

最后，将余华作品舞台化和影视化，是韩国民众接受余华及其作品的另一个重要特征。在影视业高度发达的时代，影视剧已然成为大众娱乐消费的重要方式，于文学而言，影视化也成为推动文学传播与接受的重要手段和媒介。近二十多年来，越来越多的当代中国作家能够被韩国读者认识和接受，其中一个重要推动力就是他们的作品的跨媒介改编。比如，莫言的《红高粱》（1989年）、古华的《芙蓉镇》（1989年）、刘恒的《伏羲伏羲》（电影《菊豆》原版小说1990年）、李碧华的《霸王别姬》（1993年）等小说能够在韩国出版甚至热销，与根据这些小说改编的影视剧在韩国播映的带动密不可分。余华及其作品备受韩国读者推崇，也明显受惠于这种跨媒介改编。

余华有些小说进入韩国读者视野，起先并不是以翻译出版的形式呈现出来，而是依靠影视这一中介得以实现。因此我们会看到，在1997年韩国PRUNSOOP出版社出版余华小说《活着》之前，1995年5月根据同名小说改编的电影早已在韩国上映。如果说余华及其小说能够被韩国读者认识和接纳，在很大程度上受惠于被改编成电影上映，那么接下来韩国读者中的"余华热"，同样也离不开其作品的影视剧改编的推动。在韩国读者的接受视域中，余华小说《许三观卖血记》是最受欢迎也最畅销的作品，其原因可能有许多方面——如作品本身的魅力、出版和传媒的策划及韩国民众的文化心理结构等，但影视剧和舞台剧的推动力量绝对不容忽视。在《许三观卖血记》韩文本（1999年）出版后不久，该小说就于2003年被改编为同名话剧搬上舞台，由于其独特的影响力，该剧获得了2004年第40届东亚话剧奖最佳作品奖。而将这部小说在韩国的接受推向高潮的，则是2015年由韩国电影明星兼导演河正宇执导的电影《许三观》的上映。这些被改编的话剧和电影，一方面对这部小说进行了颇富韩国文化特征和民族想象的改编，另一方面对这部小说在韩国民众中的接受也起到了积极作用。因此，"影片在韩国上映后，从票房来看，《许三观》最终在韩国动员到95万观影人次，徘徊在7分上下的观众和专家评分（据韩国最大门户网站NAVER和韩国最大的电影网站MAXMOVIE统计）"。❶

---

❶ 薛颖．中国小说的跨媒介域外传播：从余华小说《许三观卖血记》到韩国电影《许三观》[J]．雨花，2016（2）．

二、本土化想象与民族文化期许

韩国读者在接受余华作品的过程中，会不自觉地对其进行本土化处理。与莫言、阎连科等中国乡土作家相比较，余华在创作上更加追求人类性和世界性，这也是他的作品能够获得西方乃至韩国读者广泛认同的一个重要原因。但是，这并不等于说韩国读者对余华及其作品的接受没有经历过他们自己文化和心理的过滤。

韩国民众在对余华及其作品接受进程中，一方面是一种跨文化的认知和认同过程，另一方面也是他们在借助余华小说完成自己的民族想象和文化期许的过程。这种文化和心理过滤，可以从韩国读者对余华小说《活着》和《许三观卖血记》格外热衷中较为明确地表现出来。有韩国学者指出："韩国读者历来喜爱民间故事，特别喜欢阅读从极为恶劣的环境给人们造成的极限性困境中摆脱出来的各种故事。遇到各种不同的艰难与危机意味着对人的一种考验，余华、苏童都有表现宏伟人生的长篇小说，韩国读者通过他们小说所反映的人生和作者对人生的看法与态度，并站在作品人物的位置上深思熟虑自己的人生、人生本真的意义，能够体会到中国社会的生活场景和气息，进而对当代中国生活产生细致而逼真的感受。"❶从余华的小说中寻找自我现实生存的价值，进而体悟人生的意义，可以说是韩国读者阅读和接受余华的重要诉求与动力。

余华的小说《活着》和《许三观卖血记》，在某种程度上来说都是探讨生命、苦难和坚韧等人性论题的作品。《许三观卖血记》出版后韩国《东亚日报》（1997年7月3日）评价道："（对于韩国读者而言）这是非常生动的人生记录，不仅仅是中国人民的经验，也是我们活下去的自画像。"对于此，有韩国研究者也持类似看法，如安昶炫曾布置作业要求学生阅读余华的《许三观卖血记》和《活着》，以此来了解中国历史社会的变化。同学们同情许三观的悲惨人生，也由《活着》中身负重压的老父联想起自家的父亲。"虽然中韩历史变化的走向不同，但老百姓受到的压力和痛苦是相似的"，安昶炫认为，余华作品中对中国社会现实的关注，

---

❶ 金炅南. 中国当代小说在韩国的译介接受与展望——以余华、苏童小说为中心［J］. 中国比较文学，2013（1）.

正是其在韩国受欢迎的原因。❶

正是由于这种接受过程中的本土化渗透，使韩国读者对余华作品的关注焦点与西方有所差异。西方读者对《活着》和《兄弟》有较高的关注度，评价也最好。比如，余华《兄弟》的法文版出版以后，被法国主流社会称为"当代中国的史诗""法国读者所知的余华最为伟大的作品"；英文版也得到《纽约时报》《纽约客》《华盛顿邮报》等众多美国权威媒体和一些著名评论家的好评。❷然而，韩国读者却更钟情于《许三观卖血记》。

此外，在接受余华的过程中，韩国读者自觉或者不自觉地寄寓着自己的民族文化期许和想象。这一点，在河正宇导演的电影《许三观》里得到了较为明晰的印证。电影《许三观》情节与余华小说大体相吻合，但在具体背景、风土人情及结尾等方面却做了一些本土化的处理，这其中显然体现了导演为迎合韩国观众而进行的符合民族化想象的改造。比如，小说中许三观人生经历的重要历史背景本是共和国时期的社会主义改造运动、"大跃进"运动、"文化大革命"及改革开放，为了避开这段韩国读者所陌生历史进程，电影一方面将这段历史进行淡化处理，另一方面对其进行民族化的改造，将许三观的出生地设定在朝鲜平壤，小说中许三观所经历的"文化大革命"时期在电影里被置换成韩国战争时期。此外，电影中出现的医院里甚至贴着宣传韩国民主化运动的标语。这种对故事地点、历史背景乃至某些情节的置换与重构，体现了导演既是让韩国的观众更容易进入他们熟悉的历史情境中来，又渗透着民族想象的改编目的。正如导演河正宇所言："战后60年代的韩国在此前电影作品里表现的机会并不多，多以认为这个时间段具有很大的可行性。包括当时颓废的状态，美军带来的，或者说残留下来的东西，对韩国的混杂性文化构成所产生的影响等。"❸在这种民族国家想象之外，电影的某些细节化处理，同时也呈示出导演的民族文化期许。为此，电影将很多意象和称谓进行了民族化改造。比如，小说里的黄酒、炒猪肝

---

❶ 彭茜. 余华莫言苏童——中国当代文学的韩国"版图"[N]. 国际先驱导报, 2014-06-26.
❷ 高方. 尊重原著应该是翻译的底线——作家余华访谈录[J]. 中国翻译, 2014（3）.
❸ 吴越. "许三观"的韩国之旅[J]. 齐鲁周刊, 2015（6）.

变成了电影里的浊米酒、猪血肠，卖油条的许玉兰成了韩国传统卖爆米花的人，许三观在小说文本中曾被嘲讽为"做乌龟"（在中国语境中，也被叫作"戴绿帽子"，指自己的老婆与他人有染），而电影中却称其为"做云雀"，乃至电影结尾处许三观和家人坐享美食的温情大团圆结局等，均是典型韩国民族文化心理结构的呈现。

三、困境和问题

作为在韩国读者群中颇具影响力的作家，余华及其作品在韩国的传播与接受也存在一些困境和问题。问题之一，就是余华的大部分作品尽管已被翻译成韩文，但真正对韩国读者产生影响力的作品却非常有限，韩国读者往往受制于自己的文化心理结构和现实需求，仅表现出对《活着》和《许三观卖血记》的浓厚兴趣，导致余华的其他作品在接受过程中被忽略或者遮蔽。

然而，除了《活着》和《许三观卖血记》之外，余华的其他作品对于理解这位作家或者说呈现一个完整的余华文学世界也非常重要。比如，先锋时期的余华，他的代表性作品《十八岁出门远行》不仅在艺术上有着大胆的追求和创新，而且在内涵和哲理上对人生的启示也不亚于《活着》和《许三观卖血记》。但是，它并没有引起韩国读者的阅读兴趣和热情。又如，余华的长篇小说《兄弟》，也同样是一部厚重且具有突破意义作品，它的荒诞故事，平民主义情怀，夸张的想象及对历史、现实的批评和嘲讽，对于作者来说均具有里程碑的意义。同样，这部作品尽管引起了韩国专业研究者的重视，但在普通读者中却没有太热烈的反响。这说明读者的阅读期待视野和文化心理结构，在一定程度上限制和影响了他们对余华其他作品的接受。而且，这种文化心理结构和期待视野，也让余华的一些作品——哪怕是韩国读者最热衷的作品，在接受时会产生某些变形，有时甚至会削弱余华作品的思想深度。以韩国读者最受欢迎的《许三观卖血记》来说，他们更重视对其中家庭亲情尤其是父子之情的接受，还表现出对作品中坚韧而乐观的生活态度的欣赏，但这部作品更深层次的意义却不止于此。就像余华在这部作品的韩文版序言里所说的："这是一本关于平等的书"，"我知道这本书里写到了很多现实，'现实'这个词让我感到自己有些狂妄，所以我觉得还是退而求其次，声称这里面写到了平等。"❶很显然，作者赋予这部作品的深层意蕴，并未能在韩国读者中引起的共鸣。而电影《许三观卖血记》结尾处温馨的大团圆结局，甚至可以说是对这种深层意蕴的消解。

另外，余华及其作品在韩国的接受还遇到了翻译的问题。一位作家及其作品在域外的传播，翻译通常至关重要。中国作家莫言的成功就是一个典型的例证，没有葛浩文的翻译很难想象莫言能够获得诺贝尔文学奖。余华被韩国读者热情接受，诚然离不开韩国翻译者的慧眼和辛苦，但这些作品翻译的质量如何，却是一个有争议的问题。有人在论及余华小说的韩文翻译时，就敏锐地指出了这一问题，认为"中国出版物在韩国面临的问题之一，就是绝对缺乏那些精通于中国文艺方面的专家，尤其是缺少那些从事中国文学研究的编辑"❷。余华作品在翻译成韩文过程中的困境，应该不是余华作品在韩国传播所存在的独特问题，而是当代中国文学在韩国被翻译时的共通性问题，正如韩国学者金顺珍所言："所有对中国文学作品保持关心的人都知道，某位很有名的中国作家将他的大部分作品交由一位翻译家翻译，但这位翻译家又让几位朝鲜族翻译家进行翻译。结果虽然表面上这位作家的作品出版了很多，但没能得到韩国读者的喜爱。"❸这说明，无论是余华还是当代中国其他作家，他们的作品在韩国的传播和接受，仍有需要提升的空间。

---

❶　余华. 许三观卖血记 [M]. 北京: 作家出版社, 2008: 3.
❷　金炅南. 中国当代小说在韩国的译介接受与展望——以余华、苏童小说为中心 [J]. 中国比较文学, 2013 (1).
❸　金顺珍. 有关翻译的几个随想 [C]// 中国作家协会外联部. 翻译家的对话 2. 北京: 作家出版社, 2012: 38.

第六章

韩少功与“寻根文学”

　　“寻根文学”是发端于 20 世纪 80 年代前期并延续了整个 80 年代的重要文学思潮，中国当代重要作家如贾平凹、韩少功、莫言、陈忠实、王安忆等都曾加入这一创作潮流。这些作家的“寻根文学”实践，不仅是他们的创作向走向成熟的重要标志，而且也昭示了中国当代文学突破“伤痕文学”“反思文学”，在思想和艺术上实现转变并取得了丰硕的实绩。本章以“寻根文学”最重要的代表人物之一韩少功为个案，重述 20 世纪 80 年代的“寻根文学”历程，反思其取得的成就及局限。

一、韩少功与文学“寻根”

　　韩少功在 20 世纪 80 年代整个寻根文学发展进程中的地位比较独特。一方面，他是寻根文学理论建构者，其寻根文学的理论主张获得“寻根作家”的普遍认同，并成为指引他们创作的武器；另一方面，韩少功又是寻根文学创作的积极实践者，长期致力于寻根文学创作，他的《爸爸爸》《女女女》《马桥词典》《山南水北》等作品成为其个人也是寻根文学的重要成果。

　　韩少功发表于 1985 年 4 月的《文学的“根”》，一直以来都被视为寻根文学运动的理论宣言。在这篇文章中，韩少功从“我以前常常想一个问题：绚丽的楚文化到哪里去了”❶的诘问，提出了 20 世纪 80 年代前期许多中国作家中国文学主

---

❶ 韩少功. 文学的“根”［J］. 作家，1985（4）.

体性的焦虑问题。基于此，韩少功旗帜鲜明地提出了自己对于文学"寻根"的立场，他认为文学不仅有根，这个根还要"深植于民族传说文化的土壤里"，否则"根不深，则难枝繁叶茂"❶。因为，从 20 世纪 80 年代前期的中国文学实践中，韩少功看出"如果割断传统，失落气脉，守着金饭碗讨饭吃，只是从内地文学中横移一些'伤痕文学'的主题和手法，势必是无源之水，很难有西部文学独特的生机和生气"❷。对于如何"寻根"，寻什么样的"根"，韩少功从域外文学经验中提炼出了自己的认知，"他们都在寻'根'，都开始找到了自己的文化根基和文化依托。这大概不是出于一种廉价的恋旧情绪和地方观念，不是对方言歇后语之类浅薄的爱好；而是一种对民族的重新认识，一种审美意识中潜在历史因素的苏醒，一种追求和把握人世无限感和永恒感的对象化表现"❸。这篇文章的发表，是寻根文学思潮发端的重要标志之一，因为它提出了文学"寻根"的路径及"寻根"的意义所在。为了践行这一主张，韩少功先后发表了《归去来》《爸爸爸》《女女女》等小说，作为"寻根"文学的发起人之一，韩少功为寻根文学从理论到实践的产生和发展都做出了不可磨灭的贡献。

　　出现在 20 世纪 80 年代的文化"寻根"运动是轰动了整个当代思想文化界和当代文学史的文学思潮，是文化解冻之后中国文学在现代性因素上的一次突破。在 20 世纪中期，中国的所谓现代派作品由于过分依赖模仿乃至重复西方文学，引起了很多作家和学者的不满。尤其是在中国进入 20 世纪 80 年代后，文化失语的困境被打破，中国的文化文学即将进入一个新的时代，但在这样的环境下，传统文学依旧被丢弃在历史边缘。这样，文化的破坏与简单向西方学习，造成了一种全盘西化和民族虚无主义，这引起了一些中国作家和学者的文化焦虑。在这个时候，拉美文学以一种后来者居上的姿态在文坛大放异彩，在世界性范围内开始被熟知和传播，尤其是在 1982 年拉美作家马尔克斯问鼎诺贝尔文学奖之后，其独特的文学创作风格影响了当时的一大批作家，在全世界的范围内开始引起一股"寻根

---

❶ 韩少功. 文学的"根"［J］. 作家，1985（4）.
❷ 韩少功. 文学的"根"［J］. 作家，1985（4）.
❸ 韩少功. 文学的"根"［J］. 作家，1985（4）.

热"。它给 20 世纪 80 年代的文坛带来了一种活力，笼罩在中国作家头上的民族自卑感开始散去，一批具有强烈创新意识的青年作家，在对西方文学的影响下，为了恢复和振兴中国文化，开始将探寻的目光放置于本民族的文化之中，将触手伸向本民族的历史长河中来搜索属于中华民族文化的根基所在。于是他们认定文学是有根的，文化的根深植于民族传统的文化土壤之中。在这一时期，"寻根"是中国重要思想文化潮流，这一潮流因为发生相关的事件，获得标志性的命名。始于 1984 年 12 月的"杭州会议"被看作寻根文学思潮开始的标志。参加此次会议的主要是以知青作家为主的中青年作家、批评家，如韩少功、李陀、郑义、阿城、李杭育、郑万隆、李庆西等。杭州会议之后的 1985 年，一部分作家确实进行了理论上的倡导，如韩少功的《文学的根》、阿城的《文化制约着人类》、郑万隆的《我的根》、李杭育的《理一理我们的"根"》、郑义的《跨越文化断裂带》这五篇介绍作家们各自创作理念的文章也可被看作是"寻根"文学的理论先导。

在寻根这一文学潮流中，韩少功表现活跃，他的《文学的"根"》这篇文章，被有的人看作是这一文学运动的宣言。作为寻根文学的倡导者和实践者之一的韩少功，先后发表了带有强烈文化关怀和问题意识的《归去来》《爸爸爸》《女女女》《马桥词典》等作品，这些作品的发表标志着韩少功的文学创作进入了更深层次的对传统文化的探寻，暴露了传统文化中落后的一面，希望以此来实现对民族精神的重塑。

二、"寻根"主张与韩少功的创作实践

作为"寻根文学"的实践者，韩少功有意识地在创作中运用并贯彻自己提出来的"寻根"主张。主要体现在以下几个方面。

其一，韩少功通过自己的作品，实现了对传统文化的反思。韩少功对各民族的文化有着相当独特的见解，他认为好的文学作品一定是"色彩"丰富的，既要有本土文化的骨血，也要接受外来文化的影响，这样才能催育出一大批奇花异果。他认为，近年来作家们开始呈现出重新审视自己脚下国土以及回顾民族历史的自觉性，他们试图通过这样的方式找到自己的"根"。他说："这大概不是出于一种廉价的恋旧情绪和地方观念、而是一种对民族的重新认识、一种审美意识中潜在历史因素的觉醒、一种追求和把握人世无限感和永恒感的对象化

表现"。❶于是他在一些作品中开始无意识地使用一些带有地方色彩的方言词汇。《归去来》中的故事就发生在一个不知名的小寨子里，日常话语、生活习惯和方言用词都是深受湘楚文化影响的结果。《马桥词典》中的人物和故事发展就直接藏在马桥人独特的方言之后，以此来挖掘隐藏在方言背后马桥人独有的历史文化心态。在《马桥词典》中，马桥地处一个偏僻的小镇，在这里有着非常严格的等级制度和根深蒂固的封建观念，对马桥人来说，"话份"就是一个人身份高低的象征，谁拥有"话份"谁就拥有"话语权"，人们对他的话语表示无条件地服从。但马桥女人、年轻人及贫困家庭都是没有"话份"的，他们在马桥是没有地位的。书中虚构的马桥折射出了男性霸权至上的传统观念的缩影，由此揭示了封建文化的落后和愚昧。

在回归了乡土生活之后的韩少功，开始发现在一幅人与自然和谐共处的画卷中还存在一些愚昧和落后的景象，彼时的乡土已经不是想象中的诗意乡土，他开始着眼于暴露和反思巫楚文化中丑陋和顽愚的一面。发表于 1985 的中篇小说《爸爸爸》是韩少功对"寻根"理论的再阐释。小说以一个落后封闭的鸡头寨作为背景，活在这里的人是一群还未开化的"人类"，鸡头寨的村民们原始愚昧，整个封闭的村庄浮沉于这浓郁历史文化气息的语言中，他们对太极图顶礼膜拜、欲杀丙崽祭拜谷神和信奉巫师等。鸡头和鸡尾两寨疯狂进行暴力厮杀，并导致村里出现遵循祖规服毒自杀之事。不仅如此，他们还把这个相貌异常丑陋、永远无法长高的怪胎奉为神明，其口中的"爸爸爸"和"X 妈妈"两句话也成为卜卦的谶语，人们伏拜在他面前，并尊呼他为"丙仙""丙相公"。然而鸡头寨最终在一场与外村的械斗中战败，只有这个作为传统文化畸形象征的丙崽活了下来。然而值得一提的是，在这场悲壮浩大的动乱中，包蕴着一种令人惊惧的强大生命力，丙崽的大难不死象征着中国传统文化的劣根性部分依然延续苟活。这是对所谓的正统文化的否定与嘲讽，也是对文化规范下人类生命的一种深刻的自省与反思。

续篇《女女女》更是对这种民族落后的文学心理进行了赤裸的无情批判。幺姑失去孩子后无法忍受世俗舆论的指指点点，不得不离开家乡，尽管她遭受了不

---

❶　韩少功. 文学的"根"［J］. 作家，1985（4）.

公平的刻薄待遇，但她一直都勤劳刻苦，为人友善。在一次中风之后，她身上所背负的中华民族的美好品格却全部消失了，剩下的都是贪婪自私、粗暴冷漠，与之前形成巨大的反差，这正是她深受落后文化习俗的压抑后的本质爆发，这是传统文化的负面性对人性的扭曲和变形。在这巨大的反差中，《女女女》中还包含了韩少功对乡土和城市双重对立的认识，乡土和城市这两种文化形态在幺姑的身上发生碰撞后产生的悲剧，"南橘北枳的文化水土不服使得幺姑晚年的生命呈现出断崖式的巨变" ❶。

杭州会议之后，韩少功便开始转变自己原来的文学创作方式，站在文化的角度来审视传统，正是这种向历史和传统的挖掘，他开始创作一些富有文化探寻意味的作品。韩少功在对文学之"根"的找寻中，在一次次的文学实验中，构建了属于自己的独特文学风格和审美情趣，这种地域性文化将是作家取之不尽的创作源泉。出版于1996年的《马桥词典》，尽管写作于"寻根"文学的退潮之际，但他始终没有放弃寻根的立场，依然描述着他对湘楚文化传统的思考。

其二，韩少功在自己的创作中格外重视巫楚文化的地域性构建。"寻根"派到民族传统文化中寻根时并不是全方位整体寻根，而是强调地域性的民间文化与古老风俗。20世纪80年代中期所形成的声势浩大的寻根文学思潮，正是在对民族传统文化、地域文化认同的"文化热"背景上所触发的。韩少功的《文学的"根"》一开头就提出一个问题："楚文化流到哪里去了？" ❷韩少功回望自己的故乡和养育自己的土地，最后在湘西找到了楚文化的根。如果说韩少功在创作初期还执着于书写自己的知青生活经验，那么杭州会议之后，他开始用实践来响应他自己提出来的主张，将笔触执着地伸向自己熟悉的故土湘西，用一个个的故事向我们呈现出一个不同于沈从文笔下的健康自然淳朴的湘西，进一步向我们展示了巫楚文化的神秘绚丽。《爸爸爸》的背景就是一个地处偏远又神秘落后的鸡头寨：山寨里云雾缥缈、蛇虫猖獗的自然环境，寨中人因笃信鬼神而经常举行的祭祀活动，丙崽妈自以为丙崽的出生与自己打死蜘蛛精有关的愚昧认知等。楚地具有历史悠

---

❶ 曾攀. 回到"问题"本身——文化寻根与百年中国文学 [J]. 扬子江评论，2020（4）.
❷ 韩少功. 文学的"根" [J]. 作家，1985（4）.

久的巫文化这种独具一格的文化形态在《爸爸爸》中是通过德龙这个人物表现出来的，"鸡头寨的人不相信史官，更相信德龙"❶，德龙是一种巫的形象。韩少功让我们看到，生活在这里的村民世世代代按照祖先的法则繁衍生息，展现出一幅情感压抑、思想麻木愚昧的真实民间图景及这片土地独有的地方习俗与风情。除《爸爸爸》之外，其他作品如《女女女》《归去来》等都有对地域文化特点的展示与描绘。除了故事情节具有地域性的特点外，语言作为文学观念有效表达的必要载体，包含着深厚的文化内涵与精神意蕴。它不仅是思想承载的直接显示，也是人物复杂内心活动的外化表现。方言既作为独特身份的标识扮演着见证文化变迁的重要角色，又可以与现代规范语言进行相互参照，这也成为寻根文学叙事语言的主要特点。在韩少功的《爸爸爸》《女女女》《归去来》等作品中，就随处可见其对湘楚方言的使用。比如，《爸爸爸》中"吾"便是我的意思，"视"便是看的意思，"宝崽"便是"呆子"的意思，还有"赶肉""乖致"等方言词语。由此，我们可以看到，韩少功在不断地对民间地域风土人情的书写中建构起了属于自己的一方文学领土。这种地域性文化既是作家取之不尽的创作资源，也在某种程度上体现了文学本质的审美价值，参与中国当代文学的转型与重塑。

三、"寻根文学"的价值与文学史意义

文化"寻根"使中国的文学从对文化的反思转而深入对文化的寻找，这一股突如其来又如此盛大的文化思潮让处于 20 世纪 80 年代的文坛改变了应有的话语方式。"它对民间生存、民间伦理的关注，使'民间话语'浮出历史地表，民间的话语特点在其多元性，既没有一神教的统治也没有启蒙哲学的神圣光环，宗教、自然、世俗均可成为它的人生价值取向。它也不排斥政治和知识分子的启蒙精神，但当它用民间独特的语汇表达它们的时候，实际上已经消解了它们的本来意义。"❷《爸爸爸》里描绘的是一群缺乏个性意识的普通人，鸡头寨的村民们按照

❶　韩少功.爸爸爸［J］.人民文学，1985（6）.
❷　陈思和.民间的还原 "文革"后文学某种走向的解释［J］.文艺争鸣，1994（1）.

命运的齿轮循规蹈矩地过着平凡的生活，从祭祀到繁衍子孙，韩少功在书里写他们怎样生，怎样死，写他们活着的最大事情是宗教和繁衍后代，没有刻画任何英雄似的人物，接受命运的安排就是他们活着的信仰。《马桥词典》里的每个小人物，韩少功都不惜笔墨地描写他们的性格和经历，如死在了滚烫泥水里的洪老板，被一颗埋了三十年的炮弹炸死的雄狮，铁香因男女关系混乱而被别人一直嚼舌根等，可谓是众生百态都在作者的笔下。文化"寻根"对日常生活的关注，一反之前唯一正确的政治叙事和宏大叙事，这是所有"寻根"作家在写作上的共同特征：对生活琐事的书写。阿城《棋王》中，王一生的日常生活无非就是"吃"和"棋"，阿城却围绕这两点做了非常生动细致的描写。如："常常突然停下来，很小心地将嘴巴或下巴上的饭粒儿和汤水油花儿用整个食指抹进嘴里"；"拿到饭后，马上就开始吃，吃得很快，喉结一缩一缩的，脸上崩满了筋"❶等。这种对生活不厌其烦的描述，在文坛上创造了新的话语方式，拓展了文学书写的范围，日常生活叙事开始步入大众的视野。文化"寻根"小说作为一个重要的文学潮流，它的文学实践和叙事伦理对今天的文学写作依然提供着有效的借鉴意义，它所伸展的文学话语空间也对以后的文学发展产生了深刻长远的影响。

作为 20 世纪 80 年代主要的文学思潮，大量理论和作品不断面世，批评界对寻根文学的现象解读、理论建构、文学史地位的确立和作家作品的解读，都使寻根文学的发展更加成熟。但是，寻根文学批评也存在一些误区。寻根文学批评中，最大的批评失误是将"根"与"文化"简单地等同。在相当一部分批评者的意识中，"根"就是文化，而且被狭隘地理解为民族传统文化，寻"根"就是寻找曾经辉煌而现在失落了的民族传统"文化"。在这种认知之下，"'寻根'文学就变成了文学范畴内的文化考古。在这种理解下，那些距离当代生活时间越久远、位置越偏僻的、越接近消失状态的民族文化就被认为越有价值，越值得发掘。这就导致了很多人跑到深山老林、人迹罕至的边疆荒野中去搜奇猎胜，去文化考古"❷。

❶ 阿城．棋王［J］．上海文学，1984（7）．
❷ 熊修雨．被文化劫持的寻根——从韩少功对待寻根文学的矛盾态度说起［J］．现代中国文化与文学，2017（2）．

寻根文学在创作与理论上存在着分歧，这种分歧在很大程度上源于寻根文学在理论上的不彻底性。这可以从几方面比较明显地看出来。寻根文学在理论上并未明晰地给出"根"的定义，只是简单地将文学的"根"等同于"失落的传统文化"。任何事物都是二元甚至三元对立存在的，"寻根"作家们过分关注传统文化的内涵却忽视了传统文化与当代文化、文明社会的关系，没有用发展的眼光来看待传统文化。"它只是单向度地企图对'失落的文化'予以理论上的价值肯定，而回避了或没有回答'当代文化、文明社会能否（甚至何以不能）成为文学之根'这一必然的关联问题"❶。这说明文化"寻根"只是一种固定的思维模式，它把一种可能性当成了绝对性，这就使寻根文学的理论立场确有其不彻底的暧昧性。韩少功也曾在寻根文学退潮的十几年后，谈到寻根文学时出人意料地说："80 年代的'文化寻根'与我有一点关系，但我从来不用这个口号。我已经多次说过'寻根'只是我考虑的问题之一，并不是问题的全部。"❷韩少功的作品不仅有对古老文化逝去的惋惜，还有对现代文明的思考。

总之，20 世纪 80 年代的文化"寻根"从提出开始就取得了巨大的文艺界号召力，当时最具有创作力的一大批作家开始创造属于他们独特的历史文化记忆，一举击中了失落已久的地方精神与民族文化，释放出一种强大的精神穿透力，给文坛注入了一股强大的生命力。而"寻根文学"的叙事探索，事实上正是溯及中国内部传统的当代表达。

---

❶ 吴俊. 关于"寻根文学"的再思考［J］. 文艺研究，2005（6）.
❷ 韩少功. 在小说的后台［M］. 济南：山东文艺出版社，2001：158.

第七章

编辑与文学生产：以先锋文学潮流的生成为例

20世纪80年代是中国当代文学的"黄金时代"。这一时期不仅从作者到读者迸发出巨大的文学激情与潜能，文学创作和文学观念在追新逐异中表现出鲜明的创造性与叛逆性，而且也是当代文学生产环境较为温馨、和谐和理想的时期。20世纪80年代文学的健康发展，有赖于政策的宽松、文学创作活力的充沛及作家对文学的纯粹信念，同时也离不开文学编辑及其主导文学刊物的引领与扶助。作家李国文在论及中国当代文学时便认为："新时期文学能有二十多年的进展，文学期刊编辑们的筚路蓝缕，薪火相传的努力，倒真是称得上是功德无量的。"❶这一评价较为准确地揭示了文学编辑在中国当代文学发展演变中的独特功能和意义。

自2005年前后李杨、程光炜等学者提出"重返80年代"以来，诸多当代文学研究者开始有意识地借助知识考古学、知识谱系学、知识社会学及后殖民主义等理论路径，重估20世纪80年代文学及其思潮。其中，一些讨论20世纪80年代文学生产的研究成果已经涉及文学编辑与80年代文学之间的特殊关系。例如，2012年前后，《长城》杂志中由程光炜主持的《编辑与八十年代文学》栏目，就发表了数篇对新时期文学起到推动作用的文学编辑的深度访谈文章，回溯并揭示了这些文学编辑参与80年代文学建构的具体情境与过程。此外，李遇春的《文学史前史的建构——关于"编辑与八十年代文学"的思考》、李宗刚的《以独特的

---

❶ 李国文. 李国文文集（第9卷）[M]. 北京：人民文学出版社，2012：161.

方式参与中国当代文学的建构: 对孙犁的编辑和批评家身份的重新解读》、赵勇的《作家—编辑、导演—作家与文学生产——中国当代文学生产的演变轨迹》等论文, 也对文学编辑在中国当代文学发展演变进程中的作用进行了梳理与思考。

上述研究提示我们, 应当注意文学编辑在中国当代文学发展中的重要作用。但就文学编辑与 20 世纪 80 年代中国文学之间的特殊而复杂关系而言, 尚有很大的空间有待深入、细致地去探寻。本章以 20 世纪 80 年代中国文学潮流中颇具异质性与影响力的先锋文学为例, 揭示文学编辑在这一思潮萌生、发展和演变历史过程中所扮演的角色、功能和意义, 并且借由作家—编辑—生产这一链条为考察路径, 打开 20 世纪 80 年代中国文学新的认识空间, 发现别样的文学风景。

一、引领与扶助: 文学编辑与 80 年代前期新潮文学生产

先锋文学在中国当代文学中一直以来以 "纯文学" 面目出现, 研究者在论及这一文学潮流时, 亦将视点主要聚焦其叙事游戏、语言实验这些层面。但是, 作为 80 年代文学亲历者也是重要参与者的李陀则希望 "有一天文学史家能对这种复杂性进行充分的分析, 比如不仅把那时期的文学当作 '创作', 而且当作内部充满矛盾与紧张的文学话语的 '生产过程' 来分析, 分析这一过程中宏观和微观的权力关系所构成的条件, 分析各种权力和各种文学话语间的复杂关联, 分析变革中的制度性实践和话语生产的互动关系" ❶。如果依李陀所言, 将中国当代先锋文学置于 "生产过程" 和 "权力关系" 视域中进行观照, 那么我们会发现中国当代先锋文学不仅是叙事的游戏、语言的实验, 而且在其交织着 "生产" 与 "权力关系" 的场域中, 还隐现着编辑群体介入这一文学潮流的具体过程及其扮演的重要角色和独特作用。

迄今为止, 尽管对中国当代先锋文学的内涵与外延仍难有一致的界定, 研究者对此文学创作潮流也有不同的理解和判断, 但对其核心作家构成的看法却呈现出较高的一致性——他们主要以马原、洪峰、余华、苏童、格非、北村、孙甘露等为代表性作家。此外, 在创作实践中, 先锋文学注重形式及语言的探索、创新

---

❶ 李陀, 李静. 漫说 "纯文学" ——李陀访谈录 [J]. 上海文学, 2001 (3).

和突破也成为学界共识。在既往的文学史叙述中，中国当代先锋文学的出现，通常被视为 20 世纪 80 年代文坛的某种"断裂"。然而，如果将先锋文学置于中国当代文学历史发展整体进程中，就不难发现，它的"横空出世"有其自身的文学踪迹和历史逻辑。正如有研究者所言，"'先锋小说'正是文坛持续创新的一个结果"❶。关于先锋文学在叙事、文学观念方面与 80 年代前期文学的内在关联，已有较为成熟的研究成果，在此笔者想强调的是中国当代先锋文学之所以能够浮出历史地表，除了域外文学及其理论的影响之外，包括文学编辑在内的人的、制度的、物质的因素也不容忽视。

从"朦胧诗"到现代派小说，再到寻根文学，这些为中国当代先锋文学从观念、叙事乃至制度层面开路铺垫的文学实践，最终能够进入读者的阅读视野并形成文学新潮，其背后离不开文学刊物的改革及一批具有新编辑理念和文学观念的编辑们的参与、扶持。《人民文学》《上海文学》和《北京文学》《收获》《钟山》等期刊均为 20 世纪 80 年代刊载先锋文学的重要园地，但先锋文学之所以能在这些文学刊物出现，并非偶然的文学事件，而是此前"朦胧诗"潮、现代派小说和寻根文学不断铺垫、引领的结果。面临曾经长期占据主导地位的一元化文学观念及其创作实践，80 年代中国文学的每一次潮涌，尤其是新文学观念的表达、新创作潮流的萌生，都需要突破此前的重重壁垒。冲破旧制和规范，一方面主要依赖创作主体文学观念的变革，创新求异的探索精神；另一方面，创作主体新异观念与创作实践的传播，也离不开文学编辑及其主导文学刊物的参与支持。上述为先锋文学开路的文学创作潮流能够在 20 世纪 80 年代先后浮出历史地表，就与发现这些作家、作品的编辑及他们主导的刊物有着密不可分的关系。编辑是隐没在刊物背后的"看不见的手"，是刊物的灵魂和主导力量，刊物则通过刊载的内容体现着编辑的意图和文学理想。

我们从《人民文学》和《上海文学》这两份一北一南文学杂志及其编辑对 20 世纪 80 年代文学新潮的扶助，即可窥见一斑。

《人民文学》是当代中国的重要文学刊物，一直以来都在文学潮流引领和推动方面扮演着重要角色。新时期伊始，《人民文学》在文学变革中就显露出突破坚

---

❶ 贺桂梅. 先锋小说的知识谱系与意识形态［J］. 文艺研究，2006（10）.

冰的动向，先后发表了刘心武的《班主任》（1977）、茹志鹃的《剪辑错了的故事》（1979）、王蒙的《春之声》（1980）等一批在思想或艺术上有所突破的作品。尽管如此，20世纪80年代早期的《人民文学》在扶新促异方面仍显得有些拘谨，曾一度被批评为"名人"文学。但是，到了1985年前后，《人民文学》一改前貌，化身为新潮文学的重要引领者，这在很大程度上缘于刊物的改革及新编辑群体的加入。

《人民文学》的改变与新上任主编王蒙对刊物的改革密切相关。❶"他的上任，意味着八十年代的文学革命真正登堂入室，意味着《人民文学》将产生翻天覆地的变化。"❷1983年7月，王蒙上任后不久，《人民文学》第8期就开始进行大刀阔斧的革新，这其中最为核心的体现是编辑群体的更新换代。一方面，葛洛、李清泉不再担任副主编，严文井改任刊物顾问；另一方面，在编委会人选上，王蒙大胆地起用新人，冰心、孙犁、沙汀、张天翼、草明、贺敬之、魏巍等一批老编委被置换成茹志鹃、徐怀中、谌容、蒋子龙、黄宗英等新人。分析这些新人，我们不难发现，刊物所启用的主编和编委在艺术追求上具有某种一致性，那就是他们均具有开拓创新的特质。例如，在就任主编之前，王蒙就创作了叙事新颖的意识流小说《春之声》《蝴蝶》等，展现出鲜明的探索意识，而茹志鹃、谌容、蒋子龙等新编委们，仅从这一时期他们发表的作品来看，也均表露出可贵的文学创新勇气。由此可见，这样的人员更迭，对于《人民文学》而言其实就是在传递刊物企图寻求新变的信息，这种诉求也为刊物此后的开拓创新提供了可能性。

刊物上的作品，从一个侧面反映了执掌刊物的主编及编辑的办刊思想和文学理念。当有着创新意识的主编和编辑群体来执掌《人民文学》这份国家级刊物后，在其循序渐进的变革中，刊物面貌很快焕然一新。刊物在"编者的话"中曾明确宣示："本刊有志于突破自己的无形框子久矣：青春的锐气，活泼的生命，正是我们的向往。"❸也正是在此办刊理念指引下，《人民文学》开始呈现出与以往不一样的风貌，不断地接纳文学新人及一些颇具艺术挑战的文学实践。仅在1985年，刊物就登载了刘索拉的《你别无选择》（第3期）、徐星的《无主题变奏》（第

---

❶　王蒙1983年8月至1986年12月期间任《人民文学》主编，共主编41期。

❷　朱伟. 重读八十年代［M］. 北京：中信出版集团，2018：13.

❸　编者：《编者的话》，《人民文学》1985年第3期。

7 期）、残雪的《山上的小屋》（第 8 期）、马原的《喜马拉雅古歌》（第 10 期）、莫言的《爆炸》（第 12 期）及洪峰的《生命之流》（第 12 期）等新锐文学作品。这些有不少后来被视为现代派的文学作品，从叙事到语言已经初具先锋文学意味，可谓是中国当代先锋文学的前奏。

与此同时，南方的《上海文学》在另一文学空间也悄然酝酿并推动着文学变革。《上海文学》是上海作家协会机关刊物，其前身是 1953 年创刊的《文艺月报》，曾于 1966 年 8 月停刊，1977 年 10 月复刊。复刊后的《上海文学》曾有一段时间并无创新开拓的追求，"大量的材料表明，刊物组织作者队伍的基本方式，仍然保持了由魏金枝开创的、在'大跃进'时期得到特别发展的、注重工农群众作者的传统"，"这让我们难以将 1977—1979 年间的《上海文艺》和'大跃进'时期的《上海文学》完全区分开来"❶。后在李子云、周介人的主持下，《上海文学》将"民主文艺"确立为办刊方针，❷通过培养和吸收新的创作人才逐渐焕发出生机，最终成为引领 20 世纪 80 年代中国文学变革的重要阵地。

《上海文学》对 20 世纪 80 年代中国文学变革引领的标志性事件，是 1982 年 8 月缘于《现代小说技巧初探》这本小册子而刊发的李陀、冯骥才、刘心武三个人围绕"现代派"问题的《关于当代文学创作问题的通信》。通信的发表，在文坛迅速引发了后来被称之为"四个小风筝"的文学事件。三封信能够刊发，与时任《上海文学》副主编李子云的幕后策划相关。李子云当时虽然已年逾五十，但在整个编辑部里文学观念相对开放。李子云开放的文学观念，不仅表现在她大胆地对文艺"工具"论提出疑问❸，而且也可从她对王蒙意识流小说的评价中体现出来。

---

❶ 李阳. 当代文学生产机制转型初探：以《上海文学》1980 年代的文学实践为线索［D］. 上海：华东师范大学，2011.

❷ 李阳. 当代文学生产机制转型初探：以《上海文学》1980 年代的文学实践为线索［D］. 上海：华东师范大学，2011.

❸ 在 1979 年 3 月《文艺报》主持召开的"文学理论批评工作座谈会"上，李子云大胆地对"工具"论提出疑问。据刘锡诚回忆："时任《上海文学》编辑部负责人兼理论组组长的李子云，在 3 月 18 日的会上，对这个多年来困扰我们的命题提出了质疑。后来，她又在这次发言的基础上，为《上海文学》写了一篇专论，对这个口号进行了彻底的批判和剖析。作为一个批评家和编辑家，她的这次发言和日后所写的专论，对新时期文学的发展，是起过积极作用的。""李子云的发言提出了十分重要的问题，阐述了启人深思的观点，受到与会同行的重视。会议简报组专门为她编发了一期简报。"（刘锡诚. 在文坛边缘上——编辑手记［M］. 郑州：河南大学出版社，2004：221-222，225.

她认为王蒙的意识流技法"对开拓我们整个创作的路子，冲破我们多年以来形成、习惯、安顿下来的框框套套，对不拘一格地汲取新的表现手法、创造新的意境，都是有益的"❶。然而，这三封通信在《上海文学》的刊发过程，却引发了新旧文学观念的冲突，酿成所谓"通信"事件。李子云曾回忆："发表通信的那期刊物出厂那天，我早上到办公室，冯牧同志就打电话来，命令我撤掉这组文章。"此后，在"清除精神污染"运动中，"点名《上海文学》是重点，要检讨"，刊发这三封通信的编辑李子云甚至面临着要被"清除出文艺界"的危险。❷与此同时，李子云求新的文艺观念和编辑理念还受到来自编辑部内部的质疑。比如，担任《上海文学》小说组组长的赵自，在1980年上海作协召开短篇小说座谈会期间，通过王西彦表达了对新的艺术手法的批评："他今年看过不少小说稿件，对个中问题深有体会，他说，当前创作中最大的问题是不真实，最大的敌人是虚假。有的作品用新的手法，用'意识流手法'，或者作者退出去而只用对话，说是创新，实际上是用艺术形式掩盖生活的虚弱。"❸刊物内外的压力，对于寻求文学变革的《上海文学》和编辑李子云都是一种挑战。

愈是压力和阻力，愈能彰显编辑的智慧和勇气，也让我们看清中国当代先锋文学破土而出乃至形成潮流的艰难与可贵。面对指责与批评，以李子云为代表的《上海文学》编辑们不仅顶住压力，而且继续通过举办会议或刊发富有革新意义的理论文章与文学作品的方式，不断地推动文学观念的变革。1984年12月召开的杭州会议，就是由《上海文学》杂志主导并得到李子云支持的一次文学创新会议，它直接催生了后来的寻根文学。这次会议虽然关注"文化"，但是"现代主义乃至西方的现代思想和现代学术仍是主要的话题之一"❹，对此后文坛文学观念的解放起到了重要推动作用。同时，若没有李子云等编辑们的勇气和开拓精神，恐怕我们也很难看到韩少功的《文学创作的"二律背反"》（1982年第11期），钱念孙的《从创作论到认识方法》（1983年第8期），黄子平的《得意莫忘言——关

---

❶ 晓立，王蒙. 关于创作的通信 [J]. 文学评论，1980（6）.
❷ 王尧. "'现代派'通信"述略——《新时期文学口述史》之一 [J]. 文艺争鸣，2009（4）.
❸ 刘锡诚. 在文坛边缘上——编辑手记 [M]. 郑州：河南大学出版社，2004：470.
❹ 蔡翔. 有关"杭州会议"的前后 [J]. 当代作家评论，2000（6）.

于"文学语言学"的研究笔记之一》（1985 年第 11 期）及阿城的《棋王》（1984
年第 7 期），郑万隆的《老棒子酒馆》（1985 年第 1 期），阿城的《遍地风流之一》
（1985 年第 4 期），韩少功《归去来》《蓝盖子》（1985 年第 6 期）等理论文章
和文学作品在《上海文学》的发表。

二、由边缘到中心：文学编辑与先锋文学潮流的生成

从朦胧诗崛起到寻根文学潮流形成，在新编辑群体的引领下，中国当代文学
从观念到实践不断获得解放。与这些文学新潮一样，中国当代先锋文学从酝酿、
发展乃至形成潮流，其背后也隐伏着诸多文学编辑的心血和智慧。正如有论者所言：
"如果没有编辑开放独到的艺术眼光，中国大多数优秀的先锋文学作品仍将不得
不束之高阁。正是那些编辑以高超的鉴赏力为人们挖掘出了真正具有品位的作品，
而这些作品反过来又影响了人们的文学观念，提升了读者的审美能力，从而推动
中国文学一步一步向前发展。"❶

新的文学潮流并非总在文坛中心生发，有时它会于阻力相对较小的文坛边缘
获得浮出历史地表的机会。中国当代先锋文学即是如此，它所萌生的阵地《西藏
文学》，从文学空间上来说就属于中国当代文学的边缘地带。从 1982 年开始，《西
藏文学》就展现出推陈出新的锐气。一方面，它吸纳了以扎西达娃、马原、色波
为代表的青年作家；另一方面，也大胆支持他们的文学创新和艺术实验。经此积
累，才有了马原的《拉萨河女神》（《西藏文学》1984 年第 8 期）的发表。《拉
萨河女神》打破了传统小说的故事模式，将叙述作为文本的重心，被视为先锋文
学出现的重要标志。此后，《西藏文学》更是有意识地酝酿了一场"西藏新小说"
的风暴，先是于 1985 年第 1 期发表扎西达娃的《西藏，系在皮绳扣上的魂》，随
后又在 1985 年第 6 期上推出"魔幻小说特辑"，集中刊发《西藏，隐秘岁月》（扎
西达娃）、《幻鸣》（色波）、《没有油彩的画布》（刘伟）、《水绿色衣袖》（金
志国）和《巴戈的传说》（李启达）等魔幻现实主义小说。这些小说虽以鲜明的

---

❶ 刘春．文坛边［M］．北京：海豚出版社，2017：161．

魔幻色彩示人，但在叙事上均不乏新法的尝试，具有一定的先锋色彩。

发表上述具有先锋意味的作品，在当时的文学语境中，彰显了编辑们企图寻求西藏文学变革的努力及渴求文学创新的勇气。因为，这些在艺术手法上较为新异的作品，能否获得文坛认可，《西藏文学》的编辑们并没有十足的信心，所以他们才说"然而目前仅是试笔，欢迎各方读者及评论家众说纷纭" ❶。尽管如此，这批"西藏新小说"的推出，其背后体现了《西藏文学》编辑"换个写法试试"的文学理念和艺术追求，"继我刊去年九月号色波的《竹笛啜泣和梦》及今年一月号扎西达娃的《西藏，系在皮绳扣上的魂》之后，本期又发表了扎西达娃等五位青年作者的魔幻现实主义作品 5 篇。所谓魔幻，看来光怪陆离不可思议，实则非魔非幻合情合理" ❷。中国当代先锋文学虽在《西藏文学》的培育下破土而出，但这种新异的创作路向要真正在文坛引起关注并形成创作潮流，还需要获得主流文坛的认可及更多作家汇入这一创作中来。

中国当代先锋文学在以下两个重要方面为其潮流化创造条件，而且其中均包含了文学编辑的积极参与和扶助。

首先，作品的发表平台实现了从边缘（西藏）向中心（上海、北京）的转移。《西藏文学》酝酿的新小说风暴在推动先锋文学形成方面可谓功莫大焉；但受制于刊物的级别和地理位置，其影响力毕竟有限，不足以将此种新的文学实验推波助澜成宏大的文学潮流。因此，依靠这一平台而崭露头角的作家，要想获得进一步认可，就必须向主流文坛进军，从发表刊物角度而言，则需要将作品发表平台进行升级换代。

20 世纪 80 年代中国文坛的中心位于北京和上海，这不仅因为此"双城"自现代中国以来一直是引领文学风向转换、推动文学潮流形成的重要场域，而且也因为许多权威的文学刊物和出版机构汇聚于此，它们在生产机制与传播影响力上具有规约文学发展流变的能力。以马原为例，我们就能看到主流文学刊物及新潮编辑对于中国当代中国先锋文学思潮形成的影响力。马原一直以来被视为中国当代先锋文学最早的实践者和领潮人，在整个先锋文学潮流形成和发展过程中均是

---

❶ 编者. 换个角度看看换个写法试试——本期魔幻现实主义小说编后 [J]. 西藏文学，1985（6）.
❷ 编者. 换个角度看看换个写法试试——本期魔幻现实主义小说编后 [J]. 西藏文学，1985（6）.

举足轻重的代表性人物。马原的先锋文学实验起步于《西藏文学》，但是，他的作品真正让人关注并在文坛产生影响力，则是其走出西藏之后。这其中标志性的节点，就是小说《冈底斯的诱惑》在1985年2月《上海文学》的发表。尽管此前的《拉萨河女神》就已经显露出马原小说创作的先锋叙事迹象，但是直到《冈底斯的诱惑》才"迫使评论界不得不认真对待他的作品"，进而"树立了马原在中国先锋派中的先驱地位，标志着中国正在兴起的先锋派小说的一个里程碑" ❶。此后，马原创作了更优秀也更有影响力的作品，但是他对这部标示着自己文学生涯重要转折的《冈底斯的诱惑》却始终情有独钟。他曾说过："如果要我选一部自我标榜的书，我该选它，因为曾经有许多我认识或不认识的人喜欢过它，谈论过它。因此它可能有一点特殊的意义和价值吧。" ❷《冈底斯的诱惑》被文学史视为中国当代先锋小说的开拓之作，马原也因此成为中国当代先锋小说的开拓者。这部作品之所以受到高度肯定，其中重要原因就是《上海文学》这个重量级平台带来的传播效果。

从《西藏文学》到《上海文学》，马原不仅实现了发表平台的重大升级，而且也让自己开始从边缘走向中心。除了其本人受邀参加笔会之外，关于他作品的研讨会也相继召开，加之相关评论的日益增加，马原在文坛的知名度迅速提升。受惠于此，马原的作品开始源源不断地出现在《北京文学》《收获》《人民文学》《小说月报》等其他主流文学期刊。❸正是借助这些大刊的传播效力与影响力，马原才最终成为先锋文学之翘楚。

其次，1986年前后先锋文学潮流的形成与壮大，还缘于一批年轻作家汇入此创作之中。创作队伍的出现是文学创作能否形成潮流的前提和必要条件。有论者认为，"直到出现余华、苏童、格非、马原、残雪、孙甘露这批作家"，"这时

---

❶ HENRY Y·H, AHAO. 马原小说的虚构艺术 [J]. 李煜华，译. 吉首大学学报（社会科学版），1998（2）.

❷ 马原. 马原散文 [M]. 浙江文艺出版社，2001：162.

❸ 这期间，马原在主流文学期刊发表的主要作品有：《涂满古怪图案的墙壁》（《北京文学》1986年第10期）、《拉萨生活的三种时间》（《解放军文艺》1986年第9期）、《虚构》（《收获》1986年第5期）、《游神》（《上海文学》（1987年第1期）、《错误》（《小说月报》1987年第4期）、《大师》（《作家》1987年第3期）、《大元和他的寓言》（《人民文学》1987年第1期）、《旧死》（《钟山》1988年第2期）。

候文学才发生了真正的变化，或者说革命"❶。可见，这批作家的集体出场就像一种仪式，彰显着文学实验风暴的来临。然而，余华、苏童、格非、马原、残雪、孙甘露等这些后来被视为先锋文学最具代表性的作家，何以登场，以何种方式登场，其背后均隐含着编辑的力量。在当时，这批作家都很年轻，是文坛新人，加之他们的先锋实验对于大多数批评家和读者而言都有接受的障碍，因此，要想进入主流文坛，其难度可想而知。但幸运的是，在走向文坛之时，他们与一批具有先锋文学意识的编辑相遇，在这些"伯乐"的赏识与扶助下，最终得以闪亮登场。

在 1986—1987 年先锋文学勃兴期，《北京文学》《上海文学》《收获》《人民文学》等成为先锋作家发表作品的重要阵地。经由 20 世纪 80 年代前期循序渐进的改革，上述刊物曾经旧的、保守的文学观念得到很大程度的纠正与改观。更为重要的是，李陀、李子云、程水新、朱伟等一批年轻或者具有开放包容意识的编辑进入编辑部并开始获得话语权。此后的文学发展证明，正是在这些拥有了话语权的编辑的推动下，中国当代先锋文学才最终出现了潮流化的发展态势。

后来被视为先锋文学圈内核心人物的《收获》杂志编辑程永新，在推动这一潮流形成中的作用颇具典型性。1983 年复旦大学毕业后，程永新进入《收获》杂志编辑部，先后担任过主编助理、编辑部主任和副主编。进入编辑部不久，年轻的程永新就敏锐地捕捉到马原、余华、格非等人的创作及文坛新动向。在主编李小林的支持下，他利用《收获》杂志这个久负盛名的平台，将文坛中代表新生力量的青年作家集中推出，以编辑身份加入这场先锋文学浪潮之中。此后，在程永新的发现、引荐和策划之下，马原、余华、洪峰、苏童等青年作家于 1986—1987 年被"集束炸弹"般地推出，《收获》杂志在文坛上掀起了一场"先锋"风暴。其具体情况如下：《收获》杂志先是在 1986 年第 5 期刊登了马原的《虚构》和苏童的《青石与河流》，接着在 1987、1988、1989 连续三年的第 5 期、第 6 期上推出"青年专号"。一批后来被视为先锋文学代表性作家的作品，如马原的《上下都很平坦》，洪峰的《极地之侧》，余华的《四月三日事件》《一九八六》《世事如烟》《难逃劫数》，苏童的《1934 年的逃亡》《罂粟之家》，孙甘露的《信

---

❶ 李陀，李静漫说"纯文学"——李陀访谈录［J］．上海文学，2001（3）.

使之函》《请女人猜谜》，格非的《迷舟》《青黄》，扎西达娃的《悬岩之光》等，均在这几期集中展示亮相。因此，有人论及程永新在先锋文学思潮中的作用时，特别强调："在回首当年的时候，人们更多的是从参与这场运动的作家和作品上，以及批评家的意见上去考察其中的关节和脉络，来研究其意义，对杂志尤其是编辑在其中所起的作用却重视不够，这当然是不全面和不正确的。因为编辑的口味往往决定了杂志的趣味和对稿件取舍的标准，反过来，又会对作家的写作产生不可忽视的影响。所以，如果了解了程永新的文学观，就会发现，在八十年代的那场先锋小说运动中他能发挥那样的作用，绝非偶然。"❶可见，先锋作家的集体涌现正是作家与文学编辑"合谋"之结果。

《收获》杂志和程永新在中国当代先锋文学潮流形成中的重要作用显而易见。但是，仅有这一份杂志和一个人的力量还不足以完成先锋文学的潮流化转向。其他期刊如《人民文学》《上海文学》《北京文学》《钟山》等的同时加入❷，南北呼应，以及文学编辑与作家的里应外合，才最终让这种本来较为小众的专注于文学形式和语言实验的创作，推波助澜成蔚为壮观的文学大潮。

在先锋文学潮流形成的历史进程中，另一位《人民文学》年轻编辑朱伟的作用可与程永新媲美。被王蒙挖到《人民文学》编辑部的朱伟，"是一个特别有眼力、特别有见地的编辑，他当时一下子就抓到了一大批和以前主流的写作特别不一样的小说——莫言的《透明的红萝卜》、刘索拉的《你别无选择》、徐星的《无主题变奏》、何立伟的《白色鸟》"。除了挖掘这些新人新作外，朱伟还具体操办了1985年《人民文学》杂志的研讨会。会议安排马原、莫言等年轻作家唱主角，

---

❶ 张生. 从1983年开始的旅程——程永新编辑思想漫议［J］. 当代作家评论，2003（5）.

❷ 从1986—1989年，这些当代文坛重要刊物推出的主要先锋文学作品有：《北京文学》刊出了余华的《十八岁出门远行》（1987年1期）、《现实一种》（1988年第1期）、《古典爱情》（1988年第12期）、《往事与刑罚》（1989年第2期），苏童的《桑园留念》（1987年第2期），北村的《逃亡者说》（1989年第6期）；《上海文学》发表了孙甘露的《访问梦境》（1986年第9期），余华的《死亡叙述》（1988年第1期），格非的《大年》（1988年第8期），苏童的《伤心的舞蹈》（1988年第10期）、《平静如水》（1989年第1期）；《人民文学》推出了北村的《谐振》（1987年第1期），孙甘露的《我是少年酒坛子》（1987年第1期），马原的《大元和他的寓言》（1987年第1期），格非的《风琴》（1989年第3期），余华的《鲜血梅花》（1989年第3期）；《钟山》杂志刊载了格非的《褐色鸟群》（1988年第2期）；《解放军文艺》发表了马原的《拉萨生活的三种时间》（1986年第9期）等。

主题则围绕小说的方法论展开，这对接下来先锋文学的勃兴无疑起到了引领和鼓励的作用。正因为如此，马原高度肯定朱伟在中国当代先锋文学中的作用。甚至在多年以后，他还坚持认为《人民文学》举办的这场研讨会"等于说是在 1985 年里由朱伟组织，中国发生了一场文学运动"❶。

值得注意的是，文学编辑对先锋文学思潮的推动，并不仅限于文学刊物这个平台。他们还与出版社联手，借助文选、文集等书籍出版的方式，为先锋文学造势，这在客观上也为先锋文学潮流的形成起到了积极的促进作用。例如，吴亮、程德培选编的《新小说在 1985 年》（上海社会科学院出版社 1986 年版）、《探索小说集》（上海文艺出版社 1986 年版），时代文艺出版社策划出版的"新时期流派小说精选丛书"中的《荒诞派小说》（1988）、《魔幻现实主义小说》（1988）、《结构主义小说》（1989），程永新编选的《中国新潮小说选》（上海社会科学院出版社 1989 年版）等，均包含有一定数量的先锋小说作品。这些选本通过不同于文学期刊的另一种方式向读者推介先锋作家及其作品，有的选本"为了说明这些小说家新潮在什么地方""在每篇小说的后面都附有一个'编后语'"❷，对于扩散先锋文学影响力具有积极的增值效应。

三、编辑品格、文学共同体与先锋文学的互构

文学编辑对于 20 世纪 80 年代中国先锋潮流生成、发展的深度参与，呈现了一个曾经被遮蔽的文学史事实：没有"先锋编辑"就没有先锋文学潮流。然而，文学编辑与先锋文学的关系建构过程颇为复杂，要深入理解文学编辑在先锋文学中的独特作用，还需要厘清如下几个问题。

其一，文学编辑参与先锋文学过程中所呈现出的编辑素养和文学品格，对于我们评估其在先锋文学潮流中的作用具有特殊意义。文学编辑之于中国当代先锋文学的意义，并不能仅从编发了多少文学作品这一维度来衡量，他们在编辑活动

❶ 马原. 我与先锋文学 [J]. 上海文学，2007（9）.
❷ 程永新. 中国新潮小说选 [M]. 上海：上海社会科学院出版社，1989：2.

中所体现出的编辑素养和文学品格也同样是先锋作家、先锋文学成长发展的决定性因素。探讨这一问题，我们需要注意的是，文学编辑与中国当代先锋文学的关系建构过程，虽然总体上处于一个较为开放的文学时空，但依然面临着较为复杂的个体与时代、审美与意识形态的矛盾和阻力。换言之，尽管编辑的文学理念、文学态度对于文学作品能否发表至关重要，但对于中国当代先锋文学而言，它的命运和前途不仅取决于编辑的审美趣味和文学胸襟，还与 20 世纪 80 年代文学的整体生态乃至政治情势有着颇为复杂的关联。

从一些先锋作家和文学编辑的回忆中可以发现，在刊发新潮文学的过程中，编辑和刊物都曾经面临各种有形或无形的阻力。这些阻力有的是来自编辑个体对先锋文学的陌生与隔膜，有的则缘于编辑部内部新旧文学观念的矛盾与冲撞，也有的是因为与主流意识形态的要求不符所引发。与其他文学相比，中国当代先锋文学具有特殊性。由于它们在叙事、语言、结构等方面呈现出鲜明的叛逆性，因而这一文学实践从出场伊始就比其他新潮文学对旧有文学观念乃至意识形态规范具有更强烈的挑战性，也注定会面临着更大的压力和阻力。马原的《冈底斯的诱惑》在发表过程中，就曾遇到难觅知音的困境，最终也因为得到"伯乐"的赏识，才能与读者见面。据作者回忆，写于 1984 年春节前后的《冈底斯的诱惑》，在投稿过程中"走过几个编辑部，几个编辑部基本上都发不出来。因为人家总不能发一篇看不懂的小说"。这部小说遭遇"看不懂"的困境，即便最初在《上海文学》编辑李子云那里也是如此："我把我的小说投到当时我非常心仪的《上海文学》，《上海文学》的老主编李子云老师很快就给我回了封信，她说'马原，看你的小说挺有意思，但是没太看懂。我自己拿不准，又给编辑部其他同事看，有的说喜欢，但是大家也都说没看懂。不好意思，给你退回来'。"作品几经辗转，后来还是在川籍作家龚巧明的引荐下，才有缘得到李陀的激赏，经过 1984 年杭州会议上韩少功、李庆西、吴亮等人的肯定，最终让"李子云老师痛下决心要发这篇小说"❶。

---

❶ 马原. 我与先锋文学 [J]. 上海文学，2007（9）.

不止马原的《冈底斯的诱惑》，先锋作家孙甘露的《访问梦境》在《上海文学》发表前后也遭遇此种境况。1986 年，当编辑周介人将已经准备在复刊的《中国作家》（丁玲主编）杂志发表的这篇小说拿回《上海文学》发表时，因为看不懂，而引起一些争议。但是，周介人依然坚持刊发，并为此还在《走向明智——致〈访问梦境〉》一文中表述了他对孙甘露小说的支持和理解。《访问梦境》的发表，对孙甘露此后的先锋文学创作之路起到了重要的作用。

如果说对于先锋文学创作的文学层面的分歧和争议，是编辑刊发这些作品时面对有形的常规压力，那么先锋编辑们还要随时面临着无形的主管部门的审核和主流意识形态的规约，这是两种不同层面和性质的压力。1985 年，《西藏文学》因刊发的"魔幻小说特辑"在西藏引起一定反响，"最后的定论是，看不懂，有些描写'不健康'。归根结底又谈到什么'为谁服务'的问题，然后表示，今后西藏不发这类作品"❶。这样的情势，让编辑刊发新潮文学时要承受较大的压力，因为一部小说的发表，不仅直接影响个人的职业发展，而且可能会影响整个刊物的命运。马原小说《大师》的发表就"差点把当年就已经非常著名的《作家》杂志封掉"❷。李陀"在 1982 年《十月》杂志上也发表过一篇题为《论各式各样的小说》的长文，想从形式和技巧层面为'现代小说'正名，结果挨了一顿批"❸。上述例证表明，20 世纪 80 年代前期的中国文学生态坚冰虽破，却陈规未除。先锋文学在这样的文学语境下登场，一方面显示先锋文学潮流从生成到发展的艰难与不易，另一方面则彰显了那些扶持先锋文学的"伯乐"们的编辑品格，他们不仅具有"保姆"一样的热心，超越时代的审美境界和鉴赏力，更难能可贵的是在具体编辑活动中还要具备敢于冲破陈规旧俗的气魄与胆识。作家李洱曾经说过："没有程永新，1985 年以后的中国文学就会是另外一副模样。"❹这种评价对当代中国先锋文学编辑来说一点也不为过，且足以凸显他们对于先锋文学的重要意义。

---

❶ 程永新．一个人的文学史 [M]．天津：天津人民出版社，2007：3．

❷ 马原．我与先锋文学 [J]．上海文学，2007（9）．

❸ 李陀，李静．漫说"纯文学"——李陀访谈录 [J]．上海文学，2001（3）．

❹ 程永新，走走．《收获》和他的作者们 [J]．上海文化，2009（6）．

其二，在先锋文学潮流形成过程中，作家、编辑家和批评家之间构成了一个良性互动的文学共同体。在某种程度上，20世纪80年代中国先锋文学潮流可以说是由作家、编辑家和批评家合力促成的。在这三种力量中，编辑家的角色最为独特。首先，有些先锋文学编辑身兼多种角色。比如，李陀虽然是《北京文学》的编辑，但他也是作家和批评家，而《人民文学》杂志的朱伟与《收获》杂志的程永新则也兼具作家、编辑和批评家三种角色。其次，他们作为中介，将作家与批评家联系在一起，在作家和批评家之间起到了黏合剂的作用。此外，这些编辑充分利用自己的平台，为作家和批评家提供了发表作品和论文的园地。

《收获》杂志编辑程永新，在《一个人的文学史》中收录了从1983—2007年他与作家们之间的通信和短信，其中为我们提供了其与扎西达娃、马原、孙甘露、苏童、余华、北村等先锋作家文学交往较为生动的细节。这些细节显示先锋编辑和先锋作家既是"同路人"又是同龄人，他们不仅容易在文学观念上形成共鸣，而且借助文学这个桥梁在私下建立起了深厚的友情。比如，程永新与苏童结识，缘于程永新的大学同学黄晓初的引荐，在苏童寄给程永新短篇小说《青石与河流》之后，两人便开始了20多年的交往。程永新认为，"不出意外的话，这种友情还会往前延伸，这是因为苏童的宽厚，因为苏童的重情重义"❶。程永新将自己与苏童友情的延续归结为苏童人格的宽厚和重情重义，而我以为除此之外，更重要的是两人基于文学层面的相互欣赏。正如苏童在忆及程永新时，将他们与余华、格非、马原一起喝酒称为"文学宴会"一样，认为"文字仍然可以最大程度地精简我们的现实：二十多年过去以后，文学创作仍然把我们紧紧地拴在一起"❷。程、苏之间的交往表明，基于文学共鸣而生发的情谊，才是文学编辑与作家之间关系历久弥坚的根基，进而成为维系他们彼此文学建构的重要纽带。曾任《人民文学》编辑的朱伟则从另一视角叙述了20世纪80年代与作家们的独特情谊。据朱伟回忆，整个80年代，他凭借一辆自行车从一个作家家里去见另一个作家，与作家们从相识到相知，进而形成彼此可以不打招呼，随时都可以敲门进去，从早到晚，

---

❶ 程永新，走走.《收获》和他的作者们 [J]. 上海文化，2009（6）.
❷ 程永新. 一个人的文学史 [M]. 天津：天津人民出版社，2007：142.

整日整夜混在一起。直到今天，朱伟回忆起 80 年代自己跟李陀、张承志、史铁生、郑万隆等作家的交往，言语间依然充满温情与自豪。"八十年代是可以三五成群坐在一起，整夜整夜聊文学的时代；是可以大家聚在一起喝啤酒，整夜整夜地看电影录像带、看世界杯转播的时代；是可以像'情人'一样'轧'着马路，从张承志家里走到李陀家里，在李陀家楼下买了西瓜，在路灯下边吃边聊，然后又沿着朝阳门外大街走到东四四条郑万隆家里的时代。从卡夫卡、福克纳到罗布·格里耶到胡安·鲁尔福到博尔赫斯，从萨特到海德格尔到维特根斯坦，那是一种饥渴的囫囵吞枣。黄子平说，大家都被创新的狗在屁股后面追着提不起裤子，但大家都在其中亲密无间、其乐无穷。"❶这种和谐、亲密的编辑与作者的关系，正是后来《人民文学》能够不断创新、引领文学潮流的基础。

因文学而结成的友情，使 20 世纪 80 年代先锋编辑与先锋作家成为一种肝胆相照的朋友，他们彼此信赖，信赖到可以争论而不影响相互关系的程度。李陀与马原第一次见面，两人没说几句，就因为霍桑是不是世界上最伟大的作家产生了分歧和争论。李陀回忆当时情景："我当然表示不太同意，不料刚说了几句，就立刻遭到他的同样不容反驳的批评：'你根本不懂小说！'结果你可以想象，我们就争起来了。现在我已经完全不记得我和马原争论的详情细节了，但是我记得很清楚，他说我'不懂小说'，一点也没影响我们的关系，争了半天，还是我请他到附近一个小饭馆吃的午饭。"❷先锋编辑与先锋作家这种基于文学共同体而建立起来的情谊，比一般的情谊要更为牢固和久长。

此外，先锋文学的先锋性从一开始便决定了它的小众性，要让这些小众且晦涩难懂的文学成为时代的文学潮流，批评家的解读、阐释与普及在其中的作用不容忽视。先锋编辑们在培育先锋作家的同时，不仅自己通过序言、编辑手记及理论文章为先锋文学造势，同时还精心地组织批评家参与到先锋文学潮流的批评之中。在先锋文学兴起之初，《上海文学》就组织张志忠、殷国明、李劼等人，先后发表了《一个现代人讲的西藏故事——马原小说漫议》《艺术形式不仅仅是"形式"》《试论文学形式的本体意味》等文章，从作家作品解读到文学形式主义理

---

❶ 朱伟. 重读八十年代·自序［M］. 北京：中信出版集团，2018：IV.
❷ 查建英. 八十年代访谈录［M］. 北京：生活·读书·新知三联书店，2006：255.

论普及，为先锋文学获得更广泛的接受而积极地鼓与呼。此外，吴亮、何新、李劼也先后发表了《马原的叙述圈套》《"先锋"艺术与近、现代西方文化精神的转移——现代派、超现代派艺术研究之一》《〈冈底斯的诱惑〉与思维的双向同构逻辑》等有关先锋文学的评论文章。这些后来被誉为先锋批评家的评论者，在与先锋作家、先锋编辑互动中，促动着先锋文学的成长。由此，先锋编辑、先锋作家和先锋批评家形成了一个文学共同体，三者之间彼此激发，互为知音，形成了良性的文学互动，为先锋文学的生成、发展、成潮做出了独特的贡献。

其三，文学编辑对中国先锋作家的影响力，呈现的是一个持续而长久的过程。文学编辑与 20 世纪 80 年代先锋作家所建构的文学共同体，对于先锋作家的影响并不止于先锋文学潮流期，即使"落潮"之后，仍在以一种特殊方式得到延续。这种特殊影响力，体现为文学编辑作为隐性中介持续地维系着作家与刊物之间的亲缘关系，使得这些刊物始终保持着对先锋作家的强大感召力和向心力。

20 世纪 80 年代的中国先锋文学潮流，由于种种原因，持续的时间并不长。但是，即使在其落潮之后很长的一段时期，我们依然能够清晰地看到文学编辑与先锋作家所建立的文学情谊在维系并延续。那些依然坚持先锋写作或者已然转型的先锋作家，他们此后重要作品的发表园地，大都与先锋时期保持着某种一致性。例如，正是由于《收获》杂志对先锋作家的成长起到了重要的推动作用，所以我们会发现无论是余华、马原还是苏童、格非，这些作家在此后经常把稿子给《收获》，而且他们在发表自己较为满意的作品时，也大都选择了这份刊物。❶多年以后，曾经的先锋作家们依然将自己重量级的作品奉献给哺育自己成长的刊物，既显示了他们不忘初心，更揭示了这份杂志的独特吸引力，以及作家与刊物 / 编辑之间情感的牢固与持久。《收获》杂志发表长篇小说《一把刀，千个字》后，王安忆在作家感言里讲述了自己和杂志之间的"亲缘关系"。王安忆认为从 1980 年第一次将小说交给《收获》，到这部长篇小说截稿，她与这份杂志已有 40 年的关系史，在这 40 年里，虽然中国当代文学、读者及整个文学生态均发生了很大变化，

---

❶ 20 世纪 90 年代以后，这些作家在《收获》杂志发表的重要作品有：余华的《呼喊与细雨》《活着》《许三观卖血记》《兄弟（下部）》，马原的《牛鬼蛇神》，格非的《欲望的旗帜》《凉州词》《望春风》《月落荒寺》，苏童的《离婚指南》《蛇为什么会飞》《我的帝王生涯》《黄雀记》等。

但是由杂志所构建的作者与评论家的真诚关系却一直保持到今天。正是基于对《收获》的这种信任，王安忆说，将来她还会把稿子给《收获》，而且是把自己最满意的稿子给《收获》。这不仅体现了编辑的独特力量，也彰显了一份优秀杂志对于作家而言恒久的归属感和吸引力。

文学编辑与先锋文学相互促动，是他们与80年代中国文学生产之间关系的最生动体现。正是由于编辑们不断地扶持新人，刊发新作，推动潮流，才有了这段生机勃发、不断创新的文学历史。20世纪80年代这一中国当代文学的"黄金时代"，离不开一代优秀文学编辑的深度参与，尤其是文学编辑与作家之间那种超越年龄、物质利益和世俗功利的文学共同体，就跟这个时代的文学一样，值得珍视和怀念。

第八章

《烦恼人生》与写实主义的新风景

　　1987 年，《上海文学》杂志发表了池莉的短篇小说《烦恼人生》，这篇小说对普通工人印家厚极具世俗化的生活流描写引起了同样生活于其中具有相似经历的读者共鸣。《上海文学》在发表《烦恼人生》时，通过"编者的话"向我们阐释了这部作品所呈示的文坛新动向，"我们已经很久没有阅读到这一类坚持从普通公民日复一日、月复一月平凡且又琐碎的家庭生活、班组生活、社交生活中去发现'问题'与'诗意'的现实主义力作了"❶。这里虽依旧称《烦恼人生》为"现实主义力作"，但它显然是一种具有新特质的现实主义，即后来我们所称的"新现实主义"。《烦恼人生》应和了时代与读者的需求，因为，到了 20 世纪 80 年代中期，先前的"伤痕—反思文学"书写国家、社会隐痛的宏大叙事不再能够直击普通人的痛点，对读者来说仿佛隔靴搔痒。在此语境下，《烦恼人生》紧紧抓住生活的琐碎性与凡俗性，池莉将生活"撕裂"，"像一只猎犬那样警惕地注视着生活"❷，直面现实，暗中应和了当时潜在的社会需求与个体内在化的话语匮乏，在实践写实主义的同时，更加注重个体的生命体验，写作视角向下、向内转变，事实上是对之前国家、社会层面现实主义的一种反叛。

　　由此，《烦恼人生》成为 20 世纪 80 年代中后期一道写实主义的新风景，它

---

❶　《上海文学》编辑部 . 编者的话［J］. 上海文学，1987（8）.
❷　池莉 . 写作的意义［J］. 文学评论，1994（5）.

与同时期的《风景》《一地鸡毛》等作品一起在当时的文坛上掀起了"新写实"小说创作潮流。

一、"新写实"小说创作缘起及其潮流化过程

20世纪80年代商业化浪潮兴起，我国经济体制向市场化转型，应和了在20世纪70年代末期开始的改革潮流。这次改革很快波及书刊出版行业，政府提出要"适当扩大出版单位的自主权，以提高出版单位经营的主动性"❶。在这种情况之下，文学杂志不得不进行整改，改善经营模式，吸引更多的读者群众，实现自负盈亏。

而在社会层面，尤其是对于普通的市民阶层而言，他们经历了20世纪六七十年代的社会变革，对于经济体制的改革有所质疑。知识分子敏锐地感受到了这种质疑导致的惶恐焦虑，加之文学杂志要想吸引更多的读者就必须从读者本身出发，知道大众想要什么样的文学，由此，一些批评家开始倡导新一轮的"现实主义"。这些批评家大多重视文学干预社会现实的功能，希望新的现实主义"重视表现普通人的生存境况，不避讳现实的矛盾和缺陷，对现存秩序不满足，表现出一种求真的意识，一种直面惨淡的人生、正视淋漓的鲜血的精神"❷，从而使现实主义在更高的层次上得到回归。

事实上，"现实主义"或者说"写实主义"一直是中国主流文学的灵魂和根基，但是随着文学自身的发展，"现实主义"所涵盖的内容越来越广博，其分支也各具特点。中华人民共和国成立后的十七年文学奠定了"现实主义"的基础，它采用社会主义现实主义的创作方法，书写国家、社会的历史，为人民发言，往往呈现出严肃而沉重的基调；"伤痕—反思文学"则是揭露、批判"文化大革命"，重新审视历史，反思历史带给人们的经验教训；20世纪70年代末短暂出现的"改革文学"更是自觉担负起社会主义现代化建设的责任感和历史使命感。这样看来，现实主义的书写总是与政治同声共气，休戚相关。

---

❶ 中国出版工作者协会. 中国出版年鉴1985［M］. 北京：商务印书馆，1985：123.
❷ 李兆忠. 旋转的文坛——"现实主义与先锋派文学"研讨会纪要［J］. 文学评论，1989（1）.

20世纪80年代中期，政治环境进入相对宽松的时期，文学领域掀起了"新启蒙"的浪潮，书写国家、民族、社会的单一化的"现实主义"不再能满足人们的心理需求，作家的写作视点下沉，不再追求精英化写作，写作话语开始主动疏离政治，呈现出"向内转"的趋势，目标是为个体和自我而写作。

当代的中国文学一般呈现出现实主义和现代主义这两种迥异的写作倾向，而作家个人的创作就如同钟摆一样在两种写作倾向之间来回摆动，但是这两种迥异的写作倾向并不是绝对对立的。就传统的现实主义而言，"新写实"小说对其充满了反叛情绪，拒绝使小说充斥深刻的论述，没有中心故事情节的牵制，只是借鉴了传统现实主义写实的一面，单纯地描写原生的生活，充满理性的叙述话语遮蔽了作者的主观情感，从而使读者基于对生存、对文化的理解形成自己的评价标准。就先锋文学——中国现代主义的代表流派而言，"新写实"小说不满于其指向的不确定性与其荒诞的生活书写，反对文学的过于私人化、忽视读者的阅读习惯和兴趣；相反，"新写实"作家虽采用了先锋文学"零度情感"、生活流、连环套式的叙事手法书写生活，为的是引起读者的关注，与读者产生共鸣。换句话说，"新写实"小说一方面不认同传统现实主义和先锋文学的极端化书写；另一方面，它也在一定程度上受到二者的影响，保留了可资借鉴的优势。在这样的文学环境中，"新写实"小说迅速出现并逐渐繁荣起来，正如王干所言："新写实是妥协的产物，是传统现实主义与先锋文学相互妥协、相互渗透的结果。"❶

以上论述所提及的市场化经济的转型、作家对于政治的主动疏离、传统现实主义与先锋文学的共同影响都在一定程度上刺激了"新写实"小说的出现，但"新写实"最终作为一种流派而存在却与《钟山》杂志有着莫大的关联。在经济和政治的交织作用下，《钟山》杂志抓住了机遇，迅速开展了一系列活动，促使"新写实"由作家的个体写作向潮流化发展。

1988年10月，《钟山》与《文学评论》共同主办了"现实主义与先锋派文学"研讨会，当时诸如《烦恼人生》《风景》《塔铺》等后来被列为"新写实"小说代表作品的文本都已经出现并逐步引起了文坛的重视。在这次研讨会中，主

---

❶ 丁永强. 新写实作家、评论家谈新写实 [J]. 小说评论, 1991 (3).

要就"新出现的这批作品是现实主义文学还是先锋派文学"的问题进行了探讨，并尝试为这批小说定名。《钟山》在 1988 年第 6 期上刊登倡导"新写实"小说的重要启示；次年又于第 3 期开辟"新写实小说大联展"栏目，并在卷首语中对"新写实"小说进行了模糊的定义："所谓新写实小说，简单地说，就是不同于历史上已有的现实主义，也不同于现代主义'先锋派'文学，而是近几年小说创作低谷中出现的一种新的文学倾向。这些新写实小说的创作方法仍以写实为主要特征，但特别注重现实生活原生态的还原，真诚直面现实，直面人生。虽然从总体的文学精神来看，新写实小说仍可划归为现实主义的大范畴，但无疑具有了一种新的开放性和包容性，善于吸收、借鉴现代主义各种流派在艺术上的长处。"❶《钟山》对"新写实"的定义如此模糊宽泛，导致统一标准缺失，大大增加了当时编辑选稿的能动性，因此在这次"大联展"中推出的小说大多在经过岁月的淘洗之后也并没有进入"新写实"小说的行列。虽然如此，此次的"大联展"仍然使《钟山》赢得了"新写实"小说的命名权。为了在与众多杂志的竞争中把握住这一历史契机，壮大"新写实"小说的声势，《钟山》用优厚的稿酬联络了一批作家与批评家，在设置相关奖项的同时也紧锣密鼓地发表了一系列评论文章。《钟山》在 1988 年的改革力度使人叹服，此次策划使得各大媒体争相报道"新写实"小说这个公共话题，在社会层面上也引起了广泛的关注，使文坛重心由北京、上海转移到了南京，获得了舆论支持的"新写实"小说逐渐发展为一股文学潮流，在当代文学史中占有了自己的一席之地。

由此来看，"新写实"小说作为一种文学现象出现在 20 世纪 80 年代末 90 年代初这个特殊的时间点，并不是偶然现象，而是以时代背景为基础进行的文学实践，"既是对一种写作倾向的概括，也是批评家和文学杂志'操作'形成的文学现象"❷。

---

❶ 《钟山》编辑部. 新写实小说大联展卷首语 [J]. 钟山，1989（3）.
❷ 洪子诚. 中国当代文学史 [M]. 北京：北京大学出版社，1999：340.

二、生活流与世俗化审美

1987 年《上海文学》发表池莉的《烦恼人生》时，编者就指出："这部小说的特点就是：它那完全生活化的、尾随人物行踪的叙事方法；它那既有故事，又没有故事模式，让主人公面对实际生活中大量存在的机缘、偶遇、巧合自由行动，因而就像植物的生长与发育那样，不是预先定型而是逐渐定型的结构形态；它那接近于提供生活的'纯态事实'的原生美；它那希望由读者自己面对作品去思索、去做判断的意愿。"❶这种写作手法被称为生活流，没有动人的故事情节，只按照时间顺序细大不捐地叙述生活中发生的事情，真实地描写世俗化的生活，展现现实生活的琐碎性与凡俗性。《烦恼人生》作为典型的生活流小说，其中的人物也表现出对生活的真实看法，他们总是一方面拥有坚忍不拔的生活态度，一方面又流露出面对生活烦恼的无奈感。

《烦恼人生》讲述了印家厚从凌晨 3 点 50 分到夜晚 23 点 36 分一天之中发生的事情，并没有体现出传统小说中故事发展的开端、高潮、结局，而是以生活的琐碎充斥着全篇，看似并没有激烈的矛盾冲突，事实上矛盾冲突却占据着生活的方方面面。小说的主人公印家厚是一个工人，"他不是一般厂子的一般操作工，而是经过了一年理论学习又一年日本专家严格培训的现代化钢板厂的现代化操作工"❷。他的"人生烦恼"不是来自他的工作，而是来自工作之外的一切，他的一天不停地在丈夫、父亲、工友、被管理者、师傅、儿子、女婿、租户等角色之间转换，每次角色的转换都伴随着新的"烦恼"出现。池莉大胆地"撕裂"生活，将赤裸裸的现实剖开展现在人们眼前，这现实里除了凌乱就是琐碎，但没有任何一个生活在这现实中的人会否认它的真实性，因为印家厚"就是当代中国产业工人他们自己"❸。

在发表之前，《烦恼人生》的原题是《一个产业工人的二十四小时》，本身强调的是生存现状的某种既定性，探讨生存本身的意义，作者并不介入对其价值

---

❶ 《上海文学》编辑部．编者的话 [J]．上海文学，1987（8）．
❷ 池莉．烦恼人生 [M]．广州：花城出版社，2018：18.
❸ 池莉．写作的意义 [J]．文学评论，1994（5）．

进行评价，"烦恼"二字或许蕴含着《上海文学》编辑的个人解读。诚然，印家厚在物质生活上经济压力巨大，生存空间不足；在精神生活上爱情淡化为亲情、工厂中人际关系复杂，似乎在社会的作用力下把握不住自己的命运。但他在面对这一切的同时仍然在挣扎，因为不想妥协于现实、对生活还抱有理想，所以他在困境中表现出来坚毅、执着的生活态度。文本中两次直接写道印家厚对于生活充满自信，第一次是他做出"生活—梦"这样的诗来赢得一片喝彩后，看着自己儿子"勇猛"的模样，发出"生活中原本充满了希望和信心"[1]的议论；第二次是接到江南下寄来的信时，对比自己和江南下的生活，"他的自信心又陡然增加了好多倍"[2]。如果说芜杂的现实生活是此岸世界，那么这种信心和希望就是印家厚在追寻的彼岸世界。一直以来，占据中国文坛的主流文学习惯通过对"彼岸"的描写来找寻自己的"精神家园"，而《烦恼人生》恰恰是通过书写"此岸"来表现普通人对"彼岸"的一种渴求与盼望。生活对于普通人而言处处充满着"几乎无事的悲剧"，"印家厚们"与崇高、伟大也扯不上任何关系，但只要存在，他们就会不断追问并探寻自己的人生意义，这或许是人生来的一种本能，一种无意识的生活的诗意。生活对于印家厚来说就像是梦，梦醒时分一切都回归正轨，依然有序地运行着，一切都会变好的，就这样他一面处于人生的烦恼中，一面又乐观顽强，充满信心地在生活的困境中挣扎。"他不可能主宰生活中的一切。但他将竭尽全力去做！"[3]这又何尝不是普通人对于积极生活的一种宣言？

池莉作为一位女性作家在写作时总是自然地流露出女性主体意识，这种女性意识与"新写实"的创作方法汇流，表现出对人的自然性欲望的正视，书写了婚姻对于爱情的胜利。"新写实"小说关注人的生存状态，自然而然欲望书写也构成了生存叙事的一部分。

首先，是对于物欲的书写。《烦恼人生》中的物欲集中于印家厚一家对于住房的渴求上，他们渴望有自己宽敞些的房子，事实上这是对于生存空间的需求。如果说《狗日的粮食》《闲粮》等"新写实"小说中对于粮食的渴望仍然处于物

[1]　池莉. 烦恼人生 [M]. 广州：花城出版社，2016：15.
[2]　池莉. 烦恼人生 [M]. 广州：花城出版社，2016：37.
[3]　池莉. 烦恼人生 [M]. 广州：花城出版社，2016：59.

质生存层面，那么生存空间的狭窄往往会造成主人公在生理上压抑的同时，精神空间也产生同样的压抑感。住房狭窄使儿子雷雷从床上摔下来、让老婆看不起自己、使自己周旋于邻居间的鸡毛蒜皮之事，甚至在表弟来家里时必须得和夫妻俩同住一屋，这一切都折磨着印家厚的精神，甚至使其扭曲、变形，让他在黑暗中看见发着寒光的起子时产生了一个可怕的残暴的念头。文本采用客观理性的语言去描写生存空间的紧张，是对原本生活的一种还原，其中对于"家"的描述也并没有因为逼仄的房屋而减少温情，作者在正视这种物欲的同时，也再一次回归到"新写实"出现的原因上，借此表现对当时经济、政治的批判与反思。

其次，是对于爱情的渴望。印家厚对于爱情的渴望体现在他面对漂亮的女徒弟雅丽、带着忧郁气质的女教师肖晓芬及初恋女知青聂玲这三位女性时，与老婆日常的争吵及生活的平庸单调消磨了印家厚夫妻之间的爱情，他迫切地追寻着一种理解与体贴，于是本能地对这些女性产生类似于爱情的冲动。尤其是对雅丽，他不仅感谢雅丽对自己的理解，而且对雅丽有着深藏在心底的、剪不断理还乱的一缕情丝。但印家厚没有放逐自己去找寻所谓的"理想爱情"，与其说是他的理性战胜了感性，不如说是他清楚地看到了婚姻和爱情的本质。"池莉否定爱情的存在，在池莉那里，爱情是一种话语的虚构，谎言的网罗；人生的智慧在于窥破这美丽的谎言，获得一种对并不完满的婚姻／现实的认可与坦荡。"❶印家厚有一套自己的婚恋哲学，虽然他与妻子的婚姻中没有了激情，被世俗的柴米油盐所填充，但是这世上只有妻子一个人在等着他，"普通人的老婆就得粗粗糙糙，泼泼辣辣，没有半点身份架子，尽管做丈夫的不无遗憾，可那又怎么样呢？"❷在类似于"贾府上的焦大，也不爱林妹妹的"❸这种婚恋哲学指导下，印家厚努力维持着小家的和睦，实现了婚姻对于爱情的胜利。

池莉虽然书写了婚姻的世俗性，但对印家厚夫妻温存瞬间的叙述也透视出了她作为女性对理想婚姻的追求，这就使文本在叙述婚姻的同时自然流露出来作家

❶ 戴锦华. 池莉：神圣的烦恼人生［J］. 文学评论，1995（6）.
❷ 池莉. 烦恼人生［M］. 广州：花城出版社，2018：59.
❸ 鲁迅. "硬译"与"文学的阶级性"［M］//鲁迅. 鲁迅全集（第4卷）. 北京：人民文学出版社，2005：208.

的女性主体意识。池莉的女性意识是在她的创作过程中逐步体现出来的，尤其是在《不谈爱情》《你是一条河》等篇目中最为突出，但是简单回顾一下池莉小说中女性形象的发展和衍变，就会发现她的女性话语早就存在于《烦恼人生》中。

《烦恼人生》没有给予印家厚妻子姓名，通篇用"他老婆"三个字来称呼她，似乎她只是印家厚的一个附属品。但事实上，作者是有意模糊妻子的个体性，将其置于家庭的环境中，使其承担母亲和妻子的角色，是对所有女性泛化的所指。假如雅丽、肖晓芬或者聂玲处于这样的环境中，她们自然也会被"她老婆"三个字代替，也会自觉承担起母亲和妻子的责任。对于儿子，她充满女性与生俱来的母性；对于丈夫，她恪守自己作为妻子的责任；对于自己，她尽力守护着自己的爱好。在平衡这三方面的同时，她对婚姻有着清醒的定位，一方面表现出对男性话语的屈服，另一方面又对男性话语进行着无情的消解，实现了与男性话语相抗衡的女性主体意识的觉醒，消解了两性关系之间激烈的对立。除此之外，女性主体意识更应该超越两性关系，体现在女性与世界的平衡上。印家厚与"他老婆"相对比，更加明显地突出了女性的"生活智慧"，她了解这个世界运行的规则，她必须利用规则使自己生存下去，使自己的小家处在良好的生存环境之中。因此相比于印家厚琐碎的烦恼，她的烦恼全都集中在住房问题上，并且积极地寻求解决办法，她也不像印家厚一样带有理想主义的色彩，而是全身心地投入现实，着力构筑与现实世界相平衡的一座桥梁。

"新写实"小说的世俗化书写，使它具有反理想主义和反英雄的审美倾向。有论者认为"兴起于八九十年代的新写实小说，其最本质的精神便是对理想主义、英雄主义话语的消解，在这个意义上池莉堪称新写实的主将"❶。《烦恼人生》中对世俗的书写、对欲望的描述都是在消解一直以来存在于文学中的"英雄典型"，"印家厚们"没有崇高的理想与伟大的经历，有的只是直面生活的勇气与在生活中获得的生存哲学，其中展现出对普通人生命状态的关注与表达，完成了现实对大众的启蒙。20世纪80年代的文坛是不缺乏启蒙话语的，但随着历史的变迁，现代世俗文化在社会市场化经济作用力下逐渐形成，80年代初探寻理想、真理的启

---

❶ 黄景忠. 作家的精神立场和创作姿态［M］. 广州：暨南大学出版社，2015：85.

蒙话语也随之被置换为"新写实"时期关注人的生存状态与内心体验的启蒙话语。

启蒙是一个相对宏阔的命题,我们所讲的"新写实"中的启蒙是面向个体的人的启蒙,是"最大程度地探究人性的深层结构""是启蒙者的自我反思、自我体察和自我估价"❶。在《烦恼人生》中,印家厚作为启蒙者是通过生活带给他的生存哲学来实现对自我的反思、体察和估价的。在老婆发脾气时,印家厚知道必须用儿子来平息风波;在儿子淘气时,他知道要循循善诱,要抓紧教育;在情绪恶劣的时候,他能在生活的本质中找寻到明朗的记忆,这些都是他的生存哲学。最重要的是,印家厚一直在思考"生活是什么"这个问题,这个哲学层面的问题不禁激荡着底层大众的内心,迫使他们审视现实、审视自己作为"人"的生存状态。

三、重估"新写实"小说的价值和意义

要想讨论"新写实"小说的价值,就必须对"价值"这个概念有一定的理解。马克思曾对其下过定义:"'价值'这个普遍的概念是从人们对待满足他们需要的外界物的关系中产生的。"❷我们可以将被满足的人们称为"主体",根据马克思主义哲学,价值是随着主体需要的变化而变化的,"主体的需要不是抽象的存在,它是在实践和社会生活中生成和发展的,是随着实践和社会生活的变化而变化的"❸。"新写实"潮流距今已过去40多年,作为20世纪80年代文学"转型期"的重要思潮和流派被载入文学史,显然"新写实"小说对于中国当代文学有自己独特的价值和意义。今天我们站在历史的远视点上,有必要回望"新写实"小说创作潮流在中国当代文学中的价值和意义,以此来审视我们当下的社会生活。

首先,"新写实"小说处于现实主义与现代主义之间的过渡性地位。与"新写实"小说同时出现的是对其"是现实主义文学还是现代主义文学"的争论,研究者将"新写实"的出现或称为"现实主义的回归",或称为"对现实主义的反叛",王干也曾将其命名为"后现实主义"。在《烦恼人生》发表的1987年,以余华、

---

❶ 韩毓海. 锁链上的花环——启蒙主义文学在中国 [M]. 长春:时代文艺出版社,1993:51.

❷ 马克思,恩格斯. 马克思恩格斯全集(第34卷) [M]. 北京:人民出版社,2001:163.

❸ 李淮春. 马克思主义哲学全书 [M]. 北京:中国人民大学出版社,1996:270-271.

格非、苏童等作家为代表的"先锋派"也陆续出现，可以说"新写实"小说与"先锋小说"几乎是滥觞于同一时期，而余华的《古典爱情》、苏童的《妻妾成群》等也往往被归入"新写实"小说之列。"新写实"小说对世俗生活的真实描写固然属于写实主义的创作手法，但在被冠以的"新"字则充分显示出其对现代主义创作手法的包容性，"零度叙事""消解典型"甚至是倾向于自然主义的写作都是其现代派的体现。"'新写实'小说是在现实主义和现代主义因素相融会之后，生长出来的一种新的小说形态"❶，它对于现实主义与现代主义有着承上启下的作用，不仅将20世纪80年代初期的"宏大叙事"转化为"个体叙事"，并促使"先锋派"将这种"个体叙事"推向极致，使文学写作在"先锋派"笔下彻底成为一种私人化活动。

其次，"新写实"小说是对传统写作的一种反叛，推动了文学价值立场的世俗化转向，将文学还给了大众。"新写实"小说在否定精英写作立场的同时宣扬的是一种民间写作立场，作家往往在关照生活的基础上，全方位、多角度地挖掘日常生活中蕴含的民间叙事空间，池莉也承认《烦恼人生》是其在转变写作立场之后的第一篇作品。从某个角度来讲，"新写实"小说对于大众来说是一种宣泄，激起了他们处于浮躁社会环境之中的共感。如果说"五四"启蒙时期鲁迅等人的民间立场写作是知识分子、精英阶层为了改造国民性、对封建制度予以批判而作，那么"新写实"小说则是将文学重新交还到大众手中，面向生活，正视人性的弱点，直接宣达自己对生活环境的消极情绪，这也就是为什么印家厚在生活中的某些方面也表现出了"精神胜利法"，但他的形象仍然比阿Q可爱的原因。"新写实小说实现了文学与大众的完美融合，被视为文学与现实相妥协的产物，并在20世纪80年代末取得了独特的艺术成就和文学价值。"❷

最后，"新写实"小说的出现回答了一些评论者所提出的20世纪80年代与90年代文学出现"断裂"的问题，催生了90年代新生作家在日常领域的"个体化"写作。徐肖楠曾提出20世纪初至今中国文学的发展发生过四次断裂，其中就有"20

---

❶ 陈小碧. 回到事物本身——重读"新写实"小说兼论1990年代文学转型 [M]. 上海：复旦大学出版社，2016：22.
❷ 雷杰妮. 新写实小说的转型研究 [D]. 兰州：兰州大学，2020：26.

世纪90年代与从20世纪20年代起延续至20世纪80年代的宏大文学传统的断裂❶。"新写实"小说出现于"宏大叙事"到"个体叙事"的转型之际，虽然像《烦恼人生》这一类的作品看似只是在抒发个体对生活琐碎的抱怨，但事实上它也在密切关注着社会的发展，究竟是什么使印家厚这样一个肯干踏实的现代化产业工人陷入生活的种种烦恼中呢？难道只是他个人的原因吗？显然不是，作者就是要从个人的视角来探讨社会转型期出现的种种不合理现象，其中仍然存在观照社会的元素，只是切入叙事的角度不同，因此，"新写实"的出现实际上是在20世纪80年代的"宏大叙事"和90年代的"个体叙事"之间修筑了一条通途。

20世纪90年代中国社会进入一个新的发展期，"多种经济成分并存、多种政治因素的并存、多种文化价值取向的并存已经成为中国90年代的一个突出特点"❷，在如此复杂的社会环境中，"新写实"小说面向市场化的成功为90年代之后的许多新生代作家提供了新的创作思路，一时间私人化写作与民间立场写作充实了文坛，陈染、林白、卫慧、棉棉、张炜、阎连科等作家以鲜明的个人特色在20世纪90年代的文坛占有了一席之地。虽然他们的创作显示出了不同的风格，但他们都受到了"新写实"小说的启发，从个人日常生活体验出发，对个体和社会进行思考和探讨，由此在社会环境渐趋复杂的90年代，文坛中也出现了应和时代而作的多样化的文学作品。

"新写实"小说是伴随着许多争议兴起的，包括《烦恼人生》的发表也是几经波折，从1987年最初的一批"新写实"小说出现到1991年"新写实小说大联展"的销声匿迹，再到1992年"新写实"的彻底衰落，这股写实潮流仅持续了六年的时间。

"新写实"小说在秉持世俗化写作倾向的同时也宣告了它的快速消亡。"如果说新写实小说中对凡俗人生的一种描绘对于前期的渐趋集权主义的理想启蒙话语还有某种挑战和反叛，那么当一套凡俗的人文主义彻底扫荡了所有的精神世界，凡俗化也就沦为庸俗化、欲望化，新写实小说的反叛姿态也就在新的历史语境下

❶ 徐肖楠. 当我们与神相遇：用神性向往改变习性生活［M］. 广州：华南理工大学出版社，2015：61.
❷ 陶东风. 社会转型与当代知识分子［M］. 上海：上海三联书店，1999：5.

失去了其启蒙意义。"❶ "新写实"发展到后期，出现了许多重复性叙事与刻板的人物形象，由于对世俗日常生活极为信赖，反而消弭了一个作家广阔的社会视野。私人化生存欲望急速膨胀、文化精神的匮乏使得"新写实"小说丢失了启蒙话语权，反而衍生出了"亚文化"写作倾向，使其无法与20世纪90年代多元化、兼容性的文化环境自适。至此，因乘着时代发展的快车而兴起的"新写实"小说在短暂的繁荣之后，最终反而因为落后于时代而被淘汰。

---

❶　陈小碧. 回到事物本身：重读"新写实"小说兼论1990年代文学转型[M].上海：复旦大学出版社，2016：113.

第九章

经典的生成与衍化：《白鹿原》接受史考察

1998 年，山东教育出版社出版了谢冕主编的"百年中国文学总系"丛书，其中 1993 年被视为 20 世纪末中国文学的一个重要节点。丛书之一《1993：世纪末的喧哗》的作者张志忠，在书中曾预言："1993 年，在 20 世纪的中国文学史上，所具有的意义，它的历史地位，也许要到时光流逝许多年以后，才能够看得清楚，说得清楚。"❶ 的确如此。如今，站在 21 世纪的今天回望近 30 年前的 1993 年中国文坛，我们可以说这一年在整个中国当代文学中的特殊意义正在日益彰显。因为，1993 年不仅中国文学创作出现新的风貌，"无论是说市场经济对文学的选择，作家对世俗化快乐的追求，文学的商品属性的凸现，还是说作家在金钱面前的竞折腰，'消化打败了文化'；无论是褒是贬这些论述都从不同角度传达出 1993 年的文学的新的变化，新的风貌"❷。而且，这一年文学界和文化界所发生的一系列重要事件，诸如各种刊物杂志的改版与扩版、"如何看待王朔现象"的论争、"陕军东征"号角的吹响、"人文精神"讨论的发起及春风文艺出版社"布老虎"商标的注册等，也无不暗示着中国当代文学的转型与突变。

在 1993 年的众多文学事件中，"陕军东征"最为引人注目。1993 年《光明日报》以《文坛盛赞——陕军东征》为题，高度评价了陕西作家新近出版的长篇小说。除了高建群的《最后一个匈奴》（1992 年 9 月）外，京夫的《八里情仇》和陈忠

❶ 张志忠. 1993：世纪末的喧哗 [M]. 济南：山东教育出版社，1998：1.
❷ 张志忠. 1993：世纪末的喧哗 [M]. 济南：山东教育出版社，1998：5.

实的《白鹿原》均出版于 1993 年。在这场"陕军东征"的文学运动中，《白鹿原》
的面世尤为引人注目。

2008 年，在《白鹿原》创作 20 周年暨荣获第 4 届茅盾文学奖 10 周年纪念座
谈会上，评论家雷达认为《白鹿原》"是一部经得起时间考验的有生命力的好作
品"❶。在距离这一评价又过去了 8 年的时间，我们越来越意识到《白鹿原》确如
雷达先生所言，是一部经受了时间考验并仍将经得起时间考验的文学经典。

回顾《白鹿原》长达三十年的接受史，我们不难发现，这一文学经典的接受
过程不仅蕴含了丰富而复杂的时代、社会和审美信息，而且其中隐藏的话语交锋
也成为一面镜子，映照着 20 世纪 90 年代以来中国文学场域的生态图景与文学观
念的流变。因此，重回历史现场，对这部文学经典的接受史进行考察，一方面可
以清晰地再现一部文学经典的生成和流变过程，另一方面也有助于更加准确地理
解《白鹿原》的丰富意蕴和艺术魅力。

一、经典的生成与话语的交锋

作为优秀文学作品，《白鹿原》的经典化之路可谓曲折又蕴含着某种必然性，
这在作家构思、创作和作品最初接受过程中较为鲜明地体现出来。一部文学作品
要想成为经典性的作品，作家在创作这部作品伊始就要有一种经典意识，这似乎
成为大多数文学经典的一个共同规律。这种经典意识，并非当下大众文化时代有
些作家所追求的轰动效应及为了引人关注而刻意制造的种种噱头，而是作家内心
中所具有的对文学艺术的虔诚态度、宽广胸怀和求新意识。

在后来的评价中，陈忠实通常被视为是一位大器晚成和以少胜多的作家，这
在当代中国作家中十分鲜见。之所以如此，笔者以为这多少跟陈忠实严谨的创作
态度和强烈的经典意识有关。在创作《白鹿原》之前，陈忠实已经发表过一些作
品，这其中较为优秀的几部作品如《蓝袍先生》《四妹子》《窝囊》《舔碗》等，

---

❶ 任晶晶，曾祥书. 创作 20 年获奖 10 年——《白鹿原》纪念座谈会在京召开 [N]. 文艺报，2008-04-29.

如今看来都是为其后来这部经典之作所准备的。❶有了这些艺术积累，陈忠实内心开始生成一种确信，一定要将这部作品作为"我想给我死的时候有一本垫棺作枕的书"❷来对待。

在这种经典意识的驱动下，《白鹿原》动笔之前，陈忠实首先花费了大量时间进行资料和素材的准备，也缘于此，在艰辛的创作完成后，他并没有张扬。陈忠实的这种低调，在有人看来可能是一种犹疑或者不自信。笔者却不这么认为，笔者觉得这是作者基于现实政治和文化语境下的一种谨慎，符合他为人为文人的品格。❸后来作者自己的表述也印证了他不是对自己的作品不自信，而是对当时文坛的宽容度难有准确地把握，"我在当时反复审时度势，要不要拿出来，或者说这时候拿出来合适不合适，我基本确定在否定的隔挡内；待到什么时候文艺政策再放宽了，拿出来也不迟"❹。也正因如此，陈忠实在给《当代》杂志社编辑何启治写信时，特别提出了一个请求，"希望他能派文学观念比较新的编辑来取初稿。这是我对自己在这部小说中的全部投入的一种护佑心理。生怕某个依旧有着'左'的教条的嘴巴一口给唾死了"❺。《白鹿原》完成之后，陈忠实曾这样对妻子说，"如果仅仅只是因为艺术能力所造成的缺陷而不能出版"，"我就去养鸡"❻。这句话明显地包含着作者对自己作品经典性的自信。

陈忠实创作中这种自觉的经典意识不仅体现在《白鹿原》的创作之前和创作过程之中，而且也延伸到《白鹿原》成名之后。在完成《白鹿原》之后，陈忠实

---

❶ 陈忠实后来曾坦承其小说《蓝袍先生》与《白鹿原》之间的关联："至今确凿无疑地记得，是中篇小说《蓝袍先生》的写作，引发出长篇小说《白鹿原》的创作欲念的。这部后来写到 8 万字的小说是我用心着意颇为得意的一次探索。它是写一个人的悲喜命运的。这个人脱下象征着封建桎梏的'蓝袍'，换上象征着获得精神解放和新生的'列宁装'。"（陈忠实. 寻找属于自己的句子——《白鹿原》写作自述 [M]. 北京：北京大学出版社，2011：2.）

❷ 陈忠实. 寻找属于自己的句子——《白鹿原》写作自述 [M]. 北京：北京大学出版社，2011：36.

❸ 陈忠实在后来的创作自述中表示："不单是我不想张扬，也不光是我习惯于'馍未蒸熟不能揭锅跑气'"。"把近 50 万字的厚厚一摞手稿交给高贤均和洪清波的那一刻，突然涌到口边一句话：我连生命都交给你俩了"。（陈忠实. 寻找属于自己的句子——《白鹿原》写作自述 [M]. 北京：北京大学出版社，2011：223，230.）

❹ 陈忠实. 寻找属于自己的句子——《白鹿原》写作自述 [M]. 北京：北京大学出版社，2011：36.

❺ 陈忠实. 何谓益友 [J]. 作家杂志，2001（9）.

❻ 陈忠实. 何谓益友 [J]. 作家杂志，2001（9）.

没有再创作长篇小说，这并非他江郎才尽或者写不出任何长篇了，而是他觉得当自己无法保持和超越此前的代表性作品之后，主动地弃而不作，这实质上也是他内心中经典意识的追求使然。在陈忠实离世后一些人的回忆性文章中，也印证这一点。有人这样回忆："因为我是从事艺术类的工作，找过陈老师，想请他写一写关于艺术类、书法类的作品的见解，但是他都拒绝了，他说文学作品可以，但是书法作品就算了，因为他不是书法家。"❶在文学之外，陈忠实不愿意接受自己没有把握的邀约，在文学之内他也自然不轻易放弃对经典性的追求。

尽管陈忠实在创作上有着明确而自觉的经典性追求，但是《白鹿原》经典性的彰显和被接纳，则是在小说完成之后的接受流程中得以实现的。一部优秀文学作品，尤其是一部文学经典，往往具有思想及艺术的超前性和创新性。这种超前性和创新性由于超出了大多数读者的阅读经验和期待视野，通常会导致在最初的接受过程中被质疑、误读或者误解，这在中外文学史中并不鲜见。

由于历史语境的特殊性及作品本身在思想、艺术方面的越轨性，《白鹿原》经典性的呈现曲折而复杂，期间伴随着多种话语的冲撞与交锋。在尚未发表和出版之前，《白鹿原》其实就已经进入读者的接受视域——被编辑和自己的朋友所读。从这里，这部小说的经典性开始被挖掘和呈现；也是从这里，对于《白鹿原》的评价出现了不同话语权力的交锋。1992年4月，《白鹿原》稿件被《当代》杂志社的高贤均和洪清波带到北京，交由编辑部审阅。在审阅时，这部作品的优秀特质开始被审读的编辑们发现和肯定，他们一致认为，这是一部大作品、好作品。其中常振家评价尤高，"只读了几万字，我就被作品中那种历史原生态的凝重震慑住了。我心里渐渐地生出一种兴奋和惊喜——这是一部大作品，已经好多年没有看到这样厚重的小说了！我忽然有了一种当年阅读《静静的顿河》《战争与和平》时的感觉"❷。在审读过程中，《白鹿原》尽管获得了总体的肯定和赞赏，但是在具体评价上还是存在一些不同意见，尤其是对小说中的性描写颇

---

❶　周百义，东子，田涯. 追忆陈忠实二三事［N］. 北京青年报，2016-05-01.

❷　常振家. 说说《白鹿原》在《当代》发表时的那些事［C］//屠岸，等. 朝内166号记忆（插图本）. 北京：人民文学出版社，2016：314.

有分歧❶，这最终导致小说在发表时被删节 5 万字。

如果说上述分歧是编辑部在审读稿件时对文本中某些具体问题的不同意见，还在正常文学讨论的范畴，那么等到《白鹿原》发表和出版后，人们对这部小说的评价则很快出现了对立性的分歧，甚至演化成不同话语之间的交锋和博弈。一方面，这部扎实、厚重，既有历史深度又具可读性的小说甫一出版就得到了普遍认可。当时几位重要的当代文学批评家都对《白鹿原》给予了较高的评价。比如，朱寨认为："《白鹿原》给人突出的印象是：凝重。全书写得深沉而凝练，酣畅而严谨。就作品生活内容的厚重和思想力度来说，可谓扛鼎之作，其艺术上杼轴针薾的细密，又如织锦。"❷雷达表示这部巨大而具有奇异魅力的作品，是"一轴恢宏的、动态的、纵深感很强的关于我们民族灵魂的现实主义的画卷"，其"凝重、浑厚的风范跻身于我国当代杰出的长篇小说的行列"❸。张锲说，"《白鹿原》给了我多年来未曾有过的阅读快感和享受"，有"初读《静静的顿河》《战争与和平》《红楼梦》时那种感觉"❹。

另一方面，与肯定和赞赏声音同时存在的是批评与质疑的话语。有人批评这是"一部使艺术家丧失了自己的作品"❺，也有人指出"《白鹿原》却仅仅是一个在断裂处挣扎的文化产品。陈忠实卓绝的努力和虔诚的创作并未结出理想的果实"❻，还有人指责《白鹿原》只不过是在"隐秘岁月里，作了一次'伪历史之旅'——即'消闲之旅'而已"❼。

《白鹿原》问世不久，某业务主管部门的负责人就很直白地表达了对《白鹿原》的不满，认为写历史不能老是重复于揭伤疤，"《白鹿原》和《废都》一样，写作的着眼点不对"。并指出，"这两部作品解释的主题没有积极意义，更不宜

---

❶ 这些具体的分歧，可以参见何启治在《我与陈忠实和他的〈白鹿原〉》一文中所提供的《当代》杂志关于《白鹿原》的审读意见（叶咏梅. 中国长篇连播历史档案（上卷）[M]. 北京：中国广播电视出版社，2010：79-82.）

❷ 朱寨. 评《白鹿原》[J]. 文艺争鸣，1994（3）.

❸ 雷达. 废墟上的精灵 [J]. 文学评论，1993（6）.

❹ 王巨才. 一部可以称之为史诗的大作品——北京《白鹿原》讨论会纪要 [J]. 小说评论，1993：5.

❺ 朱伟. 史诗的空洞 [J]. 文艺争鸣，1993（6）.

❻ 张颐武. 《白鹿原》：断裂的挣扎 [J]. 文艺争鸣，1993（6）.

❼ 孟繁华. 《白鹿原》：隐秘岁月的消闲之旅 [J]. 文艺争鸣，1993（6）.

拍成影视片，编成画面展示给观众"❶。

　　《白鹿原》单行本出版后，人文社编辑何启治曾组织两位著名评论家写了有关《白鹿原》的评论，交给京城某大报，据说清样都排好了，但最终还是被退了回来。❷也由于这种话语的冲突，在较长一段时间之内《白鹿原》被主流传媒所漠视和忽略，甚至直接导致了其在"八五"（1991－1995年）优秀长篇小说出版奖评选时，失去了候选资格，随后在第二届"国家图书奖"评奖活动中，《白鹿原》也遭遇落选。

　　上述不同话语之间的交锋，使《白鹿原》经典性的呈现面临着文学的甚至非文学的重重阻力，也向我们昭示了一部文学经典在走向经典路途上的波折。当然，经典性的作品总是会面临挑剔和批评的，也能经受得起挑剔和批评，唯其如此，也才愈能彰显经典的崇高。

二、经典的确立及路径

　　批评家约翰·杰洛瑞曾经指出："经典性并非作品本身具有的特性，而是作品的传播所具有的特性，是作品与学校课程大纲中其他作品分布关系的特性。"❸这里指出了文学作品经典地位的确立并非是一个简单的一锤定音的文本鉴定，而是一个不断建构的过程，它是在传播（即接受）过程中与读者、批评者和文学史等多个接受环节相互激发而逐渐形成的。

　　《白鹿原》经典性的确立也是如此。如果说，在上述多种话语权力的交锋后，《白鹿原》能够顺利发表和出版，并得到初步认可，那么其经典性最终能够确认还需要时间的检验。从接受视域考察，我们会发现《白鹿原》经典地位的确立主要是有赖于以下几个基本的文学路径。

❶　何启治. 我与陈忠实和他的《白鹿原》[C] // 叶咏梅. 中国长篇连播历史档案（上卷）. 北京：中国广播电视出版社，2010：84.
❷　常振家. 说说《白鹿原》在《当代》发表时的那些事 [C] // 屠岸. 朝内166号记忆（插图本）. 北京：人民文学出版社，2016：316.
❸　约翰·杰洛瑞. 文化资本 [M]. 江宁康，等译. 南京：南京大学出版社，2011：50.

其一,《白鹿原》经典地位的确立与其发表后的多次获奖和研讨会密不可分。《白鹿原》在发表和出版之初,引发了一些争议和不同的评价,但就是在这些争议之中,它开始被人们认可和赞赏,这其中最重要的标志之一就是在不同的评奖活动中不断获奖。《白鹿原》刚出版不久,就在 1993 年 6 月获得了陕西省作家协会组织的第二届"双五"最佳文学奖。次年 12 月,人民文学出版社对1986—1994 年该社出版的长篇小说进行评选,最终《白鹿原》获得"炎黄杯"人民文学奖。这两个奖项已经初步彰显《白鹿原》得到了一定的认可,但是能否获得茅盾文学奖可以说是接下来对《白鹿原》经典性的重大考验,因为这一奖项一直以来都被视为当代长篇小说的最高荣誉。作为国家级的文学大奖,茅盾文学奖有其意识形态的正统性,《白鹿原》中所表现出来的新历史主义历史观和越轨的性描写,不仅是小说发表、出版后人们争论和分歧的焦点,也成为其获得茅盾文学奖的最大障碍。在第四届茅盾文学奖评议过程中,关于《白鹿原》应不应该获奖,评委们产生了不小的分歧,有些评委认为"这部作品中儒家文化的体现者朱先生这个人物关于政治斗争'翻鏊子'的评说,以及与性有关的若干描写可能引出误解,应以适当的方式予以廓清。另外,一些与表现思想主题无关的较直露的性描写应加以删改"❶。由于老评论家陈涌的肯定和支持,又加上作者陈忠实接受了评委会的意见,对政治上可能引起误读和倾向性比较明显的文字及文本中较直露的性描写的删改,1997 年底修订版的《白鹿原》最终力排众议,获得了茅盾文学奖。获得茅盾文学奖对于《白鹿原》而言意义重大,因为此前质疑和批评最多的声音大都是来自主流意识形态部门,而能够获得在某种程度上代表政府和官方奖项的认同和肯定,自然就能消解这些基于政治意识形态和道德伦理观念的异质话语。从这一点上来说,《白鹿原》获得茅盾文学奖是文学性的胜利,因为这样一部经典性的文学作品"如果不评它,不仅有可能使人们对茅盾文学奖的权威性进一步地失去信心,还有可能导致大家对评委们最基本的审美判断力失去信任"❷。这为《白鹿原》接下来传播、接受和评价产生了积极的影响,也

---

❶ 《文艺报"本报讯"》,1997 年 12 月 25 日。
❷ 洪治纲.无边的质疑——关于历届"茅盾文学奖"的二十二个设问和一个设想[J].当代作家评论,1999(5).

有利于其经典性的积极呈现。

如果说获奖让《白鹿原》开始冲出某些质疑和批评的围困，那么围绕这部作品召开的研讨会则从不同层面揭示了小说思想、艺术和审美的优秀品质。《白鹿原》在《当代》杂志刊出不久，1993 年 3 月 23 — 24 日陕西省委宣传部、陕西省作家协会联合在西安召开《白鹿原》研讨会，尽管有人指出了这部小说存在着个别地方过于仓促、粗糙，缺乏细致推敲的缺憾，但是与会者普遍认为它"是一部很有艺术魅力的作品，是近年来罕见的一部大作品"，"整部作品是饱满的，均衡的，因而经得起历史的检验" ❶。继西安研讨会之后，1993 年 7 月 16 日，由人民文学出版社、中共陕西省委宣传部、陕西省作家协会联合召开的长篇小说《白鹿原》讨论会在北京举行，参加这次讨论会的有张锲、屠岸、朱寨、严家炎、蔡葵、阎纲、雷达等六十多人。在研讨会上，绝大多数学者对《白鹿原》的优秀品质进行了肯定，认为这是 20 世纪 90 年代长篇小说创作领域所出现的难得的艺术精品，达到了一个时期以来出现的长篇小说所未达到的高度与深度，经得住多方面检验。他们也一致认为《白鹿原》既具有气势恢宏的史诗性品格，深沉凝练，酣畅淋漓，具有高度的概括性，又能够精雕细刻，具有鲜明的地域色彩，而且对民族历史的反思及对民族生存的文化反思均颇具深度。❷

《白鹿原》上述获奖和围绕其进行的讨论会都是发生在发表和出版后的几年之内，它们对于这部小说的经典化相当重要，因为这期间是人们围绕《白鹿原》争论和分歧最为激烈的时候。这些奖项的获得和讨论会对其高度的评价，让人们（也包括那些批评者和质疑者）意识到尽管这部小说存在着一些瑕疵或局限，但是在整体的思想和艺术层面，《白鹿原》均达到了新时期乃 20 世纪中国小说的一个新的高度，它的史诗性、精心的结构、饱满的形象、地域性、对历史和文化反思的深度及细密且具有生活化的语言和艺术方式均赋予了这部小说不可动摇的经典性。这些经典性的特质正是通过获奖和讨论会开始得到初步确认和揭示。

---

❶ 邢小利.一部展现民族灵魂的大作品——陕西《白鹿原》研讨会综述 [J].小说评论，1993（4）.

❷ 王巨才.一部可以称之为史诗的大作品——北京《白鹿原》讨论会纪要 [J].小说评论，1993（5）.

其二，《白鹿原》经典地位的形成也受益于在接受过程中所获得的普遍认可。时间是检验经典最有效的武器，只有经过了历史和时间的筛选、沉淀而依然闪耀着光芒的作品才能够称为经典，而这一切均离不开一个重要的指标，就是文本在时间之河中的认可度。凡是经典的作品，它们都能够穿越时间和空间赢得读者的喜爱和认可，在读者接受过程中保持着恒久的生命力。

从接受视域中考察，我们会发现《白鹿原》已经获得普通读者、专业学者及文学史家等不同层面接受者的普遍肯定和认可。普通读者对一部小说的接受可以量化的指标不多，其中最重要的依据就是小说的发行量，发行总量的多少及其在发行时间上的持续性和分布情况，能够在一定程度上反映读者对它的热情和认可度。自1993年首次出版单行本至2015年，《白鹿原》的累积印数超过200万册，这里主要包括人民文学出版社1993年的初版本及后来的修订本、精装本、手稿本等，也包括北京十月文艺出版社、作家出版社和文化艺术出版社出版的不同版本。它在当代长篇小说销售榜上也是名列前茅的。

值得注意的是，一方面，《白鹿原》并非一部浅薄媚俗的畅销书，但是它的销量可以和许多经过大众传媒精心包装的畅销书媲美，在大众文化日趋盛行、严肃文学备受冷落的时代氛围下，实在是一件不容易的事情。另一方面，《白鹿原》与当下许多发行量可观的畅销书不同，它的发行总量并不是短时间、井喷式的数据，而是一个平稳的、持续累积的结果。由此，通过版本和销量的分布特征，我们可以确认《白鹿原》是一部能够持续获得大众礼遇的作品。

陈忠实去世后，网络上众多网友在惋惜的同时也表达了对《白鹿原》的青睐。据报道，有数千民众前去送行，与其说这是对陈忠实的悼念，不如说是读者对《白鹿原》肯定和热情，也是这部小说经典性的另一种呈现。《白鹿原》在获得读者大众的热情和礼遇的同时，也颇受专业研究者的重视和肯定。据笔者不完全统计，截至2022年11月，针对这部小说或者以这部小说为重要内容的研究成果就有学术专著32部，中文学位论文186篇，中文期刊论文3000余篇——这还不包括大量存在于网络和报纸上的评论和研究文章。单篇文学作品受到研究者如此持续和高密度的关注，这在当代中国文学中相当罕见，显示了《白鹿原》在当代文学中的重要地位和独特魅力。

经典作品必将接受历史的检验，在《白鹿原》的经典之旅中，进入文学史并得到充分肯定是其经典化的重要而必不可少的路径。到目前为止，一些颇有影响力的当代文学史著作均对《白鹿原》表现出了普遍的重视与肯定，它不仅进入了陈思和主编的《中国当代文学史教程》，朱栋霖主编的《中国现代文学史 1917 — 2012》，董健、丁帆、王彬彬主编的《中国当代文学史新稿》，严家炎主编的《二十世纪中国文学史》，孟繁华、程光炜主编的《中国当代文学发展史（修订版）》等文学史教材的书写之中，而且在这些文学史教材里，《白鹿原》大多是被列为专节来书写的。

除了文学史的普遍重视之外，《白鹿原》在接受过程中，还以不同形式获得了入史的资格。比如，在 2008 年 12 月 5 日，由深圳读书月组委会、深圳报业集团主办的"30 年 30 本书"文史类读物评选活动中——此次评选的书籍被称为"30 本影响中国人 30 年阅读生活的优秀文史书籍"，入选书目既考虑其"历史的重要性"，也考量其"本身的价值"，《白鹿原》入选其中；2009 年 6 月，由上海文艺出版社出版的《中国新文学大系 1976—2000》，《白鹿原》被全文收入该"大系"第五辑；2010 年 3 月，《钟山》杂志在第 2 期刊出"30 年 10 部最佳长篇小说"投票结果，《白鹿原》不仅入选而且排名第一。此外，《白鹿原》被教育部列入"大学生必读"系列，被评为"百年百种优秀中国文学图书"，同时还被中国出版集团列入"中国文库"系列。获得入史的资格并被多部文学史所书写，说明《白鹿原》的经典性已经得到固定和充分的认可。

其三，《白鹿原》经典化的另一路径和体现是跨文化与跨语言的传播和接受。文学经典的重要内在素质不仅在于时间的恒久性，而且还在于其空间的超越性。《白鹿原》时间的超越性已经得到了验证，其空间超越性也正在被确证。《白鹿原》空间的超越性，主要是通过它在域外的跨文化传播与接受中得以实现。

自出版以来，《白鹿原》已经被译为法语、日语、韩语、越南语、蒙古语等语种。在跨文化传播期间，《白鹿原》的接受效果颇好，如"法文本《白鹿原》在巴黎面世一个多月以来，已售出了 3000 多部，法国当地的许多报刊都对该书的情况做了介绍"❶。在上述几个经典化的指标上，《白鹿原》的跨文化传播相对来说是一个薄弱的环节。尽管从已经出版的译本来看，这部小说得到了域外读者不错的反

---

❶ 《〈白鹿原〉法文版月售 3000 余册》，《文艺报》2012 年 7 月 18 日。

响，但是它被翻译的语种还是相对较少，尤其是没有英文的译本❶，不能不说是一种缺憾，这对《白鹿原》的经典化也势必会产生一些负面影响。对于《白鹿原》被翻译的语种相对较少的问题，笔者认为除了一些客观因素之外，还有一个重要的原因就是这部小说思想上的厚重、复杂，以及独特的语言风格和地域色彩，对于翻译者来说是一个巨大的挑战。

三、经典的增值与衍化

经典作品正是在接受过程中不断地被重读后建构起自己的经典地位的，"不能让人重读的作品算不上经典"❷。在这一建构过程中，由于文学作品大于作者的意图——经典作品在思想和艺术上更是如此，它的意蕴的丰富性和独特的艺术魅力，会被接受者不断地挖掘、阐释和拓展。这就构成了文学作品接受过程中经典衍化的现象。

在小说《白鹿原》发表后不久的北京研讨会上，曾经有人预言："小说有两种：一种越往后越无价值，一种是越往后越增值，《白鹿原》无疑属于后者。"❸《白鹿原》近20年的接受史已经证明这个预言的可靠性，作品的丰富意蕴和复杂的艺术构成，不仅保证了其在文学史中的经典地位，而且在接受过程中还能够不断地增值和衍化。

《白鹿原》的增值和衍化首先是在接受过程被读者和批评家不断地阐释中实现和完成的。如果仔细考察《白鹿原》的相关研究成果，我们会发现既有大部头整体性的研究专著，也有颇有深度的学位论文和单篇论文，还有一些存在于网络

---

❶ 关于《白鹿原》为何迟迟没有推出英译本，据陈忠实自己透露是被"洋合同"绊住的原因，法文版"签约时，法方编辑说还想出别的外语版，要我把其他的外语版也签给他们。我想，人家把咱的书翻译到其他国家，是好事，也没往深处细想，稀里糊涂就签了字"。此后曾经至少有六七拨人来跟作者陈忠实谈过出英文版的事，但是由于法国出版社合同在，美国方出英文版需经法国方授权，而美国方想直接取得作者本人授权。英译版的事情就一直延搁下来。（章学锋.当心洋合同暗算中国作家[N].西安晚报，2013-03-11.）

❷ 哈罗德·布鲁姆.西方正典：伟大的作家和不朽作品[M].江宁康，译.南京：译林出版社，200：21.

❸ 王巨才.一部可以称之为史诗的大作品——北京《白鹿原》讨论会纪要[J].小说评论，1993（5）.

之中或长或短的评论，它们涉及这部作品的方方面面。由于《白鹿原》的研究成果较多，笔者着重从相关的研究专著中揭示《白鹿原》被阐释的多层面性和丰富性。《白鹿原》问世之后不久，就有研究者试图从整体上来解析这部作品，代表性的是郑万鹏的《〈白鹿原〉研究》（时代文艺出版社，1998 年版）。这部著作是比较早地整体性研究《白鹿原》的著作，它主要从"结构分析""历史解说""人物评论"和"文化解读"几个层面对这部小说进行了多方位的解读。另一部多人编选的《〈白鹿原〉评论集》（人民文学出版社，2000 年版），收录了《白鹿原》发表和出版以来的 40 多篇评论性文章，它们论及这部小说的创作、编辑出版过程及出版以后的社会反响，并多方位地阐释了这部小说的主题、艺术成就及文化内涵。

稍后的研究中开始出现以独特的视角观照《白鹿原》的研究著作，如李建军的《宁静的丰收——陈忠实论》（华夏出版社，2000 年版）对小说神秘意味的解读及将其与《静静的顿河》《日瓦戈医生》对比性分析；畅广元的《陈忠实论——从文化角度考察》（人民文学出版社，2003 年版）对《白鹿原》的文化意义的阐释；冯望岳等的《陈忠实小说——在东西方文学坐标上》（中国社会科学出版社，2009 年版），将《白鹿原》放在东西方文化的坐标上进行考察，较为详细地揭示了小说与赵树理乡土小说、巴金老舍路翎的家族文学、柳青路遥贾平凹的农村题材小说、梁斌的《红旗谱》之间的承传，以及与加西亚马尔克斯、肖洛霍夫、昆德拉等域外作家之间的联系等。

进入 21 世纪以来，研究者在注重对《白鹿原》进行整体性研究的同时，更注重从细部来探讨小说的艺术成就，如赵录旺的《〈白鹿原〉写作中的文化叙事研究》（陕西人民出版社，2009 年版）从文化叙事这一独特的角度完成了对《白鹿原》写作中叙事语境的双重性，文化叙事中的审美意向，传统文化语境中的女性生存叙事及其语言艺术的阐释；卞寿堂的《〈白鹿原〉文学原型考释》（陕西师范大学出版社，2012 年版）以文本中的人物、地名、传说故事等为考察对象，通过实证的方式还原小说中的文学原型与故事来源；宋颖桃的《生命体验与艺术表达——陈忠实方言写作叙论》（中国社会科学出版社，2013 年版）围绕方言语音、方言语汇、地域民俗文化、方言精神与方言思维等方面对小说《白鹿原》的文本进行了全方面立体式的解读等。仅以上述以专著为对象的考察，我们就发现这些研究已经涉及从主题、形象、结构、叙事、语言到文化原型、中西文化之间的关系等诸多层面。其实，在包括论文在内相关的研究中还有不少涉及《白鹿原》的其他层面，如《论〈白鹿原〉中的身体叙事》❶中对《白鹿原》身体叙事的考察，《简论格雷马斯符号矩阵下的〈白鹿原〉》❷符号学视域下的小说论析，《建构正义与良知的文化场——〈白鹿原〉的空间场域分析》❸中空间场域理论的运用，《"获奖修订版"生成与当代主流文学话语的规范/妥协机制——以〈沉重的翅膀〉和〈白鹿原〉的修订为例》❹《〈白鹿原〉的修改、改编及其阐释》❺和《〈白鹿原〉的经典化历程》❻对小说文本修改、改编与经典化问题的研究等，均对《白鹿原》这部小说进行了拓展性的研究。

此外，甚至有些研究超出了文学甚至小说本身之外，对《白鹿原》进行了更加延伸的阐释，如《陕西皮影图形在文学书籍设计中的创意研究：以〈白鹿原〉为例》❼，从传统的民间艺术元素——陕西皮影图形的视角研究出发，将文学书籍《白鹿原》作为载体把皮影图形艺术形式的精髓融入书籍插图设计中进行研究。《鹿三之死：〈白鹿原〉生态环境下的医学、心理学文化元素探讨》❽由小说所引发的对医学和心理学的思考，《法律文化何以从混乱走向融合——以〈白鹿原〉中的一个事件为例》❾对法律伦理的阐释，《从人类学视角探究小说〈白鹿原〉中的巫术行为》❿对小说中巫术行为的考察等。

上述《白鹿原》在接受过程中的被阐释，不仅充分揭示了这部经典性作品

❶ 曹小娟.论《白鹿原》中的身体叙事［J］.小说评论，2014（5）.
❷ 郭聪修.简论格雷马斯符号矩阵下的《白鹿原》［J］.长江师范学院学报，2012（5）.
❸ 苏喜庆.建构正义与良知的文化场——《白鹿原》的空间场域分析［J］.当代文坛，2010（6）.
❹ 吴秀明，章涛."获奖修订版"生成与当代主流文学话语的规范/妥协机制——以《沉重的翅膀》和《白鹿原》的修订为例［J］.清华大学学报（哲学社会科学版），2015（1）.
❺ 练淑敏.《白鹿原》的修改、改编及其阐释［D］.新乡：河南师范大学，2014.
❻ 曾军.《白鹿原》的经典化历程［J］.荆州师范学院学报，1999（6）.
❼ 周艳莹.陕西皮影图形在文学书籍设计中的创意研究：以《白鹿原》为例［D］.西安：西安建筑科技大学，2014.
❽ 陈正奇，肖易寒.鹿三之死：《白鹿原》生态环境下的医学、心理学文化元素探讨［J］.唐都学刊，2012（6）.
❾ 王蓓.法律文化何以从混乱走向融合——以《白鹿原》中的一个事件为例［J］.北京大学学报，2008（3）.
❿ 张少华.从人类学视角探究小说《白鹿原》中的巫术行为［J］.黑龙江史志，2014（9）.

丰富的思想文化内涵和独特的艺术魅力，而且相当多的批评和研究也拓展了其意义和价值内涵——它们很多是超出作者本身的创作意图或者文本内涵的。通过这一方式，《白鹿原》在接受过程中实现了增值和衍化，展现了无穷的思想和艺术魅力。

经典的衍化在《白鹿原》接受过程中还体现在与其他艺术形式互释过程中的再创造。文学中的经典作品被改编及通过其他艺术方式进行重新构造，已成为一个通常现象，类似《白鹿原》这样的优秀作品自然从一开始就引起了其他艺术门类工作者的兴趣和重新创造的野心。自发表和出版以来，这部小说已经被改编为广播剧、秦腔、话剧、舞剧、连环画、雕塑、电影、歌剧等艺术形式，其中比较重要的有 1993 年由李野墨演播的 42 集广播剧《白鹿原》；2000 年 11 月由丁金龙、丁爱军改编的秦腔现代戏《白鹿原》（该剧获第十五届曹禺戏剧奖提名奖）；2006 年 5 月由孟冰改编、林兆华导演的话剧《白鹿原》；2015 年 12 月由程大兆编剧、作曲，易立明导演的歌剧《白鹿原》及 2016 年 3 月由孟冰编剧，胡宗琪导演的陕西版话剧《白鹿原》。

《白鹿原》被其他艺术形式改编和演绎，首先不同于当下流行的影视剧，它不是因为影视剧的走红才让读者去阅读和关注小说文本，而是缘于小说自身分量和影响力，吸引了其他艺术去改编和演绎的冲动和热情。原著这种经典性，自然使人们在改编它时，充满敬畏之心。因此，无论是戏剧《白鹿原》还是电影《白鹿原》，虽然在改编后充满争议，但是我们从整个改编过程来看，改编者的态度都是严肃和认真的。另外，通过这些艺术形式的演绎，《白鹿原》的思想和艺术得到了不同程度的衍化。一方面，声音、图像、影像等本身就是一种不同于语言文字的呈现方式，它们以更加形象、直观和感性的方式诉诸受众的感官，自然也给观众带来不同于文字阅读的审美体验。小说《白鹿原》正是在这不同的感官体验中，实现了自身思想和艺术的衍化。另一方面，由于小说《白鹿原》有着较长的叙事时间跨度，丰富复杂的历史和文化信息及众多且颇具个性的人物形象，使它在被其他艺术尤其是舞台艺术重新演绎时，难免会出现在处理主题、人物和情节上简单化的缺憾，难以将小说的魂魄完满地展现出来。但是，这些编剧和演员们在对原著情节的取舍和人物的重新塑造中，无一例外的都是对这部小说的再创造，进而实现了对原著不同程度的衍化。例如，人艺版话剧《白鹿原》中苍茫古原的舞台设计，地道秦腔和老腔的穿插表演，不仅有力地烘托出一种独特的氛围，同时也较为真实地再现了关中农村的真实日常景象。此外，从电影《白鹿原》对生命和欲望的张扬，陕版话剧《白鹿原》以地道的乡情乡音完成了对民族"秘史"的形象化透视中，我们均能看出这些艺术形式在力图呈现小说内在精神和文化氛围的同时，也在实现着导演和演员们对《白鹿原》的自我演绎。

第十章
"典型"莫言：叙事母题、魔幻与语言之争

作为第一位获得诺贝尔文学奖的中国本土作家，莫言是中国当代文学一个具有独特意义的存在。一方面，莫言立足于中国乡村书写，通过自己建构的"高密东北乡"文学世界，向我们展示了近代以来中国乡村乃至整个社会的历史和文化变迁；另一方面，莫言凭借其丰富而夸张的想象力和开放性的文学叙事，不仅消解了庙堂与民间之间的鸿沟，也打破了文学地域和民族之间的壁障。正如诺贝尔文学奖颁奖词所言："他有技巧地揭露了人类最阴暗的一面，在不经意间找到具有强烈象征意义的形象"，"高密东北乡体现了中国的民间故事和历史。在这些民间故事中，驴与猪的吵闹淹没了人的声音，爱与邪恶被赋予了超自然的能量"❶。此外，莫言的文学创作也受到了不少人的质疑与批评，而且这种质疑与批评并未因其获得诺贝尔文学奖而平息。

莫言的文学世界较为丰富，尽管他是一位乡土作家，但是其文学创作从思想到艺术都进行了各种越轨的尝试，这也为我们理解莫言的文学创作增加了一些难度。对莫言复杂的文学世界进行探寻，可以有各种不同的路径，本章试图从叙事母题、魔幻叙事及语言之争三个层面来解析莫言创作的思想与艺术特质。

---

❶ 项星. 从红高粱地走出的文坛巨匠莫言的故事 [M]. 武汉：武汉大学出版社, 2016：113.

一、叙事母题：饥饿与孤独

莫言小说的内容较为驳杂，其小说主题表达也涉及从历史到现实的诸多层面。但是在截至目前的创作中，莫言小说一直不断地书写饥饿与孤独，对这两种经验和情境的反复书写使饥饿与孤独成为其创作显在的两个母题。

一

莫言对饥饿的书写从其成名作《透明的红萝卜》开始，直至晚近出版的小说集《晚熟的人》。在莫言的小说中，对饥饿的书写主要是通过生理与心理独特体验，对"吃"的特殊偏好与追求这两个主要层面来呈现。莫言小说中有不少人物，无论是底层的民众还是基层的掌权者，他们在外形、行为举止等方面都体现出一种饥饿的内在形塑与焦虑。在《透明的红萝卜》中，主人公小黑孩一出场就从外形上让我们看到这是一个被饥饿缠绕的小孩儿，他那"凸起的瘦胸脯"，"头很大，脖子细长，挑着这样一个大脑袋显得随时都有压折的危险"身形，无不告诉我们他的瘦弱源于营养不良。《红高粱家族》也通过触目惊心的人物外形，向我们再现了饥饿的惨状，"一位饥民是位高大的妇女，她肿得像一只气球，腹中的肠子一根根清晰可见，仿佛戳她一针，她就会流瘪，变成一张薄皮。她站得很稳，由于地球的吸引力的作用，她身上的水在下部积蓄很多，身体形成一座尖顶水塔，当然上部水较之常人还多。四十二人中患水肿病者都如他们的领袖一样稳当当站着，不患水肿者都站立不稳硬要站，于是晃动不止。有几个孩子头颅如球，身体如棍，戳在地上，构成奇迹"。在《丰乳肥臀》中，小说写到 20 世纪 60 年代的春天，饿殍遍野，饥饿使得这里的人们"脸色都肿胀得透明"，"女人们饿得乳房紧贴在肋条上"，"女人们例假消失、乳房贴肋的时代，农场里的男人们的睾丸都像两粒硬邦邦的鹅卵石，悬挂在透明的皮囊里，丧失了收缩的功能"。

除了通过人物的外在形貌来呈现对饥饿的书写，莫言小说里更多的是将饥饿内化在他们独特的行为、举止、习惯乃至癖好之中，这些行为、举止、习惯和癖好又无不跟"吃"有着密切的联系。

其一，莫言小说有着诸多对"吃"的贪婪性书写，这贪婪性背后是饥饿的一种表征。莫言曾说过："与吃有关的恶心经历窝囊事，写成文那真叫罄竹难书。"❶ 在《红高粱》中有一段对余占鳌吃狗头的描写，"他一只手端着酒碗，一只手持着狗头，喝一口酒，看一眼虽然熟透了仍然凶狠狡诈的狗眼，怒张大嘴，对准狗鼻子，赌气般地咬了一口，竟是出奇地香。他确实是饿了，顾不上细品滋味，吞了狗眼，吸了狗脑，嚼了狗舌，啃了狗腮，把一碗酒喝得罄尽。他盯着尖瘦的狗骷髅看了一会，站起来，打了一个嗝"。这里的"吞""吸""嚼""啃""喝"等一系列动词的铺排与运用，把余占鳌因饥饿而贪婪的情状描写得淋漓尽致。《高粱殡》里，爷爷的吃相也相当地贪婪，"咸鸡蛋勾出了更强烈的饥饿，他扑到灶间，翻橱倒柜，一口气吃下去四个生满绿毛的饽饽，九个咸鸡蛋，两块臭豆腐，三棵枯萎的大葱，最后喝了一勺子花生油"。《生死疲劳》里写饥民们对大雁疯狂的追逐，也是这方面的生动体现。"一群正在高空中飞翔的大雁，像石头一样噼里啪啦地掉下来。大雁肉味清香，营养丰富，是难得的佳肴，在人民普遍营养不良的年代，天上掉下大雁，看似福从天降，实是祸事降临。集上的人疯了，拥拥挤挤，尖声嘶叫着，比一群饿疯了的狗还可怕。最先抢到大雁的人，心中大概会狂喜，但他手中的大雁随即被无数只手扯住。雁毛脱落，绒毛飞起，雁翅被撕裂了，雁腿落到一个人手里，雁头连着一段脖子被一个人撕去，并被高高举到头顶，滴沥着鲜血。许多人按着前边人的肩膀和头顶，像猎犬一样往上蹿跳着。有的人被踩倒了，有的人被挤扁了，有的人的肚子被踩破了，有的人尖声哭叫着，娘啊，娘啊……哎哟，救命啊……集市上的人浓缩成几十个黑压压的团体，翻滚不止，叫苦连天，与喇叭的啸叫混杂在一起，哎哟我的头啊……这场混乱，变成了混战，变成了武斗。事后统计，被踩死的人有十七名，被挤伤的人不计其数"。对由于饥饿而导致对食物的贪婪追逐，这方面写得最惊心动魄的当属《丰乳肥臀》里乔其莎在张麻子诱惑下对一个馒头的渴望。张麻子"用一根细铁丝挑着一个白生生的馒头，在柳林中绕来绕去。张麻子倒退着行走，并且把那馒头摇晃着，像诱饵一样。其实就是诱饵。在他的前边三五步外，跟随着医学院校花乔其莎。她的双眼，贪婪地盯着那个馒头。夕阳照着她水肿的脸，像抹了一层狗血。她步履艰难，

---

❶　叶开. 野性的红高粱：莫言传 [M]. 南昌：二十一世纪出版社，2013：29.

喘气粗重。好几次她的手指就要够着那馒头了，但张麻子一缩胳膊就让她扑了空。张麻子油滑地笑着。她像被骗的小狗一样委屈地哼哼着。有几次她甚至做出要转身离去的样子，但终究抵挡不住馒头的诱惑又转回身来如醉如痴地追随"。随后，是乔其莎为了馒头甘愿被张麻子侮辱的描写。这段描写，生动地呈现了在饥饿面前人性、道德及耻感底线的崩溃和坍塌。

其二，莫言小说中存在许多对"吃"有特殊嗜好和能力的人物形象，这些特殊的癖好和能力跟饥饿形成直接的因果关系。在《铁孩》里，莫言为我们呈现了因特殊年代没有食物可吃而吃铁的孩子形象。"晚上我感到很饿。铁孩拿来一根生着红锈的铁筋，让我吃。我说我是人怎么能吃铁呢？铁孩说人为什么就不吃铁呢？我也是人我就能吃铁，不信我吃给你看看。我看到他果真把那铁筋伸到嘴里，'咯嘣咯嘣'地咬着吃起来。那根铁筋好像又酥又脆。我看到他吃得很香，心里也馋了起来。我问他是怎样学会吃铁的，他说难道吃铁还要学吗？我说我就不会吃铁呀。他说你怎么就不会呢？不信你吃吃看，他把他吃剩下那半截铁筋递给我，说你吃吃看。我说我怕把牙齿崩坏了。他说怎么会呢？什么东西也比不上人的牙硬，你试试就知道了。我半信半疑地将铁筋伸到嘴里，先试着用舌头舔了一下，品了品滋味。咸咸的，酸酸的，腥腥的，有点像腌鱼的味道。他说你咬嘛！我试探着咬了一口，想不到不费劲就咬下一截，咀嚼，越嚼越香。越吃越感到好吃，越吃越想吃，一会儿工夫我就把那半截铁筋吃完了。"在《丰乳肥臀》中，饥饿使司马粮拥有常人并不具备的动物"反刍"能力。司马粮"吃着草根树皮成长，食量惊人，只要塞到他嘴里的东西，他都一律咽下去。'简直像一头驴'，母亲说，'他生来就是吃草的命。'连他拉出的粪便，也跟骡马的粪便一样。而且，母亲还认为他生着两个胃，有反刍的能力。经常能看到，一团乱草从他肚子里涌上来，沿着咽喉回到口腔，他便眯着眼睛咀嚼，嚼得津津有味，嘴角上挂着白色的泡沫，嚼够了，一抻脖子，咕噜一声咽下去"。同样，在《蛙》这部小说中"我"和陈鼻、王胆等小孩发现了煤的美味，"他们竟然把煤咽下去了。他压低声音说：伙计们，好吃！她尖声喊叫：哥呀，快来吃啊！他又抓起一块煤，更猛地咀嚼起来。她用小手拣起一块大煤，递给王肝。我们学着他们的样子，把煤块砸碎，捡起来，用门牙先啃下一点，品尝滋味，虽有些牙碜，但滋味不错。陈鼻大公无私，举起一块煤告诉我们：伙计们，吃这样的，这样的好吃。我们每人搂着一块煤，咯咯嘣嘣地啃，咯咯嚓嚓地嚼，每个人的脸上，都带着兴奋的、神秘的表情"。煤成为孩子们口中的美味佳肴，是被特殊年代的饥饿锤炼出来的。此外，莫言笔下也有一些人物因饥饿而激发出了超人的嗅觉和抵抗力。例如，《嗅味族》里为我们呈现了"在饥饿的年代里，人们的嗅觉特别的灵敏，十里外有人家煮肉我们也能嗅到"的景象。在《酒国》里，业余兽医七叔也具有特殊的嗅觉，"他与村里的男人一样好饮酒，但是没有酒。各种能够酿酒的原料都用光了，人的吃食成了头等大事。他说：我们饥肠辘辘地熬漫漫冬夜，那时候，谁也想不到我能有今天。我不否认我的鼻子对酒精特别敏感，尤其在空气没遭污染的农村、农村的寒夜，种种味儿脉络清楚，方圆数百米内，谁家在喝酒我能够准确地嗅出来"。

其三，为了突出饥饿对人生存的影响，莫言通常将它与死连接在一起，即其笔下的不少人物是因极度饥饿然后无节制地饮食，最终被撑死。小说《牛》里的张五奎，是杜大爷在公社食堂做饭的大女婿，虽然对外称是发心脏病而死，但是"我们村里的人都说他是吃牛肉撑死的"。《丰乳肥臀》里，章家的大儿子章钱儿因"吃喝过多，撑死在大街上，当人们为他收尸时，酒和肉便从他的嘴巴和鼻孔里喷出来"；"为了恢复体力，迎接繁忙的麦收，上级分配下来一批豆饼，每人分得四两。就像多吃了毒蘑死去的霍丽娜一样，乔其莎也因为多吃了豆饼而死"。《火把与口哨》中的"我三爷"也是被棉籽饼撑死的，"他领了政府发放的救济粮——三斤棉籽饼一边吃一边往家走，走到家也吃完了。然后就口渴喝水，棉籽饼在胃中膨胀起来……"

"饥饿"主题在莫言的小说中除了有上述形貌、举止、癖好等外在体现，有时还会通过人物心理曲折地进行呈现。例如，《透明的红萝卜》对一个红萝卜的审美化呈现就是以饥饿为前提的内在心理的准确反馈。小说之所以命名为"透明的红萝卜"，从表面看是源于文本中小黑孩对红萝卜的独特情愫及红萝卜经由他的眼睛而幻化出的奇异景象，"他看到了一幅奇特美丽的图画：光滑的铁砧子。泛着青幽幽蓝幽幽的光。泛着青蓝幽幽光的铁砧子上，有一个金色的红萝卜。红萝卜的形状和大小都像一个大个阳梨，还拖着一条长尾巴，尾巴上的根根须须像金色的羊毛。红萝卜晶莹透明，玲珑剔透。透明的、金色的外壳里苞孕着活泼的银色液体。红萝卜的线条流畅优美，从美丽的弧线上泛出一圈金色的光芒。光芒有长有短，长的如麦芒，短的如睫毛，全是金色"。这段描写不仅是《透明的红萝卜》中最为精彩的片段，也是莫言小说很少有的华章。虽然人们对这段描写有不同的解读，但是一个普通的红萝卜在小黑孩的眼里之所以能幻化出如此奇异的光彩，其根本原因和前提是饥饿。正是由于饥饿，小黑孩才去偷生产队的红萝卜，也正是由于饥饿，他才对红萝卜情有独钟，以至于小铁匠把红萝卜扔进河里之后，小黑孩从此失魂落魄。

二

"孤独"是莫言小说的另外一个重要母题，之所以有此判断，是因为我们会发现他小说中的多数主人公都是孤独者，或者说是被孤独紧密缠绕的人。下面笔者想通过列述《透明的红萝卜》中的小黑孩、《丰乳肥臀》中的母亲上官鲁氏、《生死疲劳》中的地主西门闹、蓝脸及《蛙》中的姑姑万心这些人物形象，来说明莫言创作中的这一母题。

《透明的红萝卜》中的小黑孩是一个名副其实的孤独者。小黑孩的孤独有几个方面的体现：首先，这篇小说与其他小说不同之处在于主人公小黑孩不仅无名无姓，而且从头到尾没有说过一句话，也就是说小黑孩是一个无名的沉默者。小黑孩的沉默，并非因为是哑巴，就像他同村人小石匠说的那样，"这孩子可灵性哩，他四五岁时说起话来就像竹筒里晃豌豆，咯嘣咯嘣脆"。这说明小黑孩的沉默是一种心理姿态，他试图用倔强的孤独去对抗冷漠而残酷的人世。其次，小黑孩的孤独还体现在外界对他的伤害和拒绝。小说中小黑孩一出场就给人孤独且可怜的印象，这是一个站立在墙角上的十岁左右的男孩，"赤着脚，光着脊梁，穿一条又肥又长的白底带绿条条的大裤头子，裤头上染着一块块的污渍，有的像青草的汁液，有的像干结的鼻血。裤头的下沿齐着膝盖。孩子的小腿上布满了闪亮的小疤点"，在队长的眼里是一个"小可怜虫儿"。随着叙事的展开，我们进一步得知小黑孩的父亲下了关东，三年未归，跟着后娘过日子的他经常挨打，挨拧，挨咬，挨饿，身上到处都是伤痕。正是这种肉体与精神上的双重伤害，使小黑孩变得沉默寡言。在小说中，瘦弱的小黑孩除了得到小菊子的关爱之外，整个世界都在拒绝排斥他。在家里，被醉酒的后娘打骂，到了工地上，同样受到排斥和嘲弄。刚到工地上，见到又黑又瘦的黑孩，刘副主任捏着他的脖子摇晃了几下，黑孩的脚跟几乎离了地皮，刘太阳嘲讽地称其为"小瘦猴""黑猴"，并把他派去跟妇女们一起砸石子。随后，无论是跟妇女们一起砸石子，还是跟小铁匠拉风箱，小黑孩都成为不太受欢迎的人。妇女们嘲弄他的家庭和瘦弱，小铁匠也欺负他，怂恿他去偷地瓜和萝卜，并将自己对老铁匠的嫉恨发泄到小黑孩身上。除了小菊子外，小黑孩在这个世界上很难得到同情和理解，只能孤独地生存，"话越来越少，动不动就像尊小石像一样发呆，谁也不知道他寻思着什么。你看看他那双眼睛吧，黑洞洞的，一眼看不到底"。

《丰乳肥臀》中的主人公上官鲁氏，同样是一个承受着巨大苦难的孤独者。小说一开始就为我们呈现了这位无名氏女性的孤独的生存境况：正要生产的上官鲁氏在家庭中的地位甚至不如一头驴，公公和丈夫在西厢房里给黑驴接生，因为这头驴是初生头养，婆婆上官吕氏得去照应。所以，上官吕氏把簸箕里的尘土倒在揭了席、卷了草的土炕上，然后，轻声对儿媳说："上去吧。"接下来，上官鲁氏只能孤独地处理自己的生产。这样孤独的处境，是上官鲁氏孤独生存的典型写照，她的一生都笼罩着巨大的孤独阴影。上官鲁氏（原名鲁璇儿）的悲剧性从出生就开始了，刚满六个月的她，家庭就因战争坍塌，父亲鲁五乱因反抗德国兵而被杀害，母亲上吊自杀，上官鲁氏只能寄居在姑姑家里。这种悲剧性的身世，让她很难获得亲情和家的温暖。十七岁的鲁璇儿，被上官寿喜家用一匹黑骡子换回来。嫁到上官家，上官鲁氏的孤独和苦难并没有减轻，她几乎沦为生育的工具，先是在传宗接代方面出现巨大危机，尽管原因跟丈夫上官寿喜有关，但罪名只能由她独自承担，三年间遭受到婆婆和丈夫的虐待和辱骂。为了生育，上官鲁氏不得不将自己的身体交给陌生的或者不喜欢的男人，通过"借种"，上官鲁氏为上官家延续着后代，但是一连生了七个女儿——来弟、招弟、领弟、想弟、盼弟、念弟、求弟，这并未缓解上官家"种"的危机，以致她在家庭中的地位每况愈下。在生出男孩上官金童之前，上官鲁氏陷入了分娩—失望—分娩—失望的循环，在家里稍有辩解，丈夫便用棍子打得她满地翻滚，大小便失禁。上官金童的出生也未能终结上官鲁氏的孤独与苦难，随着抗日战争的爆发，上官家家破人亡，公公上官福禄、丈夫上官寿喜均被日本人杀害，婆婆变成了痴呆的傻子。接下来的岁月里，上官鲁氏独自承担起养活家里十一口人的重任，辛苦劳碌，忍辱负重。即使几个孩子逐渐长大，她也未能从众多的子女那里获得更多的帮助与抚慰。女儿们有的嫁给土匪，有的嫁给地下党，不仅给家里带来灾祸，还把生下的孩子扔给上官鲁氏抚养，上官鲁氏唯一的儿子上官金童也是一个永远长不大的废物。莫言在小说里虽然没有特意去勾绘上官鲁氏的孤独心理，但是这位经历了无数苦难的被侮辱被损害者的孤独我们可以想见，她一生没有被人爱过，也没有被人尊重过，虽然坚韧地活着，但是活在孤独的巨大阴影之中。

《生死疲劳》里的两位重要人物分别是西门闹和蓝脸，他们在小说中也被塑造成不合群的孤独者。西门闹是高密东北乡的一个大户，在土改运动中成为众矢之的，最终被村人开枪打死。西门闹是在孤独和不甘中被枪毙的，其孤独之死，体现在批斗会上众叛亲离，就连三姨太吴秋香也对他进行了无耻的背叛和栽赃。"在砸我狗头之前，这个娘们，看清了形势，反戈一击，说我强奸了她，霸占了她……她声情并茂地哭喊着，果然是学过戏的女人，知道用什么方子征服人心"，她"哭着诉着，把假的说得比真的还真，土台下那些老娘们一片抽泣，拾起袄袖子擦泪，袄袖子明晃晃的。口号喊起来，怒火煽起来了，我的死期到了"。正是由于吴秋香的弄假成真，西门闹才在清算大会上被认为是一位"搜刮民财，剥削有方，抢男霸女，鱼肉乡里，罪大恶极，不杀不足以平民愤"的恶霸。这与此前"堂堂正正、豁达大度、人人敬仰"的西门闹大相径庭，所以即使死后西门闹也觉得自己冤枉和不服，"像我这样一个善良的人，一个正直的人，一个大好人，竟被他们五花大绑着，推到桥头上，枪毙了"，"我不服，我冤枉，我请求你们放我回去，让我去当面问问那些人，我到底犯了什么罪"？正因如此，死后的西门闹经历了各种酷刑也不屈服，最后，阎王只能判他生还，轮回人间。由此，我们可以说西门闹在小说中就是一个被冤屈的孤独的厉鬼。

小说中的另一位主要人物蓝脸的孤独则体现在主动将自己放逐于集体和体制之外。孤独者通常都是不幸者，蓝脸从小就被遗弃，在关帝庙前的雪地里被西门闹捡回并收留。与小说中其他形象不同的是，蓝脸始终是一位倔强的忠诚者，一方面，作为西门闹家的长工，他对主人忠心耿耿；另一方面，他对土地有着忠诚的信仰。对土地的忠诚，使蓝脸在农业合作化运动中固执地将自己放逐到运动之外，成为全村、全县乃至全国唯一的单干户。蓝脸的不合群，必然要付出沉重的代价，遭到了包括亲人在内村民的孤立，"他被处处刁难，不许踏入公社的田地，不能自由行走在公社大街，不能光明正大耕作，甚至将害虫也驱赶到了他的土地上，连相依为命、唯一跟他单干的西门老牛也被别人硬拉入社，最后活活烧死。而蓝脸不怕威胁刁难，不辞辛劳上访，他虽遭遇到来自各方的打击，但九死而不改初衷。为了一个信念，几十年过着人不人鬼不鬼孤家寡人的生活，每一次运动都是首当其冲的斗争对象，要遭遇到常人不能想象的苦难和厄运"❶。蓝脸执迷于土地和单干，也承受着由于不合群而带来的巨大孤独，进而成为一个令人唏嘘又让人敬佩的孤独者。

获得茅盾文学奖的长篇小说《蛙》，其主人公姑姑万心也难逃孤独的命运。姑姑的孤独典型地体现为以下三点：其一，虽然将自己大半生无私地奉献给了计划生育事业，但是最终成了一位人见人怕、令人闻风丧胆的"女魔头""女阎王"，处境极为孤独。孤独的显在体现就是与周围人之间的关系，当处于整体性对立和对抗的关系场域中，这个人就必然是一位孤独者。姑姑就处在这样的境遇之中。出生于名医世家的姑姑，最初是一位被誉为"送子观音"的接生员，接生了数千个高密东北乡婴儿，受人敬重。但是，后来有了计划生育政策，姑姑手腕强硬，方法极端，不徇私情，铁石心肠，成了高密东北乡人眼中的"女魔头"。在这一过程中姑姑与乡亲们的关系产生了异化，人们对她避之不及，这也让外表强悍的姑姑备感孤独，"五十年来，姑姑没吃过几顿热乎饭，没睡过几个囫囵觉，两手血，一头汗，半身屎，半身尿，你们以为当个乡村妇科医生容易吗？高密东北乡十八处村庄，五千多户人家，谁家的门槛我没踩过？"这样的辛苦换来乡亲们的敌视和白眼，这种孤独和委屈只能在为"我"母亲圆坟时得到宣泄，姑姑"在我母亲坟前下跪，然后放声大哭。我们从未见姑姑这样哭过，心中感到颇为震撼"，"我弯腰去拉姑姑，小狮子在一旁低声说：让她哭吧，她憋得太久了"。姑姑的哭声和泪水里明显承载着深沉的孤独。其二，小说中姑姑的孤独还体现在爱的缺失。且不说高密东北乡的村民对她的仇恨，让她丧失了乡亲之爱，就是她的私人情感也在不断流失。姑姑年轻时爱上了一位高大英俊的空军飞行员王小倜，这段曾经让人羡慕不已的爱情，由于王小倜经不住金钱和美女的诱惑，驾机叛逃台湾而结束。男友的叛逃，不仅对姑姑造成了难以弥合的情感与心理伤痕，而且也对她后来的政治命运产生了长久的影响。正是因为这段感情的悲剧性结束，让姑姑全身心地投入工作。此后，姑姑再也没有经历爱情，晚年嫁给郝大手也非出于爱。即使晚年有了婚姻，姑姑的孤独也难以消除。

❶ 张秀奇，刘晓丽.狂欢的王国——莫言长篇小说细解［M］.太原：山西人民出版社，2013：683.

三

　　饥饿与孤独之所以成为莫言小说的重要母题，这主要是跟创作主体的人生经历，尤其是童年体验有密切的关系。童年体验对作家有着非常重要的影响，按照弗洛伊德的理论，创作在某种程度上来说就是作家的白日梦，作家童年的经历尤其是挫折性经验会作为一种潜意识在创作中得到升华和转移。莫言自己也承认这一点，"每个作家都有他成为作家的理由，我自然也不能例外。但我为什么成了一个这样的作家，而没有成为像海明威、福克纳那样的作家，我想这与我独特的童年经历有关"❶。在另一篇文章中，莫言也格外强调童年经验之于自己创作的重要性，"最近，我比较认真地回顾了一下我近年来的创作，不管作品的艺术水准如何，我个人认为，统领这些作品的思想核心，是我对童年生活的追忆，是一曲本质是忧悒的、埋葬童年的挽歌。我用这些作品，为我的童年，修建了一座灰色的坟墓"❷。

　　出生于1955年的莫言，其童年经验中最刻骨铭心的就是饥饿与孤独。一方面，在对外界形成记忆的时候，莫言正赶上大饥荒的年代，因此饥饿成为困扰他生存的最大问题。莫言在《饥饿与尊严》《饥饿与孤独是我创作的源泉》《饥饿和孤独是我创作的财富》等回忆性文章中，均强调了童年时期的饥饿体验。自述里有言，"我五岁的时候，1960年，正是中国历史上一个苦难的岁月。生活留给我最初的记忆是母亲坐在一棵白花盛开的梨树下，用一根洗衣用的紫红色的棒槌，在一块白色的石头上，捶打野菜的情景。绿色的汁液流到地上，溅到母亲的胸前，空气中弥漫着野菜汁液苦涩的气味。那棒槌敲打野菜发出的声音，沉闷而潮湿，让我的心感到一阵阵地紧缩"❸。"那时候我们这些孩子的思想非常单纯，每天想的就是食物和如何才能搞到食物。我们就像一群饥饿的小狗，在村子中的大街小巷里嗅来嗅去，寻找可以果腹的食物。许多在今天看来根本不能入口的东西，在当时却成了我们的美味。我们吃树上的叶子，树上的叶子吃光后，我们就吃树的皮，树

❶ 莫言.用耳朵阅读[M].北京：作家出版社，2012：35.
❷ 莫言.十年一觉高粱梦[J].中篇小说选刊，1986（3）.
❸ 莫言.饥饿与孤独是我创作的源泉[J].创作与评论，2012（11）.

皮吃光后，我们就啃树干。那时候我们村的树是地球上最倒霉的树，它们被我们啃得遍体鳞伤。那时候我们都练出了一口锋利的牙齿，世界上大概没有我们咬不动的东西"❶。

另一方面，由于家庭成分不是太好，长相也不好，小时候的莫言受到了同龄人的排斥与歧视，加上在班级里说了一些不该说的话，仅读到小学五年级的莫言就被迫辍学，只能在家放牧牛羊。"当我赶着牛羊从学校门前路过，看到与我同年龄的孩子们在校园里嬉笑打闹时，心中充满难以名状的痛苦。我非常希望读书，但我已经被剥夺了读书的权利。到了荒地里，我把牛放开，让它们自己吃草。蓝天如海，草地一望无际，周围看不着一个人影。没有人的声音，只有鸟在天上叫的声音。我感到很孤独，很寂寞，心里空空荡荡的"❷。被学校和同伴放逐的莫言，自然非常孤独，只能跟天上飞的鸟儿对话，同吃草的牛谈心，有时甚至对着一棵树自言自语，这些"怪异"的行为使人认为他有毛病，这就更加剧了他的孤独感。

饥饿和孤独对莫言而言不仅是一种肉体的体验，而且也转化为难以涤除的心理和情感记忆，在成为其创作驱动力的同时，也大量地渗透他的小说创作。这主要体现为以下几个方面。

其一，饥饿和孤独在一定程度上成为莫言创作的原动力。每位作家均有走向创作道路的心理动因，饥饿和孤独在莫言成为作家的道路上扮演着非常重要的角色。莫言曾经说过："我最初的写作动机，既不高尚也不严肃，我也曾说过，我之所以要写作，是因为我想过上一天三顿吃饺子的幸福生活。"❸因为"吃"而去创作，这显然与饥饿的经验密切相关。许多年之后，莫言在很多的演讲或者接受采访时均不断地强调"吃"对于自己的重要性。这种童年体验，不仅驱动着作家走向创作道路，有时也成为具体的文本创作的动因，《透明的红萝卜》就是如此。在论及这部作品时，莫言总是显得情有独钟，"《透明的红萝卜》是我的作品中最有象征性、最意味深长的一部。那个浑身漆黑、具有超人的忍受痛苦的能力和超人的感受能力的孩子，是我全部小说的灵魂。尽管在后来的小说里，我写了

---

❶ 莫言.用耳朵阅读 [M].北京：作家出版社，2012：35.
❷ 莫言.饥饿与孤独是我创作的源泉 [J].创作与评论，2012（11）.
❸ 莫言.饥饿与孤独是我创作的源泉 [J].创作与评论，2012（11）.

很多的人物，但没有一个人物，比他更贴近我的灵魂。或者可以说，一个作家所塑造的若干人物中，总有一个领头的；这个沉默的孩子就是一个领头的，他一言不发，但却有力地领导着形形色色的人物，在高密东北乡这个舞台上，尽情地表演"❶。这部贴近作家灵魂的作品，其素材和情感均来自作家童年因为饥饿偷萝卜而受到惩罚的记忆。据莫言的哥哥回忆，这部小说取材于莫言儿时一段惨痛的亲身经历。"他的小说《枯河》《透明的红萝卜》基本就是写实。'文革'中，他确实在水利工地上因为拔了一个萝卜被罚跪在毛主席像前请罪认错，回家路上被二哥又骂又踹，回家后，又被父亲痛打了一顿。这是他受到的最厉害的一次惩罚，所以在他脑子里烙下了深深的印记"❷。另外，莫言小说丰富的想象力，也跟上述童年经验有着内在关联。在失学放牛的岁月里，莫言虽然无法向别的孩子一样去阅读文字，但是他学会了用耳朵阅读，用孤独的心灵去尽情地幻想。现实中因饥饿和孤独而无法满足的欲望，莫言通过幻想得到实现，这些幻想也被莫言以不同的方式写进小说。正因如此，莫言坦言自己的想象力是饿出来的。

其二，饥饿和孤独在莫言的小说中还成为反思社会、历史和人性的重要武器。饥饿和孤独对于一个个体来说是一种悲凉的生命体验，这种负性体验虽然会对主体造成肉体和心灵的创伤，但它们在另外一个层面上也会让主体对社会、人性有更加复杂和深入的认识。莫言坦承："饥饿的岁月使我体验和洞察了人性的复杂和单纯，使我认识到了人性的最低标准，使我看透了人的本质的某些方面，许多年后，当我拿起笔来写作的时候，这些体验，就成了我的宝贵资源，我的小说里之所以有那么多严酷的现实描写和对人性的黑暗毫不留情的剖析，是与过去的生活经验密不可分的。"❸因为对世界和人性有了深刻的洞察，在走上创作之路以后，莫言用自己的文字与底层民众建立了广泛而深厚的联系，对他们的苦难和不幸格外关注，对社会中的黑暗和丑恶也予以大胆地揭露和批判。他的《透明的红萝卜》对一个瘦弱而沉默的孩子内心世界的触摸与体恤，《天堂蒜薹之歌》对现实政治的批判及对农民不幸的同情，《酒国》对人性堕落的哀叹和官场腐败

❶ 莫言. 讲故事的人 [N]. 人民日报（海外版），2012-12-10.
❷ 张志忠，贺立华. 莫言：全球视野与本土经验 [M]. 济南：山东大学出版社，2014：322.
❸ 莫言. 饥饿与孤独是我创作的源泉 [J]. 创作与评论，2012（11）.

的揭露，《生死疲劳》里对社会乱象的省思等，这些富有力度的作品正是莫言对社会与人性深刻洞察的具体体现。莫言对此有清醒的认知，"我认为敢于展示残酷和暴露丑恶是一个作家的良知和勇气的表现，只有正视生活中的和人性中的黑暗与丑恶，才能彰显光明与美好，才能使人们透过现实的黑暗云雾看到理想的光芒"❶。这样的思想深度和批判锋芒，也使得莫言的饥饿和孤独书写并非一种生理性和心理性的摹写，它构成了莫言笔下乡土世界的苦难意识和悲剧意识内在因由。

二、莫言小说中的魔幻及其复杂构成

2012年10月11日莫言获得诺贝尔文学奖，瑞典皇家文学院颁奖词中所强调的"who with hallucinatory realism merges folk tales, history and the contemporary"（将魔幻现实主义与民间故事、历史与当代社会融合在一起），再次将众多读者和评论家的目光聚焦于"魔幻现实主义"这一能够体现莫言小说独特风格的语汇之上，并引起了不小的争论。论争焦点主要集中在两个方面：其一，莫言的小说是否具有魔幻现实主义色彩；其二，颁奖词中的"hallucinatory realism"被大多数媒介翻译成"魔幻现实主义"是误译还是误读。

一

莫言小说具有魔幻色彩，这应该是毋庸置疑的。笔者认为主要可以从两个方面来进行确认。

首先是莫言自己已经多次承认受拉丁美洲魔幻现实主义文学的启示和影响。比如，早在20世纪80年代中期，谈及对自己文学创作产生影响的"两座灼热的高炉"时，莫言就曾坦率地承认，"对我影响最大的两部著作是加西亚·马尔克斯的《百年孤独》和福克纳的《喧哗与骚动》"❷。近年来，莫言在一些演讲和

---

❶ 莫言. 饥饿与孤独是我创作的源泉 [J]. 创作与评论，2012（11）.
❷ 莫言. 两座灼热的高炉——加西亚·马尔克思和福克纳 [J]. 世界文学，1986（3）.

访谈中，也多次毫不避讳地认同魔幻现实主义（尤其是加夫列尔·马尔克斯）对自己创作的启示和影响。比如，2012 年获得诺贝尔文学奖之后，莫言在接受记者采访时，再次承认："《百年孤独》我很早就读过，但没有读完。他的书改变了我的文学观念。"❶

其次，也最为重要的是，在莫言的小说文本中无论是艺术思维模式、意象表达，还是叙事手法乃至修辞方式上均呈现出鲜明的魔幻色彩。这一点本书将在后面论述莫言小说魔幻因素的复杂构成中详细论述。另外，对于"hallucinatory realism"被媒介广泛翻译成"魔幻现实主义"是误译还是误读，笔者认为这是一个并不必要过于纠结的问题。如果从翻译忠实性层面来说，将"hallucinatory realism"译为"魔幻现实主义"，确实有待商榷。因为魔幻现实主义在英语世界文学话语中已经有其固定的表述方式，即"magical realism"，而"hallucinatory"在中文的释义中通常被译为"幻觉的"或者"引起幻觉的"。从这一点上来说，二者之间有着很大的意义区别。所以，当瑞典诺贝尔委员会在用"hallucinatory realism"来描述莫言小说的美学风格时，人们自然会觉得中文媒体依旧将其翻译成"魔幻现实主义"是存在问题的。于是为了更贴近"hallucinatory realism"的原意表达，有人认为将其翻译为"梦幻现实主义"更为准确，也有人将其译为"幻觉现实主义"或者"谵妄现实主义"。但正如有译者所言："我的阐释是建立在词语本身，而不是对莫言作品的研究基础之上。"❷从语义上来说，将"hallucinatory realism"译为"梦幻现实主义""幻觉现实主义"或者"谵妄现实主义"确实更为准确和忠实，但是如果对莫言作品有深入阅读的读者应该都知道，魔幻色彩早已成为其文学创作的显著风格，因此依然将其翻译为"魔幻现实主义"也未尝不可，符合大众早已形成的期待视野。

其实，"魔幻现实主义"最早用来概括拉丁美洲的文学创作潮流时，也受到了包括拉丁美洲作家在内的众多人的不满，他们认为这是西方强加给自己的命名，充满着误解和偏见，因此包括阿莱霍·卡彭铁尔、加西亚·马尔克斯在内的拉丁

❶ 朱强. 莫言说 [N]. 南方周末，2012-10-18.
❷ 郭英剑. 莫言：魔幻现实主义，还是其他 [EB/OL]. （2012-12-21）[2022-12-21]. http://www.chinawriter.com.cn/bk.

美洲作家，均不承认自己的作品是所谓的"魔幻现实主义"。至于诺贝尔奖委员会之所以用"hallucinatory realism"而不是"magical realism"来描述莫言小说的美学风格，笔者认为，其重要的用意在于让大家注意莫言的"魔幻"已不再仅仅是传统的或者严格意义上的"魔幻现实主义"，它包含着作者独特的艺术创造，或者说莫言小说中的"魔幻"，更多的是"莫言式"的。这正如我国当代文坛另一位颇具魔幻色彩的作家阎连科一样，他在其最新的长篇小说《炸裂志》中，为了显示自己作品的风格与魔幻现实主义的差异和区别，一再强调这是一部"神实现实主义"小说。

理解这一点之后，我们就会明白，其实将"hallucinatory realism"翻译为"魔幻现实主义"或者"梦幻现实主义""幻觉现实主义""谵妄现实主义"就显得不那么重要，重要的是我们要充分注意到莫言在借鉴、模仿拉美魔幻现实主义的同时，对魔幻现实主义创造、转化的艺术追求，以及在这一艺术追求中所形成的独特的带有莫言式风格的魔幻，这对魔幻现实主义来说，无论从内涵和外延上都是一种深化和拓展。

二

确认莫言小说中的魔幻现实主义风格，只是讨论问题的基本起点和表层，更为重要的是，我们还需要进一步厘清和分析魔幻现实主义在莫言小说中的复杂性构成和表现。一个作家所受外来文学的影响，通常会经历一个从模仿、转化到创造的艺术流程，这恰如美国比较文学家约瑟夫·T.肖所比喻的那样，"各种影响的种子都可能降落，然而只有那些落在条件具备的土地上的种子才能够发芽，每一粒种子又将受到它扎根在那里的土壤和气候的影响，或者，换个比方，嫁接的嫩枝要受到砧木的影响"[1]。对魔幻现实主义的接受，莫言也经历了从模仿到超越的艺术过程，且这一艺术过程并非一种简单线形路径，而是一种相互交织的复杂

---

[1] 约瑟夫·T.肖.文学借鉴与比较文学研究[C]//盛宁，张隆溪.比较文学译文集.北京：北京大学出版社，1982：38.

状态，在模仿中就已有一些更新和创造，而在有了自己鲜明的魔幻风格之后，也依然存在着对魔幻现实主义一些基本创作技巧的直接借用。这样的一种状态，就使得莫言小说的魔幻有着复杂的构成，将这一复杂构成剥离开来，它大致可以分为三个层面。

第一，对魔幻现实主义的简单模仿和挪用。与大多数作家一样，莫言对魔幻现实主义文学的接受最初主要停留在模仿和挪用层面上，这一点在莫言前期小说创作中显得尤为突出。在莫言小说创作中，对魔幻现实主义的模仿主要体现为对其叙事方式、艺术技巧乃至故事构型的借用。

在谈到自己最初阅读加西亚·马尔克斯作品的体验时，莫言曾说"当时读了大概有十几页。特别冲动，第一反应就是小说原来可以这样写，就像当年马尔克斯在法国读了卡夫卡的小说的感觉一样"，进而产生了这样的艺术冲动，"看后就恍然大悟，甚至来不及把他的小说读完，就马上拿起笔来写自己的作品"❶。此时的莫言，对魔幻现实主义的把握，还停留在浅尝辄止的阅读层面，缺乏对魔幻现实主义深入的了解，因此在早期的文学作品中，莫言只能更多地从技术和技巧层面对魔幻现实主义进行有意或者无意的模仿。这些有的是对魔幻现实主义文学叙事方式的模仿，如在其前期代表性作品《红高粱》的首句，"一九三五年古历八月初九，我父亲这个土匪种十四岁多一点。他跟着后来名满天下的传奇英雄余占鳌司令的队伍去胶平公路伏击日本人的汽车队伍"，以及后来的小说《檀香刑》的首句，"那天早晨，俺公爹赵甲做梦也想不到再过七天他就要死在俺的手里，死得胜过一条忠于职守的老狗"，莫言就对《百年孤独》中那种众人都非常熟悉的魔幻叙事——"许多年之后……"这一句式，进行了简单的模仿。又如，在《红高粱》中描写罗汉大叔被日本人杀害的惨烈场面，以及《檀香刑》中对"檀香刑"这种酷刑的细致入微的描绘，莫言均借鉴了魔幻现实主义文学经常采用的通过冷静客观叙事而达到将幻化现实真实化的叙事方式。

不仅在叙事方式上，而且在艺术手法上莫言也较多地借用象征、寓言、联想、暗示、高度夸张、人鬼不分、时序错乱、现实与梦幻交织等魔幻现实主义文学经

---

❶ 莫言，杨庆祥. 莫言与新时期文学先锋·民间·底层［J］. 南方文坛，2007（2）.

常采用的艺术方式，从而达到"变现实为幻想而不失其真"的"魔幻"艺术效果。莫言早期作品中对诸如晶莹剔透的红萝卜、割下来依旧蹦跳的耳朵、会说话的刺猬、长着羽毛的老人、生者与死者的相遇和对话等意象或场景的勾绘，大都采用的是这些艺术手法，它们也成为莫言早期小说魔幻化最为重要的艺术手段。不仅如此，在莫言早期的小说中，有些文本甚至在故事的构型上也明显能够看出是对魔幻现实主义的模仿。这其中，且不说《红高粱家族》的家族型结构受到《百年孤独》启示，单说其前期小说《球状闪电》中所插入的那个吃墙上的蜗牛和腐土里的蚯蚓的"鸟翅老人"，很明显，其故事的构型是对加西亚·马尔克斯那篇非常有名的短篇小说《巨翅老人》的生硬模仿。

第二，借鉴和吸收之后对魔幻现实主义的自我更新和拓展。有论者在谈到莫言小说中的魔幻现实主义时，曾说："莫言的'魔幻现实主义'是中国的，在莫言小说中，'魔幻'的根源跟西方的神话相去甚远，或多或少跟盛产鬼故事的蒲松龄故里有着些许联系。"❶的确如此，莫言在接受魔幻现实主义文学伊始，就已经清晰地意识到"必须开辟自己的领地"❷，这使他在最初模仿借鉴魔幻现实主义叙事和艺术技巧的同时，也有着强烈的对魔幻现实主义进行自我更新和拓展的艺术冲动。这一艺术冲动，落实在莫言的小说创作中就是通过对魔幻现实主义从文学观念到艺术策略进行中国化改造，从而达到对外来文学思潮的吸收和转化。

魔幻现实主义对莫言小说创作这一层面的影响，首先体现在它改变了其文学的思维方式和观念。魔幻现实主义之所以能够魔幻，一个重要的原因就是拉丁美洲作家在接受欧洲表现主义、后表现主义及现代主义艺术的影响之后，幡然领悟到这些艺术方式与自己本民族文化和艺术传统有着诸多相似之处，进而转身从本民族文化传统和艺术营养中寻找资源，最终建构了有别于曾经追求的欧洲艺术方式的自己的文学王国。魔幻在表层上看往往体现为独特叙事方式和艺术修辞的组合，但更为重要的是，它是一种艺术思维方式和一种"哲学"。对于这一点，聪明而敏感的莫言显然是有所体悟的，"《百年孤独》提供给我的，值得借鉴的……是加西亚·马尔克斯的哲学思想，是他独特的认识世界、认识人类的方式。他之

❶ 王玉. 莫言评传[M]. 北京：清华大学出版社，2014：23.
❷ 莫言. 两座灼热的高炉——加西亚·马尔克斯和福克纳[J]. 世界文学，1986（3）.

所以能如此潇洒地叙述，与他哲学上的深思密不可分"❶。在顿悟之后，莫言找到了属于自己的文学领地，在"高密东北乡"这片属于自己的艺术王国里，他能够像加西亚·马尔克斯在其"马孔多世界"里一样，自由驰骋艺术的想象力和语言的狂欢，将平庸而真实的历史与现实，幻化成沸腾、魔幻的世界。莫言小说这一艺术思维中心的转换可谓是其小说能够魔幻的根基，很明显这与魔幻现实主义文学的启示密不可分，但是莫言在其小说创作的实践中进行了中国化的改造。他笔下的魔幻世界，是属于"高密东北乡"的，它是中国的"马孔多"。

其次，体现在一些魔幻手法上，莫言也在一定程度上对魔幻现实主义进行了创造性的转化。魔幻现实主义的很多艺术方式都源自本民族的神话和信仰，甚至民间艺术。莫言在自己的文学世界里也找到了类似的魔幻方式，他能够化用具有地域色彩的神话和信仰（如《酒国》《生死疲劳》《蛙》等），也能够从民间艺术方式中寻找魔幻的元素（如《民间音乐》《檀香刑》），还能够从传统文学中汲取营养——他喜欢蒲松龄的《聊斋志异》，其小说中的许多人鬼对话均有着《聊斋志异》的影子。

当然，上述的魔幻手法与拉丁美洲魔幻现实主义所采用的方式类似，但是莫言却将它们中国化了。比如，同样是吸收民间艺术方式，加西亚·马尔克斯是从自己童年时听祖母讲故事的神情和语调中找到了客观、冷静的叙事风格，甚至他的《百年孤独》里那个非常有名的开头，也是祖母惯用的叙事方式。对于魔幻元素的挖掘，莫言也特别借重民间，在《檀香刑》中他大胆地将"猫腔"这种地方戏文民间戏曲形式引进到小说的结构和语言表达之中，在完成对传统民间音乐和民俗资源创造性转化的同时，也使得整部小说充满着魔幻的色彩。又如，在对传统神话资源和民间信仰的借鉴上，莫言也力图将其中国化。在《生死疲劳》里，莫言从民间信仰中找到了文本结构和叙事的灵感，他采用佛教信仰中人的生命"六道轮回"的观念，让小说的主人公一世为驴、一世为牛、一世为猪、一世为狗、一世为猴，来演绎乡土中国的历史寓言，从而完成了神奇而又魔幻的叙事之旅。

---

❶ 莫言. 两座灼热的高炉——加西亚·马尔克斯和福克纳 [J]. 世界文学，1986（3）.

　　第三，莫言在小说创作中所生成的带有自我色彩的魔幻。如果莫言对魔幻现实主义的借鉴和吸收，仅仅停留在上述两个层面，那么他小说中的魔幻将会了无新意。而莫言小说中的魔幻之所以令人关注，并受到诺贝尔文学奖委员会的高度肯定，很大程度上则缘于他对魔幻现实主义的新贡献，那就是莫言从接受魔幻现实主义的一开始就逐渐寻找并最终生成了带有自我色彩的魔幻。这一带有自我色彩的魔幻，就是人们经常提到的"感觉的魔幻"。通过对感觉世界的夸张性重构来达到一种魔幻性效果，在拉丁美洲魔幻现实主义文学中也偶有运用，但不是主要的艺术手法；可是到了莫言这里，他结合自己的艺术优势将它充分发挥，使其成为小说文本魔幻的主色调。由于在小说中大量、丰富和频繁地使用这一魔幻技巧，莫言将这种魔幻方式打上了自己的标签，以至于我们现在一提到"感觉的魔幻"，大家都会不由自主地将它落实到莫言的小说创作之中，仿佛这已是属于莫言的文学品牌了。

　　如果说魔幻现实主义文学较多地仰仗对拉丁美洲神奇瑰丽的自然世界、神秘幽深的信仰世界及动荡混乱的现实世界的表现来达到一种魔幻效果，那么莫言的许多作品中魔幻色彩的获得更多是凭借其中斑斓的色彩、超常的感觉、独特的气味等对读者感觉系统的全方位冲击来实现的。莫言充分地发挥了自己的艺术优势，依靠对感觉世界（尤其是超常的感觉）的开掘来表现记忆中的故乡和人性世界。莫言之所以能够找寻到属于自己的魔幻方式，这与他的艺术自觉有关系，而这种艺术自觉又与其曾经的生命体验密切关联。在他的自述和演讲中，莫言多次强调饥饿和孤独是其创作的财富，二者不仅成为其文学作品的永恒主题，也带给了作家独特的感受世界的艺术方式，使莫言具有其他作家难以匹敌的对感觉世界放大、扩展的艺术才华及重新构造我们对现实的感觉能力。感觉是人感受和认识世界的基础，但由于人类进化过程中理性思维过多地介入认知领域，感觉逐渐让位于"理性"，成了我们"熟悉的陌生人"。

　　可贵的是，莫言在小说中，通过自己独特的艺术方式，恢复了这种能力。在其成名作《透明的红萝卜》中，小黑孩具有超常的感受力，能够听到鱼群在喋喋私语和逃逸的雾气碰撞着黄麻叶子和深红或是淡绿的茎秆，发出震耳欲聋的声响，也能够听到头发落地的声音，可以嗅到几公里以外水下淤泥的味道。在此后其他的小说文本中，莫言通过对感觉的极度夸张和渲染，乃至借助对不同感觉的复合描写或者感觉间的移植互通，来达到审美的陌生化，进而产生魔幻效果。因此我们能够看到《红高粱》中那晃成血海的红高粱，《爆炸》里父亲打在左腮上的一记耳光被转化为从视觉、触觉、嗅觉、味觉到幻觉和想象的多重感受，《铁孩》里的铁孩在几里地之外就能闻到别人家的肉味，《蛙》中的孩子们在煤块中品尝出香甜的味道等一系列由感觉所构织的世界。莫言在对上述超常感觉的描绘中，拓展了人类感知世界的深度与广度，感知对象也因之而变得富丽多彩，正如《百年孤独》中雷梅苔丝披着床单随风上天，奥雷良诺在娘肚子里就会啼哭一样令人感到惊奇与魔幻。

值得注意的是，莫言小说上述不同的魔幻层面，只是我们便于分析而进行的拆解，其实它是一个整体，共时存在，相互生成。换言之，莫言在接受魔幻现实主义时，模仿和借鉴一直存在，创造和转化也始终在进行。比如，莫言的小说在还没有充分魔幻之前，在《透明的红萝卜》中其对感觉细腻、夸张而神奇的叙写就已引人瞩目。近年来尽管莫言的小说（如《生死疲劳》《蛙》）已经形成了较为成熟的"感觉的魔幻"，但是魔幻现实主义经常采用的夸张、人鬼不分、时序错乱、现实与梦幻交织等艺术技巧，也依旧经常被其采用。

三

对于莫言来说，魔幻现实主义不仅是一种艺术技巧和文学表现方式，它对其整个文学创作世界都具有重要意义。在接受魔幻现实主义文学影响之前，莫言已经开启了自己的文学创作之路，先后发表了《春夜雨霏霏》《丑兵》《为了孩子》《售棉大道》等，但是这些小说均以传统现实主义手法来记述生活的感受，简单、明朗中透露出难以掩藏的稚嫩和粗糙。《透明的红萝卜》是莫言的成名之作，从这篇小说开始，他的小说风格发生很大的改变，此后集束推出的《球状闪电》《金发婴儿》《爆炸》《红高粱》等已经明确地预示着莫言形成了新的创作风格，并且通过这一系列文学实践找到了他所熟悉的文学领地。

莫言20世纪80年代中期小说创作的蜕变，原因可能复杂多样，但其中最重要的因素就是域外文学尤其是魔幻现实主义文学对其创作观念的冲击和影响。尽管后来莫言在谈到魔幻现实主义对自己的影响时，会有意无意地加以淡化："现在回头检讨起来，这一时期的作品还是无意识地受到了西方文学的影响，有人说我是受马尔克斯影响最大的中国作家，我想得出这个结论也主要是来自我在八十年代的这一批作品，像《金发婴儿》《球状闪电》《爆炸》等，但实际上关于马尔克斯，关于拉丁美洲的'爆炸文学'我也是浅尝辄止，直到现在，我依然没有把马尔克斯的《百年孤独》读完，因为当时读了大概有十几页。"但是，他又不得不承认，"马尔克斯实际上是唤醒了、激活了我许多的生活经验、心理体验，我们经验里面类似的荒诞故事，我们生活中类似的荒诞现象比比皆是，过去我们认为这些东西是不登大雅之堂的，这样的东西怎么可能写成小说呢？这样一种小说怎么能传达真善美去教育我们的人民呢？既然马尔克斯的作品是世界名著，已经得到了世界承认了，我们看后就恍然大悟"，"所以我想我的《金发婴儿》《球状闪电》等小说里面确实是受到了马尔克斯或者说拉美的爆炸文学的影响"❶。

在加西亚·马尔克斯的启示下，莫言迅速找到了"高密东北乡"这块属于自己的精神领地，这块独特的精神领地不仅激活了作家过往的记忆和生命体验，也激活了他的文学想象力和艺术灵感，"过去深藏在记忆里的许多东西，以前认为是不能进入小说的，现在都可以写到小说里去了"❷。在这里，莫言自己所谙熟的"故乡"及蕴藏于其中的神话、传说、风俗、人情乃至童年斑斓的记忆，均成为引发艺术情感的原点，也成为驰骋想象、洞幽世界与人性的有力支点，莫言用一种不同于以往的全新文学方式，在重新营构的"故乡"世界里演绎着悲与喜、爱与恨、人性痛苦与欢乐的雄浑交响曲。其实，在 20 世纪 80 年代，魔幻现实主义对中国作家的启示岂止莫言一人，贾平凹的"商州"系列、李杭育的"异乡异闻"系列、王安忆的《小鲍庄》、韩少功的《爸爸爸》、扎西达娃的《西藏，隐秘岁月》等作品的横空出世，几乎均受到了来自异域的拉丁美洲魔幻现实主义文学的启示与影响，它们成为这些作家文学创作乃至新时期中国小说艺术质变点的重要标志。

当然，魔幻现实主义对于莫言的意义不仅止于推动了其文学创作的蜕变，而且对于其文本本身来说也有着特殊的艺术价值。在莫言的小说创作中，因为魔幻的存在而消解了其作品的现实性，丰富了文本的主题和意蕴。莫言是一位既植根乡土又切近中国历史与现实的作家，他的小说作品大都具有强烈的历史感和现实性。有人按照故事时间的顺序排列，发现莫言的作品串联起来其实就是一部近代

❶ 莫言，杨庆祥. 莫言与新时期文学先锋·民间·底层 [J]. 南方文坛，2007（2）.
❷ 莫言，王尧. 莫言王尧对话录 [M]. 苏州：苏州大学出版社，2003：124-125.

以来中国社会的历史谱系，它们既指涉了许多重大的历史事件，如义和团运动（《檀香刑》）、抗日战争（《红高粱家族》《丰乳肥臀》）、"三反""五反"运动（《生死疲劳》），也直陈现实社会的敏感事件与制度，如发生在1987年山东苍山震惊全国的"蒜薹事件"（《天堂蒜薹之歌》）、对计划生育政策的反思（《蛙》）等。但是，当我们在阅读莫言的小说时，通常不会被这些具有鲜明历史和现实意义指向性的主题所局限，因为他的小说文本中始终有诸多超越这些现实指向性的东西存在。其中，莫言作品中的魔幻现实主义，是给他小说带来这种超越性的重要的艺术方式。

由于魔幻意象、魔幻情节和艺术方式的大量存在，一方面冲淡了读者在阅读时对作品现实性的关注；另一方面它们也丰富了文本本身的意蕴，使读者在接受时，可以对作品有着多元化的理解。比如，其小说《蛙》，从题材和意义的现实指向性来看，它是呈示和反思计划生育问题的，但是由于小说中核心魔幻意象"蛙"及孩子们幼年吃煤，姑姑被青蛙惊扰、失眠，小狮子犹如喷泉的乳汁等魔幻情节的存在，这部小说显然不是一部简单而浅薄的讽刺剧，而是一部包含着母爱、繁衍及对神秘命运和隐秘人性进行勘测和探寻的多声部复调小说。

当然，有人会对此有不同的看法。比如，在《酒国》里，余一尺讲述了一个小男孩与"杂耍女郎"的传说。小男孩在看杂耍的时候吃了杂耍女郎的桃子，从此之后就患上相思病，病得快要死了的时候，男孩的父母才同意他去找那个女孩，结果盘缠花尽，干粮吃完，老仆逃走，连驴子也死了。当他在一块石头上痛哭流涕的时候，石头打开了，男孩落下去，就落在女郎的怀里。有人在评述这一魔幻情节时就认为："这个故事和酒国有什么关系呢？又有什么意图呢？我想莫言听过这个传说，便有了放入小说的想法，但忽略了其中的内在联系，就变得牵强，可见，有经验的想象也未必好。"❶对此观点，笔者有不同的看法，笔者以为正是由于诸多看似与文本故事抑或主题没有内在联系的魔幻意象和情节的存在，才使莫言的小说既真切又虚构，既现实又魔幻，它们对读者来说有独特的审美魔力并使其产生阅读快感。从现实的生活逻辑来说，这样的情节也许有些突

---

❶ 王玉. 莫言评传［M］. 北京：清华大学出版社，2014：23.

兀或失真，但是从文学审美表现的层面来看，它们所带来的艺术张力、阅读快感却正符合文学的本性。

需要指出的是，在魔幻现实主义给莫言文学创作转变、文学风格成熟带来重要影响的同时，莫言也为魔幻现实主义的新发展做出了重要贡献。一方面，在自己的文学实践中，莫言自觉或者不自觉地将魔幻现实主义中国化和本土化，扩大了魔幻现实主义的外延，使魔幻现实主义在跨界旅行中带有鲜明的中国色彩和风味；另一方面，莫言的"感觉的魔幻"则拓展了魔幻现实主义的内涵，使得通过对感觉细腻、超凡、夸张和复合式地描写，成为一种众人皆知的新的魔幻艺术技巧和方式。

三、精英与民间的话语碰撞：莫言小说的语言风格之争

文学是语言的艺术，一位优秀的文学家，必定也是一个出色的语言艺术家。当然，要否定和质疑一个作家的艺术能力，最有力的方式就是针对他的文学语言。在当代中国作家中，莫言始终是一位备受争议的作家，争议话题亦涉及许多方面，而对莫言小说语言的批评，直接指向其小说创作艺术本身。当他获得诺贝尔文学奖之后，这种争议变得更加泾渭分明，也自然成为人们质疑其小说艺术水准的最有力证据。因此，如何看待莫言小说的话语方式和语言风格，不仅是评判其小说水准的一个重要尺度，而且也是理解其小说整体艺术世界的一把钥匙，甚至还可以由此入手探究中国当代文学的语言问题及其论争。

一

自《红高粱》开始，莫言就在小说创作中有意识地追求属于自己的语言风格。他的小说语言幽默诙谐，恣肆汪洋，畅快淋漓，其人物语言多采用乡间俗语且夹杂着大量的粗话、脏话、野话、荤话、骂人话、调情话等，格外引人注目。这种风格在后来莫言小说创作中不断被加强，成为其独特的语言标记。莫言小说的语言风格之争也肇始于其成名之初，争论主要围绕如何看待莫言小说语言中的狂欢、幽默、粗俗等问题。《红蝗》发表后不久，就有批评者指出该作品在语言表达尤其是对丑恶描写方面缺乏严肃态度，"他变得毫无节制，毫无节制地纵容自己的

某一情绪，毫无节制地让心理变态，毫无节制地滥用想象，毫无节制地表现主观的意图"❶。与此同时，也有人批评莫言早期小说是反文化的失败，认为这跟他的小说语言有着一定关联，"一是随心所欲莫名其妙的词语堆砌与重叠，虽然在游戏的过程中不乏惊世之语和幽默之趣，但因通篇的虚泛与空洞显得做作而有修辞之匠气。二是用大量的议论和自白来消解叙述——改变了小说叙述的基本语体特征"❷。嗣后，莫言每有重要作品问世，都会有人质疑其语言风格。比如，《丰乳肥臀》出版后，老作家彭荆风在质疑其新历史主义书写的同时，对这部作品的语言风格也颇为不满，认为小说"语言的肮脏令人叹为观止"，并强调"莫言小说语言之脏，由来已久，这是与他的崇拜兽性厌弃人的理性有关"❸。余杰则批评《檀香刑》，"在语言暴力的乌托邦中迷失"，以致"作家对现实的观照，消解在他本人灿烂的文字之中"❹。

当然，莫言小说的语言风格在受到质疑、批评的同时，也有人对其做出了不同评价。有人认为"莫言在整个《红蝗》中将大便描写得如此辉煌美丽，真可谓'毫无节制'。这不能不说是对近一个世纪以来中国新文学精神的一种反叛。时空交错的《红蝗》是莫言制造的一个'神话'，它充满着一种对旧有审美观念的亵渎意识"；并肯定莫言小说这种话语方式和审丑书写的意义"在于它打破了这种传统的审美定势，企图以一种亵渎的姿态，来促使人们审美心理的演变递嬗"❺。也有人从语言的音效角度，对莫言小说的语言给予了很高评价，认为"莫言的《檀香刑》用的则可以说是一种反启蒙的言语方式，他采用的是一种'前启蒙'的言语，没有受到五四启蒙话语的熏染，来自民间的、狂放的、暴烈的、血腥的、笑谑的、欢腾的语言；他模仿的对象是'猫戏'，是民间戏曲"。由此，"莫言让语言再次亲近了言语及比言语更本原的'人的声音'，他让语言拥有了一种纯粹的声响

---

❶ 贺绍俊，潘凯雄. 毫无节制的《红蝗》[J]. 文学自由谈，1988（1）.

❷ 王干. 反文化的失败——莫言近期小说批判[J]. 读书杂志，1988（10）.

❸ 彭荆风. 视觉的瘫痪——评《丰乳肥臀》[J]. 文艺理论与批评，1996（5）.

❹ 余杰. 在语言暴力的乌托邦中迷失——从莫言《檀香刑》看中国当代文学的缺失[J]. 社会科学论坛，2004（3）.

❺ 丁帆. 亵渎的神话：《红蝗》的意义[J]. 文学评论，1989（1）.

效果"❶。还有人从总体上对莫言小说的语言风格给予了肯定，认为"莫言的语言实验拓展了文学语言感性化的表现空间，在新时期小说语言的实验上，提供了较为成功的范例"❷。

2012 年莫言获得诺贝尔文学奖后，关于其小说语言问题的争论再次掀起高潮，论辩双方各执己见，针锋相对。批评一方的代表性人物乃是华裔小说家和学者孙笑冬（Anna Sun），2012 年 11 月她在美国著名文学季刊《凯尼恩评论》（The Kenyon Review）发表题为《莫言的病态语言》的论文，对莫言的小说语言进行了尖锐的批评。她指出，"莫言的语言充满了烦乱"，"打开任何一页，都混杂着农村方言……和文学上的矫揉造作。它是破碎的、世俗的、可怕的，以及矫饰的；它令人震惊的平庸。莫言的语言重复，老旧，粗劣，最主要的是没有美学价值。莫言小说的英译本，特别是高人葛浩文的译文，在美学上的统一和可靠性方面，实际上要优于其原著。"❸她还认为，"莫言的语言脱离了中国文学过往的数千年历史，不复优雅、复杂与丰富，而是一种染病的现代汉语。病源在于长期盛行的工农兵的政治语言"❹。持类似观点的还有几位西方汉学家。比如，美国汉学家林培瑞在接受"德国之声"专访时就声称，莫言"从语言和人生视野两方面"，都"不是一个顶尖的作家"，"写得太快"，"比喻不太恰当，有时候显得粗鲁，粗糙"❺。德国汉学家顾彬认为莫言能够获得诺奖，在很大程度上源于葛浩文的出色翻译，"葛浩文采用一种非常巧妙的方式翻成英文。他不是逐字、逐句、逐段翻译，他翻的是一个整体"，因此，"语言比原来的中文更好"❻。除上述海外学者对莫言

---

❶ 葛红兵. 文字对声音、言语的遗忘和压抑——从鲁迅、莫言对语言的态度说开去［J］. 中国现代文学研究丛刊，2003（3）.

❷ 江南. 语言的变异与创新——莫言小说语言实验阐释［J］. 徐州师范大学学报，2005（4）.

❸ Anna Sun. The Diseased Language of Mo Yan［J/OL］. The Kenyon Review, 2012（11）. ［2022-10-21］, http://www.kenyonreview.org/kr-online-issue/2012-fall/selections/anna-sun-656342/.

❹ Anna Sun. The Diseased Language of Mo Yan［J/OL］. The Kenyon Review, 2012（11）. ［2022-10-21］, http://www.kenyonreview.org/kr-online-issue/2012-fall/selections/anna-sun-656342/.

❺ 林培瑞. 莫言不是一个顶尖的作家［EB/OL］.（2012-12-10）［2019-11-23］. http://www.dw.com/zh/%E6%9E%97%E5%9F%B9%E7%91%9E-%E8%8E%AB%E8%A8%80%E4%B8%8D%E6%98%AF%E4%B8%80%E4%B8%AA%E9%A1%B6%E5%B0%96%E7%9A%84%E4%BD%9C%E5%AE%B6/a-16440433.

❻ 顾彬. 莫言讲的是荒诞离奇的故事［EB/OL］.（2012-12-10）［2019-11-23］. http://www.dw.com/zh/%E9%A1%BE%E5%BD%AC%E8%8E%AB%E8%A8%80%E8%AE%B2%E7%9A%84%E6%98%AF%E8%8D%92%E8%AF%9E%E7%A6%BB%E5%A5%87%E7%9A%84%E6%95%85%E4%BA%8B/a-16300764.

的语言能力表达质疑和批评外，国内有些学者也对莫言小说的语言风格表现出了不满。有人批评莫言小说存在着"语法上的错误，修辞上的疏拙，细节上的失实，逻辑上的混乱，趣味上的怪异"❶。

针对海内外学者的批评和质疑，有人则对莫言小说的语言风格进行了辩护。有论者在回应孙笑冬批评时认为"莫言的语言则不同。它不是一个孤立于世外的美学风景，它是当下季节里的一场暴风雪"，"莫言在语言上的价值，恰恰是他那种刻意制造的混乱、芜杂、重复和陈词滥调，或者说，孙女士所说的'病态的'语言。这一点也正印证了普鲁斯特所说的，'美好的书是用某种类似于外语的语言写成的。'（《驳圣伯夫》）莫言以戏仿手段所达到的'反讽'效果，是一种否定性的美学"❷。也有人则对莫言偏离规范的小说语言给予了很高评价，指出"莫言通过对各种规范的偏离，为自己的创作开启出最大的内在自由，为我们创造出了一个打破各种界限对立的空前复杂混沌的宇宙，挑战和更新了人们对于语言、文学和审美等一系列问题的认识，形成了自己独树一帜的混沌浩瀚、讽刺幽默、狂欢颠覆、绚丽斑驳而又具有某种内在统一性的诗化语言风格"❸。甚至有人认为莫言小说的语言风格"是受到世界文学和中国文学传统的影响，同时深深刻上莫言独特烙印的语言，因此不能简单地将其归类"，"莫言独特的语言风格，在中国当代文学画卷中涂上了浓墨重彩的几笔，丰富了中国当代文学创作的多样性"❹。

上述针对莫言小说语言风格的歧见，立场鲜明，各有理据，但是只要仔细地梳理这些观点就不难发现，分歧和论争其实源于批评者价值立场和语言观念的矛盾和冲突。否定、批评莫言的一方很显然秉持的是精英价值立场和语言观，他们站在守护汉语言的传统性和纯正性立场上，往往自觉或者不自觉地将古典的、优雅的、含蓄的、节制的、精致的语言视为理想的典范性文学语言，这背后隐含的是根深蒂固的文人传统。因此，当面对莫言小说这种脱离文人气，趋于信马由缰、狂欢撒野、荤素无忌的话语风格时，自然就会认为它偏离了正统的文学语言规范，

❶ 李建军. 大文学与中国格调 [M]. 北京：作家出版社，2015：187.
❷ 张闳. 言辞喧嚣的时刻 [M]. 北京：新星出版社，2014：65.
❸ 赵奎英. 规范偏离与莫言小说语言风格的生成 [J]. 山东师范大学学报，2013（6）.
❹ 宁明. 莫言文学语言与中国当代小说的文学流变 [J]. 求索，2013（6）.

是一种所谓的"病态"。而对莫言小说语言持肯定和褒扬态度者，却是站在民间立场上的，他们认为莫言的小说语言是一种民间语言，其狂放恣肆，绚丽多彩乃至粗鲁凌厉正是民间话语活力应该具备的一种能量，这种越轨的语言风格带着一股"邪气"和破坏力，充满了自由与不羁，不仅冲撞了传统的语言规范和审美定势，而且还是一种成功的语言和话语创造。

二

精英立场与民间立场的对立，导致了对莫言小说语言风格评价时的话语冲突，双方评价尽管各有理据，但都存在某些问题。批评者看似言辞犀利，但惊人之论的背后却难免卓识与偏见参半，他们在指出莫言小说语言存在问题的同时，也遮蔽甚至忽略了其小说语言的复杂性与创造性。褒扬者在阐释莫言小说语言的创造性和独特魅力的过程中，却很少认真关注其小说语言所存在的缺陷。这一切均与莫言小说语言本身的复杂性和暧昧性有关。基于此，对于莫言小说的语言风格问题，笔者认为至少需要从以下几个方面来理解。

首先，需要充分重视莫言小说语言的复杂性。在提到莫言小说的语言风格时，许多批评者通常会在脑海里浮出一个简单的印象：狂放恣肆，气势磅礴，畅快淋漓，粗俗无忌，绚丽多彩等。其实，莫言小说语言并非一开始就是这种风格，而且这些语言风格也不能代表其小说的全部。莫言小说语言风格的生成经历了一个过程。在最初登上文坛时，他的语言在总体上呈现出一种朴素、内敛、明晰、细腻的特点。比如，他能够用细腻而抒情的笔触对春雨进行真切地描绘："雨愈下愈急，天空中像无数根银丝在摇曳。天墨黑墨黑，我偷偷地脱了衣服，享受着天雨的沐浴，一直冲洗得全身滑腻时，我才回了房。擦干了身子后，我半点睡意也没有了，风吹着雨儿在天空中织着密密不定的网，一种惆怅交织着孤单寂寞的心情，像网一样罩住了我。"（《春夜雨霏霏》）他也能将"夕阳"和"花香"描绘得细腻生动，"夕阳涂抹上了一层沉重而又充满浓郁的紫红色"，"槐花盛开的季节，八隆河堤上密匝匝的槐树枝头一片雪白，浓郁的花香竟使人感到胸口微微发闷"。（《民间音乐》）这说明莫言也曾经追求过抒情、细腻和内敛的语言表述方式，但这并不具有自己的特色，因为在 20 世纪 80 年代，这种语言风格为许多初登文坛的作家所共有。即使到了《红高粱》之后，莫言逐渐在文学创作中建构起自己的语言风格——"用富有特色的语言讲述妙趣横生的故事"❶，然而这种风格也不是莫言小说语言的全部图景。

从总的方面来说，莫言的小说属于"杂语"写作，集抒情、幽默、反讽和意象化于一体，融大俗和大雅于一炉，在书面语、口语中杂糅着文言与方言。王爱松指出莫言有意识地"让有时是口语化、有时是舞台化、有时是谐谑化、有时是书面化的代表了各种意识形态和社会阶层的语言粉墨登场，从而造成文本内部的各种声音济济一堂、相互交叉冲突，形成一种近乎语言狂欢的杂语写作"❷。莫言小说语言的复杂性还不止于此，其中被人诟病的"缺点"和"问题"，在很多情况下其实是出之于作者颇具匠心的语言策略。比如，被海外学者孙笑冬诟病的"老一套的社会主义修辞"，在莫言小说的具体文本中，通常是为了再现历史现场，实现反讽效果而有意而为之。最典型的例证就是，《牛》中公社革委会在向上级报告阶级敌人在井里投毒时的话语，"于是大喇叭里不停地广播，让各村的贫下中农提高警惕，防止阶级敌人的破坏活动"。"在战无不胜的毛泽东思想的光辉照耀下，在人民解放军无私帮助下，在省、地、县、公社各级革委会的正确领导下，在全体医务人员的共同努力下，308个中毒者中，只死了一个人，这是无产阶级'文化大革命'的伟大胜利。这事要是发生在万恶的旧社会，只怕一个人也活不了"。这段充满"社会主义修辞"的话语，表面上看是极其陈旧的"文革"时代语言，其实是作者通过戏拟的修辞方式，刻意地再现了那个特殊年代的社会生活状态，同时也通过这一话语方式对那段荒谬的历史进行了极其有力的反讽。类似的手法，在莫言的其他小说文本中也多有运用。这些例证表明，莫言的这种话语策略是很成功的。因此，若不顾具体的文本情景，只是简单地否定这种语言方式，就会违背作者的真实意图，与其艺术初衷南辕北辙。

同样，莫言小说语言历来受到不少人批评的"粗俗"问题，也需要具体地看待。众所周知，作为乡土作家的莫言，其小说中的主人公大多为乡村农民和基层干部，独特的文化身份和生存环境往往决定了他们的话语方式。对此，莫言在《红蝗》中有过较为生动的文学式阐释："高密东北乡人食物粗糙，大便量多纤维丰富，

---

❶ 莫言. 莫言散文 [M]. 杭州：浙江文艺出版社，2000：187.
❷ 王爱松. 杂语写作：莫言小说创作的新趋势 [J]. 当代文坛，2003（1）.

味道与干燥的青草相仿佛，由此高密东北乡人大便时一般都能体验到磨砺黏膜的幸福感——这也是我们久久难以忘却这块地方的一个重要原因。高密东北乡人大便过后脸上都带着轻松疲惫的幸福表情。"了解了这种独特的地理和文化环境之后，再将莫言小说中的粗俗话语与跟其密切相关的人物结合起来考察时，我们就会发现其语言风格并没有批评者所说的那么不妥，反而给人一种舒贴之感。比如，《透明的红萝卜》一开篇那个口吐脏话的队长，张嘴就开骂："他娘的腿！公社里这些狗娘养的，今日抽两个瓦工，明日调两个木工，几个劳力全被他们给零打碎敲了。"这种话语风格不仅与那个披着夹袄，一手里拤着一块高粱面饼子，一手里捏着一棵剥了皮的大葱的外貌极为吻合，也较为鲜活地将一个基层村干部的形象呈现在读者面前。

其次，莫言小说的语言风格，不仅应该归因于其独特的文学观念和语言观念，而且也与其所建构的整个文学世界浑然一体。文学语言风格的背后必定隐藏着创作主体独特的思维方式和文学观念。德国思想家威廉·洪堡特认为："每一种语言都包含着一种独特的世界观。"[1]在当代作家中，莫言是为数不多的有着语言自觉的作家，其在创作中的体现就是刻意探寻充分表达自己思想与心灵的话语方式。早在成名之初，莫言就对天马行空的艺术境界格外向往。他说："艺术方法无所谓中外新旧，写自己的就是了，想怎么写就怎么写，只要顺心顺手就好。""我主张创作者要多一点天马行空的狂气与雄风，少一点顾虑和犹疑。无论在创作思想上还是艺术风格上，不妨有点随意性，有点邪劲。"[2]因此，莫言力图在创作中为自己的表达寻找自由的艺术方式。他说，"创作就是突破已有的成就、规范，解脱束缚，最大限度地去探险，去发现，去开拓疆域"，"为自己的创作寻找到最大的内在自由"[3]。这种渴望自由、渴望天马行空的雄风与狂气的艺术追求，自然也让莫言对文学语言有着别样的见解。他说："好小说第一个标准是好看，有精彩的细节、有栩栩如生的人物，当然也需要流畅的、富有特色的语言"[4]。

---

[1] 威廉·洪堡特. 论人类语言结构的差异及其对人类精神发展的影响 [M]. 姚小平，译. 北京：商务印书馆，1997：70.

[2] 管谟业. 天马行空 [J]. 解放军文艺，1985（2）.

[3] 本刊记者. 几位青年军人的文学思考 [J]. 文学评论，1986（2）.

[4] 莫言. 牛就是牛 [J]. 小说月报，1998（9）.

在第二届"华语文学传媒大奖"颁奖典礼的演讲中，莫言再次强调了自己对文学语言的理解："一个写作者所使用的语言，应该是属于他自己的、能够使他和别人区别开的语言。"❶在后来接受采访时，莫言也不断地阐释自己对文学语言的独特见解，"好的作家，大概像一个语言的炼金术士，他攫取语言中的一切粗矿，与自己的语言气质相结合，加以锻炼，然后形成独特的文体"❷。曾多次谈到小说应该有自己的气味，敢于"在上帝的金杯里撒尿"❸的莫言，在建构起独特艺术世界的同时，也形成了自己独特的语言风格。

莫言在创作中力图实践自己的文学观念和语言观念的意图，从《红高粱》里就得到明显地呈现。在表达自己对故乡的情感时，莫言写道："高密东北乡无疑是地球上最美丽最丑陋、最超脱最世俗、最圣洁最龌龊、最英雄好汉最王八蛋、最能喝酒最能爱的地方。"这段话体现了莫言对故乡情感的复杂性，也成为其后来小说思想和艺术复杂性的集中体现。现实中的莫言与文学中的莫言，体制中的莫言与莫言小说中的体制，均与这种两极对立的复杂情感有着密切的关联。

如果说，在《春夜雨霏霏》《售棉大道》《民间音乐》等早期小说中莫言还没有形成自己文学特色的话，那么受威廉·福克纳和加西亚·马尔克斯的影响，莫言在《红高粱》中终于建构起了自己独特的文学世界——"高密东北乡"。扎根于"高密东北乡"的莫言，找到了自己灵感和情感的释放口，从容而无所顾忌地书写这里的乡民、乡俗和乡景。在文学中，高密东北乡是一片沸腾的乡土，血红的红高粱，粗犷而充满勃勃生机的乡民，传奇而魔幻的民间传说和戏曲，在莫言充满生气的笔下被生动地呈现。与此同时，莫言也找到了最能表现这沸腾、喧嚣、充满野性的乡土的语言方式，它与众不同，瑰丽奇绝，雅俗互现，充满着一股"邪劲"。基于此，我们可以说，沸腾的乡土滋养了沸腾的语言，而沸腾的语言也成为莫言再现沸腾的乡土之最有效的话语方式。

莫言小说的这种语言风格和腔调与其小说的整体艺术世界浑然天成，也深度暗合了其独特的语言追求，"语言本身也是一个调子，一开始起的调就是花腔、

---

❶ 林建法. 说莫言（上）[M]. 沈阳：辽宁人民出版社，2013：49.
❷ 莫言. 莫言对话新录 [M]. 北京：文化艺术出版社，2009：268.
❸ 莫言. 莫言文集小说的气味 [M]. 北京：当代世界出版社，2004：291.

高音，那你只能唱歌剧；一开始起的调就是江南的采茶调，那就只能唱采茶戏。但是有文体意识肯定比没有文体意识好得多。比如，我们俩都讲同一个故事，所有的细节都一样，对话也一样，但叙述出来的肯定不一样。你调动的词汇，你的语言结构，句子的长短，这些很技术层面的问题会把两个作家一下子区别开来，而且觉得这种东西有高下之分，哪一个可能好一点，哪一个可能差一点，可能有人喜欢这样，有人喜欢那样。当然我想还是有高下之分的，这可能就是纯粹技术方面的一些东西，纯粹语言风格问题"❶。

值得强调的是，莫言小说的语言不仅与其整体艺术风格和谐一致，而且也与其小说的文体乃至人物身份、性格特征高度吻合。在《酒国》中我们可以看到由大字报、新闻报道、对鲁迅小说话语的戏拟等不同声音所构织而成的话语狂欢。这些话语不仅与小说的多重叙述视角相吻合，而且由于不同叙述者的身份差异，其风格也有明显区别。又如，在《檀香刑》中，莫言特别重视小说语言的音节和押韵，成功地实现了文字的声音化和戏剧化，这种语言表述方式与小说着力拟仿其家乡戏里的"猫腔"不无关联。正如有论者所言："《檀香刑》肯定有许多地方经不起推敲，包括这个小说的语言，如果按照我们标准的现代白话文的语法来要求，也是经不起推敲的，但这些东西，在戏剧中是允许的，不能算毛病。"❷此外，莫言的小说语言是贴着人物的，与他们的身份乃至性格特征高度吻合。比如，《白狗秋千架》里有一段"我"和"暖"的对话：

> "几个孩子了？"
>
> "一胎生了三个，吐噜吐噜，像下狗一样。"
>
> "你可真能干。"
>
> "不能干又有什么法子？该遭多少罪都是一定的，想躲也躲不开。"
>
> "男孩女孩都有吧？"
>
> "全是公的。"

❶ 莫言，王尧. 从《红高粱》到《檀香刑》[J]. 当代作家评论，2002（1）.
❷ 姜异新. 莫言孙郁对话录[J]. 鲁迅研究月刊，2012（10）.

这里的人物对话语言虽略显粗俗，但是仔细品味却很接地气。一方面，这就是身为农村妇女且性格率真的"暖"应有的话语方式；另一方面，对话中使用的方言俚语又让人产生身处高密东北乡农村的真实之感。又如，《四十一炮》的人物语言显得芜杂而散漫乃至混合着城乡话语，这其实是与小说的主人公——一个逃离农村的"炮孩"的身份和性格相一致的。更不要说《檀香刑》里的媚娘浪语、赵甲狂言、钱丁恨声，这些风格迥异的小说语言，均彰显了人物不同的社会地位、性格特征及其特殊的情感境遇。

最后，是如何看待莫言小说语言的"粗俗"问题。在对莫言小说语言风格的质疑和批评中，焦点主要集中在"粗俗"上，不少批评者指责莫言喜欢在小说中细致地描写大便、暴力、血腥等丑恶的意象和场面，语言上大量使用粗话和脏话。这就涉及文学能不能书写丑恶和粗俗，以及如何书写粗俗的问题。

关于能不能书写粗俗，莫言有自己的独特理解。他说："鲁迅先生讲的毛毛虫不能写，鼻涕、大便不能写，从美学上来讲毫无疑问是对的，但文学创作过程当中，一旦落实到每一个作家的创作上来，落实到某一个特定的创作的社会环境上来，有时候这种东西反而会赋予文学之外的意义，我想这也不是我的发明，我们看拉伯雷的《巨人传》，里面写了很多大便，已经变成了一种创作风格，韩国作家金芝河的'屎诗'，他们以这种方式对社会上所谓的'庄严'进行亵渎，对一些所谓的神圣的东西进行解构"❶。

文学作品能不能写粗俗，对于当下的大多数人来说都不是个问题，当然可以书写，分歧在于如何去书写粗俗，尤其是小说语言的粗俗化是否恰当。受传统语言观念和道德观念影响，不少人认为文学艺术应该追求含蓄、内敛、精致、唯美，民间很多粗话和脏话在进入文学的过程中应当有过滤和净化，尤其是对暴力、性等的描写更容易引起人们的反感。莫言在小说中的话语实践显然超出了这些规范，他站在民间的立场上企图真实地去呈现乡土大地上民众的野性和生命状态，包括他们的话语方式。因此，他才有意识地大量使用粗俗的民间语言。在这方面，我们比较赞同作家曹乃谦的看法。当有人问："你小说中对话里所运用的粗话粗得

---

❶ 莫言. 莫言对话新录［M］. 北京：文化艺术出版社，2009：207.

吓人。诸如'狗日的'等言谈放在那些人物身上却让人感觉恰如其分，出版时有没有什么争议？"他说："这能有什么争议呢？生活本来就是这样，而小说就应该是贴近生活。在对话语言里如实地写写，会有人物的个性。如果所有的人都是一种腔调，那还能叫小说吗？"❶

艺术高于生活，文学语言也可以比生活语言更优美，这种艺术路向值得肯定；但是也不能轻易否定贴近生活的艺术表达和语言策略，尤其是像莫言小说这种能够将民间生活绘声绘色表现出来的语言，它的粗与俗正如上文所分析的那样，与其所书写的对象是契合的。尤其值得注意的是，我们更不能因莫言小说语言的粗俗，就否认其小说的艺术水准。在中外文学史上，诸如《金瓶梅》《巨人传》《麦田里的守望者》等许多文学作品的语言也都比较粗俗，拉伯雷甚至在自己的作品中花费不少字数去写主人公大便之后擦屁股的细节，但是这些也并没有影响到其伟大。

当然，莫言的小说语言也不是没有问题和缺憾，但是他的问题并不在于粗俗化的存在，而是在前期一些作品中由于缺乏理性的节制，导致了粗俗语言的过度滥用，这也是有些人指责其小说"屎尿横飞"的原因。另外，由于创作速度过快，过于放任自己的才情，莫言的不少小说在语言上缺少锤炼，而显得有些重复、啰唆，这也是其小说语言不能忽视的缺憾。

三

由莫言小说语言风格所引发的歧见和争论，在一定程度上已超出了其个人小说创作的范围，它所呈现出的问题向度与新时期以来诸多作家的语言问题有着很大关联性。近年来，不少批评家在衡估当代文学艺术成就时，指责当代文学的语言正在走向粗鄙化，距离我们传统语言审美规范越来越远，并且认定这种倾向是偏离正途的"邪路"。对于这个问题的判断，我们认为应与评价莫言小说的语言一样，需要更加理性和客观的分析。

在讨论当代文学语言粗鄙化问题之前，我们首先需要厘清在人类文化／文学

---

❶ 曹乃谦. 曹乃谦自述人生［M］. 长春：时代文艺出版社，2010：227.

史上雅与俗的相对性。在既往的中外文学史中，人们对文学语言雅与俗的判断均与特定时代的文化观念和道德立场密切相关。即使是伟大的戏剧天才莎士比亚，在他所生活的时代，其剧作的语言也被很多人指责为粗俗而不文明，是写给群氓看的，他本人甚至一度被某些批评家嘲讽为"粗俗的平民"和"暴发户式的乌鸦"。很显然，对莎士比亚的这种责难是建立在中世纪英国文化精英阶层的语言观和道德观基础之上的。后来，随着语言与道德观念的演进，人们早已忽略莎士比亚剧作里的这些粗俗，甚至并不把那些插科打诨式的语言视为粗俗。

同样，在漫长的中国文学传统里，雅与俗的观念和判断标准也在不断地因时而变。在有着悠久而强大诗文传统的中国，小说、戏曲文体在很长一段时间内被视为俗文学而遭到排斥和压抑，小说甚至因此被贯之以"小"，难登大雅之堂。晚清以降不断兴起的白话文学创作，一开始也受到传统文化人的鄙视和不屑，直到"五四"时期，被许多新文学家使用的白话还被人嘲讽为"土语"，乃"引车卖浆之徒，所操之语"❶。然而，时过境迁，当白话迅速取代文言成为主流文学语言之后，它也早已不再被简单而整体地视为粗俗。因此，在指责近年来文学语言粗鄙化的同时，我们也需要检讨一下自己的语言观念和道德观念是否需要调适。当我们更新了自己的道德观念和审美理念之后，就会对文学中所谓"粗鄙"修辞有一个新的认知，就像莫言自己所说的那样，"我想起 80 年代写的一部分作品，《红蝗》《欢乐》，实际上是对整个社会上很多看不惯的虚伪的东西的一种挑战，并不是我真的要歌颂大便。这里面所谓的大便，其实像马粪一样，并不脏，我们农民经常可以用手来捡马粪蛋子，特别是要劳动要播种的时候"❷。也如陈思和评价《秦腔》的粗鄙语言时所说的，"小说多次写清风街的农民对粪便怀有珍惜的感情，大小便排泄自人体，归之于土地，滋养着庄稼，从自然的角度来看没有什么肮脏可言"❸。

维特根斯坦认为："人总是感到不可遏止地要冲破语言的界限。"❹时代在

---

❶ 薛绥之，张俊才. 林纾研究资料［M］. 福州：福建人民出版社，1983：88.

❷ 莫言. 莫言对话新录［M］. 北京：文化艺术出版社，2009：207.

❸ 陈思和. 论《秦腔》的现实主义艺术［J］. 中国现代文学论丛，2006（1）.

❹ 鲁枢元. 文学的跨界研究文学与语言学［M］. 上海：学林出版社，2011：91.

变革，语言当然在发展，文学语言的审美定势也需要改变。对传统语言习惯的固守，在某种程度上不利于语言的创新。以莫言为代表的当代中国作家，今天看来可能在语言上确实存在一些问题，但是他们渴望创造某种自我语言风格的努力却是显而易见的，他们渴望冲破既往的语言牢笼，在文学语言形态上有所创造。事实上，不少当代的优秀作家也做到了这一点，他们在文学世界里创造了带有自己独特个性的语言表述方式。比如，贾平凹小说在浓郁乡土乡音中渗透着的文人气质和历史文化气息，陈忠实小说的平实、简练、凝重，余华小说的客观、冷静又不乏温情，王安忆小说的温细、繁复和诗性特质等，均成为他们独特的语言标识。与上述作家相比，莫言在小说语言方面的独特性更加引人注目，他也有这方面的自信。他说："我觉得我在 20 世纪 80 年代出道的这批作家中应该算是有创作个性的一个。起码说我在小说语言、小说题材方面已经形成了自己的风格。""我对自己的想象力，使用语言的能力还是有自信的。感觉还是能够把一件简单的事情经过想象编成一个有意思的故事。"❶

自觉的语言创新意识，使莫言小说语言在具体创作实践中保有独特的个性，这种个性除了前文已论及的"杂语"式写作外，还有一个较为突出的表征就是语言的感官化。语言的感官化给莫言的小说带来了独特的魅力，也成为其小说生成魔幻色彩的重要艺术方式。在《透明的红萝卜》中，作者将一个普通的萝卜写得晶莹剔透，小说中黑孩超常的感受力也被作者写得细致入微。此外，在莫言的小说中，我们能够看到《红高粱》中那晃成血海的红高粱，能够感受到《爆炸》里父亲打在左腮上的一记耳光被转化为从视觉、触觉、嗅觉、味觉到幻觉和想象的多重感受，能够闻到《铁孩》里的铁孩在几里地之外就能闻到别人家肉味，能够听到《檀香刑》里富有节奏感和韵律的有声语言，能够品尝到《蛙》中的孩子们在煤块中所品尝出香甜味道等一系列由感觉所构织的世界。

莫言在对上述超常感觉的描绘中，拓展了人类感知世界的深度与广度，感知对象也因之而变得富丽多彩。我们通常说莫言小说有着属于自己的魔幻，这魔幻就是感觉的魔幻，它的获得与其语言感觉化的艺术策略不无关联。此外，莫言小

---

❶ 莫言，王尧. 从《红高粱》到《檀香刑》[J]. 当代作家评论，2002（1）.

说语言的汪洋恣肆、泥沙俱下和雅俗互渗，正是莫言自己独特的风格，如果不这样，就不是所谓的莫言了。一个作家的语言风格要与他的整体文学世界和谐一致，更为重要的是，作家需要在语言风格的创新中呈现出自己的特性。评价莫言小说语言的得失，这一艺术标准相当重要，而衡估当代中国文学的语言问题亦应当如此。

值得强调的是，我们为通俗语言乃至粗鄙语言在文学创作中的合法性进行辩护的同时，并无意肯定粗鄙语言的滥用。近年来，受大众传媒和商业化的影响，当代文学创作尤其是网络空间的文学书写中，有些作家和写手以粗鄙化为噱头和卖点，明显存在着对粗鄙语言的滥用，这种现象需要警惕。

四、复杂性：理解莫言的一种路径

莫言及其创作的复杂性是解读莫言、理解莫言最为有效的路径。

首先，莫言虽因塑造"高密东北乡"世界而闻名海内外，但是对于莫言而言，保定作为其"第二故乡"，无论对于他的创作还是人生都具有重要意义。梳理莫言的早期创作，我们不难发现，他最早的 12 篇小说中有 10 篇均发表在保定市文联的刊物上，《莲池》（后更名为《小说创作》）和《花山》是莫言文学的起步之地。而且，颇具意味的是，莫言早期文学之路和人生道路的一些重要时间节点在保定这一空间内存在着某种耦合——1979 年，25 岁的莫言来到保定狼牙山，在部队里担任政治教员，这一年他完成了自己的终身大事。1981 年莫言的第一部作品《春夜雨霏霏》在《莲池》杂志公开发表，这一年女儿管笑笑出生，两个"新生儿"同年降生，可谓双喜临门。而 1984 年莫言之所以能叩开解放军艺术学院的大门，凭借的正是发表在《莲池》杂志上的《民间音乐》和孙犁对这篇小说的评论。莫言的文学之路与人生之路这看似偶然的交点，其实正彰显了保定之于莫言的特殊意义。

其次，莫言在众多读者心目中可能只是一个小说家，其实话剧、电影剧本、诗歌及书法也是其艺术创作的重要组成部分。综合来看莫言的创作，我们不难发现，他在创作中一直渴求突破艺术的疆域，寻求综合发展。在创作大量小说的同时，莫言还完成了话剧《我们的荆轲》《霸王别姬》《锅炉工的妻子》，影视剧本《英雄浪漫曲》及戏曲文学剧本《锦衣》。他近年来创作的组诗《七星曜我》《饺子歌》《东瀛长歌行》同样颇受读者好评。此外，他的书法作品在当下文坛也自成一格。

不仅如此，莫言甚至在小说创作中也经常刻意打破文体界限，试图将不同文体和艺术糅合在一起，如小说《蛙》就采用剧作家蝌蚪写给日本作家杉谷义人的 5 封书信、4 部长篇叙事和 1 部话剧的形式来完成整部作品的艺术建构。另一部小说《檀香刑》在叙事中也大量融入了茂腔等戏剧元素，2021 年出版的绘本作品《大风》也显示了莫言试图将绘本与小说相融的尝试。因此，要全面地理解莫言，除了大家共知的小说家莫言外，剧作家莫言、诗人莫言和书法家莫言均不能忽视。

再次，莫言的复杂性还体现在他的多重精神和人格面向。当面对坐在跟前不说话的莫言时，我们看到的是一位质朴、憨厚的长者；面对记者采访时，他通常会显现出作为体制内作家的严谨和小心；当上台演讲时，莫言又会表露出他的幽默、诙谐与机智。更重要的是，在莫言的创作世界里，我们还会看到他的另外一副面孔。文学世界里的莫言总是显得和现实中的他大相径庭——无论是文本主题还是叙事风格，莫言总会表现出敢于"在上帝金杯里撒尿"的大胆和叛逆，行文风格也是天马行空，嬉笑怒骂，无拘无束，痛快淋漓。因此，在莫言的文学世界里，我们既能看到类似《丰乳肥臀》《酒国》等对历史深刻、尖锐的反思，诸如《天堂蒜薹之歌》《蛙》等对现实的大胆批判，也能看到像《生死疲劳》《晚熟的人》等对人性犀利与透彻的解剖。莫言获诺奖后，在收获大量鲜花、掌声的同时也不断地受到批评甚至攻击，原因在很大程度上就是许多批评者将不同面向的莫言混在了一起，而不是基于他的作品来做出客观的评价。笔者以为，评价莫言应当从他的文本出发，因为那里隐藏着最真实、最本我的莫言。

最后，在具体的创作中，莫言小说艺术的复杂性也比较鲜明。他的创作融会中西，化用古今，魔幻与现实并存，民间立场与庙堂情怀同在。受 20 世纪 80 年代域外文化、文学思潮的影响，莫言在创作中充分化用外来艺术经验，在他的作品中我们很容易就能体察到诸如哥伦比亚作家加西亚·马尔克斯、美国作家威廉·福克纳、日本作家川端康成等人的艺术回响。同时，莫言也是一位继承了中国民族文学传统的优秀作家，他小说中的神鬼狐怪等魔幻叙事有很多都是来自对蒲松龄《聊斋志异》的学习，其作品对国民性的批判、对"吃人"传统的揭露，显然与鲁迅的文学创作有着内在的赓续和联通。莫言小说的魔幻色彩一直备受人们关注，诺贝尔文学奖评委会也认为他的创作"将魔幻现实主义与民间故事、历史与当代社会融合在一起"。其实，魔幻对于莫言的创作来说更多的是一种形式，是一种艺术的表达方式，在魔幻表象的背后，莫言一直立足于民族的历史与现实，其艺术的根脉也是深植在中国大地之中。莫言创作的这一特质使其作品大都具有强烈的历史感和现实性，有人将莫言的小说作品按照故事时间的顺序排列，发现这些作品串联起来其实就是一部近代以来中国社会的历史谱系。

在 40 年的创作中莫言从单纯走向复杂，这复杂性不仅是莫言艺术成熟的重要标志，同时也是我们对莫言及其创作全面、客观的评价之前提。

第十一章

文学地理与阎连科小说的文学建构

迄今为止，阎连科创作中成就最高的当数与乡土叙事相关的小说。与莫言、贾平凹、王安忆、迟子建等同时代作家类似，阎连科乡土叙事的成功，从根本上来说源于其在创作实践中探寻到了一块能够充分调动自己情感、想象和艺术创造的领地——"耙耧山脉"。发现领地，于阎连科而言，其实也是一种文学地理的建构与创造。近年来，无论是批判社会，反思文化抑或探究人性，阎连科的乡土叙事几乎均建基于这块领地之上，"耙耧山脉"就像一座无穷的富矿，为其创作提供了取之不尽、用之不竭的素材和情感动力。正因如此，阎连科认为"每次写作，我都希望自己的情感能真正地回到那块土地上，这非常难，但又非常重要。因为在创作中若想有新的拓展，没有那份情感，就永远不会有超越"❶。阎连科这种对文学地理审美价值的体认，可以说是他对自己创作成功原因最深刻，也最准确的洞悉。

一、阎连科文学地理意识的生成与主体呈现

每位作家血脉中都承载着一定的地理基因，这种地理基因通常由自然地理和人文地理组合而成，对作家的生理、心理、创作均产生深远影响。自然地理通过

---

❶ 阎连科，黄平，白亮．"土地"、"人民"与当代文学资源［J］．南方文坛，2007（3）．

地形、气候、水文的作用不仅形塑属地人的外貌、肤色、口音，也影响着他们的饮食和服饰，而人文地理作为一种千百年来沉淀下来的文化力量，通过习俗乃至宗教方式对属地人的精神气质和性格特征产生潜移默化的影响。文学地理作为自然地理和人文地理在文学中的表现，一方面，以独特的方式呈现着特定区域的地理基因；另一方面，它也参与了对自然地理和人文地理的想象与重构。

自现代以降，中外作家尤其是乡土作家格外重视文学地理的建构，从西方的威廉·福克纳、加夫列尔·马尔克斯到中国的鲁迅、沈从文，他们在创作实践中凭借对"故乡"地理的不断塑造，呈现了独特的文学空间，以致后来读者一提到这些作家，脑海里首先浮现的总是诸如"约克纳帕塔法世系""马孔多""鲁镇""湘西"等具有标签性质的文学地理谱系。文学史的经验已经证明，叙事空间的异质性是彰显作家艺术个性的重要标志，从某种程度上来说，衡量一位乡土作家是否成熟，其重要标准之一就是看他是否建构了属于自己的文学地理，阎连科也不例外。如今，阎连科以乡土作家为人熟知——其实，阎连科的创作并不仅局限于乡土，后来的批评家从其创作中归纳出了四个系列（它们分别是"东京九流人物系列""瑶沟系列""和平系列""耙耧系列"），其中具有典型乡土特征的只有"瑶沟系列"和"耙耧系列"，这说明在多元创作中，其对乡土的叙事最为成功。尤其是令人称道的"耙耧系列"小说，其对文学地理的建构凸显了阎连科小说的审美魔力。通过对耙耧山脉的不断书写，阎连科不仅多层面地呈现了这一地理空间的自然生态、人文情态，而且也将其固定为笔下各色人物演绎自己命运的舞台。"耙耧系列"小说的出现，不仅是阎连科对文学地理的发现，而且也标志着其创作开始走向成熟。文学创作的成熟意味着差异与创新，与叙事和结构上的创新相同步，阎连科的乡土叙事也有意识地从地理空间方面进行差异化书写。阎连科自己也认为"耙耧系列"是其成功的文学尝试，"应该说这样一批中、长篇是我创作 20 年来比较满意的。对我个人来说，一部小说的价值就在于它的差异性。'耙耧系列'和我前期的作品，和别人的作品，都有了明显的差别，这也算我的努力有了一些结果" ❶。

---

❶ 阎连科，梁鸿. 巫婆的红筷子作家与文学博士对话录 [M]. 沈阳：春风文艺出版社，2002：47.

　　审视阎连科的创作历程，我们不难发现其文学地理意识的自觉源于内外双重因素的作用。首先，域外文学的刺激和启示，是阎连科文学地理意识生成的重要外在因素。与 20 世纪 80 年代的许多作家一样，阎连科在接受外来文学时，对卡夫卡、威廉·福克纳及拉丁美洲作家博尔赫斯、加夫列尔·马尔克斯、胡安·鲁尔福等表现出了浓厚兴趣。如果说卡夫卡、博尔赫斯对其创作的影响，侧重于形式和技巧等艺术方面，那么威廉·福克纳、马尔克斯、胡安·鲁尔福等所建构的文学地理世界，则让阎连科认识到文学和地理之间的重要关联，并由此体悟到民间资源和文化地理之于文学创作的重要意义。"土地文化作为文学的土壤，作者和读者都有可能透过作品触摸到它茸茸的根须。而国外和国内的许多作家，之所以能够成气候，与他们对土地文化的理解、深眷显然是分不开的。""我们没有能力（是我没有能力）用一两句话来把土地文化的含义明晰准确地定义下来，但我们却能从他们作品中触摸到土地文化粗壮的根须；能如走至乡村看见路边送葬队伍扔落的冥钱一样看见土地文化的无处不在；能听到他们作品中土地文化如（也恰是）民间音乐一样在我们耳边叮当作响，潺潺流动。正如'社会文化'支撑了又被我们景仰着的捷克作家昆德拉的作品一样（我个人这样理解），土地文化支撑了《百年孤独》、支撑了《我弥留之际》" ❶。缘于上述启悟，阎连科才从"东京九流人物系列"和军旅题材，转向了对自己影响更深也更熟悉的"耙耧山脉"书写，并从这一地理空间出发获得了创作上的突破。其次，阎连科文学地理意识的养成，也是其创作经验累积后艺术自觉的必然结果。其实早在"瑶沟系列"中，"耙耧山脉"这一地理名词就开始不时地闪现于其小说创作之中，但彼时"耙耧山脉"在其文学叙事中还只是作为背景性空间，尚未上升到一种审美存在，或者说还没有凝聚成具有文学地理意义的艺术空间。直到创作《耙耧山脉》时，"耙耧山脉"在阎连科的文学叙事中才发生审美功能的转折，虽然这部作品的创作情况在作者脑海中已然模糊，但他却清晰地记得"就是我那时非常明确地企图要创造一个自己的小说世界" ❷。随后在"《黄金洞》《年月日》《耙耧天歌》《天宫图》《朝

　　❶　阎连科. 阎连科文论 [M]. 昆明：云南人民出版社，2013：135.
　　❷　大奖办公室编. 上海第三届 1994-1995 第四届 1996-1997 "长中篇小说优秀作品大奖"获奖作品集 [M]. 上海：上海文艺出版社，1999：93.

着东南走》等一系列作品中，'耙耧山脉'已经成为一个明确的写作方向"❶。从无意识地地理空间借用，到有意识地文学地理书写，阎连科以向故乡致敬的方式完成了乡土叙事的转型，"耙耧山脉"由此也实现了从自然地理、人文地理向文学地理的转换。此后，"耙耧山脉"成为阎连科文学创作最为仰仗的地理空间，在这里，地理与心理、情感息息相通，它不再是作为简单的地理空间而存在，其酷烈的自然生态、神秘的文化习俗、耙耧人苦难的生命形态与耙耧山脉一起形成了一个气韵丰沛的文学场，并作为文学地理被读者接受并认可。

在"耙耧系列"小说中，阎连科用独特的语言和叙事呈现了故乡，这一文学地理也无处不在地对其产生或隐或显的影响力。首先，阎连科在外形和气质上明显地打上了地理基因的烙印。无论是显的憨厚、黝黑的面庞，未变的家乡口音，还是隐性潜藏的朴实、拘谨的神情，阎连科均从里到外都散发着"耙耧山脉"的泥土气息。更重要的是，文学地理还深层次影响并规约了阎连科的情感取向与价值选择。在尚未走上文学创作道路时，阎连科通过当兵的方式实现了逃离故乡的愿望。与乡土疏离后，阎连科获得了新的知识视野，其后成为作家也使他有了不同于乡邻的职业与生活方式。但是，新的知识视野与生活方式并没有涤除阎连科身上的地理基因，反而随着他创作的成熟，使他与故乡之间建构起一种新的独特关系。通过对二程故里的书写，阎连科借助"瑶沟系列"与故乡重建精神联系，待到"耙耧系列"横空出世，这种联系日益紧密，呈现出更高层次的回归。在离去又归来的文学进程中，阎连科意识到曾经生活的地理空间已成为其"写作取之不尽的生活源泉、情感源泉、想象源泉，一句话，是我写作的一切的灵感之源"❷。这种顿悟，让阎连科与故乡之间有了更深层次的情感联系。一方面，他清醒地意识到"我的作品都离不开土地，都是土地之花，哪怕是'恶之花'"❸，作为对养育土地的回报，阎连科不断地用文学去表现它，叙述它；另一方面，故乡的土地也给予了阎连科丰厚的回馈，这块虽然贫瘠但是蕴藏着丰富文学矿藏的地理空间为其提供了无穷的文学素材，敞亮了他的灵感，激活了他的想象力。因此，耙耧

---

❶ 阎连科，梁鸿. 巫婆的红筷子作家与文学博士对话录 [M]. 沈阳：春风文艺出版社，2002：47.

❷ 阎连科，张学昕. 我的现实我的主义 [M]. 北京：中国人民大学出版社，2010：18.

❸ 阎连科，张学昕. 我的现实我的主义 [M]. 北京：中国人民大学出版社，2010：22.

山脉这块地理空间不仅成为阎连科创作的源泉，也成为其创作的情感动力，正如阎连科所言："当我写作懒惰的时候，只要一只脚踏进那块土地，那块土地就迅速地展现出许多急着要表达的东西催促我的写作"❶。此外，文学地理对阎连科价值选择影响的另一体现，是其创作中较为鲜明的民间立场。民间与乡土相伴而生，阎连科通过文学书写重返乡土，构建文学地理的过程，也是其回归民间的过程。民间在阎连科小说创作中，一方面表现为文学叙事过程中诸多"地方性知识"引入，这些地方性知识较多是由地方戏、社火玩会、民间传说、剪纸艺术和门神年画等民间要素构成；另一方面，是其在创作中表现出来的民间立场。民间立场在文学中的体现就是一种有别于国家权力话语的价值取向，"它是指一种非权力形态也非知识分子精英文化形态的文化视界和空间，渗透在作家的写作立场、价值取向、审美风格等方面"❷。由于持守民间立场，阎连科总是将叙事聚焦于耙耧山脉民众的苦难生存处境，并报之以悲悯的同情，对主宰这一地理空间的社会权力进行了深层的揭示和批判，对城市化进程中乡村生态失衡与道德异变格外敏感和抗拒。

二、文学地理与阎连科乡土叙事的建构

文学地理之于阎连科的影响不仅体现在对创作主体外貌、气质和价值取向的形塑上，而且深度地参与文本主题、叙事方式和话语风格的建构，使其乡土叙事在思想和艺术层面都烙下了文学地理的印记。这主要体现在以下几个方面。

其一，叙事内容上，对苦难的极端化书写。在当代中国作家中，阎连科的乡土叙事颇具艺术个性，其重要标志体现在无论是对自然环境的描写，还是故事情节的设置通常都脱离"常态"，呈现出极端化书写的倾向。从早期的《年月日》到近来的《日熄》，阎连科"耙耧系列"小说虽然在叙事方式和语言风格上有着较大差异，但对苦难的极端化处理却一以贯之。

这种极端化书写，首先体现在自然环境的描写上。在阎连科笔下，耙耧山脉的自然环境总以酷烈示人。在《年月日》中，人物刚一出场就遭逢千古旱天，"岁

---

❶ 阎连科，张学昕. 我的现实我的主义 [M]. 北京：中国人民大学出版社，2010：20.
❷ 陈思和，何清. 理想主义与民间立场 [J]. 中山大学学报，1999（5）.

月被烤成灰烬，用手一捻，日子便火炭一样粘在手上烧心。一串串的太阳，不见尽止地悬在头顶。先爷从早到晚，一天间都能闻到自己头发黄灿灿的焦煳气息。有时把手伸向天空，转眼间还能闻到指甲烧焦后的黑色臭味"。《耙耧山脉》所记述的这一年冬天，天气亦十分反常，"雪是黑的，天低得很，云一线线绕着脖子，风也硬，青一块紫一块地吹，如后娘捆在脸上的耳光；还有树芽，要发时又缩将回去，躲在皮里成了一薄冰壳"。此外，诸如《黑乌鸦》里天下大旱，数月不下雨，《受活》里六月天却下了一场大热雪等，也均呈现的是极端天气状态。

与酷烈的自然环境描写相一致，阎连科乡土叙事所呈现的故事形态也往往具有极端化特征。尤四婆的四个儿女都天生痴傻，为了熬骨给儿女治病，她不惜自杀（《耙耧天歌》）；先爷在饥荒之年独自留守，在和鼠、狼大战之后，以自己身体滋养蜀黍种子的生成（《年月日》）；在恶劣的生存环境中，三姓村许多村民为了金钱割下自己大腿上的皮肤卖给烧伤的患者，同时他们还面临着一个无法打破的魔咒——无论男女，在四十岁之前都会患上无法治愈的"喉堵病"而死（《日光流年》）；炸裂村在短短几十年之内出现爆炸式的发展，伴随物质财富膨胀，村民们坠入欲望的深渊（《炸裂志》）。

这些极端化书写不仅渗透小说的整个叙事过程，而且还体现在令人感到绝望的结局上。比如，《耙耧天歌》中尤四婆通过煮食丈夫尤石头的骨头和安排子女对自己骨头的煮食，虽然治好了子女们的病症，但她的孩子们依然难以摆脱后代仍会患上此种病症的宿命，为此他们依然像母亲一样面临供子孙煮食的悲剧命运。同样，《日光流年》里前后四任村长虽想尽一切办法，采用了各种手段，也终未能治愈三姓村人的"喉堵病"，此前的所有抗争行为最终沦为无意义的宿命，令人绝望痛心。

阎连科乡土叙事的这种极端化书写，看似是有意为之的审美追求，其实与他笔下的文学地理有着内在因缘关系。在阎连科的小说中，酷烈环境在其笔下似乎成为常态，这种极端书写的常态化，显然与耙耧山区这块独特地理空间十分吻合。在《坚硬如水》中，阎连科曾为耙耧山区绘制了一幅生动的地理图景，"耙耧山脉为伏牛山系的一条支脉……蜿蜿蜒蜒八十里，多为低山与丘陵。在这山脉间，山间和谷地相隔岭梁与河沟相汇，海拔在250米至400米之间，土地有陡坡地、梯田地、川台地、沟平地，总计3.4万亩"。这种地理环境承载了独特的自然环境和人文环境，人烟稀少，水土两旺，气候极端，环境闭塞。冬和夏是死人的旺日子，因为冬天酷冷，人就给冻死了；夏天酷热，人就给晒死了。所以，北方的乡下人都说，冷啊，冻死人哩；热啊，烫死人哩。当对耙耧山脉这种地理环境有了充分了解之后，我们就不难理解阎连科小说在叙述天气特征时，为什么总会突出一个"热"字，因为，这是夏季伏牛山区气候的典型特征，也是作者儿时最深刻的地理记忆之一，"出生那年的夏天天气特别热，热得人都没办法活" ❶ 。

由此，可以说极端的气候条件、恶劣的自然环境及闭塞的生存境况，正是阎连科小说极端书写的地理因由，并为其小说中无处不在的苦难提供了文学地理意义上的合法性。

其二，文学地理也深刻影响了阎连科乡土小说的叙事方式。神实主义是阎连科对自己小说叙事风格的概括。在"耙耧系列"小说中，由于阎连科对这一叙事方式出神入化的运用，神实主义已成为其小说叙事的重要标签。由于神实主义的采用，阎连科在小说叙事时经常能够穿越时空让死人与活人对话，也能生动地叙述人与鼠、人与狼之间发生惨烈的大战，甚至可以让时光倒流，人物的生命流程由死而生。

神实主义叙事虽然给阎连科小说带来了一种奇异、怪诞乃至魔幻的艺术效果，但并无当下某些网络穿越小说、玄幻小说那样给人一种明显编造和虚假的阅读感受。究其原因有二，一方面，阎连科神实主义叙事背后有着明显的现实生活逻辑。比如，《耙耧山脉》通过对一位死去村长的叙写，从侧面折射出他生前对权力的执迷，对物质和女人的贪恋，并且通过书写死后民众对他的畏惧及其对村长选举的超常控制力，表露出阎连科对乡村社会权力的批判。小说整个情节虽较为荒诞，但其中所呈现的社会关系和心理逻辑，具有无比深刻的真实性。在《炸裂志》中，阎连科采用"地方史志"式的结构，以夸张和黑色幽默的艺术方式书写了一个小村庄以炸裂般的发展速度演变为超级大都市的过程。小说整体也较为荒诞，但是它对权力、欲望、病态人性及恶化生态的书写，却也切中了当下中国最核心的社会与生态现实。

另一方面，阎连科的神实主义叙事也有其不可或缺的地理学依据。其实，阎连科小说中诸多的魔幻情节或场景（它们是构成神实主义最重要的基础），看似荒诞和离奇，但如果将其还原到耙耧山脉这一具体的地理空间和文化空间，我们

---

❶　阎连科，张学昕. 我的现实我的主义［M］. 北京：中国人民大学出版社，2010：4.

就会发现它们的"真实性"与现实逻辑。因为，这些情节或场景一定程度上是自然地理环境的反映，如六月飞雪、人被冻死等情景，虽然在普通地理空间内难以见到，但它们却是耙耧山区极端地理环境的真实写照。又如，在《〈风雅颂〉后记三章》中，阎连科曾描述了这样一幕场景："慌忙退回到后边灵棚里看，竟就果真地发现，在那充满红色喜庆的灵棚里的棺材上、帆布上和灵棚的半空里，飞落着几十、上百只铜钱大的红红黄黄的粉色蝴蝶，它们一群一股地起起落落，飞飞舞舞，而在前边我大伯充满白色的灵棚里，却连一只蝴蝶的影子也没有。这些群群股股的花色蝴蝶，在我弟弟的灵棚里停留飞舞了几分钟后，在众人惊异的目光中，又悄然地飞出了灵棚，消失在了寒冷而白雪飘飘的天空里。"白雪飘飘的天气中贸然而出的蝴蝶，以及这上百只蝴蝶颇为难解地只停在弟弟灵棚中，这一神秘而奇特的场景，在一般读者眼里是很荒诞和魔幻的，但据作者自己所言这是在他们耙耧山区真实发生的事情。因此，与其说这是神实主义叙事所产生的艺术神秘，不如说是地理神秘的艺术化再现。

此外，阎连科小说中还有一些神实情节，其背后也隐藏着因地理环境而生成的独特逻辑。比如，阎连科曾说他故乡多年来人口既不增加也不减少，其实是因为当地人由于生活在地域偏僻的山区，在人口统计时出生和死亡的均不上报，因此才造成这种独特的现象。

其三，文学地理对阎连科乡土叙事的影响，还体现在其创作中所弥散的浓郁地域风味。一位成熟且有个性的作家，应当有属于自己的声音和气味，对于乡土作家而言，这声音和气味通常蕴藏在颇具地域色彩的风俗和语言之中，正如哥伦比亚作家加夫列尔·马尔克斯那样，我们总能从其书写马孔多的作品中，嗅到一股浓郁且熟悉的番石榴味道。

河南作家张宇在评论阎连科早期小说时，曾说"阎连科的作品最初是中篇小说《窑沟人的日子》和《窑沟人的梦》引起我特别注意的。小说语言的字里行间弥漫着的那种热乎乎的糊涂面条儿味的河南西部山区特有的生活气息，一下子就让我认定了这是我们家乡人的手笔"❶。这说明阎连科从创作伊始，就在小说风格方面有着强烈的地域意识。随着创作理念中文学地理意识的不断增强，阎连科乡土

❶ 张宇. 道听途说阎连科 [J]. 时代文学, 2001 (3).

叙事的地域风味就日益成为一种文学自觉。

在阎连科的乡土叙事中，借助风俗描写来呈现地域色彩，是其重要的艺术手段之一。自现代以降，中国乡土作家在创作中格外注重对乡俗民风的书写，乡土叙事中的风俗成为他们艺术个性的重要表征。同样，风俗书写不仅是阎连科乡土叙事的重要组成部分，也是其小说地理意识的重要显性特征。从"窑沟系列"小说开始，阎连科就将婚丧嫁娶、生老病死、民间庙会及仪式信仰等大量组织进自己的乡土叙事之中，这些颇具地域色彩的情节成为其风俗书写的重要面向。在《寻找土地》中，作者借"我"（轶祥）在部队意外死亡，骨灰被海连长带回故里的叙述，较为详尽地描述了耙耧民间的丧葬仪式和独特的冥婚习俗。《受活》这部小说的名字，本身就是耙耧山区每年在麦收之后举行的欢庆丰收庆典，既是仪式又是特有的风俗。此外，换婚习俗（《中士还乡》）、鬼节习俗（《鬼节》）及视乌鸦为凶兆（《黑乌鸦》）、阴阳不分（《耙耧山脉》《耙耧天歌》）等，均在阎连科小说中得到生动而具体的书写。而且，这其中的不少习俗与耙耧山区的自然地理和人文地理密切关联，如《寻找土地》《丁庄梦》中的"冥婚"，就很难与这块贫瘠而闭塞的山区割裂开来。又如，在书写耙耧人饮食习俗时，大饼和馍构成他们日常的主食，尤其是"蒜汁捞面"更是乡民们的最爱，这也与耙耧山区主产小麦和玉蜀黍密切相关。

除风俗之外，方言也是阎连科乡土叙事中营构地域风味的重要艺术方式。方言的引入和大量使用，不仅能够增强文学文本的地域色彩，也成为辨识作家艺术风格的重要途径。阎连科乡土小说语言有着共同的底色，这底色就是由其中高频率渗透的方言构筑而成。诸如像"玉蜀黍""消受""叫唤""今儿""一气儿""受活""圆全人""儒妮子""热雪""死冷""至尾"等这样的豫西方言，在阎连科的乡土叙事中可谓比比皆是，它们通过在一部或不同作品中的反复出现从而凝聚成一种特殊的地方气息。

有学者在论及阎连科小说语言时，认为"阎连科所有的语言，它的声色气味，都致力于表达他所描述的世界——耙耧山脉"❶，明确指出了阎连科小说语言与文学地理之间的密切关联。这说明阎连科在使用方言时，会有意无意地让其与文学

---

❶　梁鸿.妥协的方言与沉默的世界——论阎连科小说语言兼谈一种写作精神［J］.扬子江评论，2007（6）.

地理之间建构起互动联系。比如，在《受活》中通过对"受活""热雪""孪胎""铁灾"等方言进行特殊的注释性解释，不仅敞开了这些词语的所指，而且还揭示了它们所隐含的文化意蕴。再如，阎连科小说中"了""哦""呢""哩"等语气词和叠词的大量使用，使其乡土叙事也"增加了一种特殊的调子和韵味，一种与河南的土地、风俗、人情紧密联系的音乐性"❶。由此，阎连科小说中方言不仅具有营构地域风味的艺术功能，还具有了文学地理层面的审美意义。

三、从文学地理的建构到对文学地理的超越

对植根于乡土的作家而言，文学地理具有双重审美功能。一方面，文学地理会赋予作家一种根性，获此根性，作家则有可能获得属于自己成熟稳定的审美视角与文化气度；另一方面，文学地理又具有空间局限性和文化桎梏性，如不能超越这种限制和桎梏，作家身上的地理基因不仅会对其人格、文格产生一定束缚，更会制约作家观察世界的视野与方法。成功的作家会对文学地理的有限性有着清醒的体认，并力图通过对地理的超越，获得文学表达的无限性。

阎连科乡土书写成功的原因之一，就在于他不仅发现了"村庄"，而且还深刻地意识到"耙耧山脉"这一狭小地理空间所蕴含的人类意义，以及经由村庄通向世界的审美可能性。正如阎连科所言，"和世界上许多我崇敬的伟大作家一样，我已经找到了那块具有世界意义，并和世界上各种肤色的人们与民族一模一样或息息相关的精神之地；我也非常明白，我只有守在这里，写作才有希望；我只有在这里坚守，写作才不会枯竭，才有可能达到彼岸，才有可能（仅仅是可能）写出真正具有世界意义、人类意义的作品来"。❷在阎连科看来，回归村庄并非简单的地理发现，其根本目的乃是借由这一精神栖居之地，让文学能够抵达彼岸，呈现出更为宽广的世界意义、人类意义，这是对故乡和文学地理的超越意识。

阎连科这种对故乡的超越意识，在其具体乡土叙事中，呈现出两种不同的内涵指向。

---

❶ 李陀，阎连科. 受活：超现实写作的新尝试 [J]. 读书，2004（3）.
❷ 阎连科. 一派胡言 [M]. 北京：中信出版社，2012：168.

首先，阎连科在表现故乡的同时，也在创造着故乡。文学地理是对自然地理和人文地理的重塑，其中加入了作家的改写，融合了作家的想象，渗透了作家的愿景，是物质空间与精神空间的互渗和统一。具体到阎连科的小说创作，表现故乡是其中一个非常显在的内容，通过对故乡反复不断地书写，在呈现故乡地形、气候、水文、植被的同时，也演绎了这方土地上民众的文化风俗、世故人情。但更重要的是，阎连科小说对故乡的书写，并未停留在对上述自然地理和人文地理的表现上，而是在对它们的审美观照中不断地创造着故乡。

在"耙耧系列"小说中，创造故乡的一个基本体现就是将故乡典型的自然特征及混沌未明的文化精神结构生动地揭示出来，这是阎连科审美提炼的结果，而不是自然地理与文化地理的原生态再现。阎连科的乡土小说后来被命名为"耙耧系列"，这其中的"耙耧"是一个既虚又实的文学地理。一方面，在小说中不断出现的耙耧山脉，其实是地图上并不存在的地理空间，它是作家文学虚构或者审美创造的产物；另一方面，小说中耙耧山脉的地理特征和文化形态又与阎连科所生活的豫西伏牛山脉有着地理和文化上的同构性。因此，在阎连科小说中，我们不仅能够领略到豫西伏牛山脉夏季酷热，冬天寒冷，气候变化无常等自然特征，还能体悟在这个闭塞、落后的地域空间内，掌权者的肆意横行，普通百姓的盲从、愚昧及苦难社会的种种精神生态。阎连科借助其颇具魔力的神实主义之笔，将豫西伏牛山脉这块很少被人注意的地理空间，经由独特的审美开掘，转化成了更富艺术魅力的文学地理。由此，耙耧山脉不再是自然意义上作者的故乡，而上升为更为廓大、丰富且具有审美涵盖力的文学地理，实与虚之间，阎连科完成了对故乡的创造与超越。

此外，阎连科小说对故乡的超越意识，还体现在书写故乡时自觉地超越传统现实主义的限制，并且将思想的触角延伸到国家、民族、人性乃至文化的深层，从而使得其小说超越了文学地理的有限性，进入到更为阔大的境界。有人论及地域文化与作家笔下文学地理之关系时认为，"作家的地域文化建构固然受到地域文化本身的影响和制约，但是作家主观地受多种因素综合影响而形成的文化理想和立场更是决定其文学地理面貌的主导因素"❶。阎连科的文化理想和艺术立场充

---

❶　李俏梅．"文学地理"建构背后的宏大文化理念——以莫言笔下的"高密东北乡"为例［J］．广州大学学报，2014（7）．

满着对社会历史现实、既有文化传统和艺术规范的挑战与颠覆，这种文化与艺术姿态也就决定了其笔下文学地理的广度与深度。

为了突破地理的限制与束缚，阎连科从拉美魔幻现实主义那里汲取艺术灵感，找到了既能超越现实主义，又能准确书写故乡的艺术方式——神实现实主义。神实现实主义的大量使用，与阎连科"耙耧山脉"文学地理的建构几乎同时出现，经由这种艺术方式，作者故乡的奇特环境、神秘事件和荒诞现实均得到传神的表现；而且神实主义也让阎连科在书写耙耧的人与事时，能够穿越古今，突破生死，连接城乡与中外，也能够颠倒时序。神实主义所呈现出的奇特构思和不羁的想象力，让阎连科小说创作最大限度地摆脱了文化地理的限制，进入自由无束的艺术境界。

在艺术上突破文化地理有限性的同时，阎连科还格外重视思想立意和主题表达的中国性、世界性与人类性。阎连科的乡土叙事虽然根植于村庄，但是在思想立意和主题表达方面却远超村庄的限制，因为在其作品中村庄不仅凝缩着中国，也连通着世界，甚至汇聚着作者对命运的探寻与人性的叩问。实现思想超越的具体艺术路径，阎连科一般采用具体事件抽象化、具体人物符号化及社会现实隐喻化，使作品具有超越时空的艺术价值。

如《年月日》和《日光流年》这两部作品，在人物形象塑造上均具有符号化的特征，无论是先爷还是司马蓝，他们虽然生活在耙耧山脉这个具体地理空间之内，但是面对天灾人祸、疾病苦痛所表现出的抗争意识与牺牲精神，使这两位人物形象具有了民族性甚至人类性。正如有论者所言，对于《年月日》和《日光流年》的理解，"我们完全可以将'耙耧山区'理解为某个与世隔绝的原始村落，超越时间的阻隔，从先爷对酷日的反抗和司马蓝惊世骇俗的引水事业中，读出夸父逐日、大禹理水的神话原型"❶。这种超越地理空间的思想意蕴，也与阎连科的艺术追求相耦合。在《如光流年》的扉页上，阎连科明确写道这部作品是"献给我以存活的人类、世界和土地，并以此作为我终将离开人类、世界和土地的一部遗言"。

同样，对思想的超越性追求，也让阎连科在反思历史，表现社会现实时，格外重视隐喻化叙事。比如，《受活》中对受活庄从"入社"到"退社"的书写，《炸

---

❶ 郜元宝. 论阎连科的"世界"［J］. 文学评论，2001（1）.

裂志》对炸裂村由一个小山村到超级大都市爆炸性发展的叙述，看似是对历史与现实的反思，其实更是一个现代性的寓言，呈现了作者对中国现代化发展进程的焦虑，对民族生存的隐忧。阎连科的乡土叙事不仅单部作品如此，而且将不同作品联通在一起来看，它们在思想上还具有整体的超越性。如前文所述，在表现耙耧世界时，阎连科擅于使用极端化叙事，而构成极端化叙事重要内容的是书写疾病。在《耙耧山歌》中，尤四婆几个孩子全部患有痴呆症；《受活》中受活庄的居民也大都身体残疾；《日光流年》里村民们无一例外地在四十岁之前得上了难以治愈的喉堵症。这些不同的疾病，在阎连科笔下却具有共同特征：四处弥漫，难以治愈，世代相传。对疾病如此的艺术处理，就让我们感觉到耙耧山民处在某种神秘力量的掌控之中，难以摆脱。由此，疾病不仅成为耙耧山民们苦难的根源，而且让阎连科的乡土叙事在整体上蒙上了一层厚重的宿命色彩。这种对命运的艺术探寻，既隐现了阎连科对自身疾病的审视，也包含着作家对耙耧山民生存困境的无奈，更体现了对人类命运的独特体认。

从文学地理的建构到对文学地理的超越，阎连科通过自己的艺术探索为当代中国文学表现乡土提供了一种路径或范式。这种路径或范式虽然还有尚待改进的某些问题，但对于新世纪中国文学如何更有效地讲述"中国故事"，呈示"中国经验"却具有不可忽视的价值与意义。

第十二章

从草明到双雪涛：当代文学东北工业叙事的嬗变

中华人民共和国成立后，我国东北地区逐渐发展成为全国工业建设的重镇，这一区位特征也激发了当代文学东北工业的叙事生成与发展。在当代文学东北工业叙事乃至当代文学工业叙事中，草明均有着较为特殊的文学史位置与贡献。早在东北工业的起步阶段，草明就来到东北，并深入工厂，创作了堪称新中国"工业题材开山之作"❶的中篇小说《原动力》。作品一经出版就受到了茅盾、郭沫若等众多前辈作家的好评，茅盾特别指出《原动力》"写的是典型环境中的典型人物典型事件"❷。其后，伴随着"建设工业现代化国家"口号的召唤，一系列相关的方针政策成为全国工业发展有力的助推器，东北工业在展示出前所未有之生长活力的同时，也不可避免地被 20 世纪 50-60 年代的"左"倾思想所阻滞。在此背景下，草明的《原动力》《火车头》《乘风破浪》等长篇小说真实地书写了东北工业在中华人民共和国成立前后至 20 世纪 60 年代的发展历程，成为东北工业叙事的重要组成部分。

---

❶ 逄增玉在《东北现当代文学与文化论稿》中认为："作为解放区工业题材小说的开篇之作，《原动力》开创了解放区文学，也是继之而来的共和国文学——工业文学的先河"（逄增玉. 东北现当代文学与文化论稿 [M]. 北京：中国社会科学出版社，2012：175.）；由李继凯、翟二猛等编著的《延安文艺档案·延安文学·延安作家（一）》提及"草明写了新中国第一部工业题材的中篇小说《原动力》"（李继凯，翟二猛. 延安文艺档案·延安文学·延安作家（一）[M]. 西安：陕西出版传媒集团，2015：126.）；而由首作帝、李蓉著的《新中国文学的开端》则直接将《原动力》定义为"首次以新的历史观审视工人阶级，成为当代工业题材小说的开山之作"（首作帝，李蓉. 新中国文学的开端 [M]. 杭州：浙江工商大学出版社，2020：150.）。

❷ 余仁凯. 草明研究资料 [M]. 北京：知识产权出版社，2009：196.

蒋子龙早在 1997 年就提出"中国文学进入了一个'泛工业题材时代'"❶。其后，巫晓燕对"泛工业化写作"做出了更为明确的阐释："只要是触及了现代工业生产与生活于其中的现代人的关系的创作都可以被'泛工业化写作'这一命名所接纳。"❷虽然"泛工业题材"或"泛工业化写作"概念存在着显而易见的缺陷，因为它消解了工业在工业叙事中的中心地位，无限扩展了工业题材写作的边界，将绝大多数当代文学作品都笼统地涵括其中，但此概念的提出却为今天的工业叙事研究提供了可资借鉴之处。一般而言，中国当代文学的工业叙事应该具备以下两点特质：首先，就创作内容而言，文本应该以展示工业实际发展进程为核心，揭示工业发展的自然规律及问题，展现工业发展进程中工人的物质与精神生活样态。其次，就创作主体而言，作家应该以亲历者或见证者的姿态真实地表达出对工业发展的深层思考，从基本的生活现象中透视出对工业的独到理解。

如果说草明的工业叙事更倾向于前者，那么近年来东北文学创作中涌现出来的"铁西三剑客"（双雪涛、班宇、郑执）无疑秉持着后一种特质为东北工业叙事作了全新的注脚。这其中，双雪涛的东北工业叙事颇具典型性，他的许多作品以 20 世纪 90 年代中期国家经济转型、大批正值当年的工人下岗为书写背景，为我们构筑了一个独特且比较完整的文学东北。与班宇和郑执不同，双雪涛小说的侧重点不在于描绘下岗潮之后的社会生活，而是着重挖掘"东北现象"背后的历史逻辑，以救赎的方式重现下岗工人生存的意义。同时，双雪涛也没有将东北仅仅作为文学书写的地域载体，而是通过文学对东北和工业进行了更深层次的思考，并发出了"北方化为乌有"的警示。

东北作为共和国的老工业基地、工业成长的一方沃土，自草明以来工业题材的书写就成为东北当代文学不可或缺的一部分。20 世纪 80 年代，程树榛、邓刚等接续了草明的工业书写，以改革开放为历史节点描摹了新时期东北工业发展的新样态。进入 20 世纪 90 年代，孙春平、李铁等作家的创作也关涉企业"关停并转"、工人下岗的现实问题。21 世纪以来，王立纯、温恕、罗维等对东北工业题材的写

❶　李肇正. 无言的结局 [M]. 天津：百花文艺出版社, 1997：2.
❷　巫晓燕. 泛工业化写作——对现代化工业进程与当下文学创作的描述 [J]. 当代作家评论, 2010（2）.

作则更加倾向于挖掘与探寻工业现代化精神，更加崇尚"工业理性"。但总体而言，这些作品都没能摆脱工业题材本身诗性阙如的禁锢，风格单一化、人物塑造扁平化、写作视点偏上，多描写党群干部关系与企业领导人的工作良莠，通过工业书写对民族国家寄寓美好的愿望。相较而言，津子围创作的一些短篇小说，如《陪大师去讨债》《我家的保姆梦游》等，以第一人称书写工厂在转型时期所面对的困窘与尴尬，通过个体的微观视角透视整个市场化转型的宏观社会背景，在整个东北工业叙事中独具特性。但纵观 20 世纪 90 年代的工业写作，津子围作品中的这种特性在"现实主义冲击波"中几乎消弭殆尽，泯灭了小说的公民意识，落入了"分享艰难"的窠臼。

基于此，笔者认为在整个当代文学东北工业叙事中，草明和双雪涛可谓是其中两个值得关注的关键性节点，具有文学和社会的双重内蕴，而且勘查从草明到双雪涛作品中的东北工业叙事之嬗变，对体悟当代东北工业发展的现状与未来亦具有一定的现实意义。

一、叙事立场：从中心的"他"到边缘的"我"

草明的《原动力》发表后，郭沫若曾对作品中描写几位女性采山里红的一段文字赞赏有加，认为："写得真是如闻其声，如见其人。"❶从郭沫若的这番评价中，我们能够发现他对这部工业叙事作品"人"的书写的重视。虽经时代变迁，这种以"人"为中心的创作理念依然闪耀，并在以双雪涛为代表的工业叙事中得到新的呈现。《平原上的摩西》和《飞行家》是双雪涛集中书写工业题材的两部小说集，其中收录的作品在将工业远景化的同时，对下岗工人的刻画却不吝笔墨，引发了众多读者的共鸣和阅读兴趣。个中原因，正如蒋子龙所言："即使是工业题材，最迷人的地方也不是工业本身，而是人的故事——生命之谜构成了小说的魅力。"❷因此，在工业叙事中如何塑造工人形象成为此类题材作品创作过程中最重要的问

---

❶ 余仁凯.草明研究资料［M］.北京：知识产权出版社，2009：195.
❷ 李肇正.无言的结局［M］.天津：百花文艺出版社，1997：4.

题，其中不仅蕴含着作者对社会历史的思考，更能够体现创作主体在思考之后确立的叙事立场。

　　东北工业叙事建立在东北工业发展的基础之上，而东北工业发展相对于新中国工业而言又具有特殊性，原因是它先在地与政治结缘。中华人民共和国成立后，党和国家对东北工业寄寓厚望，力争将东北发展为全国的国防基地，"一五计划"时期党中央提出了"全国支援鞍钢，鞍钢支援全国"战略决策。党中央对东北工业的扶助不止于经济投资，更重要的是下派了当时的一批知识分子和党员干部，他们从延安来到东北进行援助和实地考察，草明就属于此列，她来到这些工厂除了肩负写作任务也担任行政职责❶，这一政策本质上属于政治改革的范畴。赴东北之后，草明先后创作了一系列东北工业叙事题材的作品，其中最具代表性的是"工业三部曲"《原动力》《火车头》《乘风破浪》。草明的东北工业叙事本身包含着一定程度的政治属性，如《原动力》甫一出版就成为第六届全国劳动大会赠书，《乘风破浪》则作为国庆十周年的献礼而出版。追溯历史，我们不难发现草明在延安时期就坦诚地接受了毛泽东《在延安文艺座谈会上的讲话》思想，并将其称为自己"创作道路上的指路明灯"❷，经历整风运动之后，褒工农贬知识分子的"革命文艺传统"对草明产生了明显的影响。草明虽然将工人作为叙事中心，也多次表示作品要让工人看得懂，但她的创作一直沿用第三人称全知视角，叙述者外在于叙述中心——工人群体。这种叙事视角虽然间隔开了工人读者与作品之间的距离，增加了叙事的"不可靠性"，但就创作主体来看，符合草明"看"的立场，因为草明原本不属于工人阶层，她来自老解放区延安，于工厂和工人而言始终是属于"客体"的存在。就创作主旨来看，这样不仅可以省略生活化描写，将笔墨集中于书写工厂场域中工人的工作情状及精神面貌，满足意识形态诉求，而且有效规避了作者体验而不是成为工人阶级的盲视点。这样的叙事立场，导致草明在创作中一方面积极实践《讲话》思想，歌颂赞美工人；另一方面又不能将自己完

---

　　❶　草明自1946年到达东北后，先后在东北行政委员会、哈尔滨邮电总局、镜泊湖水电站、东北局妇联、皇姑屯铁路工厂、东北局宣传部担任工作，以筹建党团组织和工会为主要工作内容。1954年8月至1957年5月，草明更是担任鞍山钢铁公司第一炼钢厂党委副书记的实职工作达三年之久。

　　❷　余仁凯.草明研究资料［M］.北京：知识产权出版社，2009：39.

全置于工人阶级的行列中，全面了解工人的愿望与诉求，因而在处理工人群众与工厂领导关系的时候就显得暧昧模糊。比如，在《原动力》中，电力公司经理王永明在散步时偷听到工人谈笑，才得知主任陈祖庭把工厂治理得很糟糕，作为文本中的一条重要线索，却蕴含着很大的偶然性，缺乏深入的思考。这种政治倾向与主体意识之间难以弥合的裂隙，使草明的东北工业叙事体现出她作为知识分子与工人群众之间有一定的距离，工人视草明为"他者"的同时，草明本身也将自己置于"他者"的地位。

一直以来，东北作为"共和国长子"的形象被深刻地烙印在一代国民心头，在草明的作品中，"长子形象"被具化为李学文、李少祥等勇于为工业发展献身的工人形象。但需要注意的是，这些工人形象并非全是东北人，其中不乏为响应扩建钢铁基地等国家号召而远离家乡、北上关外的工人。比如，《乘风破浪》中的李少祥一家就来自老解放区山东海滨，他的父亲作为村支部书记，曾经为掩护群众撤退而落入敌人手中，留下了血肉模糊的伤口。李少祥在为父亲换药时"忽然被父亲的伤口教育成为一个坚决勇敢懂事的少年了"❶，其父因此被许多人赞誉为"英雄父亲"。正是父辈在不断抗争中树立了工人作为主人翁的尊严，李少祥这样的下一代才选择致敬父辈，并渴望为新中国的工业发展奉献自己。然而，东北对于李少祥们来说只是工业发展的空间载体，相较而言，故乡老解放区才是一个更适合寄寓政治诉求的地方。基于东北当时的社会现实，在文本中草明力图从多方面描绘东北工业发展情状，关涉复杂社会构成，李少祥对父辈的致敬也象征着老解放区对东北工业上的援助与思想上的教育，"长子"只是就工业而言东北成为全国发展的中心，而事实上作为文化主体的东北却被视为"他者"，在草明的工业叙事中遭到忽视。

草明开启工业叙事先河之后，东北地区诞生了诸多以书写工业见长的作家，这些作家基本上都延续了草明的叙事立场——以第三人称为叙事视角，尤其是20世纪80年代初期的程树榛、金河等作家在其作品中，不仅表现出了较为浓厚的意识形态诉求，而且写作视点也明显上移，将工厂领导层作为叙事中心，基层工人

---

❶ 草明. 草明全集（第三卷）[M]. 北京：中国青年出版社，2012：13.

仍以"他者"的身份出现在作品中。邓刚与程树榛、金河几乎在同一时期登上文坛，但其工业叙事与后两者迥然不同。邓刚创作的《小厂琐事》与《阵痛》，在工厂中渗透了"讲挣钱，不讲政治"的理念，强调实干与技术。上述两极化书写的出现表明了 20 世纪 80 年代国家发展重心正由以"阶级斗争"为中心向经济发展的转变，包括工厂在内的社会资源进入整合、转型阶段。改革开放之后，东北地区的经济显示出衰落迹象，尤其是 20 世纪 90 年代，计划经济与市场经济的矛盾被激化，由于计划经济的根系过于庞大，东北老工业基地的很多大型工厂在市场竞争中败下阵来，只能接受"关停并转"的命运。李铁《乔师傅的手艺》以产业调整的现实问题为书写背景；津子围的一些短篇小说则直接触及社会转型期工厂如何生存的问题。东北的问题也是全国性的问题。20 世纪 90 年代的经济改革关涉全国，"现实主义冲击波"在此背景下诞生并贡献了一批数量可观的工业叙事作品，尤其是河北籍作家谈歌创作的大量作品都关涉社会转型期国有工厂内部的运转模式。津子围的作品也可以被汇入"现实主义冲击波"浪潮，这些作品虽然用第一人称将叙述人纳入情节之中，但中心内容仍与谈歌之列相似，描写领导层一方面想竭尽全力拯救整个工厂，另一方面又用"分享艰难"来美化自己的腐败行为，因此有些学者诟病"现实主义冲击波"作品中"出现了人文关怀与历史理性的双重缺失"❶。这样的评价未免略显苛刻，这批作品或多或少受到了"改革文学"的影响，习惯于弥合意识形态与现实之间的缝隙。

　　然而，关于经济改革，"现实主义冲击波"作品"创作的基本意象都是指向现实问题（或现实焦灼）的想象性解决"❷，历史当事人的个体感知反而被遮蔽。也就是在这一背景下，双雪涛的东北工业叙事开始揭开了历史帷幕，以一种新的叙事姿态登上文坛，让那些被遮蔽普通工人重新站在文学舞台之上。

　　与草明等此前的东北工业叙事作家不同，双雪涛确立了以"我"为中心的叙事立场，将叙事的焦点聚焦在工人群体之上。双雪涛是一位亲历了"下岗潮"的

---

❶　方守金，李扬. "现实主义冲击波"与新时期文学探索的终结——对 20 世纪 90 年代一种小说潮流的审视与批判［J］. 安徽大学学报（哲学社会科学版），2004（2）.

❷　姚新勇. 现实主义还是意识形态的弥合剂——"现实主义冲击波"再思［J］. 中国文学研究，2000（3）.

"80后"作家，因此，他习惯在创作中将自我内含于叙事之中，真实地描写下岗工人这个群体在工厂之外的生存现状，展现20世纪末我国进入社会转型时期普通人的生活图景。然而，在文本中包括"我"在内的整个工人阶层都被推到社会边缘，成为失落了生存意义而郁郁度日的失败者。在提及创作缘由时，双雪涛如是说："为那些被侮辱被损害的我的故乡人留一点虚构的记录。"❶从《大师》中拥有高超棋艺最后却走向痴傻的父亲，到《聋哑时代》中选择"工人阶级扶不上墙"的集体价值趋向的孙老师，都是作者在成长过程中真切感知、接触到的人物群像的具体化。双雪涛敏锐地觉察到经济改革催生了阶级分化，而父辈及自己正是被社会达尔文主义所淘汰的阶级，"底层""边缘"等新的身份话语被加到自己身上，同时也被加到数以百万计的下岗工人身上。由此，在中华人民共和国成立初期通过政治改革而发展壮大起来的工人阶级，在20世纪90年代的经济改革中逐渐丧失其优越的社会地位，体现在双雪涛的东北工业叙事中，就是文本中的"我"开始逐渐地被边缘化。

自中国历史的车轮驶入近代之始，东北就同中国一起开始了苦难与反抗的历史，日俄战争与抗日战争曾一度将东北作为战场，甚至在辛亥革命之初，为缓解临时政府巨大的财政压力，孙中山曾表示："余等即拟将满洲委之于日本，以此希求日本援助中国革命。"❷由此可见，东北——这片关外之地的弃子心理由来已久。20世纪90年代，改革迅猛发展的势头按照既定发展规律逐渐趋于平缓，热望退却之后冷峻的现实接踵而至，被迫下岗的东北工人阶级在这次阶级分化中再次成为社会的"弃子"，双雪涛这一代目睹了被称为"下岗工人"的父辈如何为了最基本的生存而挣扎、如何在冷酷的社会中失却了尊严。在《无赖》中，当真切地感知到父母的人格尊严如同箱子里的土一样荒诞而毫无意义时，作为子一代的"我"对父母的希冀彻底幻灭，从而走上反叛的道路。切肤的个人经验使双雪涛无法在客观上否认"我"的边缘化，"弃子心理"促使他的作品中满溢忧郁，但他对父辈的感知并不止于此。2015年，双雪涛离开沈阳前往北京，经历了异乡的冷漠之后他似乎也成为一个"弃子"，于是在回望故乡的同时，他在作品中完

❶ 双雪涛，三色堇. 写小说是为了证明自己不庸俗 [N]. 北京青年报，2016-09-22.
❷ 王耿雄. 孙中山集外集 [M]. 上海：上海人民出版社，1990：167.

成了对处于边缘的自我及父辈的救赎。他此时对父辈的体认如同郑执在《生吞》中描述的那样——父辈的"一生虽然大部分时间败给了贫穷，但他的灵魂没有败给黑暗，起码他身体里的白，到死都没服软过"❶。因此，在《光明堂》的结尾"我"所渴望的温暖之家必定需要父亲在场；在《飞行家》中，二姑夫为了完成前往南方的梦想，成为自己的哥伦布。

从中心到边缘，从"他"到"我"，草明开掘的是工人阶级总体叙事，而双雪涛深挖工人阶级中的个体叙事，二者不同时代的东北工业叙事立场艺术地回答了历史留给工人的问题：自己如何成为工人、工人如何成为自己。

二、叙事基调：从日神精神到酒神精神

东北文学受到地域文化的影响，自古及今的许多作品在字里行间都透露着"日神精神"。不同于尼采在《悲剧的诞生》中的论述，这里的日神精神是指东北对太阳神的崇拜，是中国传统图腾崇拜的一个支系，虽然这种崇拜最初源于想象和象征，是非理性的，但它在衍变过程中化为了直指生存需求、热烈豪放、追求光明温暖、勇于同自然搏斗的理性战斗精神。

草明的东北工业书写，在叙事基调上与日神精神有着内在的相通，在"工业三部曲"中，日神精神主要体现为以下几个层面。其一，对工人主体进步、奉献人格的张扬。草明的东北工业叙事是在东北工业正如火如荼背景下展开的，这期间工人以一种主人翁的姿态参与新中国工业化进程，因此重新挖掘工人主体人格的积极因素就成为时代的必然要求。受此影响，草明自觉承担起历史落到她肩上的时代任务。在"工业三部曲"中，孙怀德自觉组织工人修理发电机（《原动力》）；为早日实现解放，李学文等人主动加班（《火车头》）；李少祥带领工人超额完成任务，并帮助老易改正缺点，使他真正融入工人队伍（《乘风破浪》）。这些工人形象的塑造均是在这一艺术目的驱动的结果。此外，在草明的创作中，党群干部成为向工人学习、被工人教育的群体，工人作为主人翁的主体意识被激发出来，

---

❶　郑执. 生吞 [M]. 杭州：浙江文艺出版社，2017：184-185.

他们对工厂的独特情感得以表达，如同《原动力》中孙怀德说的："厂子离不了工人，工人离不了厂子和机器。"❶在草明的笔下，工人阶级已然清楚地看到自己与工厂之间的共生关系，他们并不视工厂为一个独立于自己的客体，而是将作为主体的自己和客体混融在一起，从而焕发出主体积极进步、慷慨奉献的人格力量。这样的人格精神，既是时代精神的再现，也与东北文化中"酒神精神"相契合。在东北历史传统中，东北先民赋予、崇拜太阳巨大的神祇力量，在源远流长的承传中，这种力量对东北人的心灵产生潜移默化的"对象化"作用。由此，日神精神逐渐沉淀为"将天与地、神与人、主体与客体、迷狂与理性不分彼此地融合杂糅后"❷焕发出的人格力量和追求，是对二元对立模式的一种反拨。草明将客体的工厂与主体的工人视为一个整体，显然也受到这种"对象化"作用的影响。其二，日神精神也在草明的东北工业书写中，也会以其泛滥磅礴的叙事激情呈现出来。受日神文化的影响，东北作家通常呈现出"外倾"的创作心态，草明虽然并非出生于东北，但是东北的生活体验却让她在创作中承续了这种"外倾"模式。因此，在文本中，读者总是可以看到作为叙述者的草明跳出故事，为主人公代言、抒发自己在故事叙述中没能充分表达的余情。正是激情满溢、博大积极的日神精神，使草明的"工业三部曲"呈现出史诗般的效果，然而过于泛滥的激情又使其作品在内容和结构上不免略显粗糙。其三，草明的作品中频繁出现对太阳意象的书写。草明的"工业三部曲"中频繁出现太阳意象，尤其是在小说的开头和结尾处经常用太阳来预示良好的工业发展态势及由工人阶级创造的美好明天。《原动力》"庆祝胜利"一章在十分紧凑的工厂生活叙述中插入了景物描写，描绘太阳照耀下的玉带湖闪烁着星点，"启示着人们懂得用力量去冲破困难，去追求光明"❸；《乘风破浪》第一段就将黑夜中铁水的红流比喻为黎明的太阳；《火车头》里将工人积极向上的工作激情化为工厂烟囱中上升的黑烟，这滚滚黑烟将太阳的光彩都遮没了。太阳意象在草明作品中的运用沿用了我国古典文学传统，同时与东北地区的日神崇拜相契合。太阳不仅象征着工业的茁壮成长，更象征着工人阶级的坚毅

---

❶ 草明. 草明全集（第二卷）[M]. 北京：中国青年出版社，2012：56.

❷ 逄增玉. 黑土地文化与东北作家群[M]. 长沙：湖南教育出版社，1997：33.

❸ 草明. 草明全集（第二卷）[M]. 北京：中国青年出版社，2012：105.

品格与顽强生命力，他们敢于迎接困难、勇于追求光明，这不仅是因为工业之于工人有着十分重要的意义，而且其背后隐含的是工人对于生活的积极态度，以及对于实现个人价值的渴求。

　　与草明的东北工业叙事充溢着日神精神不同，双雪涛的东北工业创作中则处处彰显着西方"酒神精神"的影响。如上所述，双雪涛的东北工业书写在叙事视点上发生了由外向内的转变，这就使得他的小说创作侧重于刻画人物内心世界，试图通过迷醉的心理描写触及社会发展的本质。同时，他的小说中还呈现出工业书写与青春书写并重，酒和暴力构成他书写的两大意象，这种非理性乃至癫狂的现代主义书写说明双雪涛小说暗含着酒神狄俄尼索斯精神。

　　到双雪涛这里，东北寒冷的气候似乎被有意凸显，太阳往往被藏匿到朔风、大雪等意象背后，东北日神精神被掩盖，在草明时期挖掘出的工人主体性早已消失殆尽，取而代之的是失语症候。一方面双雪涛的个人经验使其叙述视点由外向内转，深入下岗工人群体的内心；另一方面双雪涛开始写作时正值先锋作家涌入文坛之际，而他本身也受到福克纳等西方作家作品的影响，这使他的创作充斥现代主义的非理性艺术精神，展现出酒神狄俄尼索斯精神支配下的情绪放纵与迷狂的心理书写。失语症候经由现代主义的创作方法被深化，进一步诉说了下岗工人的苦与痛，在《平原上的摩西》中表现得尤为突出。自《平原上的摩西》发表以来，围绕这篇小说讨论最激烈的一个问题就是"摩西是谁"，在《出埃及记》中摩西为了拯救处于苦楚之中的以色列民而降生，小说也直接引用原典"哀号何用？告诉子民，只管前进"❶，以此来暗示摩西始终处于困顿之中，但同时又用自己的力量拯救同样处于困顿之中的人。在小说中，李守廉的形象最符合摩西的这种象征意义，他在"文革"中救下傅东心的父亲，将为女儿辛苦积攒的入学费借给下岗的孙育新开店，击毙了欺辱社会底层人民的城管，正如黄平所说："李守廉真正承担了摩西的角色，他锚定着这篇小说的价值基点。"❷然而唯独代表小说价值基点的下岗工人李守廉处于失语状态，在现代主义的叙事策略中，只有李守廉没

<hr>

❶　双雪涛. 平原上的摩西［M］. 北京：北京日报出版社，2021：19.
❷　黄平. "新的美学原则在崛起"——以双雪涛《平原上的摩西》为例［J］. 扬子江评论，2017（3）.

有以第一人称的身份发出自己的声音，他的形象只能通过其他人的声音被构建，我们无法触及真正的李守廉，他已被物化为一个幽灵般的符号。摩西最终在耶和华神的帮助下走出埃及，而没有人能为李守廉代言，在反抗之后他仍然被困于广袤无垠的东北平原找不到出口，上帝已死，留下的是肃杀的生命凛冬，浓烈的酒神悲剧气息氤氲于整个东北平原，将李守廉这样被侮辱与被损害的人群牢牢包裹其中。

酒神悲剧气息并不是《平原上的摩西》之特有，而是双雪涛全部工业书写的叙事基调。与草明不同，双雪涛在东北工业叙事中较多地融入水与火这两个意象，在访谈中他曾提到自己喜欢写水是"因为对水有恐惧，就觉得有种神秘感"❶。但是，与草明作品中水与火意象所蕴含的日神精神不同，双雪涛笔下的这两个意象则呈现出酒神精神的特质。作为"80后"作家，双雪涛的创作心态呈现出"内倾"特征，受个人生命体验的影响较大，因此，作品中非理性因素就较多。《光明堂》中的水下审讯同《平原上的摩西》结尾李斐与庄树在湖中相见的情节都带有深刻的象征意味，同时这两篇小说都在不同程度上带有宗教元素。在《圣经》中，水意象寓意着罪与罚，也寓意着重生与心灵救赎，廖澄湖、赵戈新在似梦似幻的审讯中为自己进行辩白，柳丁独自对抗化作鱼的审判官；李斐得知1995年的平安夜庄树根本没有去赴约，看着印有自己童年照的烟盒飘向岸边，她对庄树说："你长大了，很好。"❷言外之意是李斐独自停留在了十一二岁的美好童年。小说中的人物虽然获得了救赎，但文本中灰色的悲剧色调仍然没有消失，柳丁生死未卜，"我"和姑鸟儿相依为命，李斐失去了健全的身体，她对庄树忘记约定的释然更是进一步加深了小说的悲剧意蕴。火意象的运用和水意象相似，《平原上的摩西》中燃烧的圣诞树、《飞行家》中点火的热气球都寓意着救赎、摆脱罪恶与到达彼岸。

除了火和水，梦作为意象也经常出现在双雪涛的小说中。《光明堂》中父亲和廖澄湖钓鱼的梦、《间距》中疯马关于笔架山的梦、《宽吻》中海豚的梦都有意无意营造了一个彼岸世界，用一种新的方式重新组织当下不尽如人意的生活，

---

❶ 鲁太光，双雪涛，刘岩. 纪实与虚构：文学中的东北［J］. 文艺理论与批评，2019（2）.
❷ 双雪涛. 平原上的摩西［M］. 北京：北京日报出版社，2021：62.

通过梦，那种惶惑怀疑与迷醉诡谲的情绪最终回复到了焦虑的本质。尼采在《悲剧的诞生》中视梦为日神阿波罗精神，并指出日神和酒神"不断地激发更有力的新生"，"在彼此衔接的不断新生中相互提高"❶，梦对世界本质的探查、对彼岸的追寻不断质疑着由火和水营造的惶惑现实，正是日神与酒神精神相互不断地激发才使得双雪涛的小说中呈现出悲剧的色调。然而，受到玄幻小说书写经验的影响，酒神精神在双雪涛的作品中常常不能加以节制，《长眠》结尾村庄沉入水中、司机幻化成长有爪子的鱼；《无赖》结尾工厂疯狂舞动之后倒塌，这些魔幻书写成为作者内心情绪在文本中的放纵，并使其陷入诡谲风格的单一重复。

由日神精神向酒神精神的转变，在内容上可以理解为由蓬勃向上的叙事基调向失望焦虑的叙事基调转变，在形式上则可以理解为由现实主义向现代主义转变，从中可以发现工业叙事的隐含读者身份也正在发生嬗变——工人阶级已然不再是工业叙事的首要读者。一方面，双雪涛的作品对读者阅读能力提出了更高的要求；另一方面，只有在东北分享着同样生存经验的人才能意会酒神精神表现出的惶惑与怀疑。

三、叙事机制：从历史形塑到自我形塑

在新中国成立之初这个百废待兴的年代，党和人民需要解决的问题是十分驳杂的，而伪满政府遗留下来的机械设备，工厂的几易其主等也使东北的情况更加复杂。这一复杂的情态，影响到草明东北工业书写的叙事机制，使其工业题材小说以这种复杂的现实为摹本，接受历史形塑的同时也在某种程度上形塑着历史。一方面，她在小说中阐明工人与设备之间的关系，在叙述工人如何对待工厂的过程中参与了对新型政权合法性的构建，巩固了工人阶级对民族国家的身份认同。另一方面，草明用文本建立了一个理想的工厂生态，满足了新中国对工业化的想象，从本质上反映了当时人们对于现代性的接受方式，激励更多的人投身于工业现代化建设之中，从而建立起共同体结构。20 世纪 90 年代社会阶层开始分化，草

---

❶ 尼采. 悲剧的诞生：尼采美学文选［M］. 周国平，译. 北京：生活·读书·新知三联书店，1986：25，41.

明时期建立起来的共同体结构与对集体的身份认同逐渐转变为一种个人的"存在主义焦虑"。双雪涛的东北工业书写从个体视角出发揭开社会改革的阵痛,力图翻开被遮蔽的历史,打破读者对东北喜感文化的认知,在自我救赎与寻找生存意义的过程中实现了对个体进行自我形塑,同时也形塑了一个新的东北个体。正是由于东北工业叙事呈现出由历史形塑到自我形塑的转变,才造成不同时期工业文学文本中突显出共同体从建立到破碎的鲜明对比,这也揭示了中华人民共和国成立以来我国工业发展过程中对"现代性焦虑"的不同体现及应对策略。

中华人民共和国成立后,"由于冷战意识形态的强大支配,文学反复诉说的一个主题就是对资产阶级生活方式及其世界观的高度警惕"❶,在草明的创作中,这一主题转化为工人与伪满政府遗留的机器设备之关系及工人干部与国外工程师之关系。然而,新中国成立之后,刚刚经历了抗日战争和解放战争胜利的东北工人对于现代化的愿望颇为热切,在这一热情驱动下追求高指标、高速度的生产,实际上不仅是现代性焦虑的另一种呈现,也是对中国被第一世界"他者化"的抗拒。这种抗拒在草明的笔下被历史形塑所掩盖。在《乘风破浪》中,这体现为在"大跃进"的特定时代背景之上,如何处理斗志昂扬的工人与"保守派"厂长宋紫峰之间的矛盾、革命性与现代性之间的关系、学习苏联及西方国家工业发展道路与探索中国自己的工业化模式之间的关系。马克思、恩格斯的经济基础决定上层建筑理论和戈德曼的文学社会学理论,揭示文学与社会之间的同构关系,这提示我们,当代东北工业叙事之嬗变离不开东北工业现代化进程的社会现实,只有回到历史现场才能真正公允地理解、看待这一叙事的内在逻辑。东北工业发展之初,人们对工业的体悟并不深刻,工厂的全部宗旨在于促进国家经济快速发展,提高人民生活水平。因此,草明才会在其工业叙事中将象征工业的烟囱、黑烟全部赋予诗意。比如,《乘风破浪》开篇便写道:"浓烟弥漫,染黑了兴隆市的上空。忽然,西边浓烟深处冒出了一团红光,冲破了黎明前的黑夜。于是,盼望天明的小鸟儿唱起来,准备迎接太阳。但是不久,红光消逝了,太阳并没有出来,小鸟儿受骗了,这片红光不是初升的太阳,而是兴隆钢铁公司的炼铁厂在深夜里按时出铁,铁水

---

❶ 许志英,丁帆. 中国新时期小说主潮(上卷)[M]. 北京:人民文学出版社,2002:503.

的红流映红了半边天。"❶同时，"工业三部曲"中也存在大量乡村美丽景色与农民生活图景的描写，草明虽然以"诗人的素质，女性的纤细和婉，把材料所具有的硬性中和了"❷，但这样的书写却遮蔽了工业发展给周边地区带来的各种环境问题，映射了作者当时的思想并没有跟上工业现代化的脚步，展现出了对乡村过于黏着的感情及沉重的乡村情结。我们不能作为后来的高蹈者去苛责草明，现代工业必须接受几千年来小农经济主导的中国历史带来的影响，并不断被之形塑。

虽然 20 世纪 50 年代末期的冒进路线被实践证明不符合生产力发展规律，但它在工业现代化的进程中突出了工人的主人翁地位，在遍及全国的现代化焦虑中反而凝聚了工人的共同体力量。从草明开始，东北当代工业叙事之中的共同体意识延续至今，尤其在 21 世纪之前，几乎所有的东北工业叙事都呈现出极为鲜明的共同体意识。进入 21 世纪，历史书写与个体书写在东北工业叙事中相伴而生，李铁在 21 世纪之初创作了《乔师傅的手艺》《工厂上空的雪》等作品，在对工匠精神的描摹中传承了共同体精神。2021 年出版的大河小说《锦绣》，更是将李铁自己的工人身份融入其中，展现出在新中国的历史中曾具公共性的国有企业情怀；而在李铭的《飞翔的锅炉》《幸福开门的声音》等小说中，历史感开始消散，共同体意识在写作中停滞、个体经验开始重建，21 世纪的这一变化要追溯到 20 世纪末期。20 世纪 90 年代中期市场经济的发展使工人阶层分化，一部分工人赢得市场竞争，进入私营企业成为小资产阶级而重新获得话语权，另一部分工人被迫下岗，挣扎于生活没有保障的社会边缘。"民不患寡而患不均"，于是曾经在历史中留下恢宏印记的工人共同体轰然倒塌，那部分在社会转型中被"牺牲"的工人只能出走或者在自己的醉与梦中狂欢。

被社会转型期分流的下岗工人经历了改革开放由最初的迅猛发展逐渐走向稳步推进的发展瓶颈期，见证了部分领导干部们不再一心一意谋发展而是变得腐败。于是，工人开始怀疑现代化是否会改变自己的生活现状，意识到自己很有可能成为国家现代化过程中牺牲的那一部分人，因此产生了对现代化的焦虑情绪。双雪

---

❶ 草明. 草明全集（第三卷）［M］. 北京：中国青年出版社，2012：3.
❷ 余仁凯. 草明研究资料［M］. 北京：知识产权出版社，2009：195.

涛的工业叙事将这种情绪视为东北人天生的特质，并将其无限放大，甚至成为东北人对整个故乡发展的焦虑。因此，双雪涛的小说在书写大量出走情节的同时也表达了在地的浓烈乡愁，故乡在其叙事中不仅是一个空间范畴，更多的是在时间上的追忆，乃至"北方化为乌有"成为每一个东北人对故乡的忧虑。在双雪涛的东北工业叙事中，下岗工人与千疮百孔的故乡东北之间建立起了一种同构关系，他们只能穿越时间通过"主席塑像"、下棋及出走的梦等方式抓住记忆，从而找回失却的自我和故乡，这些看似荒诞的个人行为，却是工人保持个性的自我形塑及重获生存意义的方式。

当工业发展的负面影响渐渐显露，经济发展与环境发展逐渐分化，甚至为经济发展做出巨大贡献的工人反而失去了良好的生存环境，加之"下岗潮"之后失序的社会环境，文学中东北的色调不再是雪白，而是烟雾的灰黑色。由此，双雪涛的东北工业叙事开始思考当工业的辉煌时代之于东北已成为过去，当一代工人失却了精神原乡，东北的出路如何，父辈与子辈的出路如何，他竭力呼救："工厂完了……工人完了……北方瓦解了。"❶工人、工厂、北方都成为东北的代名词，东北也成为一个独立的个体在文本中得以形塑，同时作为个体的东北人也在被故乡形塑着。在《宽吻》中，那只叫作海子的海豚正是双雪涛那一代人的象征，它失去了故乡，在左突右冲中伤痕遍体，更加凄然的是，即使回到故乡大海，也没有办法生存下去。从这一叙事中，能够看出双雪涛希冀着自己这代人虽在身体出走后能够实现"精神还乡"，但潜意识中对能否还乡产生了质疑。《宽吻》的最后叙述者"我"跳入冰冷的水中紧紧拥抱着海子，既是在拥抱伤痕累累的那一代人，同时也是在拥抱已然伤痕累累的故土。

从历史形塑到自我形塑的转变既是作家所选择的叙事机制之转变，更重要的是历史发展的必然性敦促工业叙事实现了这样的转变，同时也与当代文学书写的大环境相契合。

东北是我国境内最早的文明发祥地之一，也包含着相当多元的文化因素，但随着历史的发展东北成了一个被建构的东北，被贴上战争、酷寒、豪迈、喜剧与"二

❶ 双雪涛. 飞行家 [M]. 桂林：广西师范大学出版社，2017：195.

人转"等单一刻板的标签。在地域书写与研究中，东北的阶级范畴被遮蔽，东北工业叙事作为东北文学的一部分承担着还原文化东北的责任。因此，探究从草明到双雪涛的东北工业叙事之嬗变，挖掘在文本中隐含的文化生成语境及意义生成模式，可以重新发现在东北工业现代化进程乃至整个新中国工业现代化进程中被遮蔽的工人无产阶级。

相比于 20 世纪，当今我国在工业上已经取得了长足的进步，国家民族乃至全人类的共同体意识正在逐步被建立起来。然而，大规模的工业机械化、无人化正在敦促我们重新认识工人与工厂之间的关系，重新去关注在现代化发展进程中被损害的那部分个体利益，从而建立新的符合时代发展的"工业理性"。

第十三章

《好人宋没用》：新世纪文学的"小人物"书写

我不想成为上帝或英雄。只想成为一棵树，为岁月而生长，不伤害任何人。

——［波兰］切斯拉夫·米沃什

任晓雯是一位近年来引人关注的颇具才华的小说家，由"她们"［《她们》（2008）］到"她"的书写，是她近期小说创作的一个转型，其标志是《好人宋没用》（2017）、《浮生》系列（2019）、《朱三小姐的一生》（2020）等作品的先后问世。这一系列转型之作中，《好人宋没用》以其被时代碾压的小人物之人生书写，低姿态叙事，简洁、短促而复古的语言及将个体经验、日常生活与历史变革巧妙缝合的格局，使任晓雯的"她"书写在"70 后"作家中拥有了较高辨识度，显示其小说创作开始步入成熟。

一、小人物书写的历史与真实

《好人宋没用》讲述一个叫宋没用的女人，跟随父母从苏北到上海辗转飘零，苦难凄惶的一生。小说主人公的特殊性，决定了这部作品题材的独特性。在小说《好人宋没用》中，主人公宋没用始终被作为一个普通小人物来描述，在 74 年人生旅途中，她仿佛人世间的一粒尘埃，随风飘浮，在时代风雨的冲刷下混沌而坚韧地过活。这样的主人公，无论在那个时代都只能是茫茫众生中非常普通的一个。

从大的层面而言，宋没用早年所经历的苦难，可以说是那个动荡贫困年代和男权社会里，许多中国女性都曾承受过的苦难，她中年所遭逢的战争、饥饿、家破、人亡等诸种事件，也跟那个时代绝大多数普通百姓没有什么太多不同。晚年的宋没用同样只不过是一位"普通不过的老太太，似乎谁家都有一个，耳聋、多话、皱皱巴巴"❶。整部小说聚焦这样一位时代的"无名"者，使任晓雯的小说从取材上乍一看与 20 世纪 90 年代以来中国文学的"底层书写""小人物"关怀等流行文学叙事仿佛是同一个套路。但是，仔细辨析我们会发现同样是"底层书写""小人物"叙事，任晓雯对题材的处理因渗透自己独特的人的观念和文学观念，而与上述文学叙事有着明显的差异。

　　首先，小说以三十五万字的篇幅来推陈铺衍一个小人物的一生，这在以往的中国文学中尚不多见。在论及创作意图时，任晓雯认为"《好人宋没用》对人的书写是第一目的，也是唯一目的"，"这部小说的志向，是重新发现人。发现作为个体的人，对苦难的回应，关于死亡的态度，以及埋藏在灵魂最深处的秘密"❷。在此观念引领下，小说从题名到具体书写均显得有些与众不同。小说以《好人宋没用》为题名，看似平常，实则隐含了作者独特的选材视角和用意。在中国古代，叙事性文本基本取材于帝王将相、才子佳人的人生。对底层的发现和普通人生的自觉书写，是人的觉醒和平民文学观念兴起的产物，因此，自现代以来才有祥林嫂、阿Q、祥子、福贵、上官鲁氏、王琦瑶等普通民众进入中国文学经典人物的画廊。即便如此，现代以来的中国文学直接以人名作为长篇小说标题的也并不多见，虽然有诸如《李自成》《曾国藩》《张居正》《胡雪岩》《康熙大帝》等长篇小说以人名命名，但是他们均为历史上的名人。有些作品虽也书写普通人生，如余华的《活着》《许三观卖血记》，莫言的《丰乳肥臀》，王安忆的《长恨歌》等，而这些小说又很少像《好人宋没用》这样直接以人名命名。

　　那么，以一个"小人物"的名字作为长篇题目，对于一部小说而言到底意味着什么？笔者以为，这样的命名背后隐含着整个小说文本叙事的一种姿态，它又

❶　任晓雯.我们为什么有苦难——谈谈《好人宋没用》[J].名作欣赏，2009（1）.
❷　任晓雯.我们为什么有苦难——谈谈《好人宋没用》[J].名作欣赏，2009（1）.

如一个仪式或像一面旗帜，伸张着作者的人学观和文学观。作者试图开宗明义地让读者知道其全部笔力都是用来塑造一个你从未听说过的小人物，进而彰显个体人尤其是许多文学叙事焦点之外的普通人的美学价值。为了强调这一点，任晓雯甚至将其笔下的主人公取名为"宋没用"，暗示大家这位她要致力书写的主人公对于绝大多数乃至她的亲人来说都是"没用"的。其实，阅读完小说之后，我们发现主人公宋没用，并非真的"没用"，正如她晚年听儿子说自己户口簿和身份证上的名字是"没用"的"没"时，急迫地提出要求："你快帮我去改改，我不要'没用'，我哪能会得'没用'。"但是，小说却将这样一位看似"没用"之人与三十余万字的大部头缝合在一起，这不仅在叙事中形成一种错位后的张力，而且还会引发我们对类似宋没用这样小人物价值与意义的思考。在《好人宋没用》中，除主人公宋没用之外，其他的重要人物诸如父亲宋榔头、母亲方桂花、丈夫杨仁道、东家倪路得等，均为类似宋没用这样的普通小人物，他们的微茫不仅会被历史筛漏，甚至其面目形象在亲人那里也会随着时间流逝而混沌模糊，就像宋没用临终前对丈夫和婆婆的回忆那样，"关于他的记忆，竟似一张被反复涂抹的画。他本该拍张照片的，好让后人记住。正如宋没用记住杨赵氏，便是她遗像中的模样"。这些连自己亲人都需要借助照片才能清晰记起的人物，足见其微茫与混沌。但是，就是这些时代的"无名"者，在任晓雯笔下得到了真实而细腻的刻画。《好人宋没用》这部小说试图让我们看到每一个个体人在历史中的价值和意义，自现代以来许多中国作家都曾这样做过，任晓雯无疑是成功者之一。

其次，《好人宋没用》塑造的是一个已步入历史的小人物，任晓雯力图拂去历史的尘埃，从宋没用身上寻找被时代碾压的人生。宋没用是一位已然步入历史的普通个体，要打捞这样一位被时代筛漏了的小人物，远比书写自我或者同时代小人物困难得多。因为，历史的书写通常瞩目那些被时间淘筛剩余下来的人，他们大多是有一定历史影响力的名人，所以，对他们的书写因历史材料的丰富就显得相对容易。正因如此，《好人宋没用》取材被历史遗忘的小人物，就显示了任晓雯的叙事野心。

最后，《好人宋没用》在题材处理上的另一特点是"求实"。《好人宋没用》所写人事跨度从 1921 到 1995 年，其中大多数的人事、情景均远离任晓雯的经验世界，如何塑造这样一个在历史的尘埃中比较微茫的小人物，对于这位"70 后"作家来说是一个严峻的考验。虽然文学允许想象和虚构，但为了让笔下的人物更加坚实和饱满，任晓雯坚持“求实”的艺术法则，正如小说附注所言，“本书所有历史细节都已经经过本人考证”，“本书人物宋没用的幼年经历，部分参考了《霓虹灯外》”；小说的宋榔头的经历及倪路德的原型，也分别参考了《苏北人在上海，1850—1980》和《上海职业妇女口述史》等社会史著作。任晓雯借助大量历史和人物材料的阅读，在心中建构起了清晰的人物生命活动的历史图景，小说叙事中的所有想象，因有了历史材料的支撑而显得真实且有说服力。体现在阅读过程中，我们能感受到作者笔下的人物虽从历史的深处走来，他们既不是英雄也不是伟人，但作为艺术形象却一点也不混沌模糊，反而清晰生动，可触可感。

二、低姿态叙事与平凡人生的光芒

作家的叙事姿态不仅对作品中人物形象的建构有着决定性影响，而且还会波及读者对作家所塑造形象接受时的情感态度。通常而言，叙事姿态有高低之分，它以隐秘的方式承载着叙事者的价值立场，也蕴含着叙事者对其所塑造人物的内在情感。高姿态叙事带来的是较高的叙事视点，在这样的叙事视点下，作品中人物通常处于较弱的位置，在叙事进程中作者也常会站在价值或道德的高处来俯视其笔下人物的生存困境或精神局限。就中国现当代文学而言，站在启蒙立场上的作家，在塑造底层形象时，通常会采用高姿态叙事。经由这种叙事姿态形塑出来的人物形象，大多会呈现出物质与精神的双重贫困，他们性格中也因此承载着诸多需要被启蒙的愚弱之国民性，并体现出作家对其既哀其不幸又怒其不争的情感态度。这些形象尽管也不乏艺术个性，但在精神层面通常呈现出一个群体抑或一个阶级的共性特征。换言之，这些艺术形象在人格内涵层面均为复数的“他们”/“她们”，而不是单数的“他”/“她”。就如鲁迅塑造阿Q时，采用的是“杂取种种，合成一个”的艺术策略。在中国现当代文学形象谱系中，从鲁迅笔下的祥林嫂、孔乙己，老舍笔下的骆驼祥子，到高晓声笔下的陈奂生等，都属于高姿态叙事形塑出的艺术形象。与之相对照，低姿态叙事是叙事者以一种平等或者仰视的视点来形塑自己笔下的人物。低姿态叙事，在20世纪50—70年代中国文学实践中曾多用来形塑英雄形象，即使用在普通人身上，也是致力于挖掘他们人格的超越性品质，这是叙事者仰视视点决定的，如梁斌笔下的朱老忠、柳青笔下的梁生宝、《红岩》中的江姐、《沙家浜》中的阿庆嫂等均属此类型。随着20世纪80年代“新写实”

小说的出现及 20 世纪 90 年代以来底层书写的流行，越来越多的作家在塑造人物形象尤其是书写"小人物"时，开始采用平视的视点来进行低姿态叙事，力图呈现普通个体凡俗而琐碎的人生。

《好人宋没用》虽然采用的是低姿态叙事，但是在审视人物时并未采用单一的平视视点或者仰视视点，而是将这两种视点有机地结合起来，实现了对小说主要人物情感与价值取向的平衡。经由这种叙事姿态和视点的处理，宋没用这一人物形象就具有了某种艺术独特性：任晓雯既没有让宋没用在历史与苦难的淬炼下脱变成英雄，也没有将其当作庸碌无为、麻木不仁的"小人物"来处理，而是还原其生命本真，成为具有鲜明艺术个性的"她"。一方面，小说通过平视视点给我们呈现了宋没用平凡、琐碎和悲苦的一生。宋没用的人生经历了种种苦难与不幸，一出生就成为父母眼中的"多余人"，在贫苦且困顿的家庭中，幼年的她在母亲打骂中过活，失去父母之后，宋没用只能委身杨家。然而，生活刚有好转，丈夫杨仁道就因被诬告为汉奸而处决。后半生，宋没用孤身一人带大五位儿女，结果女儿早逝，她最终在孤独中猝然离世。面对苦难与不幸，宋没用虽然和祥林嫂类似，并没有自觉的反抗意识，生活悲苦又有些浑浑噩噩。但是，任晓雯在审视和处理宋没用时，并没有像鲁迅那样站在启蒙的立场上揭示"吃人"社会的凉薄和其愚昧麻木的精神困境。小说虽然书写了周围人物对她的伤害，例如幼年父母的打骂，婚后婆婆对她的提防，甚至自己的房子也两度被人抢占，但这些并未将整个小说导向"吃人"叙事，任晓雯要呈现的是动荡、贫穷环境下，复杂而异化的人心。因此，小说不仅没有让宋没用"被吃"，反而书写了她几次困顿时刻得到他人的帮助和拯救：分别是被老虎灶杨赵氏收留，被善太太善待。另外，平视视点也使得小说在塑造宋没用这一形象时情感态度更为客观。小说在叙事中并不回避宋没用性格中的一些缺点，如在悲苦生命进程中，宋没用缺乏对现实生存环境的自觉反抗，面对外部伤害和欺诈，她也太过于软弱，以及被杨家收留后偷钱给他哥哥等。所有这一切，作者没有以一种嘲讽的口吻在叙事，而是给予她更多的同情。

另一方面，在低姿态叙事中，任晓雯还注入了仰视视点，让我们看到宋没用这位逆光而来的小人物身上所具有的良善、坚韧和朴素。在任晓雯笔下，宋没用是个小人物，作为芸芸众生，她是一位容易被人忽视的存在，但作为一个个体，她并不微小。宋没用一生都在对抗着自己的"没用"，在无意识中用自己的勤劳、忍耐与良善彰显了自己的"有用"和光芒。宋没用一生勤劳，年纪尚小，就每天到外面捡拾垃圾和烂菜败叶，嫁给杨仁道后，宋没用也辛勤地操持着老虎灶的生意。丈夫的离去，让她陷入更艰难的困境，但是她依然努力操持家务，将五位子女抚养成人。此外，宋没用的忍耐与良善在文本中也得到了凸显。尽管母亲对自己很不好，"大孩子们打不动了，就打宋没用"，"像对待一条狗似的，对待这个女儿"，然而在母亲临终前，是宋没用在身边服侍。自己的亲哥哥不仅没有给予宋没用任何呵护与关照，甚至不断算计着她的钱财，但是基于亲情伦理，宋没用还是给予他许多接济和同情。甚至两位后来霸占她家房屋的人，都是宋没用出于善良和同情的本能而接纳他们所引起的，可谓"引狼入室"。尤其是善太太"文革"落难时刻，宋没用在懵懂中对这位曾经在无家可归时收留自己的"善人"给予了关爱与同情，更彰显了其内心深处善的精神底色。所有这些人格和精神面向，都不断地提示我们宋没用的"有用"，等到她真正"没用"的时候，其精神就陡然坍塌，很快走向人生的末路。

由此，在小说绵密的日常叙事中，一个本来很难引起人们注意、形象混沌暧昧的普通妇女，经由任晓雯细致而舒缓的笔触，被塑造得异常丰满。很显然，这样的题材处理方式表明任晓雯通过这部小说试图去发现"人"，寻找普通人身上的微光，这些微光尽管不是那么亮眼，但也有自己独特的光芒。宋没用的人生可谓很苦但又很普通，她的苦难能够引起人们的共情，她的善良给人以温暖和希望。这种对抗性描写，在增加了小说张力的同时，也颇容易引发读者的共鸣。

三、小人物与大格局

如上所述，《好人宋没用》致力于"小人物"书写，因为这种题材指向关涉的是个体生命，所以它需要面对如何处理个体与历史，怎样在书写小人物时克服时代总体性微弱与格局丧失等近年来诸多作家创作中所遭遇的难题。关于"小人物"书写，曾有论者指出："如何将碎片经验的美学捕捉同总体性时代想象融合到一起？'人物之小'与'格局之大'间该如何兼容互恰？颓唐失意固然有其深刻之处，小人物的欢乐或伟岸是否应得到更多呈现？当那些结构相似的'失败者困境'在不断重复中疲态尽显，我们又该如何找到更有新意的观照角度，并在小人物的故事中注入更多爱与信的力量？不论从文学批评还是创作实践的角度，这些都构成了难以绕开的话题。"❶这其中"人物之小"与"格局之大"的矛盾，是 20 世纪 90 年代以来中国文学"小人物"书写比较突出的艺术困境，尤其是对于 70 年代及以后出生的作家来说更是亟待破解的难题，因为与"50 后"和"60 后"作家相比，正如有批评家所言："历史在'七十年代人'那里全面隐退，我们看到的是'现在进行时'的非历史性的成长。"❷文章对"70 后"作家的这种批评虽稍嫌绝对，但却指出后现代写作兴起后，当代中国文学的总体性书写渐趋衰落和历史意识淡漠的问题。

很显然，任晓雯意识到"小人物"书写的这一问题，并试图在创作中对这种困境有所超越。因此，《好人宋没用》在关注个体，书写琐碎日常，聚焦微观的同时，也显示了将社会与人的总体性和宏观性带入文本的努力，以克服个体叙事碎片化的困境。一方面，《好人宋没用》虽以宋没用等"她"者的个体生命和日常生活为中心，但并没有采用 20 世纪 90 年代中国文学"私人化"写作所惯用的摒弃宏大叙事的艺术策略，而是在跨度 70 余年的叙事中，将个体人的境遇和生命轨迹跟历史与社会内在地联系起来。因此，小说在宋椰头、宋没用、倪路得等个体生命史的叙述中，始终隐伏着现代中国诸多重要的政治历史事件。从阜宁水灾（1924）到"一·二八"事变（1932）、淞沪会战（1937）、国民党疯狂"撒钱"致通货膨胀（1938）、抗战胜利（1945）、金圆券事件（1948）、上海解放（1949），再到土改、镇压反革命运动、"三反""五反"运动、"一五"计划、反右运动、"大跃进"运动、"文化大革命"、上山下乡、毛泽东逝世及 1986 年的金融改革等诸多历史和社会事件均被编织进文本。

不仅如此，这期间的政治、经济、文化乃至风土人情等外在于小说人物生命和情感的要素，也随着宋没用及与之关联人的个体生命书写而被代入进小说叙事中来。值得注意的是，这些社会历史与政治变动，在小说叙事中虽未得到前置性凸显，但并非外在于小说人物的生命流程，相反对他们的命运产生或隐或显的影响。这体现在小说中，就是许多人物的死亡或命运转折，通常交织着外部历史政

---

❶ 李壮语."当下文学中的'小人物'书写"三人谈 [J]. 福建文学, 2019（7）.
❷ 李敬泽. 穿越沉默——关于"七十年代人" [J]. 当代作家评论, 1998（4）.

治力量的介入。母亲方桂花虽然是因病而逝，但小说在再现这一个体死亡场景时却与 1937 年 8 月的淞沪会战这个重大的政史事件结合起来，她临死前受到战争爆炸声的惊吓，变得呆滞。此外，抗战期间，丈夫杨仁道被诬告为"共匪"而丧命；女儿"文革"期间响应毛主席号召，远赴云南当知青，最终客死异乡；善太太倪路得一家在时代风雨中命运发生逆转等情节，均显示了历史对个体人生不容忽视的影响力。借助这种艺术方式，《好人宋没用》尽管叙写的是一个微茫的小人物，但因其向历史和社会的敞开式容纳，总体上却具有一种大的格局。

另一方面，与许多革命历史小说不同的是，汇入《好人宋没用》的大格局和大叙事并不是宏大叙事，作者所要呈现的是政治风浪中的个体人生，是一场关于历史的微观叙述。因此，军阀混战、抗日战争及改革开放等诸多历史和社会事件，在文本中只做背景式处理，它们是由作品中个体生命的流程顺带而出，隐伏于作品个体人的生命之流。甚至许多重大的历史事件，也被处理为个体人物眼中的时代风云，如写到抗战爆发时，小说是以宋没用的视角来呈现，"世道乱起来，传言要和日本人打仗。很多人家从闸北逃到药水弄"。从个体人的视角来体察时代洪流和历史巨变，小说中的普通民众（除杨白兰外）基本都是被裹挟进历史进程之中的。这样一来，小说所塑造的主人公宋没用既是一个无法摆脱时代风云的宋没用，同时历史风云又只能是宋没用眼中的历史风云。钱理群认为："我们的历史研究，往往只注意历史事件，而忽略历史中的'人'；只注意历史大人物，而忽略历史中的'普通人'；只注意人的群体的社会运动，而忽视社会群体中的'个体'的差异性与独特性；只注意人的行为，而忽视人的'内心'。"❶这四种遮蔽不仅体现在历史研究中，在文学创作中也长期存在。任晓雯的"她"书写用文学的方式回归了"人""普通人"和"个体"。《好人宋没用》中对"小"与"大"的处理，虽不能说臻于完美，但却较好地克服了以往文学叙事中普遍存在的"人物之小"与"格局之大"之间的矛盾和冲突，显示了作者既致力于书写小人物的丰富人生，又不断地用历史叙事提示我们，小人物身上也有大历史。

任晓雯的"她"书写始于"浮生"系列短篇，在《好人宋没用》中得以彰显，

---

❶ 钱理群. 中国现代文学史论 [M]. 桂林：广西师范大学出版社，2011：320.

并在《朱三小姐》系列创作中有所赓续，其所建构的写作伦理成为作者突破自我，确立写作个性的重要标示，并将成为她此后创作进一步深化和发展的重要艺术路径。

陈黎明：乡土文学在 20 世纪中国文学创作中像一条幽深壮阔的长河，绵延不绝，吸引着诸多作家的目光，也构成了此期文学的独特风景。然而，从鲁迅的《阿Q 正传》、沈从文的《边城》，到柳青的《创业史》、浩然的《金光大道》，再至路遥的《平凡的世界》及阎连科的《炸裂志》，20 世纪中国乡土文学的书写也因时因人而出现不断地嬗变。其中，阎连科小说《炸裂志》（2013）的出版则典型地呈现了乡土文学新世纪前后的裂变。

小说《炸裂志》用"炸裂"这一独特的语词，试图揭示改革开放以来中国乡村的快速变迁和嬗变特征。这部作品和贾平凹的《秦腔》（2005）、关仁山的《麦河》（2010）、孙慧芬的《生死十日谈》（2012）、叶炜《后土》（2013）、刘继明《人境》（2016）及梁鸿的《中国在梁庄》（2011）、黄灯的《大地上的亲人》（2017）等小说或者纪实文学作品一起，昭示了新世纪乡土文学书写的新动向。

下面我们一起就以《炸裂志》为例，来讨论新世纪乡土文学书写的这种裂变。为了便于集中讨论，我们设计了五个议题，通过不同层面来观照这部小说书写了20 世纪 90 年代以来乡土中国到底发生哪些变化，阎连科是以一种什么样的姿态和情感态度来书写这种裂变的，以及作为文学文本的《炸裂志》在艺术上的突出特点和局限性。

一、寓言性与现实性：《炸裂志》的主题内涵

陈黎明：我们讨论的第一个问题是，《炸裂志》这部小说的主题内涵。关于这部小说，阎连科认为："这是一部超越时间界定的小说。里面所有的事件都无

法找到既定的时间坐标。对于中国改革开放三十年，我们没有办法说，1980年怎么样，1990年怎么样……我们的发展从来都是超越时间既定的。再有一个，这部小说是寓言性和现实性的大集合。我们说它是寓言性的时候，就不会用时间去理解。但我们又明显感到，小说里的故事就是中国过去的三十年。"❶在这里，阎连科提到了这部小说艺术表达上的一个重要特征：寓言性与现实性有机结合，我觉得这应该也是我们探寻这部小说主题内涵的一把钥匙。接下来，就请同学们从寓言性与现实性这两个层面来谈一谈自己对这部小说主题内涵的理解。

闫君洁：我想从对人性扭曲的反思这一层面，来谈一谈自己对《炸裂志》这部小说主题内涵的理解。

阎连科的长篇小说《炸裂志》主要讲述了"炸裂"以非常不光彩的手段在短短三十年间由一个小村庄迅速发展成为超级大都市的故事，在这种急速发展的过程中，钱、权、色紧密交织，对金钱和权力的过度崇拜导致人性发生了扭曲。

首先，小说真实地描绘了金钱至上的观念腐蚀了传统的人伦情感。在中国传统乡村中，人情占有相当重要的地位。朱庆方在炸裂村做了几十年的村长，在村子里无疑有很高的威望。孔明亮靠偷扒火车率先成为万元户后，承诺到年底能让全村一百二十六户的一半成为万元户，于是他在乡长的支持下成为新任村长。他让村里人朝朱庆方吐痰，吐一口给十块钱，没人吐，加价到一口二十块钱，年轻人二狗先心动，"他连连呸吐，孔明亮也就连连给钱。人们就羡着喜着都去朱庆方的身上吐痰了"。老村长就淹死在全村人在金钱蛊惑下吐向他的痰液里。亲人离世本是最悲痛的事，但当家属能从亲人的死中获利时，丧事就变喜事了。比如朱大民一家。朱大民从火车上掉下来摔死，孔明亮给他定为烈士，朱大民的父母哭得"摇地动天"，一下一下朝死尸上扑，当孔明亮承诺给村里统一盖房时先给他们家盖并且钱全由村里出，把他们孙子养到十八岁，孙子未成年前不让儿媳改嫁，真要改嫁也不能带走孩子，"两个老人脸上便由悲转喜了，笑像日出一样挂在他们脸上了"。作者以平静的语气讲述这些触目惊心的事件，从中可以看出，在金钱的诱惑下，传统的人伦情感被逼退到角落，与利益相比，它变得不值一提。

❶ 石剑峰.阎连科谈《炸裂志》[N].东方早报，2013-09-29.

其次，《炸裂志》再现了炸裂村人为金钱、权力放弃尊严的种种扭曲人格。俗话说"男儿膝下有黄金"，然而孔明亮为了实现对权力的追求，可以放弃作为男人、作为人的尊严，三次给人下跪（两次对象是朱颖，一次是县长）。孔明亮"在朱家门前果真跪下了"。从第一次的犹豫，到第二、第三次的决然，是孔明亮权力欲的逐步膨胀，直至完全压倒了对于尊严的需求。于孔明亮而言，掌握的权力越大，尊严就越不重要。

不止孔明亮，全炸裂村的人都愿意为炸裂的发展放弃尊严。为了让美国人来炸裂投资，孔明亮把全县人的尊严都贿赂出去了，签署下发文件——"所有的炸裂人，在路上见到在炸裂投资、旅游的外国人，都必须首先点头说'你好'，必须向他们鞠躬并闪到路边上，让他们走在路中央，以体现礼仪之邦的文明。"除了孔明耀没有人提出异议，大家都欣然接受了这个文件，并不觉得有损于人的尊严。全炸裂村的人也可以为了让炸裂成为超级大都市而和孔明亮一起给朱颖跪下。为了发展、为了利益，人们已经完全不顾及个人尊严。

最后，《炸裂志》也让我们看到，炸裂村人为了发展、挣钱而放弃道德和伦理底线的悲剧。为了迅速富裕起来，"炸裂"人完全不顾及道德、礼义廉耻，以自欺欺人的方式生活。孔明亮带着全村人去扒火车、卸货物，但"不让从任何人的嘴里说出一个'偷'字来"，不能说"偷"要说"卸"。因为金钱上的损失而逐渐接受原来觉得滑稽可笑的事实，后来习以为常，好像真的没有了"偷"这个概念，"拿"别人的、公家的东西成了习惯，富裕了之后也继续这样做，因为他们已经从心里不觉得这是件错事。

炸裂人家里有女儿的，都说是在南方打工挣钱，却几乎都是在跟着朱颖挣风流钱。炸裂人对女儿姐妹的色情事业心知肚明，心安理得地享受着她们肉体换来的钱，并对带她们这样挣钱的朱颖充满感激。在"炸裂"人看来，不管怎样挣钱，只要能挣到钱就是好的。

从最开始的扒火车、偷卸货物，到后来的生产假冒伪劣产品的工厂、色情行业等，"炸裂"人挣的每一分钱都是不洁净的。"炸裂"人以情感、尊严、道德、环境等沉重的代价换取了自身的发展，这个过程中人性的扭曲触目惊心，值得我们更多的思考。

杨楠：阅读完作品后，我认为《炸裂志》的主题内涵就是：作者对社会主义市场经济制度刺激下，超高速脱轨发展的城市在生态环境、精神世界各方面，失序、崩坏状态的揭露与批判。

刚才闫君洁侧重谈的是炸裂村人金钱崇拜下的人性扭曲，接下来我将从对权力的崇拜这个层面来分析在《炸裂志》中阎连科是如何通过寓言来创造他认为的真实的现实的。我之所以选取这个层面来进行分析同样来源于阎连科，他曾坦言：少年时期形成的世界观会影响你的一生，除非你以后经历重大的、灾难性的变故。而阎连科在少年时期有三个崇拜：对城市的崇拜、对权力的崇拜、对生命的崇拜，这三个崇拜一直影响他的写作和他对世界的看法。这三个崇拜中的权力崇拜在《炸裂志》中得到了最鲜明的突出。

对权力的崇拜在《炸裂志》中有突出的地位，几乎书中的每一个角色都渴望拥有权力，大到主人公孔明亮对行政权力的无限渴望、孔明耀对军事大权的蛮横垄断，小到孔家的保姆都想当妇联主任。他们都想将权力紧紧地抓在手里，因为权力在手，就拥有了操控他人的能力，欲望就能得到满足，无论是金钱还是女人，想要的都能得到。这一点在孔明亮这样人物形象上尤具典型性。孔明亮在炸裂就是当地的主宰者，炸裂就是他孔家的炸裂。在炸裂，当程菁不愿意屈于他身下的时候，程菁哥哥的坟前一片荒芜；当程菁主动脱衣之后，她哥哥的坟前就是一片生机。这里可以理解为权力让孔明亮尝到的甜头，这样超自然的能力让孔明亮充分体会到，将权力的能力用以要挟，可以轻易控制他人。当孔明亮拿到镇长的任命书的时候，盖了印章的红头文件扫过枯萎的植物，植物复活，扫过蟑螂，蟑螂即刻死去。红头文件代表了权力，这一部分直接点明了权力的可怕力量，可以按照个人的喜好，决定生死。在作品里，作者给予了孔明亮权力，而权力又让孔明亮能够为所欲为，这样孔明亮更加渴望拥有更大的权力，为了当选村长，以期望一步一步往上爬，谋求之后有机会得到更大的权力，孔明亮甚至愿意向朱颖下跪。为了得到权力可以行贿，送礼，送女人，而拥有了权力，又能够得到金钱、女人，和想要的一切，人们都在得到权力和渴望更大权力这样永远得不到满足的贪婪欲望中挣扎。

因此，小说《炸裂志》表达了作者对中国式发展的反思，以及作者对创作文本时身处的环境的激烈反应。作品中不无表现真实的现实，但我同样认为作者寓言性的使用在某种程度上表现了作者主观的盲目膨胀，他仅仅展现了中国现代化发展中的负面，片面地将炸裂塑造成"恶之花"。这部作品在具有现实价值的同时，也具有难以掩盖的不足。

赵琦： 刚才前面两位同学分别解读了《炸裂志》所书写的中国乡村现代性变革进程中金钱、权力对人的异化。一开始，陈老师提到了阎连科这部小说的现实性和寓言性问题，下面我就想从寓言性层面来谈一谈"哭坟"习俗与文本主题表达之间的隐喻性关系。

"炸裂"这个词，写出了改革开放中国乡村社会三十年膨胀式的，甚至有点失控的发展状态，所以当历史炸裂而极能喷发时，喷涌而出的不仅是汹涌的欲望流及滔滔的情绪流，还有那汩汩的泪水——小说中的"哭俗"或"哭坟"传统。这种习俗在经济飞速发展的"炸裂"逐渐被人们冰封在记忆中，当记忆破冰，无疑会迸发出振聋发聩的回声。

小说在情节设置上缜密而细腻，一夜走梦、钱权崇拜、哭坟习俗这三条线索，既各自推进又相互交织，共同促成了情节的发展与转折，值得注意的是"哭俗"在小说中的位置及其丰富内涵。据《炸裂志》记载，"哭俗"或"哭坟"传统乃此方独有，指的是："每年清明后的一个月，各户人家在祭祖之后的某一天，都再到坟上哭一场，和祖先默说默说心里话，一年间就会心畅事顺了。"也未必是真哭，或只是坟前发泄，或仅为沿袭风俗。

小说在开篇处便记述了"哭俗"的起源："解放后，合作化把分给农民的土地重又收归集体之创举，使孔市长的爷爷坐在田头号啕大哭，三天三夜，哭声不止，引来了几乎各户土地的主人——村民们都到田头为失去土地而哭泣……然炸裂之'哭俗'也就源此初成。"小说中间叙述中，"哭坟"习俗总是处于一种被遗忘的状态，只出现了两处。时隔二十多年，改革开放经济迅速发展，炸裂人民"各显神通"致富了，当孔明亮当选村长后，"他忽然想起村里人有一年没有到山脉坟地去哭了"，"那有悲伤忧痛都要到自家坟地大哭的习俗都忘了"。这是一次集体哭坟的叙述。再有就是朱颖对明辉说的一句话："抽空陪嫂子到坟地哭哭吧，我们有几年没有到坟上去哭啦。"但并没有付诸实践。直到小说尾声，"炸裂的街街巷巷中，商店关门，公司歇业，一个城和死城一模一样"，一个城市的繁华刹那间轰轰烈烈的结束了，留在炸裂的老人们才想起有几十年没去坟上诉说他们的欢乐苦难了。这也是一次集体哭坟的叙述。作品采取地方志形式，自然涵盖"炸裂"地域各项事类，尽管"哭俗"仅为其中一项，却时隐时现而贯穿全书，又首尾呼应而构成循环：以号啕大哭拉开序幕，以呜咽泱泱落下帷幕。我们不难发现这种哭祭传统不是绵延千年的古旧习俗，而是发生于农村合作化运动过程中的"新传统"，所以它不是传统世界、先民神话和民间信仰的遗物，而是现代世界中精神寄托、释放内心的产物。但它又不同于一般的哀悼，因为这创伤正来自创造，来自历史主义和进步主义的风暴。

小说中"哭俗"每一次被记起，都是深藏在异化人灵魂深处的人性在召唤，是一种对发展主义历史违背人性的部分之本能对抗，人们的哭诉、忏悔像短暂的一次清醒，美善的灵魂得以回归，暂时阻断了钱权造就的洪流，是对极端发展的一种调停，是淳朴民风与现代机械的一种对抗，也是历史"炸裂"发展时从遥远文明传来的悠悠回声。作者以哭祭作为悲伤的韵脚，暗暗嵌入全书高歌猛进的节奏中，以其重复和呼应的形式起到押韵的效果，另成一种声音，不协调地糅入历史炸裂的持续巨响中，起到阻断、调停、制动、缓冲的作用，却因不断遭到压抑、淹没和遗忘，所以临时而短暂。

哭祭习俗其实古已有之并且沿袭至今，但需要明确的是本文的"哭俗"设定具有戏剧性，它为炸裂独有，时间上来看是农业合作化之后才出现，在历史阻无可阻的滚滚车轮中，它似乎是作者刻意添加的一味调剂，时不时蹦出来一下，让情节更加合理，让主题更加丰厚。所以，当我们目睹了极端发展的灾难片后，反观当下时要有毅力及时止损，因为在欢庆"炸裂"的爆竹声和锣鼓声变得不再喧嚣时，远处传来的声声回响并不喜庆，入耳的分明是难以压抑的号啕和哭诉。这盛大节庆中忧郁的背面，这狂热疾行中悲伤的回眸，是为具体历史阶段出现的"哭坟"习俗的解读与定位。

欧兆凯：刚才三位同学包括我看到的许多的学者，都认为作者在《炸裂志》中表现了中国乡村现代性发展中，人心的浮躁，欲望的迸发及伦理的崩溃。但是，我通过文本细读，发现了不同于这些观点的方面，即在《炸裂志》中，作者并不是简单的揭示问题，他也尝试给出一条疗救的道路——知识拯救。

萨义德在《知识分子论》中认为"知识分子的代表是在行动本身，依赖的是一种意识，一种怀疑、投注、不断献身于理性探究和道德判断的意识；而使得个人被记录在案并无所遁形。知道如何善用语言，知道何时以语言介入，是知识分子行动的两个必要特色"❶。我们可以简单理解为，知识分子是需要承担社会责任

---

❶ 爱德华·W．萨义德．知识分子论［M］．单德兴，译．北京：生活·读书·新知三联书店，2016：38．

的。在初读《炸裂志》时，我便产生疑问，我认为作者并不仅是揭发问题，他作为知识分子必然是会提出自己解决问题的思路，怀着这样的想法，在小说中，我发现了三处此样的端倪。

其一，小说中炸裂村的几姓家中：孔家、程家、朱家，这使我不能不联想到儒家诸圣人，所以我认为作者构建的三姓主人公是通过一种反讽的方式，来表现出炸裂村秩序的崩坏及人性的堕落。在小说中，我们可以看到这样的情景：朱颖与自己的杀父仇人结婚，孔东德与儿子孔明光争夺女人……这所有的例子都突出一个主题，即人伦秩序的崩坏，这在生于洛长于洛，深受儒家传统文化影响的阎连科眼中是违背传统人伦秩序的。作者通过寓言的方式将其扩大，这恰如其分的表明，作者正在无意识的呼唤传统的人伦秩序，是那种父慈子孝、兄弟友善的正常的生活秩序，这也就确证了作者在小说中三姓主人公选择的非盲目性。

其二，想要更好地理解这部小说，朱颖是我们必然避不开的一个人物。朱颖的父亲被孔明亮害死，她被迫走上背井离乡之路，在大城市中靠出卖自己的肉体赚得财富后，返回炸裂村进行自己的复仇计划。在朱颖眼中，孔家除孔明辉外没有一个是无辜的，她都要进行报复。文中有这样的两个细节，一是在朱庆方被羞辱至死之后，帮着朱颖将其父亲抬进家门的是孔明辉，朱颖丢下一句："是你呀！用不着！"二是朱颖成为孔明亮妻子之后，询问孔明辉毕业之后的打算，还留下一句，毕业之后不要回到炸裂来，炸裂早晚会毁在我跟你哥的手里。因为，孔明辉作为一个思想受过武装的知识分子，对朱颖来说，这是一个非可控的因素，他是有可能抵挡住"物欲""权欲"等恶欲侵袭的。不让毕业的孔明辉回到炸裂，是朱颖以"为你好"为名，做出的避害举措。在物欲、权欲极度膨胀的环境中，知识的力量及受过武装的头脑是遏制这种恶性循环的有效力量。

其三，孔明辉是唯一一个处于荒诞世界而没有被异化的人物，他通过黄历书对大哥大嫂进行拯救。在拯救的同时也表现出可悲的一面：众人在欲望的烧灼下，没有人去关心孔明辉的声音，更为讽刺的是他的反抗意识也是非主动性的，他是在老黄历的指示下，进行觉醒后的拯救行为的。作者在小说中将拯救堕落的希望寄予以孔明辉为代表的知识分子身上，留下一个光明的尾巴，"牡丹、玫瑰、芍药、各种各样的树……"在以后的世界中开放，这本身就表现出作者对于未来的期望，他在写人的恶的同时，将善附着在其背面。

综上所述，我认为《炸裂志》这部小说表现出了作者对改革开放 30 年以来对现实的关怀，他不但发现了问题更提出了自己认为可行的解决方案，即知识拯救。在社会高速发展、物欲横流的时代中，武装思想，学习知识或许是保留世界真善美的一条有效途径。

二、"裂变"书写：对中国乡村发展的洞见还是偏见

陈黎明：我们要讨论的第二个问题是，阎连科的"裂变"书写对中国乡村发展而言，是洞见还是偏见。对 20 世纪 90 年代以来中国乡村社会变化敏感的人，都会明显地感知到其剧烈的变动，甚至断裂。亲历这场巨变的阎连科，在小说中显示出了和他同代乡土作家相似的情感态度，即对乡土裂变的现代性焦虑，对以利益为主导的物化生活形态的批判和对城市化发展趋向的现代性反思，这既不是"五四"启蒙立场下书写乡村的闭塞与落后，也不是反启蒙立场下的对乡村的诗性书写和田园想象，而是对现代性尤其是物质现代性对乡村的大肆入侵所造成乡村伦理与文化秩序的坍塌，以及对乡村自然形态的凋敝和破败感到格外的焦虑。那么，在"乡土中国"正在日益被"城镇中国"所取代今天，我们如何认知这一转变？

刘一潼：阎连科基于改革开放 30 年来中国社会、经济的飞速发展创作了《炸裂志》一文，虽书中并未明确提出具体时间点，但是通过尾声中提到的北京 61 年一遇的特大暴雨（2012 年 7 月 12 日北京及其周边地区遭遇 61 年来最强暴雨及洪涝灾害）使我们可以掌握作品所描写的时代。在《炸裂志》中阎连科将整个社会主义市场经济时代的中国浓缩于"炸裂"这个小乡村中，把整个炸裂的命运紧紧连接在孔、朱两家，并以"梦"为楔子，构造画出孔、朱两家人的命运。面对市场经济、商业文明和城市化进程的急速发展，无论是主人公孔明亮、朱颖等人还是社会中的普通人，他们在物质欲望与权力欲望的不断加深逐渐抛下道德和人性最终走向毁灭。

阎连科叙写者炸裂由村到镇、由镇到市、由市到超级大都市的飞速发展，他明了炸裂的发展只会越来越快，而炸裂的崩坏越会随之加快，所以他希望能利用炸裂传承已久的传统习俗、传统文化等来延缓发展的进程，但是在解决现代化发展过程中的问题和对社会飞速发展的迷茫与焦虑时，他遇到了一些难以解决的问题。

至于阎连科希望"精神还乡"回归怎样的传统这一问题，通过对《炸裂志》

阅读我发现有一个独特意象——钟。在小说中孔父、孔母去世后，家里的钟都坏掉了，跟着孔明耀、朱颖离开炸裂的人家里的钟也都坏掉了，在炸裂故事的最后人们把坏掉的钟扔在大街上，堆满了整个炸裂市。是阎连科对炸裂市悲剧的一个结束，这个极快速发展起来又那么快落寞的城市在这一刻画上了一个句号。或许阎连科希望人们能停下来好好对历史进行反思、对未来如何发展进行思考，面对已经失败的教训进行总结，处理好传统与现实的关系，面对现代化的发展采取正确的手段，把握好道德的底线，让经济和道德同步发展。这不仅是阎连科对炸裂市的期望，也是阎连科对中国发展的城市化、现代化的期望。

姚淑好：关于《炸裂志》乡村书写是洞见还是偏见的问题，我阅读后的一个基本观点是该作品既有洞见亦有偏见，且偏见多于洞见。

首先，说一说《炸裂志》乡村书写之洞见。《炸裂志》主要讲了个人、群体在乡土中国现代化进程中的迷失，相比于沈从文的"犹抱琵琶半遮面"，阎连科则是直接掀起表层的屏障，直击问题，"炸裂"既是炸裂村的炸裂发展史，也是人性、人心的炸裂志。正如前面几位同学所言，《炸裂志》直面乡土中国发展中的问题：个人道德、社会公德的沦丧，伦理的违背及人性人情的冷漠等。虽然《炸裂志》所揭示的问题，其他作家同样也有提到，正如丁帆所说："工业文明和城市文明倒是以其强大的辐射能量在不断地改变着他们的思维习惯。就此而言，在相当一个时期内，反映这样的文明冲突，就成为许多作家（不仅是乡土文学作家，也是城市文学作家）所关注的焦点，它并不是'社会生活中极小部分的问题'，而是在这一漫长的转型期里最有冲突性的文学艺术表现内容"。[1]但是，我还是在此将以上揭示的问题归为《炸裂志》的洞见。

其次，我想结合小说中的"妓女"书写，来说明其中所呈现出的偏见。《炸裂志》在对"妓女"形象的刻画和描写上是存在偏见的。黄惟群曾说："《炸裂志》中，还有一个给读者留下强烈印象的群体：妓女。这个具有'性'特征的女性力量，简直太大了，且被广泛运用、无处不在。家庭变故、蓄意谋杀、民主选举及金山银山，全和这些妓女紧紧联系在了一起。她们简直是想干什么就

---

[1] 丁帆. 中国乡土小说史［M］. 北京：北京大学出版社，2007.

干什么，想干成什么就一定能干成什么。她们成了一切社会变动的内在决定要素。她们几乎是社会最高智慧、最强才干的拥有者。"黄惟群的质疑正说明《炸裂志》在对"妓女"形象的刻画和描写上是存在偏见的。我认为《炸裂志》这方面的偏见主要有三点体现：其一，过度夸张化。《炸裂志》关于妓女的描写主要集中于朱颖的发家史，是小说的重要内容，几乎占整个作品的二分之一。随着城市化的发展，我们不可否认在这一过程中确实存在着权钱交易、性贿赂、嫖娼卖淫等现象，但作者把这一现象夸张为全村女性农民的取向，变成了炸裂村、县、市的社会发展道路，整个村子的女人出去卖淫的荒谬，实在难以认为这不是偏见。其二，不合逻辑，不符事实。比如，朱颖本来自己拥有主动权反过来却把主动权交给男人孔明亮，然后再从孔明亮那里要主动权，这是多么愚昧无知的表现。此外，依靠权力向"妓女"性的妥协就更是闭门造车，孔明亮必须随时对付来自朱颖的威胁，在炸裂村升县为市的权力斗争中，朱颖的"性势力"依然是决定因素，这一叙述也不免让人大跌眼镜。其三，主观歪曲化，简单化。我在阅读时发现，《炸裂志》在具体的叙事中有不少歪曲性的描写。比如，风尘女子是否身不由己？她们善良纯洁的一面，她们在混沌环境之中是否有挣扎与斗争？作者丝毫没有提及，村中的少女如同木偶，毫无个体意志，听从着朱颖的堕落安排，没有自己的个性，没有选择，没有犹豫。"五四"以来的道德现代化和人性解放取得了新的成绩，促进了人的进一步解放，这些进步成就丝毫没有体现，这些作家都没有提及，对"妓女"卖淫只是简单粗暴的揭露、讽刺与批判。

总之，阎连科在《炸裂志》对乡土中国现代化的书写有洞见，但洞见难掩偏见。由于作者执着于写人性的恶，当夸张地将人及社会丑陋肮脏龌龊的一面揭露时，也将真善美、将人性的光辉完全贬低和否认了。他几乎全盘主观化地将乡村走向城市化描述成为一种"男盗女娼"的过程，这也使得作者对于妓女的书写概念化，缺乏立体性，故我认为作者关于"妓女"书写存在偏见尤为明显。

崔亚亚：刚才姚淑好主要论及了《炸裂志》对乡土中国现代化书写的偏见，接下来我想来谈一下这部小说的洞见。

《炸裂志》以一个名叫"炸裂"的村子如何一步步由村到镇，继而成为县城、城市，最后发展成为超级大都市的故事为主线，是阎连科献给人类的一部充满现实关怀和人文关怀的力作。他以狂欢化的叙事和独到的见解揭示出现代化带给社会的恶劣影响，表达了对历史与现实的思考，深刻呈现出对乡土中国现代化的洞见。我认为这种洞见，集中地体现在溃败的精神文化、恶化的生存空间和复杂的乡村政治三个层面。

阎连科的《炸裂志》以地方志的形式呈现出当代中国乡村的"炸裂"演变过程，随着现代化社会的发展，传统农耕文明的消失，政治权利更迭，人们之间的信任体系崩塌，人伦关系异化。在急剧变化的现代化社会中，炸裂村的精神文化也逐渐失衡。小说中除了孔明亮，其他人也在迷失的边缘摇摇欲坠：大哥孔明光为了贪图肉欲，在保姆小翠的诱惑下竟然与结发妻子和父亲反目成仇；而父亲破坏自己子女的家庭也不过是为了多看几眼和大儿子私奔的"小保姆"；三弟孔明耀以突进的"爱国情怀"摧毁了发展顶峰的炸裂，从而再无"炸裂"；朴素纯洁的小秘书程菁在权力的一次次诱惑下，心甘情愿主动解开衣扣，最后也效仿着朱颖做起了皮肉生意。经过 700 天的畸形发展，炸裂由村变为大都市，这样的变化是以牺牲精神道德为代价的。另外，在发展主义主流话语之下，金钱成为衡量一切的指标，整个炸裂村的发展综合来看就是金钱急剧膨胀的过程，膨胀到极限之后便复归为最开始的一切。炸裂人整天为金钱奔波劳碌，金钱的异化使得村民们降格成为低等生物，没有个性、没有尊严、没有思考。父慈子孝的价值观早已被人们淡忘，资本和金钱改变着人们的价值观念，尊严、贞洁、荣誉不再使人们引以为傲。资本主导的乡村，人们唯利是图，人与人之间的关系也只存在于利益之中。

阎连科在小说《炸裂志》中，对乡土中国的生活进行了彻底的讽刺，是一次绝情的祛魅。土地作为乡土文化的基石，农村源远流长的价值观念和道德体系扎根于乡土大地，然而，城市和商业的发展吸引了众多底层的人民逃离祖祖辈辈赖以生息的土地，改变对土地的信仰，抛弃对土地的依赖。随着炸裂村现代化进程的加快，乡村逐渐向城市过渡转型，农民原有的靠土地而生的生活模式发生了彻底的转变。不管是小说中的主要人物孔明亮和朱颖，抑或是其他村民，他们中的很多人在物欲和权力的驱使下，土地意识逐渐减弱，对土地内涵产生了怀疑，进而对乡村传统人生产生怀疑。炸裂村子在城市建设和经济发展中，逐渐诱使民众脱离了世代生息的故乡热土，间接导致了乡土文化思想体系的瓦解，失去了中国农村本有的诗情画意。

《炸裂志》还通过构造炸裂村这一叙事空间，以狂怪、荒诞的叙事手法，描写了中国乡村的城市化进程中农民失去赖以生存的土地，生存环境恶化的现象。具体探究了农耕文明向现代文明迈进过程中所出现的自然失衡现象。在小说的一开头，村民们分得田地后，"在自家田头栽播瓜果与蔬菜，自食后也把多余的挑到集市上去卖"，乡村呈现出一片清明祥和的景象。在炸裂积累财富的过程中，"村子里不仅有了电，有了路，有了自来水，还有面粉厂、铁丝厂、机砖厂和正在建着的流水作业的石灰窑"。这是资本浪潮裹挟下炸裂环境遭到破坏的开始。工业时代文明的来袭推倒了炸裂村民原来的故乡，故乡已不再诗情画意，小桥流水，而是变成了现在的肮脏工厂。矿业的漫天废尘将动植物掩埋，当地人竭泽而渔地榨取自然环境的唯经济发展，作品对这种严重污染环境的工业化和农业现代化提出了质疑与批判。在《炸裂志》的绝望式结尾下，炸裂的环境已遭到极致性的破坏。"在那雾霾中，所有的鸟雀如凤凰、孔雀、鸽子、黄鹂等，都被雾霾毒死了，而人在那雾霾中，个个都成了肺病、哮喘病。当三十年不散的雾霾散去后，炸裂再也没有鸟雀、昆虫了。"人类的行为最终由大自然买单，自然在工业文明之下的化工厂的污染之中，变成了一片混沌的样子。由此，记忆中那个静谧朴素、深厚温存的乡土已成为过去，现实的乡村世界在现代文明的侵扰下已变得荡然无存，人们开始变得寻乡无依。

曹雨琪：关于《炸裂志》，首先我承认这是一部语言和思想都极富特色的小说，但细细阅读和思考后，我依然要指出它的偏颇和不足之处。作者在书中明确表示，在1949年中华人民共和国成立以后，"炸裂村的历史开始成为一部新中国发展、震痛的微缩史"。这是一个精妙的主题，也充满野心，作者显然想借孔、朱、程等家族之间的宗族斗争、村庄里的阶级斗争，延展刻画出一个无限接近现实的乡土中国。这也就意味着，"历史"是整部作品费心去讲述的事情。因此针对《炸裂志》的偏见问题，我想从它简化了历史因果关系的角度来进行分析。

首先说明作者在《炸裂志》里历史逻辑：炸裂在追求经济高速发展、一心与发达世界接轨的过程中，丢掉了原本蕴含于中国乡土文明中的淳朴和德行。这是一种很常见的写作逻辑，但一不小心就会变成缺乏深入思考的命题作文。中国现当代的历史尤其是中国乡村的历史是非常复杂的，其中的因果关系是网状的而非线性的。《炸裂志》对这方面的把握显得有些粗糙，作者没有很好地展示出自己勾勒和刻画历史图景的能力。

第一，《炸裂志》的讲述始终夹在城市和乡村之间，文风也是一种城乡接合部的感觉，但遗憾的是，它并没有写清楚现代城市的文明形态，而且对乡土的描绘、对"人性恶"命题的表达也较为简单。虽然炸裂一直在村改镇、镇改县、县改市，最后变身为超级大都市，但它们只在人物的口中作为名词出现，真正细致的书写寥寥无几。或许是作者相对缺乏实地考察的写作资源，文中部分叙述显得有些"空中楼阁"。这样也会使人物更像是工具性的——是作者为了铺陈和讲述自己的故事而存在的一个个符号化的存在。人性"恶"就这样被扁平化了。

第二，在批判乡土发展存在诸多问题的同时，又为那段发展史的起源和过程进行了赋魅。《炸裂志》中的种种，似乎是在谴责现代化、城市化、消费主义盛行伴随而来的道德危机，但实际上，我们并不能从书中找到这些论据的立足点。在作者的讲述中，孔家那种变态的物欲、掌控欲并没有明确的源头，一切都从孔东德玄而又玄的梦境开始。另外，即使是象征着些许光明的小弟孔明辉，他最终发现了当年走梦时错过的黄历书，就痴信于人生的每一步路都写在黄历书上，这何尝不是一种历史悲观主义？在炸裂投资和经商的美国投资商，欣赏完孔明耀做的那些荒谬演剧并选择与炸裂合作，仿佛是作者在借他们之口说：在炸裂之外，整个世界都在滑向道德丧失和堕落的深渊。炸裂的现象并不是个例，西方资本主义又在这个村庄发展史中扮演了什么样的角色？作者并没有深入挖掘。赋魅造成的后果同时也是它可能的动机，是作品缺少内在的精神支撑。

第三，城与乡的关系并不是完全对立的。中国经历的从乡土到城市的转型，也并非都像作者所臆想的那样生硬和可怖，而是可以循序渐进，彼此间也应该有交流的。乡村与城市，不是简单地从一到二的"进化"或者其他某些方面的"退化"，这中间有很多不平等，很多信息差，人在身份转换的过程中也会有憧憬、疑虑、膨胀、失望、反思……而不是所有人都只有一个方向，轰轰烈烈、一路披荆斩棘。如果把这本书的城乡关系和炸裂步步"高升"的路径提取出来，会发现作者在历史观方面的不够严谨。此外，在现实中，很多乡村普通人尤其是女性，她们走向城市的途径并不是只有性与权力的交换，它还有另一种可能，那就是依靠智力。我们并没有在《炸裂志》中看到这方面的表述，作者对于"物欲"的复杂态度，以及对书中人物各色悲剧的探究和解释，也就没有表达得更加深刻。

三、核心人物形象的隐喻性与符号性

陈黎明：我们下面要讨论的问题，是《炸裂志》这部小说核心人物形象的隐喻性与符号性。这一问题其实是上面两个问题的具体化和进一步延伸，我们通过对这部小说重要人物形象的解读，来进一步细化阎连科的创作意图和作品的主题内涵。

彭丽桦：我下面要谈的是《炸裂志》这部小说的最重要人物——孔明亮。孔明亮作为整部作品的核心人物，是典型的政治狂人的代表，他从捡到公章开始便踏上了疯狂追逐权力的不归路。他精于权术且善于利用资源，一次次践踏人伦和道德底线而一步步攀上权力巅峰。为了追求政治权力他将整个炸裂带入疯狂无序的发展快轨，然而失去道德和理性的发展最终只能走向深渊。

在作品中，孔明亮是典型的政治狂人的代表。他通过扒火车的偷盗行为率先成了第一个"万元户"，并且借机当上了村长。炸裂村村长只是他开始攀登权力之峰的起点，在"香翠阁"酒馆里，当他向众人描述想把炸裂由村变为镇再变为城的蓝图时，大家无不被他震惊得僵在座位上，只有这个野心勃勃的年轻人十分庄重而笃定。而他之所以对于炸裂的未来有着如此宏伟的设想，是因为他自身对于权力和地位有着异乎于常人的渴求。个人的政治升迁和前途命运与炸裂的发展相伴相随，炸裂变为超级大都市的过程，也是他向着权力的巅峰一步步攀登的过程。

德国社会学家马克斯·韦伯认为："权力是把一个人的意志强加在其他人的行为之上的行为……我们所理解的权力，就是一个或若干人在社会活动中即使遇到参与该活动的其他人的抵制，仍能有机会实现他们自己的意愿。"❶权力带给孔明亮至高无上的地位，让他在炸裂呼风唤雨，甚至花草都为他开放和凋零。当然权力带来的美妙远远不止让他人屈服于自己的权威，随着孔明亮愈发地陷入对权力永不停歇地追求，他也一步一步陷入永无止境的欲望深渊。从村长、镇长再到县长、市长，孔明亮虽然收获了地位、名誉、金钱和美色，但是他却失去了温暖的亲情和美好的爱情。为了攫取权力，他的婚姻也成了一场交易。对待父母孔明亮也毫无情感可言，在父亲死后他只是"朝着躺在棺材里的父亲看了看，朝那棺木踢几脚，'火化吧，火化了就等于支持县长的火化政策了'"。

与孔明亮在人情上的淡漠形成鲜明对比的，是他对个人权力的炽烈欲望。在他的煽动影响之下，随着工业的发展人们逐渐富裕，炸裂人民愈加充满了对金钱

---

❶ 马克斯·韦伯.经济与社会[M].林荣远，译.北京：商务印书馆，1997：240-242.

的渴望。从炸裂村民开始扒火车起，整个村子就滑向了一条无道德的发展轨道，在这条轨道上人们日益膨胀的欲望汇聚成爆炸性的力量，推动着炸裂向前迅猛发展，只是这发展脱离了道德人伦的束缚，最终走向了毁灭的深渊。而被欲望湮没的民众一旦失去了理性，曾经煽动群众欲望的野心家孔明亮也最终被反噬。

虽然孔明亮带动炸裂的发展是出于谋求个人权力的目的，但是在客观上他也确实推动了炸裂城市化的步伐，只是这一过程充满了道德堕落。在城市化过程中，曾经在炸裂依靠传统道德伦理维系起来的稳固社会秩序被打破，人与人之间的关系变得利益化和金钱化，金钱的逻辑日益取代了以往的道德伦理逻辑。

《炸裂志》这部记录炸裂从一个小村落发展成超级大都市的文学作品，向我们完整地展现了它从发展到毁灭的过程，也展现了主人公孔明亮传奇的一生。孔明亮从捡到公章开始便踏上了疯狂追逐权力的不归路，难以遏制的野心随着官职一路膨胀，最终被失去了道德和理性的民众反噬。这部作品反思了城市化进程中的种种问题，揭示了无道德底线的经济发展终将走向毁灭，而像孔明亮这样被权力欲望所扭曲的灵魂也终将被欲望本身腐蚀。

张洁洁：我要分析的人物是孔明耀，对这个人物我有一个基本的判断，他是现代化进程中军人思维非理性扩张的符号化体现。

阎连科的《炸裂志》向读者展示出在现代化进程中的一切可能与不可能，以"志"的形式"混淆视听"，让读者在写作文体和现实感受中处于虚无缥缈及浮游于文本之外的状态。时代的发展在孔东德的四个儿子所具有的寓言式的命运中走向破碎。民族成为隐喻的符号，以孔明耀为代表的军人在现代化进程中展现出非理性的民族主义的话语形态。

我想通过孔明耀三次以军人身份返乡带来的影响和潜在的个人感受结构来解析这个人物形象，揭示其通过他所象征的隐喻含义来完成以权力积累原始资本建立暴力机制，以军人非理性思维的畸形扩张而进行的民族主义的构建。

孔明耀第一次因哥哥孔明亮的选举而回乡。孔明耀从走出家门遇到军车到参军入伍，这不可逆的命运昭示着他必定迥异于其他兄弟并带有军人所特有的使命感——尽管这种责任的担当被作者荒诞化。家人尤其是孔明亮将选举希望寄托于孔明耀身上，想要依靠枪即暴力来争夺权利，但是在与朱颖的争斗中，孔明亮依然败北。这一事件暗示了简单粗暴的军人思维不再适用于现存的社会机制，阎连科以孔明耀作为载体让他以军人的身份参与社会进程，军人思维中的非理性因素在现代化潮流中涌进炸裂村并在这个地方被放大。

第二次回乡是孔明耀参加父亲的葬礼。父亲的死是孔明耀进行发家积累原始资本的时期。在没有父亲的死换来的一百万元前，他两手空空，既没权也没钱。在面对大笔金钱引诱时，面对父亲孔东德的火葬他没有了任何异议，同时金钱的到来，使他拥有了一切，使他想起了女人，尊严、地位和功名等像奔流一样朝他涌来。于是在更大的野心促使下，他去寻找获得更多钱权的道路，军人的身份成为他获得权力的工具。金钱带来的扩张使炸裂村形成一定象征意义上的"军国"团体，以孔明耀为最高指挥中心的军队首领，军人思维的荒诞从炸裂村建立军队时开始发迹。

第三次回乡，即在他已获得了军人的荣誉后退伍还乡。作为寓言式人物的存在，他履行了当兵的使命，这种使命的完成是对国家机器的一个极大嘲讽，作为保卫国家安全的组织机构，拥有财富的多少影响军功评定结果，使军纪涣散。作者在孔明耀的身上纠缠矛盾着，人物形象和思想特征也很杂芜，既想在孔明耀的身上赋予担起国家发展与安全的重任的希望，又让他在金钱权利与人性坚守中的旋涡里接受考验。孔明耀身上强烈的国家和民族情绪及非理性主义的一面在退伍后的行为中昭然若揭。新时代赋予军人的责任，在阎连科笔下成为荒诞，军人的"神圣性"被消解，"英雄化"被非理性行为取代。当孔明耀带领着他的施工队往城中前进，所到之处，队伍齐呼一阵口号，便拆除一片旧房子；队伍往那工地上欢呼一阵，一片居民楼就盖起来了；队伍从那碎砖乱瓦上一走，宽展簇新的柏油路就在身后成了；之后愈发"不可收拾"起来，走上一圈，呼喊一阵，人民会堂建起来了，国际会议中心建起来了，地标性鹅卵形建筑建起来了……在这一系列的不现实的操作后，呈现出的是孔明耀的反社会人格，他身上的魔幻色彩加重了非理性思维带来的影响，是现代化进程中作者对军国主义的思考与判断。

简奕：在主角众多且人物个性鲜明的《炸裂志》中，孔明辉并不是一个亮眼的角色，但作者在其身上寄予的理想与脆弱相互交织的气质值得深入探讨。

相比起孔明亮、孔明耀及朱颖来说，孔明辉的"戏份"少了许多，性格不亮眼，主要的剧情的发展也与他没有太大关系，但他却是整部作品中最为柔软且理想的角色。首先，从对他的相貌描写中就可以窥出与众不同来，他"长了一端女儿像，白白净净，淳朴得如从未有过风吹草沾的女儿胸"。在孔明亮选上村长后去哭坟时，文中对孔明辉的外貌描写是："最后的亮色在明辉的脸上成了润玉的红，素洁古朴，好像他人是假的样，原是在炸裂村中可以四处走动的玉塑像，四方脸，开阔肩，双唇柔润呈着湿润的红。他个子也高了，如果不是短发和衣服，也许就是一个姑娘呢。"除了对朱颖、小翠、粉香等女性角色有过三言两语的简单描绘之外，《炸裂志》中甚少有直接的外貌描写，但阎连科却将美好的词汇全都聚集在孔明辉的身上，呈现出一个清风霁月的男性形象，这使人不由得去联想到他会有与外貌、气质相匹配的人性与品格。

除了相貌上的不同之外，他的言语和行动上也在一定程度上象征着良知、善良及人道主义。比如，朱大民的死讯传来时，父亲孔东德"脸上荡过波纹似的笑"；大哥"脸上木然和平静，像没有听到啥儿样"；只有孔明辉"筷子从他手里惊落了，脸上显出了极厚一层缺血的白，有汗从他透亮的额门渗了出来"。故事的最后，整个炸裂市在繁华落幕、城市陷入混乱之时，只有他还在请求孔明耀的军队把老人、妇女、孩子和残疾人留下，展现出人道主义的光辉。作为全书中唯一一个坚守人性中的善良、柔软、良知和操守的角色，孔明辉被作者赋予了理想而美好的人格，寄予在作者在大力批判城市化的金钱、欲望、权力之外所保留的供奉人性的"希腊小庙"之中。

关于创作孔明辉的意义，阎连科说："借助孔明辉的形象，我想这是表达回归的某种可能性，但也可能是最后的挽歌。小说最后的可能是回归的不可能。不仅是人心回归的不可能，甚至成为超级大都市的炸裂最后也成了一座荒城。"❶阎连科对社会的细腻观察、敏感与焦虑都尽显作品之中，但炸裂的付之一炬和孔明辉最后的虚无呐喊也展露出作者过于悲观的情绪，从而显示出《炸裂志》些许的浮躁和单薄的缺点。

段洁钰：在讨论《炸裂志》这部小说中的人物形象时，朱颖绝对是一个绕不开的存在。阎连科在文本中，赋予朱颖一个"复仇者"的形象。朱颖的复仇不仅成为故事发展的推力，同时也体现了文学作品中复仇文化的多样性。

复仇是人类历史中常见的现象，具有超越种族、文化、时间的特征，与复仇联系在一起，便常以复仇母题的形式出现在文学作品中。比如，阎连科在《炸裂志》

❶ 石剑锋.阎连科谈炸裂志［J］.东方早报（上海书评），2013（9）.

中就将女主人公朱颖作为复仇母题的承载者。朱颖身上体现了复仇母题所包含的复杂性，这主要表现在传统复仇文化与现代性视野中的复仇主题相交织，加上朱颖作为"性"符号的代表，又使复仇与性别缠绕在一起。由复仇带来的恐惧感和紧迫感，丰富了《炸裂志》文本的内在机理。

构建朱颖"复仇者"形象的起点是血亲复仇。《炸裂志》里女主人公朱颖的出场是在那个寓示全村人命运的夜晚，她遇到了孔明亮，于是就认定这辈子只能嫁给孔明亮。在第二次出场时，孔明亮用钱鼓动村民用痰淹死了朱颖的父亲朱庆方。在埋葬了父亲之后，朱颖从炸裂村消失了。女主人公朱颖的前两次出场，就已确定了自己的人生的重要目标：一是嫁给孔明亮，且要把整个孔家都捏在手里；二是为父报仇。这两个目标构成她行动的重要动因。

朱颖为了复仇所采取的手段当然称不上正义；相反，她作为《炸裂志》中"性"力量的代表，象征着炸裂发展过程中的原罪。朱颖想实现的目标，无一不是从性出发以达到目的的。为了嫁给孔明亮，她通过卖身得到大量金钱，再以金钱为诱饵，获得当村长的权力，最后放弃权力成为孔明亮的妻子；为了谋害孔东德，朱颖派出"间谍"小翠，用美人计离间孔明光父子，再诱惑孔东德踏入"天外天"等。这与传统复仇观所认为的"以暴制暴的正义复仇"相悖，而是从现代性视野中去关照复仇行为的，朱颖的复仇就是对孔家的报复，而且因为主观意志的无限性，除了仇人，其他无辜者也在这种疯狂的报复行为中受到了侵害。最后，报复的怒火燃烧蔓延到炸裂所有人身上，这个城市如朱颖所寓言的那样——"炸裂早晚都得毁在你哥和我的手里边"——毁灭了。

"性"是朱颖复仇的主要手段，朱颖连同炸裂的其他女性，用"性"编织了一张网，无论是当官的，还是专家教授，都会被这张网所捕获。通过掌控有话语权的男性，女人们将"男人征服世界，女人依靠男人征服世界"这句口号变为现实。这群"娘子军"，以性为武器，将子弹射向被女色蒙蔽的男性，她们形成了隐性的女性复仇同盟，具有了与父权文化相对抗的意味。然而，与女性的复仇相伴的是女性阵营内部的倾轧。小翠出现的最终目的是指向朱颖的为父报仇的，但在客观上，却造成了两个家庭的分崩离析。不难想象，当朱颖将八百个姑娘投入到京城中的院士、专家和教授家中时，又会造成多少个家庭的破裂！朱颖所创的"女娼"模式，是对传统婚恋观的颠覆，旧有的风气被新的价值观所取代，而女性复仇的恶果最终也被朱颖吞下，造成孔朱二人婚姻裂痕的，不仅是因为双方互为彼此的杀父仇人，也离不开第三者程菁的推波助澜。女性对男权反抗所形成的群体复仇与复仇阵营内部的相互报复形成了悖论，这是一个黑暗沉默的角落，需要更多文明之光的照耀和抚平。❶

复仇所造成的悲剧性在于其难以终止。朱颖在完成了为父报仇的目标后，对孔明亮说，"我该做的事情做完了。剩下的就是要好好地做你的女人了"。在看似恩怨两清的表面下，浮动的是孔明亮的报复——拒绝接纳朱颖，将她赶出孔家。自此之后，两人开始展开较量，孔明亮摧毁了"天外天"，朱颖以死相逼，孔明亮拒绝回家，不见妻子和儿子，朱颖利用炸裂女子职业技校八百个姑娘改变了票数，让孔明亮下跪祈求原谅……这是一种以暴制暴的复仇循环，将以一方肉体上的死亡为终点。当孔明亮被孔明耀用匕首杀死，朱颖与孔明亮的相互报复才至此方休。

从朱颖的形象塑造和毁灭性的结局来看，阎连科对复仇的否定是不言而喻的。伴随着成为大都市的炸裂的衰落的是无数炸裂人的丧生，留下的人跪着哭着，书外人和书内人一起体会着不同程度的绝望与孤独。但是，作者并没有于此止步，《炸裂志》的结尾写道："那些活着的人们看见几十年前他们跪着走过的路面上，那些跪出的膝血和泪水打湿的泥，等日光落在那些血渍和泥浆上，又生出了艳丽的牡丹、芍药、玫瑰来。而孔家跪流过的血路上，几十年后不光开出了各样的花，还又长出了各品各样的树。"新生长出来的花和树平息了读者心中因复仇带来的生命的毁灭的恐惧感，它们预示着希望，也给故事增添了几分悲悯。

四、"神实主义"叙事的表征及其意义

陈黎明：阎连科在接受采访时，多次说过当下中国现实的复杂性和荒诞性，已经到了任何一个作家都很难有能力把握的程度。在阎连科的经验世界里，20世纪90年代以来中国社会的剧变，也充满了荒诞。当现实比虚构的文本更加离奇和难以理解的时候，小说家应当如何艺术应对？这是一个有难度的艺术挑战。在《炸裂志》的写作中，阎连科选择了自己已经驾轻就熟的神实主义叙事，通过这种叙

---

❶ 刘冬梅，宋剑华. 复仇母题的现代嬗变 [J]. 长江学术，2016（3）.

事作者试图呈现一个"最现实"的"最寓言"的世界，揭开"不存在"的真实，展示看不见的真实，凸显被真实掩盖的真实。那么神实主义在《炸裂志》这部小说中，对主题的表现、人物的塑造及现实世界的再现起到了什么样的艺术功效，值得我们进行深入探讨。

杨虹宇：首先我想先厘清神实主义的概念，用阎连科自己的话说就是"在创作中摒弃固有真实生活的表面逻辑关系，去探求一种'不存在'的真实，看不见的真实，被真实掩盖的真实……它与现实的联系不是生活的直接因果，而更多地仰仗于灵神、精神和创作者在现实基础上的特殊意思"❶。用更直白的解释就是一些事情在现实生活中可能不会必然发生或可能发生，但在精神与灵魂上必然存在的内真实———心灵中的精神、灵魂上的百分百的存在来发生、推动、延展故事与人物的变化和完成。阎连科并非彻底否定了现实主义的价值，而是强调现实主义的"真实"并不是来源于"生活"，而是来源于作者"内心"，肯定"内心的真实"对于文学的重要性。

那么，在厘清了神实主义的概念后，我想着重说的其实是"实"的部分，因为"神"归根到底是手段，即便作者将它运用的再花哨，也是一种工具，而"实"才是目的。阎连科真正想捕捉和思考的是什么，在令读者眼花缭乱的书写背后想告诫读者什么，才是最为重要的。在此，我将其分为三点。

第一，对人生本质与生命之根的寻找，正是阎连科进行文学创作的目的所在，作品极致荒诞化的书写背后潜藏着作者对此的思考与追问。每个人都是欲望的牺牲品，在炸裂极速城市化进程中，所有人都直接或间接受到权欲物欲的伤害，度过扭曲不幸的一生。朱庆方死于集体的煽动之下，朱颖为了报复孔家牺牲了自己一生的幸福，孔东德被陷害而死，孔家母亲在孤独、谎言中死去，程菁和无数的女性沦为钱权交易的工具，包括孔明亮自身欲望的极大膨胀后造成精神的空虚最终被弟弟刺杀。而这么多人血泪集合成的炸裂市最终却消失了，所有人的苦难变得没有了意义，我想是阎连科在解构着这一生存模式，要叩问的正是什么才是生命真正值得追寻的，才是真正有意义的，不会最终落入虚无。"神实主义"小说

---

❶ 阎连科. 发现小说 [M]. 天津：南开大学出版社，2011：181-182.

通过对生命的极致化表达，将人物放在生与死、物与欲的交叉点处，在与欲望或死亡的抗争中考验和审视生命，对人类共有的精神层面问题进行深入的探讨。

第二，对乡村权力的反思。体现在小说中权力欲望对人性的蚕食，阎连科一方面对权力的极端化追逐的行为进行揭露与批判，另一方面作者也在思考人们为何会对权力的迷恋达到这种程度，试图解构带有封建色彩的乡村权力机制。孔明亮是在封建思想浸淫下的土地上长大的农民，但是他费尽全力就要成为超级大都市市长时被刺杀，一切瞬间变成徒劳。而孔明耀这种更加极端的民粹主义倾向也没有在作家的笔下生存下去，可见其解构意义。同时，阎连科的作品又刻画了在权力压制下如蝼蚁般活着的无权者及轻易掌控着农民悲喜人生的掌权者，在政治话语与性的交叠书写中呈现出权力表述与批判相互交织的写作特征，展现出了人们在权力宰制下的真实生活境况及权力追逐对人性的异化。

第三，精神家园的追求。阎连科试图通过小说写作来反思当下文化，追问当代人精神归宿的问题。受成长经历的影响，对家乡故土的依恋是阎连科骨子里摆脱不掉的情感寄托，因此在阎连科的创作中，淳朴自然的乡村人文精神是他审视城市文明的价值标准，乡村文明的内核是他与城市文化相抗衡的精神力量。在他的文学作品中，阎连科总是试图用乡土精神来填充城市文明的精神失落，试图重建属于当代人的精神家园。从"窑沟系列"到"和平军人系列"再到"神实主义"小说，这些作品无不显示出阎连科的这种倾向，而在《炸裂志》中，这种质疑和寻找的声音始终萦绕于耳，也可以看出阎连科的痛苦和精神的漂泊之感。

朱宇琳：刚才杨虹宇主要侧重揭示阎连科神实主义背后的"实"，那么我接下来就谈一下神实主义的另一极"神"。

简言之，《炸裂志》中"神"的表达可以归纳为三点，即极致荒诞的叙事、梦幻交织的神秘氛围、寓言化书写。

极致荒诞的叙事遵循的是"内因果"的思维逻辑。荒诞叙事在《炸裂志》中的呈现又可分为人与自然界间的荒诞叙事、人与人间的荒诞叙事。人与自然界的荒诞表现为动植物自身的荒诞和人对动植物的可支配性的荒诞。动植物自身的荒诞表现为自然秩序的颠倒，如"鸡生鹅，鹅生鸭"，"苹果树开梨花，梨树上结苹果"，"柿树、苹果树结芒果和椰子"。静态的动植物都具有主观能动性，树枝树干会哭，血会追着人跑。人可以凭借自己的主体想法和行动改变支配动植物。孔明耀回炸裂开枪后，刘家沟所有绿叶枯萎，春花凋谢。孔明耀走后，刘家沟和张家岭都因天遭冷寒，树枯苗死，庄稼几近颗粒不收。这些情节放在现实生活中确实是违背常理，甚至是闻所未闻。

《炸裂志》中梦幻交织的神秘氛围推动故事情节的发展。《炸裂志》中将现实与梦境结合在一起，现实就是梦，梦就是现实，二者相互对应，形成了作品亦真亦幻的神秘氛围。《炸裂志》开篇就写到"因为朝代更替，改地换天，炸裂人都说他们在前半夜睡着时，做下一个共同的梦，梦中有个枯瘦精神的人，六十或者七十岁，从监狱逃出来，到床边摇着他们的肩膀或拉着他们的手，让他们赶快都到村街上，一直前行，不回头，不旁顾，最先碰到啥，那啥儿就是他的命道或预兆"。预示着改革开放初期人们摸索着未来的生活道路，同时也塑造着国家发展前景。于是便有了走梦的情节，兄弟四人分别朝东西南北四个方向走去。兄弟四人的职业就是命运般的注定，也是支撑全书情节走向的骨架。

《炸裂志》里寓言化的书写也是"神"的表达方法中的体现之一。阎连科自己就曾谈到，不同于"有一说一"的现实主义创作方法，而是融入了"在日常生活与社会现实土壤上的想象、寓言神话、传说、梦境、幻想等，都是神实主义通向真实和现实的手法与渠道"。何为"寓言"？中国的寓言默认是寓言故事，国外的寓言在发展过程中逐渐向小说倾斜，强调小说中寓言的隐喻性与象征性。阎连科在《炸裂志》中以寓言穿插与寓言体的方式表达了他对人性及国家发展中不同力量崛起的思考。

张紫薇：我接着前面两位同学，来谈一谈《炸裂志》采用神实主义艺术方法的必然选择及其客观效果。

正如前面同学所言，阎连科在神实主义书写中所借助的想象、寓言等不过是一种手段，其最终目的是追求合乎精神逻辑的因果关系——更深层次的真实。那么，为了通向更深层次的真实，就一定要采用所谓的神实主义进行创作吗？我认为，起码对于作家阎连科及作品《炸裂志》的结合来说，神实主义会是其必然选择。这里所讲的必然选择，不是指小说中炸裂村子的发展故事不能用现实主义等其他方式来讲述，而是指在阎连科的主观创作意图的作用下，《炸裂志》这个文本最终一定会选择神实主义。神实主义是作家阎连科为突破现有的理论束缚而提出的概念，同时也是面对中国社会现实时，他所认为的更好表现方式。

阎连科是一个有着强烈文体创新意识的作家，他不满足于现实主义的创作方法，认为那些确切的理论表述，是对于作家创造性的窒息和束缚，他想要挖掘的不是现实是什么样子，而是现实何以成为如此，在这样创作意图的指引下，神实主义成为不二之选。在神实主义的指导下，铁树在鹅毛大雪里开出粉红艳烈的泡桐花，鸡可以生鹅的蛋，缺水的文竹可以因为任命书就活过来，孔明亮升官就可以使秘书程菁的衣服扣子自动解开，军队在要拆的建筑外面来回正步走就可以使楼房自动消失……这些极具神实主义色彩的故事情节，表面看是很不合理的，但却成功实现了精神的自由与真实，生动地体现着权力的无所不在和金钱的无所不能，将人对强权的崇拜袒露在读者面前。作家毫不掩饰甚至夸张性地直逼"内心真实"，这是现实主义的世俗逻辑所难以呈现的，给予了文本无限广阔的精神空间。

关于《炸裂志》的创作意图，作者曾表示是想反思中国改革开放发展过程中的一些问题，通过炸裂村这样一个小村庄在短时间内迅速发展过程的描绘，影射中国社会发展中的一些问题。基于这样的创作意图，阎连科选择了神实主义，通过极端化的书写表达了自己对炸裂这种爆炸式发展中所产生问题的反思，将这些现实问题强化、放大、聚焦，从而给读者造成了巨大的冲击力，使读者在接受了这样大的信息量之后，不得不去进行反思，在这个意义上，神实主义夸大变形的表达方式显然比传统的现实主义书写更能引起人们的注意与思考。

作为神实主义创作理论的典型实践，我认为阎连科《炸裂志》的神实主义叙事有着如上的许多积极意义，但同时我们又不得不承认，其神实主义书写客观上也导致了很多艺术上的瑕疵。比如，在情节设计上为了变形而变形，过多同种类型的动植物变形书写给读者的阅读和审美造成了疲劳与负担；过于追求"神"的手段，而导致一些情节严重失真等。

苏珊：关于神实主义，我想补充一点，就是结合《炸裂志》的创作实践来简单谈谈这一艺术形式的突破性意义。

首先，阎连科通过在《炸裂志》中的神实主义式创作实践，揭示了以炸裂作为代表的中国传统民间历史本质性内容。神实主义尽管疏远于生活的直接因果，但通过"现实土壤上的想象、寓言、神话、传说、梦境、幻想、魔变、移植等"❶，便

---

❶ 阎连科，张学昕. 我的现实，我的主义：阎连科文学对话录［M］. 北京：中国人民大学出版社，2011：283，284，285.

能够抵达更深层的真实。比如，《炸裂志》中作为主要人物命运揭示式的老黄历书与月夜走梦，炸裂全村人"做下一个共同的梦"，这种看似荒诞、毫无现实性可言的行为，实际上已经成为炸裂人普遍接受的社会现实。究其根本，炸裂人所呈现出的表征是与炸裂的现实密切相关的。中国自远古起就以农业为重，自然条件对生活于此地的人们影响极大，因此"天"在民间文化中扮演着重要的角色，"天命"也成了人们笃信的宿命。因此，不难发现，在神实主义式的叙述中，《炸裂志》的故事借由荒诞、离奇、夸张的表征展现出了深深植根于中华传统民间的现实本质，使宿命、黄历、托梦等概念与现象不再仅仅只是为小说文本增加神秘氛围的装饰花边，而是成为解读小说文本的核心。

神实主义另一突破性意义在于对西方文化中心的现实主义传统的反抗。阎连科强调神实主义"既汲取二十世纪世界文学的现代创作经验，而又努力独立于二十世纪文学的种种主义之外，立足于本民族的文化土壤生根和成长"❶。强调神实主义的独立性，正反抗了西方文化中心的"现实主义"传统，从本民族的文化土壤出发，探索属于中国的本土的现实与文学之间构建联系的方式与方法，有着强烈的在地意识，反对了对西方文化中心的"现实主义"的简单套用，而是汲取经验，结合实际，不断加强文学创作的自主性与自觉性。以西方文化中心的"现实主义"来审视《炸裂志》，其所记载的炸裂由村庄变为超级大都市的过程自然不是一个完整的故事，条理不够分明，叙事不够严密，对于诸多细节缺乏注意，主要人物的命运不是与科学理性的逻辑联系在一起，而是与玄妙的宿命式预言纠缠不清，且存在着如保姆小翠般来去无由的"非现实"人物，是崇尚理性主义的现实主义所无法解释的文本，在此种框架中自然也无法得到高度评价。然而，突破狭隘的传统现实主义限制，《炸裂志》实际上以从本民族文化土壤出发的视点，为现实和文学创作之间建立了新的联系。

总之，阎连科通过对中国传统民间集体文化心理的洞察，以神实主义为桥梁，构建了属于炸裂、属于中华民族的现实，完成了对于中国传统民间历史本质性的

---

❶ 阎连科，张学昕. 我的现实，我的主义：阎连科文学对话录 [M]. 北京：中国人民大学出版社，2011：283，284，285.

揭示，不断加强自身主体性、独立性的"中国现实"也终将突破西方文化中心的"现实主义"传统的限制："从自己的土地、村庄、码头出发，去与今天的世界联系和对接，使这个村庄、这片土地、这个码头具有世界性。"❶

潘西方：关于《炸裂志》的神实主义，我想探讨阎连科小说文本中所体现的"神实主义"理念和实践之间的距离。我认为"神实主义"更多地体现为阎连科对文学与历史及现实的一种认识，依然可以归属于广义的现实主义或"无边的现实主义"之中。另外"神实主义"在《炸裂志》这一文本中的运用得失兼具，其局限在于它与读者之间沟通的路径没有充分得到考虑。

阎连科所谓的"神实主义"表征下具有"内因果"本质。比如，在孔光明当村长的时候，他曾多次尝试要与程菁发生关系都被程菁拒绝了，特别是在孔光明和朱颖竞选村长而未最终确定的过程中，程菁有着复杂的心理活动，她"站在那儿望着想，直到他拐进那方院落的门楼里，程菁都没有想明白到底该不该把自己的身子送出去"。这一处的心理活动为后面程菁在文件面前脱衣服这一细节埋下伏笔，也是"神实主义"的"内因果"之"内因"。另外程菁白亮的身子能使房间如透明露天下一样，这当然是"性"的力量，这里比简单的夸张要更有内蕴。所以"神实主义"表征下的"内因果"尽管不同于"全因果""零因果"及"半因果"❷，最主要的还要给读者留出一条进入"内因果"的路径。神实主义能够焕发魅力一定是读者可以进入这种"内因果"的语境。

很多评论者也对《炸裂志》中的一些"神实主义"的细节提出了质疑，比如徐刚认为《炸裂志》中明辉的"草纸黄历书"是对《百年孤独》中"梅尔加德斯羊皮卷"的拙劣模仿。❸阎连科是这样来叙述孔明辉的这个黄历书的：

……于是他试着从黄历书上找到他从学校退学回来的那一天，有小楷毛笔写了两个字："落榜"。找到他去镇上工作那一天，写着一个毛笔字"误"。掀到他当科长的那一天："大误"。掀到他被哥哥任命为最年轻的局长那一天，仍是一个字："辞"。（省略号为引者加）

---

❶ 阎连科.一派胡言：阎连科海外演讲集［M］.北京：中信出版社，2012：168.

❷ 阎连科.发现小说［C］//林建法.小说家讲坛.沈阳：辽宁人民出版社，2014：354.

❸ 徐刚."寓言中国"的"实"与"虚"——评阎连科的《炸裂志》［J］.扬子江评论，2014（5）.

这样的处理"内因果"是得到了表现，但是并不高明。既然有着启示的黄历书，而明确地写着"落榜""误""辞"等字眼，显得太过具体，少了一种文学的寓意性。黄历书的来历及与整个故事的融合，包括对大哥大嫂婚姻的暗示等也显得不够从容。我们当然知道作者是为了表达权力的魔力，然而他只让读者体会到作者要表达的目的，而没有让读者有一条可以进入"内真实"的路径。所以很多"神实主义"的细节显得牵强和刻意，使神实主义的理念流于表面，渗入不进文章的肌理，不能与文本其他部分形成有机的血肉联系，相应也缺乏艺术的张力，起不到他在《年月日》中先爷把自己埋在玉茭旁做肥料，《耙耧天歌》中尤四婆把自己脑浆给孩子喝等具有神实主义的细节带给读者的触动。

五、《炸裂志》的问题及局限

陈黎明：《炸裂志》出版后，引起了极大的争议，其中批评的声音特别尖锐。有人认为这部小说是"一部城市化批判的仓促之作"，"其本意是批判城市化的弊端，却简单化地否定了城市化道路；小说从某些概念出发，导致其神实主义脱离现实基础，某些情节缺乏可信度；小说人物性格缺乏发展、人物形象扁平化；小说缺乏精心推敲，内容上有自我重复，语言上缺乏节制"。[1]也有人从如何书写真实的角度批评阎连科，指出"他的小说从来不会使人感受到另一种更值得过的生活，从来不会使人感受到另一种更值得献身的美好情感"。[2]我想知道，同学们是否同意上述研究者对《炸裂志》的批评，如果同意能否进一步地阐释和说明。另外，也可就这部作品其他方面的问题和局限进行补充和分析。

高唱：确实如很多研究者所言，《炸裂志》在处理中国社会城市化进程时存在过于简单化的问题。我认为这可从下面几个方面具体体现出来。

首先，现代化的动因表现单一。阎连科的笔下，纷繁复杂的现实社会一概被简化成为一个个妖魔化的故事。这就是，城市的发展是一部荒唐的闹剧，是权、钱、

---

[1] 杨剑龙，王童，陈蘅瑾．一部城市化批判的仓促之作——阎连科《炸裂志》三人谈 [J]．海南师范大学学报（社会科学版），2014（1）．

[2] 张定浩．如何书写真实兼论阎连科《炸裂志》[J]．上海文化，2014（1）．

色的私欲的捆绑。对孔明亮来说，炸裂是他步步高升、攫取权力的工具；对炸裂人来讲，孔明亮的飞黄腾达、炸裂的不断升格是其愈加有钱的保障。炸裂的城市化沦为孔明亮等人谋官生财的工具。另外，在阎连科的笔下，炸裂的城市化是由意识形态规划甚至"规训与惩罚"出来的，个人对幸福追求的主观能动性在一定程度上也被遮蔽了。炸裂由村而镇，再发展成县、市，最后一跃升格为超级大都市，它每一次升级都需要全城之人竭尽全力地献媚于上层权力，因为决定这一切、决定炸裂位置的只有上层权力。在城市化过程中，乡村向城市过渡，而身份意识的变化是城市化最重要的标志之一，在文本中，我们并没有感受到个人对城市身份的意识，对物质生活的追求，对美好生活的向往。

其次，"炸裂"城市化很大程度上是通过不道德的途径完成原始的资本积累，靠的是"男盗女娼"，这明显也不是中国城市化的全部历史经验。炸裂村在村主任后来的市长孔明亮和妻子朱颖的共同带领下，靠从路过的火车偷盗和全村年轻姑娘外出卖淫发家致富、快速发展，由村变镇，由镇变县，由县变市，由市变超级大市。在小说中，炸裂的男人几乎都是小偷，孔明亮当上市长后，还在顺手牵羊，他在市长办公室里专门设了一间暗室，暗室中放的都是他顺手"牵"来的东西，盗窃已经成为他的习惯。而农村的女人要想挣钱，唯一的出路，就是到城里去出卖肉体做"小姐"。城里的女人要想赚大钱，就必定要去找那些钞票胀满腰包的外国人。每当这时，村干部们为了巴结上级领导，无不如出一辙地像好客的东道主为客人奉送土特产一样，随意就可以将村里漂亮的年轻女性"馈赠"给那些垂涎欲滴的政府官员，而当地的村民们为了能够尽快摆脱贫困，人人都摇尾乞怜地赞成村干部们的这种荒唐行为。一个地方的经济之所以飞速发展，立下汗马功劳的，必定是美容院、洗脚城、按摩院和宾馆茶楼里的小姐们。这些设定都非常荒诞。

另外，城市化是一项系统工程，它不仅包括经济发展，还包括制度、法规、思想、精神等的现代化，但在《炸裂志》中城市化的过程简单地表现为外在的空间形态变化之大、之快。

小说在记叙"炸裂"村升级为镇的过程中发生的变化就是现代化的过程从茅草房到瓦房，到工厂，到消费空间、广场，再到"世界上最大的汽车基地"、世贸大厦、国际会议中心等标志性景观，以及大规模商业化和工业化现象。除了对"炸裂"外在空间形态发生的巨大变化的书写，小说对"炸裂"空间变化之迅速也倾注了大量的笔墨。正如"炸裂"这个地名所影射的，城市化的迅猛如骤然炸裂，将城市的空间结构彻底打开、摧毁与重构。

诚然，"炸裂"的发展折射着当代中国某些新兴城市在改革开放后的社会变迁、问题及冲突，却因"用力过猛"而陷入否定城市化的偏颇。又由于阎连科小说故事中的素材大都来源于对新闻的关注，材料的夸大、片面零碎的摘取也让这部作品失去了"真实"的说服力，使得《炸裂志》成为一部城市化批判的仓促之作。

崔天宁：《炸裂志》这部小说确实特色和局限兼具，这部小说存在的问题有许多，我想从语言特色的角度分析这部小说的局限性。在阅读这部作品时，我认为由于偏离文体的设定，《炸裂志》明显缺乏冷静客观的书写，尤其是语言上的处理，随着情绪的激荡逐渐缺乏节制。

首先，小说在叙事时存在大量铺张性描写。从整部作品来看，大段大段的描写总是容易抓人眼球的，尤其是文中常常出现的铺张叙述，使人印象深刻。例如，在描写到炸裂村改镇的时候，作者进行了大范围的罗列："新镇工业有铁丝厂、电缆厂、水泥厂、印刷厂和城里、乡间盖楼使用的水泥产品预制厂。家庭私企有从把回收的废轮胎烧浇制成塑料鞋底的制鞋厂，用废胶炼制水桶、水盆、塑料碗的塑料制品厂和塑料玩具厂，还有纺织厂和农贸产品加工厂。"这样的大段陈述，让人觉得像小学生的流水账。文学描写不是简单的现实场景的记录，文学语言更强调用语精炼，避免冗杂。这样的描写不像文学作品，倒让人像是在听相声《报菜名》，毫无技巧可言，更体味不到文学的美感。

其次，小说在语言上还存在缺乏节制的陌生化。具体体现为以下几点。第一，频繁造词。作者在这部小说中尤其喜欢自创词语，叠词"娇娇贵贵""威威武武""围围团团""所所有有"，将"AB"式的词语扩为"AABB"式的四字词语，这可能与作者本人河南方言惯用叠词的习惯有关，但多是任意叠词化，并不符合常见汉语的表达习惯。除此之外，一些语言上的颠倒，如"建筑起来"变为"筑建起来"，"亲热感"变为"热亲感"，这种强行造词不合乎构词规律，属于语病。当然，更有一些如"天断地绝""人生与罪苦""连三连四"之类的词，要读者靠猜来理解其中含义，虽是作者有意在制造阅读障碍以求新变，但容易使人失去阅读兴趣，更毋论体味其中的美感了。第二，滥用通感。通感是借感觉的转移，使文学鉴赏中的感觉可以相互沟通，助人理解和体味作品的手法。小说中写到二狗向孔明亮报告朱大民的死讯时，描写了两种人的两种笑。一是孔东德，他"脸上荡起一层波纹似的笑"；一是朱大民父母，得到儿子死亡带来的好处后，"笑像日出一样挂在脸上"。"日出"用来形容笑可以解释朱家二人获利后的灿烂和得意，那么这种"波纹"用来形容笑，又该作何解释？老了皮肤松弛后的丑态吗？我无法解释，我认为这些理解都很牵强。这种通感的滥用带来的文意含混，令读者如坠层云，云里雾里。

由此可以看出，阎连科在不断尝试新的创作方法，试图以自己的语言来书写故事。但由于文本内种种语言的夸张和粗糙，一定程度上与当代汉语写作存在冲突，更因为缺少应有的美学价值而难以让人从艺术上给予很高的评价。

张蕊：我想谈谈《炸裂志》这部小说的另一个问题，即扁平的人物塑造下男盗女娼的城市化进程。阎连科认为："仅仅从《炸裂志》中理解欲望、金钱、权力和男人与女人是简单的，浅层的。更为值得思考的问题是：人——无论是个体或群体，在这个扭曲而又向上的时代里，遭遇的前所未有的生存境遇和尴尬的精神状态。我们是从哪条路上走来的？我们为什么就成了今天这样子？他质问自己，也在询问读者。"❶随着孔家四兄弟夜出，寻找决定自己命运的事物，以及朱颖决定出走为父寻仇开始，整个《炸裂志》的人物塑造就已经定型，从头至尾。小说人物的性格没有发展变化。在历时 30 多年的城市发展过程中，主人公孔明亮从扒火车的带头人到成为超级大都市的头号领导人物，男盗女娼的行径竟成为他步步为营的主要手段，无论运用何种理论，这都缺乏一定的逻辑。每个人的话语都代表着自身的一种欲望，而个体欲望又是互相排斥的，故而造成了彼此之间的隔膜和沟通的不顺畅。就孔明亮而言，对权力及对色欲的追求缠绕着他的整个世界，孔明亮的权欲似乎可以撼动任何现实，但面临更强烈的性欲时，权欲就暂时不起作用了。当孔明亮把村改镇的文件在各种物事上晃一晃时，每一种物事都发生了超越现实的变化。创作《炸裂志》时，阎连科采取由外向内的概念化写作方式，他从某些概念出发，围绕概念搜集资料，继而进行写作。这导致《炸裂志》就像一座空中楼阁，像一叶无根的浮萍，缺乏扎实感、厚重感，显得虚无轻飘。具体来说，阎连科把表达思想主旨当作头等大事，小说充斥着为作家思想服务的故事

---

❶ 蒋楚婷. 阎连科推出长篇小说《炸裂志》［N］. 文汇读书周报，2013-10-25.

梗概，缺少富有生活气息的细节描绘；充满概念化、扁平化的人物形象，缺少真实可感的故事情节；叙事简单直白，缺少优秀小说家应有的精心安排。在这种急于附和自己所谓"神实主义"的人物塑造中，对于现实的揭示就显得十分缺乏逻辑。

康鹏宇：阎连科的长篇小说《炸裂志》以炸裂村孔、朱家两家的恩怨为线索，揭露了炸裂村在城市化进程中出现的人性异化、道德崩塌等各种社会问题。虽然作家着力想表现出对城市化的批判，但其沉迷于对神实主义叙事的建构，不可避免地出现了一些问题：其一是神实主义不恰当的使用导致小说缺乏"说服力"；其二是单向度书写带来的人物形象的扁平，使该小说艺术价值被遮蔽和损坏。虽然《炸裂志》是阎连科在神实主义创作道路上的又一次艺术实践，由于作家对神实主义的把握尚未娴熟，采用简单粗暴的方式来进行书写，结果就显得差强人意。

举个例子，在《炸裂志》之中，小说不合理的地方在于由男盗女娼建立起的发展竟然能使一个小村子逐渐发展成超级大都市，并且这种发展方式贯穿了整部小说。在城市化发展的特定历史背景中，作者不去探究城市化进程中遇到的问题和困难，而是用一种"神奇"的方式来加快炸裂村的发展，这种发展几乎是没有遇到什么阻碍，一路畅通。但在我们城市化的发展过程中怎么可能只有一帆风顺，而没有任何阻碍呢？以炸裂村的城市化进程来反映当代中国农村的城市化道路是不具有真实性和现实感的。说服力是小说家最为重要的能力，没有说服力，作为小说的谎言就永远是谎言，虚构也就成了不能让人信服的胡编乱造。为了缩短小说与现实之间的距离，阎连科选择了史志的方式来进行书写，希望通过史志所特有的严肃性特征来建立真实性。但是，神实主义的过分滥用层出不穷，导致与史志求真之间出现巨大的裂隙，其所建构的真实性瞬间倒塌。尤其是在小说最后的几章里，超级大都市的建立是孔明耀领着的"军队"走过就瞬间完成的；朱颖通过组建的女子技校里的女子学员扭转投票的结局等。这种过分夸大的描写已经脱离了现实，也就无法提供真实感。

因此，神实主义的滥用，导致《炸裂志》这部小说的说服力降低，更像是一个寓言故事，缺少了理性的存在和现实的逻辑；滑向单向度的写作就使原应生动的人物变成表达某种概念的工具人，缺乏含蓄蕴藉的艺术美感，显得粗糙苍白。因此，这就是阎连科需要突破的困境所在。

马笑楠：《秦腔》与《炸裂志》是新世纪两部具有代表性的"乡愁"小说。我想从这两部小说精神内核的比较中来评价《炸裂志》的得失。

《秦腔》在表现 20 世纪 90 年代以来中国乡村裂变时，其精神内核是善的执着守望。小说以"仁、义、礼、智、信"为基本的乡村文化标准，通过"疯子"视角的叙述透视"城乡一体化"进程中乡土文明的失落，整部作品中弥散着一股痛彻心扉的哀叹与悲情。小说以"一地鸡毛"式的展开讲述，虽然矛盾频发冲突不断，但却打破了在人物刻画、情节设置、问题思考中简单的二元对立，观照出复杂、多解甚至无解的社会问题，但最终却以"宽容"的大义，以善的姿态迎接问题，感化读者，形成对乡村社会执着的守望。例如，小说对夏风的塑造，虽然城市文明是带着"恶"的原罪出现的，夏风的出场就表现出对以"秦腔"为符号的乡土文化的不耐烦，但作者却没有把他塑造成一个坏人，他甚至在参与及处理乡村矛盾时因表现出"接地气"而受人认可。可见，作者也意识到城市化进行的必然趋势与不可逆转。因此作品中呈现的"焦虑"只能归结于对善的守望并企图寻找出路。

与《秦腔》不同，小说《炸裂志》则是对恶的彻底批判。《炸裂志》的背景是"经济中国"高速发展下的"造城运动"，城市化进程伴随而来的是人的异化而最终导致乡土文化的彻底崩溃。而与《秦腔》不同的是，《炸裂志》对"恶"进行了全面与极端的放大，形成了荒诞而富有终极力的另类乡村发展史，也成为"新乡土小说"观照现实独树一帜的代表。以"扒火车"致富为起点，掉下火车的人被认定为"烈士"，故事从最开始就对传统价值观念进行了颠覆，而对标签化呈现的主角孔明光、孔明亮、孔明耀及朱颖、程菁，作家在"恶"的添加方面毫不吝啬，使之无孔不入：权力可以公然贿赂，肉体可以放肆交易，权力欲望无限膨胀，日常伦理道德全部消失，形成对乡土社会的全面的腐蚀。阎连科这种"人们都疯了"似的书写看似离经叛道，却又寄寓了无限的希望，从结尾"哭祭"的回归便可探知："那些跪出的膝血和泪水打湿的泥，等日光落在那些血迹和泥浆上，又生出了艳丽的牡丹，芍药，玫瑰来"。这种"打破"之后的"重塑"隐含了作者孤独而冷峻的思考与精神返乡，在充分体察"恶"的基础上对民族灵魂进行再造。在相关文学接受研究中很多读者不习惯或不欣赏阎连科式的表达，但文本背后知识分子对乡土文明的焦虑却是不能抹杀的。

彭丽洁：前面的同学都在谈《炸裂志》的问题和局限，但是我想从正面来肯定这部作品在文体方面的创新价值。

《炸裂志》采用地方志的编写方式，讲述了一个叫"炸裂"的村子一步步如何成为超级大都市的故事。阎连科挑战性地将地方志安排进小说，使两种文体叠加，让地方志的真实和寓言小说的虚构融于一处，这足以体现他强烈的文体创新意识。

这样的安排，一方面增加了作品内在的张力和可读性。纵观《炸裂志》，阎连科构建了一个像模像样又仿若真实的地方图景，并以地方志为表层的形式结构来编排整部作品，这使读者在快速浏览书中标题之时，容易陷入作家特意构建的文本"陷阱"之中。这种地方志和小说文体的套盒设计，使读者的思绪在作家精心设计的所谓真实与虚构、现实与幻境中反复横跳，从而激发读者主体极大的阅读兴趣和向后文寻求答案的探知欲。

另一方面，通过"地方"化叙事手法，《炸裂志》隐喻了改革开放以来的中国在时代中的变化，传达了阎连科对现实问题的批判与反思，可以说文体上的创新使小说的思想意蕴更为丰富。"地方"化叙事的"小处着眼"在《炸裂志》中有着多维的体现，阎连科以一个村的炸裂式发展来隐喻一个时代在风云变迁中的发展逻辑，同时以微观视角解剖了一个有血有肉的"中国"。这里的"中国"不是抽象的，而是具体又生动的，是每一条血脉与每一座高楼。小人物、小事件、小地点等元素交织融合在一起，随着时间的推移，动态地与历史共鸣，与现实呼应。阎连科曾说《炸裂志》中所写的炸裂市是以深圳或海南为原型的，都市发展中的荒诞与扭曲曾在历史的浪潮中真实地出现过。而文学的想象是基于真实，又需要超越真实的。"如果想象力能超越现实，就能带领读者进入更深层次的现实。文学的想象一定要比我们认识的现实丰富。"[1]所以从创作的宏观价值来看，《炸裂志》以地方志的形式为切入点，"以小见大"地展示广博的文化风貌，力图丰富大众对时代和地域的想象。"书中书"的文体创新使文本既彰显现实，又深蕴想象魅力，极大地拓展了意蕴的空间。

---

[1] 阎连科. 阎连科谈《炸裂志》［N］. 东方早报，2013-09-29.

后 记

　　本书虽是作为河北大学燕赵高等文化研究院重点项目"典型文本与中国当代文学观念的互动研究"的结项成果，但也集中呈现了笔者近年来当代文学研究的路径与旨趣。从事中国当代文学研究已逾二十年时间，对于这段时期的重要文学文本和文学现象，我一直试图将其置于广阔而复杂的文化语境与历史情景中加以观照和理解。进而言之，笔者格外关注中国当代文学中的一些典型文本和典型现象，从制度、地理、传播、接受、经典化等不同维度来考察这些文本与现象，并将它们置于文学史和文学思潮的互动中进行审视。

　　本书部分章节分别在《甘肃社会科学》《山西大学学报》《山东师范大学学报》《学术界》《中国现代文学研究论丛》《宁波大学学报》等刊物发表，在此对接纳我文章的编辑们表示由衷的感谢！感谢知识产权出版社编辑卢媛媛女士对本书热忱、耐心而细致的编校！

　　我的研究生李扬、高越、宋晓晖分别参与了本书第6章、第8、12章和第13章初稿的撰写工作，附录"《炸裂志》：新世纪乡土书写的裂变"则来源于同研究生的课堂讨论。

　　这两年的正常生活受到疫情的多重影响，唯有文学能抚慰心灵。

陈黎明

2022 年 11 月